大是文化

宋詞三百年

宋詞，如何從難登大雅的豔詞，蛻變成文學巔峰？

文學是現實的投射，
偉大作品背後
原來是自己的故事。

《活成了帝王將相》作者
創造六億閱讀量的歷史自媒體
艾公子 ◎著

目錄

推薦序

透過宋詞，一探詞人的生命歷程與所處時代

時空偵探、歷史作家／**宋彥陞**

相信大家都知道，擁有曲子詞、長短句、詩餘等別稱的宋詞，堪稱最能象徵宋代文化精神的文學體裁。

事實上，宋詞不但與漢賦、唐詩、元曲並列為中國四大韻文，直到一千年後的現代，仍對當前的流行音樂有著非常深遠的影響。舉例來說，包含李宗盛、林夕、方文山等知名音樂人創作的經典歌曲在內，時常可見宋詞的語言和意境融入其中，進而以觸動人心的強大渲染力，感動無數聽眾。

不過，社會大眾縱使有機會透過流行音樂間接親近宋詞，卻未必知道這些歌曲蘊含的文學養分；另一方面，多數讀者對於宋詞的共同記憶，無疑來自求學期間在課本學到的名家之作。受限於授課節數和考試導向，學校的國文課程不得不將宋詞的教學重點放在派別風格、重要創作者、著名作品等層面，往往缺乏全面認識宋詞源流、作者乃至所處時代的機會與條件。

值得注意的是，**宋詞非但是宋代最具時代特色的文學形式，它的盛衰興廢實與兩宋三百餘年**

的歷史息息相關。鑑於眾人對其認識常常是知其然而不知其所以然，作者艾公子在《宋詞三百年》中不光介紹宋詞的起源與演變，並將目光放在宋代創作者身處的時代背景，以細膩而精闢的筆觸帶領我們一探究竟，了解詞人歷經何種生命歷程，最後得以完成令人為之動容的曠世傑作。

不同於以往的書籍多從文學角度分析知名作者及其作品，本書以歷史軌跡作為敘事主線，將宋詞分為興起、變革、北宋亡國、北伐、南宋終局共五個階段，再逐一回顧各階段最有代表性的創作者與作品，從創作者的生命歷程解讀這些宋詞何以誕生，同時反映什麼樣的人格特質與時代意義。

就以大家耳熟能詳的蘇軾來說，很多人知道他的作品有《水調歌頭‧明月幾時有》、《念奴嬌‧赤壁懷古》等讓人神往與感動的千古名作，卻未必知曉這些創作是在蘇軾官場失意時所作，原因在於我們對其印象多側重他的才氣與灑脫，從而較少留意這些詞作完成的時代背景。

是故，我們若能深入了解蘇軾的生平事蹟，會發現黨爭對於他的仕宦與作品帶來極其深遠的影響，繼而體認在生活如此困頓之際，能以豁達人生觀寫出「莫聽穿林打葉聲，何妨吟嘯且徐行」、「人生如夢，一尊還酹江月」等詞句的蘇軾是何等瀟灑和超脫。

正如同**文學作品常是現實生活的投射**，《宋詞三百年》從一個更開闊的觀察視角，邀請讀者走進詞人的生命歷程。翻閱本書，你**不只是閱讀宋詞，更是神入宋代創作者的所處時代**，誠摯推薦給喜愛宋詞、宋人乃至宋代的讀者朋友。

自序
宋詞裡被遺忘的故事

明崇禎三年（一六三〇年），江蘇常熟，藏書家毛晉刊刻（按：刊印發行）了《宋六十名家詞》。這套書只是他一生輝煌刻書事業的其中一種，但對整理和流傳宋詞起到極大作用。在清代，這套書被人一刻再刻，廣為流傳，成為無數人欣賞和學習宋詞的啟蒙書籍。

毛晉平生別無所好，就喜歡藏書和刻書。為了搜集宋元善本（按：指古籍、手稿、文獻等紙質出版物）、孤本（按：指僅存一本別無可求的書籍，後常被用為指較罕見的書本），他張貼告示：「別家出一千，我出一千二百」，以高出市場二〇%的收購價，將江南一帶的好書盡收囊中。他家的藏書樓「汲古閣」，最終藏祕本珍籍多達八．四萬餘冊。毛晉搜羅這麼多好書，苦心校勘，又雇刻工、印工等多人，進行刊刻出版，造福天下讀書人。

毛晉去世後兩百多年，晚清有個廣西臨桂人，花費近三十年刻成出版多種宋元詞集，包括《四印齋所刻詞》二十四種、《匯刻宋元三十一家詞》三十一種等。這些刻本，保存了善本詞集的原書真貌，十分難得和珍貴，故被學界專稱為「四印齋刻本」。

這個人名叫王鵬運，雖然官做得不大，但思想頗進步，曾多次替康有為代上奏摺，屢次抗疏（按：上奏章直言其事），幾罹殺身之禍。他一生最大的成就在詞學上，被譽為「晚清四大家」之首。

清光緒二十二年（一八九六年），王鵬運在京師創立詞社，期間，一個名為朱祖謀的四十歲浙江湖州人，開始跟著他學詞。由此機緣，大器晚成的朱祖謀青出於藍而勝於藍，躋身晚清四大家之列，並成為王鵬運之後領導詞壇近三十年的領袖。

朱祖謀有一個更廣為人知的名號，上彊村民。如今最為流行的宋詞選本《宋詞三百首》，就是他在一九二四年編的，上面署名「上彊村民編」。在《宋詞三百首》中，他收選宋代詞人八十八家，選詞標準有神致、渾然天成，選擇廣泛且深入，該選本對後世影響極深。

至此，作為宋代文學代表的宋詞，歷經數百年的流傳、保存與刊刻，終於不至湮滅佚失。而且，隨著一代代出版家、詞學家的不懈努力，宋詞跟唐詩一起日漸走入讀書人的閱讀範疇，成為無數人的精神食糧。但相比早在康熙四十四年（一七〇五年），由皇帝出面組織刊刻，對後人影響深遠的《全唐詩》，宋詞到了二十世紀直到唐圭璋的出現，才等到一個集大成的時機。

「我讀大學時，曾在圖書館瀏覽清康熙年間由彭定求、沈三曾等十人奉旨編校的《全唐詩》，《全唐詩》有十二卷，共收錄唐五代詩四萬八千九百餘首。我由唐詩想到宋詞，宋詞的數量雖不如唐詩，但宋詞的藝術品質完全可以媲美唐詩，因此我心中升起一個想法，我來編一部《全宋詞》，留給喜愛宋詞的讀者。」回憶起編《全宋詞》的動因，唐圭璋如此說道。

在戰亂年代，從搜集、整理、考證、校勘到編輯，唐圭璋憑一人之力，積十年之功，終於在一九四〇年出版《全宋詞》。此間艱辛，難以為外人道。

之後，**《全宋詞》又經過王仲聞修訂、孔凡禮補輯，總共收錄有姓氏可考的詞人達一千四百九十三家，詞作達兩萬零五十五首，是迄今為止收錄詞人詞作最為完備的宋詞總集。**其中，一千四百九十三家詞人，唐圭璋一人就輯佚九百三十九家，是《全宋詞》編纂中當之無愧的第一功臣。一代詞宗，實至名歸。

回顧宋詞流傳的歷史，對於網路時代的人而言，或許難以體會前人與時間賽跑的文化焦慮感。但只要想一想，在進入電子資料化時代前，人類為了保存精神食糧，耗費諸多心力，但每出現一場戰爭、一次藏書樓大火，抑或是蟲咬水浸，多少經典就灰飛煙滅，永遠消失在歷史的暗夜中，就像那些美好的文字從未出生過一樣。是的，每想至此，你就會知道，無論是《尚書》、《史記》，抑或唐詩、宋詞，我們今天還能讀到，無疑是十分幸運，甚至有些僥倖了。當然，我們也必須承認，有更多的經典，我們永遠無法讀到和聽到了。

在有限的幸運和僥倖背後，其實是人力對抗經典流失的結果：如果不是司馬遷本人的傳世意識，其外孫等人的精心保存，我們還能看到多少《史記》篇目？如果不是伏生的捨命護書與傳書，我們還能看到多少今文《尚書》？如果不是胡震亨、季振宜、康熙皇帝等人的用心整理和掛念，傳世的五萬首唐詩還要湮滅多少？若沒有毛晉、王鵬運、朱祖謀、唐圭璋等人的跨代努力，傳世的兩萬首宋詞會消失多少？

所以，我們今天講宋詞，第一要感謝兩宋時期的詞人，寫下了它們；第二要感謝每一首宋詞在長達千年的流傳過程中，那些默默傳抄、校勘和刊刻的幕後功臣。

詞從小道、豔科，難登大雅之堂，到上升為「一代之文學」，中間經歷了怎樣的歷史變遷？是**哪些人使宋詞完成了蛻變？哪些事在宋詞中留下深刻印痕？而宋詞又是怎樣與一個王朝的興衰相始終？這背後，大有故事可講。**

可惜的是，許多研究宋詞的書籍，更喜歡沿著文學鑑賞的老路，去告訴讀者這首詞好在哪，而往往忽略了作品誕生的時代訊息——這背後可能是一場驚心動魄的戰爭，可能是一次你死我活的政治鬥爭，也可能是一次賓主盡歡的宴飲，或是一曲哀傷痛悟的臨終寄語。

一個作品，誕生的歷史資訊，有時更能引起我們的興趣。這也是我在前面花了這麼多筆墨去追述宋詞流傳過程的原因，每一次整理保存都攜帶著那個時代的資訊，從而超越了詞作本身的意義與內涵。

有鑑於此，這本書或許是獨特的：**我們不從文學角度解析宋詞的美與痛，而是嘗試著從歷史角度，走進宋詞的時代氛圍，讀取深藏其中的興衰起落**，生老病死，輝煌、深沉、熱鬧與沉默。

希望你會喜歡以這樣的方式重新接觸和認識宋詞。現在，請跟著我的腳步，一起開始這趟宋詞之旅吧。

第一章

宋興：從花間詞到宋詞

九七八年，南唐後主李煜之死，
標誌著文學史上五代詞的落幕。
當大幕再拉開時，
屬於兩宋最高榮耀的宋詞開始隆重登場。

1 亂世花間詞：宋詞的先聲

花間詞寫了一個時代的開始，卻來不及記錄一個時代的結束。沒有花間詞，就不會有宋詞。

1

九七八年，南唐後主李煜之死，標誌著文學史上五代詞的落幕。當大幕再拉開時，屬於兩宋最高榮耀的宋詞開始隆重登場。

在李煜死前大約一百年，溫庭筠就走完他的一生。我們至今無法確知溫庭筠死於哪年，只能推斷他應該死在唐末王仙芝、黃巢起義爆發之前。雖未能看到摧枯拉朽的起義如何重創那個曾經輝煌的朝代，但溫庭筠也切實經歷和感受到一個時代的江河日下。

溫庭筠生在沒落貴族家庭，自幼才華橫溢。他在唐宣宗大中年間進京應試，京師人士爭相與之結交。江湖上流傳很多關於他的故事，說他應試時，根本不用打草稿，把手籠到袖子裡，伏在几上，信口吟誦，便能作完八韻的詩賦，因此人送外號「溫八吟」；又說他一叉手即成一韻，八叉手即能完篇，故又名「溫八叉」。他還是「天才槍手」，經常出現在考場上代人答題。據說甚至有一場考試，他暗中幫了八人答卷。看來，八是他的幸運數字。

諷刺的是，他自己科舉卻一直不順利，根據史書記載，溫庭筠到京城後，「士行塵雜，不修邊幅，能逐弦吹之音，為側豔之詞。公卿無賴子弟……相與蒲飲，酣醉終日，由是累年不第」。就是跟京城的貴族子弟一塊玩耍、喝酒唱歌，當權者認為這樣的人不可靠，所以放棄他了。

不過，其中有項「罪名」值得說一說，叫作「為側豔之詞」。**寫豔詞，被當作是不入流乃至下流的**，這跟唐代詩人杜牧寫豔詩飽受非議一樣。然而溫庭筠在現實中的挫折，正是他死後成名的「資本」。

在他死後六、七十年，後蜀出了一本暢銷書《花間集》，開卷便是六十六首溫庭筠寫的詞，**溫庭筠由此被奉為中國詞史上第一個流派「花間詞派」的鼻祖，影響深遠。**

含嬌含笑，宿翠殘紅窈窕。鬢如蟬，寒玉簪秋水，輕紗卷碧煙。
雪胸鸞鏡裡，琪樹鳳樓前。寄語青娥伴，早求仙。
霞帔雲發，鈿鏡仙容似雪。畫愁眉，遮語回輕扇，含羞下繡幃。
玉樓相望久，花洞恨來遲。早晚乘鸞去，莫相遺。

——溫庭筠《女冠子》

像「雪胸鸞鏡裡」這樣直寫女人胸部的詞句，在當時難以被接受。所以，儘管在五代來臨以後，有無數的花間派詞人都在寫「雪胸」，但早生半個世紀的溫庭筠顯然沒趕上那樣的「好時代」。在現實中，他「活該」被正襟危坐的士大夫摒棄。

更倒楣的是，這名恃才傲物的落魄才子，因為太耿直，最終喪失了人生的轉機。

史載，溫庭筠起初很受宰相令狐綯的欣賞，經常出入令狐綯的書館。令狐綯是唐憲宗時期宰相令狐楚的兒子，他本人則在唐宣宗時期擔任相位長達十年之久。

令狐綯善待當時受人冷落的溫庭筠並非沒有條件。他的意圖很明確，就是利用溫庭筠的才氣向皇帝邀寵。據說唐宣宗很喜歡《菩薩蠻》的曲子，令狐綯就拿溫庭筠所作《菩薩蠻》詞二十首（現存十四首）獻給唐宣宗，謊稱是自己寫的。令狐綯告誡溫庭筠，不能向別人透露此事。

有才的人難免有個性。溫庭筠無法忍受自己最滿意的作品被他人盜用，剝奪署名權。所以他傳開此事，很快的，整個京城都在說令狐綯偷了溫庭筠的《菩薩蠻》，搞得令狐綯無地自容。

小山重疊金明滅，鬢雲欲度香腮雪。懶起畫蛾眉，弄妝梳洗遲。

照花前後鏡，花面交相映。新帖繡羅襦，雙雙金鷓鴣。

——溫庭筠《菩薩蠻》

這是**溫庭筠《菩薩蠻》的第一首，也是花間詞的扛鼎之作**。如果溫庭筠當年嚥下那口氣，他或許可在令狐綯的庇護下享受榮華富貴，但他偏不。哪怕當年這些詞不受待見，他依然認為這是可以青史留名的作品。他才不在乎現世的安穩，他要的是一股傲氣得以抒發。

所以，溫庭筠幹了不少這類讓令狐綯下不了臺的事。

野史記載，唐宣宗作了一首詩用到「金步搖」一詞，但一時間找不到合適的對仗語。結果溫庭筠對以「玉條脫」，唐宣宗十分讚賞。金步搖和玉條脫都是人身上的飾物，對仗堪稱完美。令狐綯不知道玉條脫是什麼、出自什麼典籍，於是就問溫庭筠。溫庭筠告訴令狐綯答案後，但又忍不住多嘴說一句：「丞相在處理公事之餘，也應該讀古書。」讓堂堂宰相難堪至極。

據說唐宣宗原本有意把溫庭筠提拔成進士，但令狐綯從中作梗最後不了了之。被令狐綯疏遠後，溫庭筠更加陷入困頓，流落而終。

相傳溫庭筠曾收過一個名叫魚玄機的女弟子，並教她寫詩。某年，魚玄機因笞打（按：以鞭、杖、竹板等抽打）女婢致死，被京兆尹溫璋判處死刑。而溫璋是溫庭筠的遠親。聽聞女弟子被處死，流落千里之外的溫庭筠默然無語。無窮的遠方，無數的女子，在溫庭筠的詞裡都和她有關。但在現實中，他卻只是一個無能為力的旁觀者，僅此而已。

> 牡丹花謝鶯聲歇，綠楊滿院中庭月。相憶夢難成，背窗燈半明。
> 翠鈿金靨臉，寂寞香閨掩。人遠淚闌干，燕飛春又殘。
>
> ——溫庭筠《菩薩蠻》

2

唐朝號稱盛世，長安名為世界中心，但大唐一亂起來，連皇帝都往四川跑。原來，成都才是大唐最後的烏托邦。

溫庭筠死後，王仙芝、黃巢起義相繼爆發，「衣冠之族多避亂在蜀」，花間詞派就崛起於西蜀。由此形成此後半個多世紀西蜀文化的繁榮——五代詞的第一個高峰。

在花間詞派內部，如果說溫庭筠是死去的教父，那麼韋莊就是活著的教父。八九七年，當年逾六旬的韋莊被朝廷派往蜀中時，他不知道自己將在那裡經歷改朝換代，並終老於此。

跟溫庭筠一樣，韋莊生於沒落的貴族家庭。

他是以寫田園風物聞名的唐代詩人韋應物的四世孫。史書並未記載他有哪些「不檢點」行為，但他就是考不上科舉。不過，與溫庭筠率性而為、愛咋咋地（按：中國用語，指愛怎樣就怎樣）的個性相反，韋莊最終活成了亂世中的勵志榜樣。

唐僖宗廣明元年（八八〇年），韋莊在長安科舉失敗。同年十二月，黃巢起義軍攻入長安，唐僖宗逃往四川，韋莊滯留長安，與弟、妹失散。一年多後，他才得以離開長安赴洛陽。

在洛陽，**韋莊完成了著名的長篇敘事詩《秦婦吟》**。**全詩長達一千六百六十六字，是現存唐詩中最長的一首**。詩中透過一名從長安逃難出來的女子——「秦婦」的敘說，描寫黃巢起義軍攻占長安、稱帝建國，與唐軍反覆爭奪長安及最後城中被圍絕糧的情形。詩中有許多悲愴之語以及血淋淋的描寫，沒有經歷過那場戰亂的人，斷然寫不出來。

在這首長詩中，韋莊給自己的定位是一個冷峻的歷史記錄者。他既寫了黃巢軍的暴虐，「東南斷絕無糧道，溝壑漸平人漸少」、「內庫燒為錦繡灰，天街踏盡公卿骨」；也寫了朝廷官軍之惡甚於黃巢，「黃巢過後猶殘半」，但官軍一來，「磬室傾囊如卷土」……據說此詩甫問世就流傳廣泛，韋莊因此獲得綽號「秦婦吟秀才」。

單憑這首史詩，韋莊足以在唐代文學史上占有一席之地。然而，這首史詩失傳很長時間，直到二十世紀初在敦煌石窟中被人發現後才重見天日，震驚世人。

韋莊本人的態度也很奇怪，他晚年一再告誡子孫，不要提及此詩。他的詩詞集《浣花集》也未收錄此詩。似乎在他自己看來，這首詩犯了什麼忌諱，使他本人都不願提起。

當年，黃巢軍攻陷長安後，負責組織朝廷官軍反擊的人叫楊復光，他手下有八個都頭，其中一個叫王建。王建後來成為五代十國中前蜀政權的開國皇帝，而韋莊晚年入蜀後，官至前蜀宰相。王建成了韋莊的上級，《秦婦吟》中諷刺朝廷官軍（包括王建部隊）胡作非為的句子自然也不好讓其看到，於是韋莊才忍痛將這首詩刪掉，並嚴禁子孫提及。

從長安逃亡洛陽後，韋莊仍然四處避亂。從四十八歲到五十八歲，除中間一度北上迎駕之外，他在江南前後待了近十年。江南因此成了他的第二故鄉。

人人盡說江南好，遊人只合江南老。春水碧於天，畫船聽雨眠。
壚邊人似月，皓腕凝霜雪。未老莫還鄉，還鄉須斷腸。

——韋莊《菩薩蠻》

這是韋莊後來回憶江南生活的代表詞作之一，語句清秀，但讀完使人莫名惆悵。晚清詞人陳廷焯評論：「意中是鄉思，筆下卻說江南風景好，真是淚溢中腸，無人省得。」

八九二年的秋天，五十七歲的韋莊從江南出發，赴長安應試。在近六十歲時，他終於考中進士，被朝廷任命為校書郎，開始仕途生涯。然而此時，他效忠的王朝早就開始倒數計時。

八九七年，韋莊奉朝廷之命入蜀，作為副官，調解西川節度使王建和東川節度使顧彥暉的矛盾。但王建並不理會朝廷的態度，依舊出兵打敗顧彥暉，盡占兩川之地。

皇權出不了長安，使大半生執著於科舉的韋莊再次領會到王朝末世的殘酷。「蜀王」王建不斷擴張自己的勢力，他很欣賞韋莊，希望韋莊到自己的幕府中任職。韋莊沒有立即答應。三年後，韋莊答應了。王建很高興，任命他為掌書記。

關於韋莊投靠王建，不同人站在不同立場會有不同的評價。有人站在王朝正統的角度，譴責他背叛唐朝；有人站在亂世的角度，肯定他的選擇是明智的；有人站在地方的角度，讚賞他為四川的穩定做出貢獻。

勸君今夜須沉醉，尊前莫話明朝事。珍重主人心，酒深情亦深。
須愁春漏短，莫訴金杯滿。遇酒且呵呵，人生能幾何。

——韋莊《菩薩蠻》

九〇一年，韋莊在成都找到了杜甫草堂的舊址，重結茅屋，使之得以保存。

九〇七年，朱溫篡位，建立後梁，開啟五代亂世的第一個朝代。王建傳檄天下，要聯合各藩鎮討伐朱溫。各藩鎮知道王建想起頭，無人響應。王建又寫信給晉王李克用，說服李克用跟他一起稱帝，二人「各帝一方」，李克用未同意。

同年九月，韋莊與眾將共同勸說王建：「大王雖然忠於唐朝，但是唐朝已經滅亡，正所謂『天與不取，反受其咎』。」於是，王建率領官員、百姓痛哭三日後，即皇帝位，國號大蜀（史稱前蜀）。

第二年，韋莊被委任為前蜀宰相。前蜀的制度基本是他制定的。而他的主要思想，是希望在亂世中保持穩定，使百姓免於離亂的痛苦，所以他總是勸王建不要介入中原的戰爭。可以說，唐末五代時期，四川地區的短暫繁榮與安定，離不開韋莊的功勞。

據說，韋莊在生活中極為節儉，甚至吝嗇。每次做飯，下多少米都有固定分量，連做飯燒的柴也要事先秤好。如果吃肉，他也清楚記得有多少片，少一片都會知道。他有個兒子八歲時夭折，只以原來睡的草席包著下葬，掩埋後，他又把那床草席帶回家。

沒有經歷過戰爭年代的人，無法理解韋莊的行為。這全是因為他曾在戰亂時四處避戰漂泊，所以懂得珍惜眼前的一草一木、一米一粟罷了。

而這也影響到韋莊的詞。他寫的詞不像溫庭筠有那麼多鏤金錯彩的描寫，而是以白描見長，色彩清淡，卻能俘獲人心。王國維分別以溫庭筠和韋莊兩人的詞句來形容他們的詞風，說溫庭筠的詞「畫屏金鷓鴣」，韋莊的詞「弦上黃鶯語」。

即使韋莊寫情愛，處理起來同樣平淡如水，卻有紀錄片的真實感，流露著隱隱的憂傷。

四月十七，正是去年今日，別君時。忍淚佯低面，含羞半斂眉。
不知魂已斷，空有夢相隨。除卻天邊月，沒人知。

——韋莊《女冠子》

記得那年花下，深夜，初識謝娘時。水堂西面畫簾垂，攜手暗相期。
惆悵曉鶯殘月，相別，從此隔音塵。如今俱是異鄉人，相見更無因。

——韋莊《荷葉杯》

九一〇年，韋莊在成都病逝，享年七十五歲。

著名文學史家鄭振鐸說，在韋莊之前，「蜀中文學，無聞於世……李（白）、杜（甫）與蜀皆有關係，但並沒有給蜀中文學以若何的影響。到了韋莊的入蜀，於是蜀中乃儼然成為一個文學的重鎮了。

從前後二位後主（前蜀末帝王衍、後蜀末帝孟昶）起，到歐陽炯等諸人止，殆無不受有莊的影響。花間的一派，可以說是，雖由溫庭筠始創，而實由韋莊而門庭始大的」。

3

五代亂世中，四川地區先後出現兩個政權——前蜀與後蜀。正是這兩個偏安的政權，庇護詞的創作，使得西蜀成為五代僅有的兩個文學重鎮之一（另一個是南唐）。

韋莊死後十五年，九二五年，前蜀在王建的兒子、蜀國第二代皇帝王衍的手中亡了。王衍的口碑並不好，他喜歡遊山玩水，奢靡無度。前蜀亡國前夕，後唐莊宗李存勖派出的軍隊打過來了，王衍接到急報，還認為是朝中大臣為了阻止他繼續遊玩而編造軍情來嚇唬他。

但這名荒唐帝王喜唱豔曲，曾「自執板唱《霓裳羽衣》及《後庭花》、《思越人》曲」，還作過《醉妝詞》等豔詞。

者邊走，那邊走，只是尋花柳。
那邊走，者邊走，莫厭金杯酒。

——王衍《醉妝詞》

後唐滅了前蜀後，自身也陷入內亂，李存勖在兵變中被殺，平蜀主將郭崇韜亦因此事變身亡，西川節度副使孟知祥遂竊取蜀中兵權，繼續割據四川。新即位的後唐明宗李嗣源只得接受既定事實，於九三三年封孟知祥為蜀王。第二年，孟知祥在成都建國稱帝，國號蜀，史稱後蜀。同年，孟知祥去世，「家業」留給了兒子孟昶。

孟昶是頗有爭議的人物。九六五年，宋太祖趙匡胤出兵滅了後蜀後，認為孟昶是一個荒淫、無能的昏君。但實際上，孟昶在位三十餘年，勵精圖治，境內很少發生戰爭，使得後蜀繼續維持前蜀的經濟文化發達局面。據《蜀檮杌》記載，孟昶投降宋朝，離開成都時，「萬民擁道，哭聲動地」。《邵氏聞見錄》也說：「（孟）昶治蜀有恩，國人哭送之。」可見，後蜀雖然亡國，但百姓依然愛戴孟昶，並不像北宋宣傳的那樣，亡國之君就一定是壞人、昏君。

史載，孟昶也喜愛並擅作豔詞，曾以花蕊夫人徐妃為描寫對象作詞、歌詠。他的名作《木蘭花》更是在宮中廣為傳唱。

冰肌玉骨清無汗，水殿風來暗香滿。繡簾一點月窺人，欹枕釵橫雲鬢亂。
起來瓊戶寂無聲，時見疏星渡河漢。屈指西風幾時來，只恐流年暗中換。

——孟昶《木蘭花》

如同南唐的君主愛填詞，前、後蜀的君主詞作水準雖然無法跟詞帝李煜相比，但他們的示範效應，帶動了詞這一文學形態在四川地區的流傳與繁盛。

五代時期，中原幾乎是沒有文學的，宋朝建立後，詞代表了兩宋文學的最高榮耀。而追溯宋詞發展的根源，則必須追溯到蜀中的花間詞派。花間詞派被認為是「倚聲填詞之祖」，在千年詞史上占有極為重要的地位。但因為不像南唐有李煜的存在，花間詞派的地位常常遭到忽略。

4

梳洗罷，獨倚望江樓。過盡千帆皆不是，斜暉脈脈水悠悠。腸斷白蘋洲。

——溫庭筠《望江南》

溫庭筠是花間詞的鼻祖，也是文學史上第一個大量作詞，且以詞名掩蓋詩名的人。正是在他手上，詞在題材和風格上終於與詩分道揚鑣，發展為獨立體裁。溫庭筠之後，士大夫才開始關注詞這種充滿豔情但卻婉約的文體。後世著名詞人如馮延巳、李煜、歐陽修、柳永、晏幾道、周邦彥等，無一不受溫庭筠的影響。到了明朝，還一度出現「人人讀花間，少長誦溫詞」的程度。

至於韋莊，如古代文學研究大家莫礪鋒所說，從純屬客觀描寫的、僅供歌姬舞女所唱的「伶工之詞」，到從主觀上抒情述懷的「士大夫之詞」，中間有一個過渡，而韋莊正是這一過渡中的關鍵人物。

相比溫庭筠，韋莊的詞不再單純為思婦怨女代言，有時也自抒情懷，在深沉的獨白中流露出詞人自身的個性和情感。這一點，深深影響了李煜，使其寫出了至深至痛的經典詞作。

如今卻憶江南樂，當時年少春衫薄。騎馬倚斜橋，滿樓紅袖招。
翠屏金屈曲，醉入花叢宿。此度見花枝，白頭誓不歸。

——韋莊《菩薩蠻》

除了溫庭筠和韋莊這兩位大師之外，花間詞派中還有很多掃地僧式（按：指身懷絕學卻能甘守清貧泯然於眾者）的高手。比如孫光憲。孫光憲服務於十國中最小的政權——南平，官至御史中丞。

九六三年，宋太祖趙匡胤以平定湖南為名，借道從荊州過。有大將勸南平末代國君高繼沖加強軍事防備，孫光憲呵斥說：「你是峽江的一平民罷了，怎麼知道成與敗。中國從周世宗以來，已有統一天下的志願。何況宋太祖秉承天命，真主出現了！王師不是輕易能抵擋的。」因而叫高繼沖去了解情況，封府庫以待，將三州之地都獻給北宋。趙匡胤嘉獎孫光憲統一的功勛，授任黃州（今湖北黃岡）刺史。

孫光憲以文學自負，處南平，怏怏不得志，認為在亂世中不能展示他的文學才能。他每次對知交說：「寧知獲麟之筆，反為倚馬之用。」後蜀編《花間集》，孫光憲被收錄的詞達六十一首，數量僅次於溫庭筠，可見他的水準。

雞祿山前游騎，邊草白，朔天明，馬蹄輕。
鵲面弓離短韔，彎來月欲成。一隻鳴髇雲外，曉鴻驚。
帝子枕前秋夜，霜幄冷，月華明，正三更。
何處戍樓寒笛，夢殘聞一聲。遙想漢關萬里，淚縱橫。

——孫光憲《定西番》

又比如李珣。他的祖先是波斯人，妹妹李舜弦是前蜀後主王衍的昭儀（按：古代嬪妃封號）。儘管有這層關係，李珣在前蜀沒有做過什麼重要的官，而前蜀滅亡後，他隱居起來，過著一種詩酒陶情的世外生活。

楚山青，湘水綠，春風澹蕩看不足。草芊芊，花簇簇，漁艇棹歌相續。
信浮沉，無管束，釣回乘月歸灣曲。酒盈尊，雲滿屋，不見人間榮辱。

——李珣《漁歌子》

正是有許多像孫光憲、李珣一樣熱衷寫詞的文人，撐起花間詞派的世界，並一步步催生宋詞的高光時刻。儘管後來的人往往戴著有色眼鏡看花間詞，認為它豔情，批判它是亡國之音，但站在歷史的當下，我們必須承認，**沒有花間詞，就不會有宋詞**。

九六五年，北宋滅亡後蜀之後，開始蹂躪和盤剝富庶的四川地區，用了十幾年將後蜀府庫財物全部運至開封，並對蜀地制定沉重的納稅指標，由此造成民生貧苦。四川人在北宋統治下的命運，遠遠不如孟昶當國主的時候。以至於蜀地剛歸降，反宋運動就連綿不絕。這些反宋武裝，往往假託孟昶（或其後人）的名義相號召，打出「興國」、「興蜀」的旗幟，重建蜀國的意圖十分明顯。趙匡胤為此十分頭疼，曾悵然說了一句：「蜀人思孟昶不忘。」一直到二十多年後，九九三年，四川爆發了北宋規模最大的農民起義。

這時候，透過蜀地和南唐的反哺，宋詞已在醞釀著更輝煌的爆發。也就沒有什麼人記得孕育了花間詞的蜀地，此刻正經受怎樣的苦難了。

文學與歷史就這樣擦身而過。花間詞書寫了一個時代的開始，卻來不及記錄一個時代的結束。但願還有人知道這麼一個時代，這麼些人，這麼一朵奇葩，來來往往，消失無痕。

2 帶血的宋詞：九個亡國之君被消滅以後

金陵（南京）城外，北宋大軍已圍城十月，但南唐國君李煜還幻想趙匡胤會放他一馬。北宋開寶八年（九七五年）初冬，面對兵臨城下、三面圍城的北宋大軍，李煜最後一次派出使臣徐鉉前往開封城中，希望能說服趙匡胤撤兵、放過南唐。

儘管已近亡國，但善辯的徐鉉仍然在趙匡胤面前慷慨陳詞：「李煜無罪，陛下師出無名。李煜如地，陛下如天；李煜如子，陛下如父。天乃能蓋地，父乃能庇子。」

五代十國已近尾聲，趙匡胤只是笑笑：「既是父子，如何兩處吃飯？」

徐鉉仍然懇求，希望趙匡胤能放南唐國一馬。說得趙匡胤怒了，蹦出那句千古名言：「臥榻之側，豈容他人鼾睡！」

徐鉉無力回天，只能扼腕嘆息。

半個月後，北宋名將曹彬督軍攻城，金陵城破，李煜被俘。曆經三世、國祚三十八年的南唐，至此泯滅於金戈鐵馬之中。

後來，李煜在詞中如此描繪山河破碎時的困窘狼狽：

四十年來家國，三千里地山河。鳳閣龍樓連霄漢，玉樹瓊枝作煙蘿，幾曾識干戈？
一旦歸為臣虜，沈腰潘鬢消磨。最是倉皇辭廟日，教坊猶奏別離歌，垂淚對宮娥。

——李煜《破陣子》

1

趙匡胤對五代十國盛行的曲子詞很有好感。

北宋乾德三年（九六五年），僅僅用了六十多天，宋軍就兵臨成都，俘虜了後蜀國君孟昶。儘管後蜀全境要到次年才被平定，但大局已定，趙匡胤心中歡喜，早已聽聞後蜀曲子詞發達、曲調靡靡，於是趙匡胤找來後蜀的降臣、詞人歐陽炯，希望能洞窺曲子詞的豔麗。

歐陽炯是「降臣」，他先是出仕前蜀，前蜀被後唐滅亡後出仕後唐，後來又投降後蜀，如今後蜀滅國，他又出仕北宋。

歐陽炯在後蜀曾官至宰相，為後蜀國君孟昶所信任。

這位後蜀宰相會吹笛，還填得一手好詞。僅以一個「春」字，他就能寫出萬般變化：

春來街砌，春雨如絲細。春地滿飄紅杏蒂，春燕舞隨風勢。
春幡細縷春繒，春閨一點春燈。自是春心撩亂，非干春夢無憑。

——歐陽炯《清平樂》

趙匡胤對這位會吹長笛的詞人宰相充滿好奇，於是召來歐陽炯在開封皇城中奏曲表演。御史中丞劉溫叟聽說後，便勸諫趙匡胤：「**後蜀君臣沉溺聲樂以至亡國**，切不可重蹈覆轍。」趙匡胤說：「朕早就聽說孟昶君臣如此，故而為我所擒。朕召喚歐陽炯，不過想檢驗傳言罷了。」作為開國之君，雄心壯志的趙匡胤很能克制私欲、杜絕靡靡之音。此後，他再也不找歐陽炯等後蜀臣工吹笛、作詞、奏樂了。

所以，當詞名遠揚的南唐國君李煜被俘抵達開封時，趙匡胤更加深信御史中丞劉溫叟等人的諫言。發達的曲子詞在某種程度上，確實是五代十國時期南方各國的亡國之音。加上南唐出兵抵抗，這更加使得趙匡胤心中厭惡。於是，他故意封李煜為「違命侯」以侮辱他。

李煜心中愁苦，作為南唐國主李璟的第六子，他原本與帝位無緣。因緣巧合的是，他前面幾位哥哥多數夭折，後來被立為太子的兄長李弘冀又對他非常猜忌，這使得生性文弱的李煜只能埋頭詩書以求示弱自保。沒想到李弘冀卻在派人刺殺有爭位之嫌的叔叔李景遂後，自己也一命嗚呼。至此，李煜前面五個哥哥全部或夭折或喪命，身為第六子的他意外成為南唐國君。

當時，李煜的父親李璟也是位著名詞人，寫過「青鳥不傳雲外信，丁香空結雨中愁」等著名詞句。出身江南的南唐國君有藝術天賦，但在亂世之中，這顯然並非嘉兆。文學上才華橫溢、治國理政卻一塌糊塗的李煜，在接連斬殺潘佑、李平等忠臣良將之後，也將南唐江山逐步推向了火坑，以致最終金陵城破、束手就擒。

然而**被俘開封**、**「歸為臣虜」的日子**，卻意外**成就了這位千古詞帝**。以前，他身為國君偏居江南，專寫靡靡之音，被俘虜北上開封後，亡國以及淪為階下囚的至痛體驗，使得他以摯誠之心，寫出了全新境界。正如王國維所說：「詞至李後主而眼界始大，感慨遂深，遂變伶工之詞而為士大夫之詞。」

在別人的京城，李煜如此低唱愁緒：

無言獨上西樓，月如鉤。寂寞梧桐深院鎖清秋。

剪不斷，理還亂，是離愁。別是一般滋味在心頭。

——李煜《相見歡》

李煜在南唐亡國兩、三個月後的九六六年年初抵達開封。起初，他並不能理解自己身處的險境，儘管趙匡胤表面上優待五代十國的各位亡國之君，但仔細翻閱史料就可以發現，五代十國投降北宋的各位君王，基本上都是離奇暴死。

九六五年，後蜀國君孟昶被俘虜至開封後，僅僅七天就暴斃身亡，由於下手太急，此後為了遮掩門面，避免後面各國激烈反抗，趙匡胤改變了策略，轉為先優待各位亡國之君，然後再伺機動手。

孟昶死後八年，九七三年，被北宋滅國的南平末帝高繼沖也離奇暴死，年僅三十一歲。不久前，年僅二十一歲的後周末帝柴宗訓也無故暴斃。

對於前面這些亡國之君的下場，抵達開封的李煜不是沒有聽說，他只是希望趙匡胤能高抬貴手。雖然是四十幾歲的中年人了，但他還是喜歡天馬行空的做白日夢。這種夢境似幻似真，讓一位憂愁的亡國之君迷離彷徨。

還沒來得及下手，趙匡胤卻在李煜抵達開封的這一年，突然一命嗚呼了。北宋開寶九年（九七六年）十一月，宋太祖趙匡胤在跟弟弟晉王趙光義聚會過後，離奇暴斃。在「斧聲燭影」的迷案中，趙光義登基上位，是為宋太宗。

趙光義上位後，摘掉了李煜的侮辱封號「違命侯」，改封為「隴西公」，李煜原來的皇后小周后則被封為鄭國夫人。對於這位表面親善的宋太宗，李煜一度以為自己的日子能好過一些。但他顯然錯了。趙光義表面親善，實際一直覬覦小周后的美色。借著大臣夫人們必須定期入宮的慣例，他趁機強姦小周后。

作為亡國之君，懦弱的李煜苟且偷生。對於妻子時常被趙光義強暴的現實，他只能忍辱吞聲。面對妻子血淚俱下的埋怨和泣訴，無能為力的李煜只能在詩詞中寄託自己的哀愁痛苦。

當時，南唐舊臣徐鉉在趙光義的授意下，去看望舊日的君主李煜。昔日君臣相見，兩人相對無言，突然，李煜放聲痛哭，長嘆：「我當年錯殺潘佑、李平，以致自毀長城，如今後悔不及。」徐鉉離去後，李煜悲從中來，寫下了千古名篇《虞美人》：

春花秋月何時了？往事知多少。小樓昨夜又東風，故國不堪回首月明中。
雕欄玉砌應猶在，只是朱顏改。問君能有幾多愁？恰似一江春水向東流。

——李煜《虞美人》

太平興國三年（九七八年），宋太宗在聽徐鉉轉述李煜的心聲後大怒，立馬起了殺心。趙光義下令在七月七日李煜生日賜一壺毒酒。當晚，四十二歲的李煜暴斃。或許，他早已看破結局，只是不知這結局來得如此之快，此前，他在《相見歡》中就曾哀嘆：

林花謝了春紅，太匆匆。無奈朝來寒雨晚來風。
胭脂淚，相留醉，幾時重。自是人生長恨水長東。

——李煜《相見歡》

李煜暴斃後不久，紅顏命薄的小周后也抑鬱而終。或許在黃泉之下，她將和後主李煜，一起夢回金陵，只是朱顏已改，故國不再。

2

儘管表面上善待各位亡國之君，但像自己的大哥趙匡胤一樣，趙光義一直穩步清除五代十國的各亡國之君。

如果說趙匡胤還有兄弟之情的話，在弒兄猜疑中上位的趙光義，對親人卻是狠辣無情。趙匡胤死後，其兩個兒子燕王趙德昭、秦王趙德芳一個被迫自殺、一個離奇暴死。此後，趙光義的弟弟趙廷美也在被誣告謀反、貶黜房州（今湖北房縣）後「憂悸成疾而卒」。

在逐步剷除可能威脅自己皇位的各至親及毒殺李煜後，趙光義又計畫對南漢國君劉鋹（鋹音同廠）下手。

聯想到此前後蜀國君孟昶、南平末帝高繼沖、後週末帝柴宗訓、南唐後主李煜等人的暴死，劉鋹在南漢國亡投降後一直心有餘悸，於是處處模仿蜀漢後主劉禪自汙。趙光義上位後，先後迫使福建割據政權和吳越國君主動納土投降，至此，五代十國四分五裂的割據政權中，就只剩下北方的北漢尚未平定。

在九七九年出征北漢前的酒宴上，趙光義請劉鋹以及原來的吳越國君錢俶等亡國之君赴宴。宴席上，劉鋹曲意逢迎的說：「朝廷威名遠播，四方僭號竊位的君主，今日都在座。不久平定太原（北漢都城），劉繼元（北漢皇帝）又將到達。臣率先來朝，希望可以手持棍棒，成為各國投降君王的『老大』。」這種諂媚言論，當場就逗得趙光義哈哈大笑。

但北漢在宴會當年被平定後，劉鋹卻沒有機會成為降王們的「老大」。因為在隔年，他就像前面的幾位亡國之君一樣，莫名其妙的暴斃了，年僅三十九歲。

越來越多的亡國之君離奇暴斃，這使得身居開封城內的原吳越國君錢俶更加膽戰心驚。

此前，北宋在進攻南唐時，曾經邀約吳越國一起夾攻南唐。對此南唐後主李煜曾寫親筆信給錢俶：「今日無我，明日豈有君？」

但錢俶不懂得脣亡齒寒的道理。果然，在南唐滅國後，國勢日益衰微的他只能被迫納土歸宋。吳越國滅後，在開封的錢俶更加小心翼翼。為了在趙光義面前「積極」表現，他經常半夜就醒來準備上朝，「每晨趨行闕，人未有至者，（錢俶）必先至」。

曾浸潤在杭州的湖光山色之中，錢俶對於詩詞有自己的理解，在《宮中作》中他寫道：

廊廡周遭翠幕遮，禁林深處絕喧嘩。
界開日影憐窗紙，穿破苔痕惡筍芽。
西第晚宜供露茗，小池寒欲結冰花。
謝公未是深沉量，猶把輸贏局上誇。

才情不能解救金陵的李煜，同樣也不能解救西湖邊的錢俶。宋太宗端拱元年（九八八年）八月二十四日，作為前吳越國君，錢俶在這一天做宴慶祝自己的六十大壽，趙光義特別派來使者賜宴。當天，錢俶陪同使者飲酒至日暮，當夜離奇暴斃。

錢俶和李煜一樣都是在自己生日這天，喝了趙光義的賜酒、被賜宴後暴斃。對於其中的巧合，明末清初著名學者周亮工在《因樹屋書影》中說：「南唐李後主以七月七日生，亦以七月七日死。吳越王俶以八月二十四日生，以八月二十四日死。兩王生死相同如此……顧兩王皆以生辰死者，蓋銜忌未消，各借生辰賜酒陰死之耳。」

錢俶死後三年，宋太宗淳化二年（九九一年），被安置在房州的北漢末帝劉繼元生病，趙光義派使者陪同御醫前往探病。史載，劉繼元在被「診視後，卒」。

至此，趙匡胤、趙光義兄弟前後經營幾十年，終於在偽善的面目下，剷除了五代十國的各個亡國之君。在二十八年內，五代十國中投降北宋的九名亡國君王，全部離奇暴斃。不僅如此，原來後蜀國君孟昶的長子孟玄喆、南唐後主李煜的長子李仲寓、吳越國君錢俶的長子錢惟濬等亡國之君的後裔，也在宋太宗朝紛紛暴斃。

至此，趙光義終於覺得放心了。

此前，作為宋詞的前身，**曲子詞在南方的後蜀、南唐等國頗為發達，但在北宋逐一平定南方各國後，隨著各國的亡國之君和著名詞人被強行遷徙到開封，南方的曲子詞逐漸趨於消亡**。對於後蜀孟昶、南唐李煜沉溺聲詞音樂的教訓，趙光義跟自己的哥哥趙匡胤一樣，對此抱有警惕。南唐亡國後，南唐著名詞臣張洎（洎音同季）也隨同到了開封。當時，朝臣們想推薦張洎作為翰林學士，趙光義表示反對，他說：「朕知道張洎才華橫溢，但是德行還差得很遠。」

儘管如此，張洎最終還是因為「文采清麗，巧於逢迎」成了翰林學士。對此趙光義特地叮囑群臣：「張洎文采斐然，至今還用心讀書，在江東人士中算是拔尖人才，但士大夫應該以德行為先，倘若空恃文學，亦無所取。」

話雖如此，宋太宗趙光義身邊，仍匯聚起了一批經常填詞唱和的詞人。例如太平興國五年（九八〇年）的狀元蘇易簡，就曾在宋太宗的宴會上寫下《越江吟》：

神仙神仙瑤池宴。片片。碧桃零落春風晚。翠雲開處，隱隱金輿挽。玉麟背冷清風遠。

作為宋詞的開篇，這些詞跟五代十國的南方曲子詞一樣萎靡清豔，基本為後世所忽略。

作為狀元詞人，蘇易簡極其嗜酒。趙光義多次勸誡，有一次甚至親自草書《誡酒》、《勸酒》二詩，命令蘇易簡在母親面前朗讀，但這些都不能改變其嗜酒癖好，他最終因為嗜酒被貶。九九六年初，蘇易簡因飲酒過度去世，年僅四十歲。趙光義聽了非常惋惜，特地為他寫輓詞：「時向玉堂尋舊跡，八花磚上日空長」，並下令追贈蘇易簡為禮部尚書。

與蘇易簡等北宋自行擢拔的詞人受到重視不同，原來**南方各國的詞人則在入宋後，集體「緘默」**。例如後蜀著名詞人歐陽炯在入宋後，從此不再寫詞；原來位處湖南的詞人孫光憲，也在入宋後不見創作。

這些作為亡國之臣入宋的詞人們明白，趙匡胤、趙光義兄弟盡管對曲子詞也有好感，但兩人身為「創業者」，與後蜀孟昶、南唐李煜等亡國之君不同，對被臣子們屢屢勸諫為亡國之音的曲子詞，內心還是抱有抵觸。

所以，原本在後蜀和南唐充分發達的曲子詞，在入宋後逐漸消亡轉化。這種局面，與開國創業的趙匡胤、趙光義兄弟的警惕自省有很深的關係。創業難，守業更難，開基立業的趙匡胤、趙光義兄弟，始終保持著自省內斂的本色。曲子詞在入宋後的冷落寂寞，也就順理成章。

在北宋君王朝臣們看來，那些，都是「亡國之音」。

3

儘管對於來自南方的詞人抱有警惕，但對於如何培養北宋的自家文人，趙光義卻盡心盡力。北宋自趙匡胤開國後，為了規避唐末五代以來軍人亂政的局面，先是透過「杯酒釋兵權」集中了皇權和軍權；趙光義上位後，又透過擴大科舉錄取，來培養北宋的文人「後備隊」。

科舉制雖在唐代興起，但當時每年錄取人數不過七、八十人，少的時候甚至只有幾個名額，甚至出現過考生全部落榜的情況。宋太祖趙匡胤上位後，科舉錄取人數仍然很少，從幾個人到幾十人不等，即使最多一次，也僅有百餘人。宋太宗趙光義上臺後，為了推進「崇文抑武」的國策，開始大規模擴大科舉錄取人數。九七七年，**宋太宗在自己任內的第一次科舉考試中，就錄取進士、諸科人數達五百人，相當於宋太祖在世時每年錄取人數的二十五倍**。

此後，宋太宗在每隔兩、三年一期的科舉考試中，大規模收攬士子，以求「田野無遺逸」、「朝廷多君子」。這種科舉錄取人數的規模，直接促成了此後三百年宋朝的文風鼎盛，使得整個社會階層流動順暢，精英人物迅速向北宋皇權靠攏，為宋代的「文治」奠定了政治和文化基礎，從而也為宋詞的勃興打下了堅實的人才基礎。

但與北宋「文治」的日益興盛相比，北宋的「武功」卻多次受挫。宋太宗太平興國四年（九七九年），趙光義借著滅亡北漢的餘威北伐契丹，希望借此機會收復燕雲十六州，沒想到卻在高梁河之戰中大敗，趙光義被箭射傷，只能乘著驢車逃命。

七年後，雍熙三年（九八六年），趙光義又派遣五路大軍北伐契丹，最終也遭遇慘敗。其中西路軍主將楊業為了掩護軍民南撤，兵敗被俘，最終絕食而死。

不僅是兩次北伐敗給契丹，宋太宗時期，北宋對交趾（越南）的征戰也告失敗。當時西夏不斷崛起，趙光義面對對外征戰的屢屢敗績，灰心喪氣。於是，在第二次北伐契丹失敗後，他將絕大部分精力轉向治國理政。也就是在此時，王禹偁（偁音同撐）、寇準、晏殊等詞人崛起或開始成長。在北宋武力受挫的局面中，北宋文治日益興隆，一批日後即將開啟宋詞大幕的優秀詞人，亮麗登場。

與清麗萎靡的其他詞人不同，身為翰林學士的王禹偁性格耿直，多次得罪權貴，以致宋太宗幾次勸誡他不要鋒芒過露。有一次趙光義當面提醒：「卿之聰明和文章，不在韓愈、柳宗元之下。但剛直不容人，以致別人總是攻擊你，朕都難以庇護你。」

這種太過剛硬的性格，自然使得王禹偁處處遇挫，在一闋詞中，他委婉道出自己的愁緒：

雨恨雲愁，江南依舊稱佳麗。水村漁市。一縷孤煙細。
天際征鴻，遙認行如綴。平生事，此時凝睇，誰會憑欄意。

——王禹偁《點絳脣·感興》

一邊「冷處理」五代十國的亡國詞人，一邊大力扶持本朝文人的文化科舉，北宋的文治逐步興盛。從宋太宗時期開始，每次公布狀元後，「每殿廷臚傳第一，則公卿以下，無不聳觀，雖至尊（皇帝）亦注視焉。（狀元）自崇政殿出東華門，傳呼甚寵，觀者擁塞通衢，人摩肩不可過，錦韉繡轂角逐爭先，至有登屋而下瞰者，士庶傾羨，歡動都邑」。

九九七年，趙光義因在高粱河之戰中所受箭傷反覆發作，在開封駕崩。但他奠定的文治基礎已然蔚為大觀，到了他的兒子宋真宗時期，宋真宗甚至寫詩歌《勵學篇》勸誡民間學文向上：

富家不用買良田，書中自有千鐘粟。
安居不用架高堂，書中自有黃金屋。
出門莫恨無人隨，書中車馬多如簇。
娶妻莫恨無良媒，書中自有顏如玉。

在君王宣導、舉國崇文的熱烈氛圍中，宋詞發育的文化種子迅速傳遍大江南北，以致北宋時人汪洙寫詩道：

天子重英豪，文章教爾曹。
萬般皆下品，惟有讀書高。

儘管宋代的武將集團遭到壓制，但文治的興盛，卻為宋詞的崛起打下堅實基礎。在西湖岸邊，十二歲時就經歷吳越國亡的詞人林逋，選擇了在此終生隱居。

時人記載，林逋經常獨自划小船，遍游西湖邊的各個寺廟，與高僧詩友唱和往來。有時候他外出不在西湖孤山家中，若有友人來訪，家中童子會放飛他散養的白鶴，林逋見到白鶴，知有客來，便划船而返。

林逋寫詩寫詞都是隨寫隨棄，幸虧一些有心人幫他偷偷保存，才使得他有部分詩詞流傳後世。在詞中，他寫道：

金穀年年，亂生春色誰為主？餘花落處，滿地和煙雨。
又是離歌，一闋長亭暮。王孫去。萋萋無數，南北東西路。

——林逋《點絳脣》

在隱居西湖孤山的一生中，他不出仕，也不婚娶，只是喜歡種植梅花和飼養白鶴，自稱「以梅為妻，以鶴為子」，人稱「梅妻鶴子」。

當時，晚輩梅堯臣仰慕他的為人，專門為他的詩集寫序說，林逋為人如高峰瀑布，望之可愛，越接近越覺得清澈，捧之則如清泉，甘甜潔淨，久而不厭。

林逋生活的主要時代，是文治日益興盛的宋太宗、宋真宗兩朝。面對舉國對科舉迷戀若狂的局面，他選擇了在西湖邊隱居。到了晚年，他在住宅邊為自己修建墓穴，作詩說：

湖上青山對結廬，墳頭秋色亦蕭疏。
茂陵他日求遺稿，猶喜曾無封禪書。

——林逋《自作壽堂因書一絕以志之》

詩中講了在武力方面沒什麼壯舉的宋真宗，在繼漢武帝、光武帝、唐高宗、唐玄宗等人之後封禪泰山（按：指評價一個皇帝在任期間功績的標準，作為曠世盛典，儀式極為隆重），林逋對此很不以為然，他還說，他不願意阿諛奉承皇帝，只想在百年之後守護西湖的湖光山色，與孤山修竹為伴。

那時，宋朝正處於上升期，在西湖邊的林逋卻孑然一身，高傲自然，顯得如此特立獨行。

那時，宋朝詞壇仍然人才凋零，但從林逋開始，詞人天才們即將開始小試牛刀，最終噴湧而出。正如唐詩在唐開國初期的寂寥一般，一個屬於宋詞的時代，在曲折中開場了。

3 宋詞的第一個高峰，宋仁宗時代

失意民間的柳永，高處廟堂的晏殊，銳意進取的范仲淹，他們是隸屬於宋仁宗時代的卓越代表，構成了這個詞壇黃金時代的多重鏡像。

1

一〇三〇年，二十四歲的歐陽修高中進士。宋朝人最喜歡「榜下擇婿」，認為新科進士是未來的超級潛力股。於是，金榜題名的歐陽修很快被翰林學士胥偃定為女婿。儘管如此，他還是不減風流，在不知道寫給哪位心愛女子的《繫裙腰》一詞中，他如此回憶：

水軒簷幕透薰風。銀塘外、柳煙濃。方床遍展魚鱗簟，碧紗籠。小墀面，對芙蓉。

玉人共處雙鴛枕，和嬌困、睡朦朧。起來意懶含羞態，汗香融。素裙腰，映酥胸。

歐陽修年輕時候最喜歡**寫這些豔詞**，這也為他後來惹下了無數風波。但**在當時似乎是一種文人群體間的集體活動**。至少，歐陽修的老上司，西京留守錢惟演就很包容他。

作為投降北宋的吳越王錢俶的第七子，錢惟演很清楚北宋政局的微妙。他十二歲時，錢俶喝了宋太宗的賜宴，酒後暴斃。這件事對年幼的錢惟演造成很大的心理衝擊。此後一生，他攀附趙宋皇權，沒事讀讀書、喝喝酒，為求自保嘻嘻哈哈過一生。

為免遭殺身之禍，錢惟演特別喜歡攀附皇室。他先後讓兒子錢曖娶了宋仁宗郭皇后的妹妹，又讓另一個兒子錢晦娶了宋太宗的外孫女。他甚至將自己的親妹妹嫁給宋真宗劉皇后的哥哥劉美（劉世濟）。宰相丁謂得勢時，錢惟演就把女兒嫁給丁謂的兒子，等到丁謂倒臺，錢惟演又拚命踩踏這位親家。因此，錢惟演的人品讓時人很不屑。

但這位在夾縫中求生、寫下「情懷漸變成衰晚，鸞鏡朱顏驚暗換」的貴胄，卻很欣賞歐陽修，對獎掖後進不遺餘力。

在西京洛陽，錢惟演幕下聚集了一大批優秀詞人。除了歐陽修，那時，梅堯臣、張先等人也經常是錢惟演的座上客。剛剛金榜題名、洞房花燭的歐陽修，此時經常寫寫「試問當筵眼波恨，滴滴為誰嬌」的濃情豔詞。

有一次，錢惟演在後園開宴，賓客都已到齊，歐陽修卻遲遲不至。好不容易人來了，大家卻發現歐陽修竟然還帶了歌妓。

錢惟演不責備歐陽修，卻詢問歌妓為何遲到。歌妓這才慵懶回答，午覺醒來後發現丟了金釵，跟歐陽修一起找來找去找不著，因此才遲到。

錢惟演於是說：「若歐陽推官願意妳寫一首詞，就送妳一個金釵。」

既然錢惟演發話，歐陽修二話不說，揮筆就來首《臨江仙》：

柳外輕雷池上雨，雨聲滴碎荷聲。小樓西角斷虹明。闌干倚處，待得月華生。

燕子飛來窺畫棟，玉鉤垂下簾旌。涼波不動簟紋平。水精雙枕，畔有墮釵橫。

好一首詞，把歌妓午睡寫得詩情畫意，馬上引來滿座稱讚。於是，錢惟演讓人從公庫中取錢給歌妓代償其釵。

可在洛陽，歐陽修不僅僅擁有這位歌妓。在《玉樓春》中，他這樣告別心愛的女人：

尊前擬把歸期說，欲語春容先慘咽。人生自是有情痴，此恨不關風與月。

離歌且莫翻新闋，一曲能教腸寸結。直須看盡洛陽花，始共春風容易別。

晚年時，已經成為文壇宗師的歐陽修曾反省：「三十年前，尚好文化，嗜酒歌呼，知以樂而不知其非也。」意思是說，那時候還年輕，只知道玩得高興，根本不知道什麼是對錯。

2

當二十多歲的歐陽修在縱酒高歌時，已經四十多歲、多次落榜的柳永，卻在痛苦中徘徊。

後世對於柳永的具體生卒年月有爭議，只知道他大約生於九八四年，約卒於一〇五三年。這位人生中大部分時間一直在底層浮沉的詞壇高手、情場浪子，十八歲就從福建崇安（武夷山）老家北上，想要到京城開封一博科舉，沒想到中間經過江南，竟然一停就是七年，一直到二十五歲時才趕到開封赴考。

「江南好，風景舊曾諳」。江山如畫、美人如花的江南，顯然讓這位來自南方山區的少年才子流連忘返，在那首著名的《望海潮．東南形勝》中，柳永如此描繪錢塘（杭州）的繁華：「東南形勝，三吳都會，錢塘自古繁華。煙柳畫橋，風簾翠幕，參差十萬人家。」這首詞的藝術感染力很強，相傳後來南宋初期，金主完顏亮聽唱柳永的這首詞後，嚮往江南的美好，進而激發了吞併南宋的野心。

宋仁宗朝大才子范鎮也曾評價：「仁宗四十二年太平，鎮壓翰苑十餘載，不能出一語詠歌，巧於耆卿詞見之。」意思是，回想宋仁宗朝那四十二年的太平歲月，我范鎮擔任翰林學士十幾年，卻沒有好詞詠歌，但這些在柳永的詞裡卻都能看到。

等到柳永從江南的美景裡短暫蘇醒過來，想到京城開封尋覓功名時，科舉的大門卻屢屢對他關閉。一生中至少落榜四次的柳永，後來寫了《鶴沖天．黃金榜上》抒發這種抑鬱：

黃金榜上，偶失龍頭望。明代暫遺賢，如何向。
未遂風雲便，爭不恣狂蕩。何須論得喪？才子詞人，自是白衣卿相。
煙花巷陌，依約丹青屏障。幸有意中人，堪尋訪。
且恁偎紅倚翠，風流事，平生暢。青春都一餉。忍把浮名，換了淺斟低唱！

五代十國以後蜀、南唐的曲子詞為代表，因為君主沉溺聲樂乃至亡國的教訓不遠，所以**從宋太祖、宋太宗到宋真宗、宋仁宗朝，都對「屬辭浮靡」格外警惕。但柳永的青樓豔詞在北宋民間頗負盛名**，以致「教坊樂工，每年新腔，必求（柳）永為辭，始行於世」，而有的妓女為了抬高知名度和身價，甚至花錢請柳永題詞，「妓者愛其有詞名，能移宮換羽，一經品題，聲價十倍，妓者多以金物資給之」。當時有「凡有井水飲處，即能歌柳詞」的說法。

這種民間風氣，傳到了開封大內皇宮。「天下詠之，遂傳禁中。仁宗頗好其詞，每對宴，必使侍從歌之再三」。連宋仁宗都喜歡上這位浪子的歌詞，眼看著柳永似乎金榜題名有望，然而世事弄人，君王私下喜歡歸喜歡，但在公開的政治取向上，卻嚴斥這種浮靡豔詞。

相傳宋仁宗有次看到柳永的名字出現在錄取榜上，就想起了柳永寫過的「忍把浮名，換了淺斟低唱」，於是特意將他黜落，還說：「且去淺斟低唱，何要浮名？」

科舉無望，多次落榜，柳永「由是不得志，日與獧子縱遊娼館酒樓間，無復檢約」，並且調侃自稱「奉旨填詞柳三變」。

有人向宋仁宗推薦柳永，宋仁宗就問：「莫非是那個填詞的柳三變？」推薦人就說是啊，宋仁宗的回答也有趣，說：「且去填詞。」

在《蝶戀花》中，無奈風流、失意人生的柳永這樣寫道：

佇倚危樓風細細，望極春愁，黯黯生天際。草色煙光殘照裡，無言誰會憑闌意。
擬把疏狂圖一醉，對酒當歌，強樂還無味。衣帶漸寬終不悔，為伊消得人憔悴。

這不僅是對心愛的女人而言，更是對柳永流連市井、落寞人生的真實寫照。

3

柳永有煩惱，打發柳永「且去填詞」的**宋仁宗趙禎**也有煩惱。

這位十三歲就登基為帝的君王，一生中**以謹慎克制聞名**。他晚上肚子餓想吃羊肉，卻怕奢侈浪費不敢說。想提拔自己心愛的張貴妃的親戚當官，卻因包拯反對，只好作罷。

儘管喜愛柳永的歌詞，但大部分時候，宋仁宗在開封的皇宮中，並不演奏詩詞音樂，因此皇宮中時常顯得冷清寂寞。宋人施德操在《北窗炙輠錄》中寫道，有一天夜裡，宋仁宗聽到外面有很熱鬧的絲竹歌笑之聲，就問宮人說：「這是哪裡在作樂？」宮人回答說，這是皇宮外面民間酒樓的喧鬧聲音。緊接著，宮人向宋仁宗訴苦說：「官家您聽，外面民間是如此快活，哪似我們宮中如此冷落。」

北宋時，臣子私下會稱皇帝為官家。宋仁宗倒是看得開，他回答：「你知道嗎？正是因為我宮中如此冷落，外面人民才會如此快樂。我宮中若像外面如此快樂，那麼民間就會冷冷落落。」

宋仁宗十三歲那年，父親宋真宗去世。仁宗少年登基，但朝政實際上是被其父的皇后劉娥把持。一直到一〇三三年，劉太后去世，二十四歲的宋仁宗才開始親政。但親政不久，宋仁宗卻獲悉一個驚天消息：劉太后原來不是他的親生母親，甚至很有可能是他的殺母仇人。

原來，宋仁宗真正的親生母親，是劉娥身邊的一個婢女李氏。當初，宋真宗在偶然臨幸李氏後，李氏便懷上了孩子。得知消息後，多年不育的劉娥遂將李氏所生孩子據為己有，對外謊稱是自己親生。

為了隱瞞宋仁宗的真實身世，劉娥在世時一直軟禁控制李氏，以致宋仁宗與母親李氏兩人終生不能相見。

實際上，宋仁宗的身世在當時就廣為人知，但養在深宮的宋仁宗卻被蒙在鼓裡。礙於劉娥的權勢，整個宋廷內部無人敢言。但等到劉娥去世，這個祕密再也無法隱瞞。

得知自己的真實身世後，宋仁宗一度崩潰流淚，並下發《罪己詔》，說自己對親生母親不孝，沒當好皇帝，也沒做好兒子。《罪己詔》一發，舉國議論紛紛。

為了驗明真相，宋仁宗命令為母親李氏開棺驗屍。在看到李氏在棺內被隆重入殮後，他才強抑怒火，淡化此事。

對於如何評價劉娥的功過，當時，滿朝文武大臣鑑於劉娥掠奪仁宗為子、在世時垂簾聽政的種種做法，紛紛上書譴責她的種種不道德和執政過失。但朝臣范仲淹卻上書說，太后雖然有過，不過畢竟養護今上多年，建議朝廷掩飾太后過失，成全其美德。最終，宋仁宗採納了范仲淹等人的建議，詔令朝廷內外不得再擅自議論太后之事。

儘管如此，這件事還是對宋仁宗造成了巨大的心理傷害。等到二十三年後的至和三年（一〇五六年），四十七歲的宋仁宗突然精神失常、手舞足蹈、語無倫次。後來，他的病情越來越重，天天大聲呼叫說：「皇后等人要害我！皇后等人要害我！」這種瘋癲狀況持續一個多月後，宋仁宗才逐漸康復。

4

獲悉身世之謎第二年（一〇三四年），**宋仁宗**特開恩科，**下令放寬對歷屆科場沉淪之士的錄取尺度**。已經五十一歲的柳永聽聞消息，特地從鄂州趕赴京師。最終，**從二十五歲一直考到五十一歲，柳永才被擢為進士**。老來中舉，自然讓柳永欣喜若狂。在從汴梁（開封）前往蘇州時，柳永特地拜訪當時的蘇州知州范仲淹。

相比沉淪半生的柳永，范仲淹的身世也相當坎坷。

范仲淹兩歲時喪父，母親帶著他從蘇州改嫁到山東一戶姓朱的人家。很長一段時間，他不知道自己的身世，一直到有次他勸誡朱家兄弟不要揮霍浪費時，對方反而怒道，我用朱家的錢，關你什麼事？

由此，范仲淹才知道自己並非姓朱，而是姓范，原籍蘇州。了解自己的真實身世後，范仲淹傷感不已，毅然辭別了母親，來到了應天府（今河南商丘）求學。生活清苦的他每天煮粥充飢，為了節約，每次等粥冷卻凝固後，再用刀子將粥劃為四塊，然後早晚伴著醃菜各吃兩塊，如此堅持多年。

在應天府求學四年後，宋真宗大中祥符八年（一〇一五年），范仲淹高中進士。范仲淹也對後面才獲悉自己真實身世的宋仁宗心有戚戚焉，但出於朝政大局，他仍然建議宋仁宗要護全劉娥的身後名聲。

宋仁宗真實身世曝光後，北宋也邁入了多事之秋。

此前，北宋在和遼國達成澶淵之盟（一〇〇五年）後，兩國保持了長期和平的局面。儘管與東北的遼國達成和平，但在西北，党項人卻不斷崛起。到了宋仁宗寶元元年（一〇三八年），党項的李元昊正式稱帝建立西夏，此後從一〇四〇年至一〇四二年，西夏連續在三川口戰役、好水川之戰、定川寨之戰中大破宋軍，西夏軍隊兵鋒直逼長安，汴京開封震動。這也是宋夏兩國之間百年戰爭的開端。

面對西夏人的崛起，范仲淹被委以重任。從宋仁宗寶元元年至慶曆三年（一〇三八年至一〇四三年）間，范仲淹以龍圖閣直學士身分，參與經略西線邊防，使得宋軍在多次大敗後，仍能穩住西北邊防。

經過范仲淹、韓琦等名將的力守，西夏針對北宋的攻擊屢屢遇挫而返。另外在經濟上，北宋針對西夏的經濟命脈主要依靠鹽業的弱點，也對應採取了經濟制裁、禁運青鹽等貿易戰。在北宋多管齊下的震懾下，西夏國力日益衰微，李元昊最終息兵講和，與北宋在一〇四四年達成和議。雙方約定，西夏向北宋稱臣，北宋每年則賜予西夏絹十三萬匹、銀五萬兩、茶二萬斤，並開放邊境貿易，史稱「慶曆和議」。

與西夏的和議雖成，但北宋隱藏的危機並未解除。

北宋由於長期的崇文抑武，導致軍隊作戰系統效率低下。為了拱衛中央和鞏固邊防，軍隊不斷膨脹。宋仁宗時期，**北宋軍隊**最高峰時期達到了一百二十五．九萬人，軍事**開支占據全國年收入的七〇%以上**。與「冗兵」相對，則是北宋的官僚隊伍不斷擴張，使得「冗官」和「冗費」等問題不斷積累加深。

為了養兵和養官，北宋不斷加重底層民眾的稅費。與此同時，北宋國內的土地兼併也日益嚴重，許多大地主和公卿大臣甚至占地達千頃以上，以致「富者有彌望之田，貧者無立錐之地」。北宋農民開始大量逃亡，小型起義屢屢發生，歐陽修說民變「一年多於一年，一夥強於一夥」。

面對內憂外患的局面，憂心忡忡的宋仁宗在宋夏達成「慶曆和議」前，便急匆匆的將范仲淹從對西夏的作戰前線召回朝中問對，並將他擢升為參知政事（副宰相）。

在宋仁宗的推動下，慶曆三年（一〇四三年）八月，由范仲淹、富弼等人主持的「慶曆新政」開始推行，范仲淹等人試圖透過澄清吏治、富國強兵，從根本上解決北宋的根基孱弱問題。但改革很快遭遇來自公卿大臣和地主階層的阻撓，使慶曆新政難以為繼。到了慶曆五年（一〇四五年）正月，范仲淹被外放到陝西，同樣作為改革派中堅力量的富弼等人也紛紛被外放，慶曆新政至此偃旗息鼓。

儘管歷時僅有十四個月，但慶曆新政卻為二十多年後的王安石變法開啟了先聲。

被外放到陝西後不久，范仲淹又因為得罪宰相呂夷簡，而被貶黜到河南鄧州擔任知州。當時，同樣參與了慶曆新政變革的同僚滕宗諒被貶黜到岳州（今湖南岳陽）。滕宗諒到任後，主持重修了岳陽樓，並邀請范仲淹為之作文紀念，為此，范仲淹寫下了傳揚千古的《岳陽樓記》：「不以物喜，不以己悲。居廟堂之高則憂其民，處江湖之遠則憂其君。是進亦憂，退亦憂。然則何時而樂耶？其必曰：先天下之憂而憂，後天下之樂而樂！」

與此同時，因為支持新政而遭貶黜的歐陽修，則在被貶任滁州（今安徽滁州）知州後，寫下了千古聞名的《醉翁亭記》，在遊記中，歐陽修如此闡述自己的心懷：「醉翁之意不在酒，在乎山水之間也。山水之樂，得之心而寓之酒也。」

慶曆新政的失敗，衍生出兩篇千古名文：《岳陽樓記》和《醉翁亭記》，也塑造了千古名園滄浪亭。

作為支持慶曆新政的一員，名士蘇舜欽也被開除公職，廢為庶民。蘇舜欽是宋太宗朝的翰林學士、參知政事蘇易簡的孫子，他父親是工部郎中蘇耆。另外，蘇舜欽的外公則是老宰相王旦。

政治的幻滅，使得蘇舜欽這位名門公子看破紅塵，於是，他從汴京開封跑到蘇州，花了四萬錢買一塊荒地。這塊地曾是吳越國的節度使孫承祐的舊宅池館（按：指有池水花木等風景園林的接待賓客住宿之所）。蘇舜欽耗費巨力，將這塊荒地改造成後世聞名的滄浪亭。好友歐陽修聽說後，特地寫下《滄浪亭》一詩：「清風明月本無價，可惜只賣四萬錢。」

政治失意的蘇舜欽，則在《水調歌頭》一詞中寫道：

瀟灑太湖岸，淡佇洞庭山。魚龍隱處，煙霧深鎖渺彌間。
方念陶朱張翰，忽有扁舟急槳，撇浪載鱸還。落日暴風雨，歸路繞汀灣。
丈夫志，當景盛，恥疏閒。壯年何事憔悴，華髮改朱顏。
擬借寒潭垂釣，又恐鷗鳥相猜，不肯傍青綸。刺棹穿蘆荻，無語看波瀾。

萬千壯志，最終只歸無語看波瀾。

5

慶曆新政的失敗，磨練宋仁宗朝眾多詞人的心志。後來，宋仁宗想讓范仲淹重回中央，並讓他跟反對變法的宰相呂夷簡道歉。沒想到范仲淹的回答卻是：「臣以前與呂夷簡鬧矛盾，討論的都是國家大事，我對他個人於心無憾。」

此前，范仲淹說過：「公罪不可無，私罪不可有。」對待公務必須堅守原則，哪怕得罪人也在所不惜，但在私人品行上，則將恪守清白，絕不貪贓枉法。

最終，在被輾轉貶黜後，一〇五二年，范仲淹在赴任潁州（今安徽阜陽）途中病逝，終年六十四歲。

晚年，范仲淹對子孫說：「每晚就寢時，我都要合計自己一天的俸祿和一天所做之事。如果二者相當，就能打著鼾聲熟睡。如果不是這樣，心裡就不安，閉目也睡不著。第二天一定要做事補回來，使所作所為對得起朝廷的俸祿。」

范仲淹去世第二年，宋仁宗皇祐五年（一〇五三年），柳永也告別人世。

柳永在中舉後，曾輾轉擔任過睦州團練推官、餘杭縣令、曉峰鹽監、泗州判官等職，最終以屯田員外郎的職位退休。

柳永退休後浪跡天涯、居無定所，傳說去世時身無分文，還是歌女們湊錢為他辦理了喪事。後來每年清明節，有的歌女還會相約去他的墳前祭拜，由此相沿成習，後人將其稱為「吊柳會」，也稱「吊柳七」，因為柳永在家族兄弟中排行第七。

這位詞人在年輕時曾經寫下著名的《雨霖鈴．寒蟬淒切》一詞：

寒蟬淒切。對長亭晚，驟雨初歇。都門帳飲無緒，留戀處、蘭舟催發。
執手相看淚眼，竟無語凝噎。念去去、千里煙波，暮靄沉沉楚天闊。
多情自古傷離別，更那堪、冷落清秋節！今宵酒醒何處？楊柳岸、曉風殘月。
此去經年，應是良辰好景虛設。便縱有千種風情，更與何人說？

萬般風情，無人訴說，這豈止是柳永一人的孤單落寞。

柳永去世兩年後，北宋至和二年（一〇五五年），當年作為歐陽修舉進士時的主考官、神童宰相晏殊在汴京開封病逝，享年六十五歲。

在無數獨上高樓、望盡天涯路的征途中，范仲淹、柳永、晏殊先後去世。他們是隸屬於宋仁宗時代的卓越代表，失意民間的柳永，高處廟堂的晏殊，銳意進取的范仲淹，構成了這個詞壇黃金時代的多重鏡像。

6

隨著范仲淹、柳永、晏殊的相繼去世，歐陽修也開啟了屬於自己的文學宗師時代。

到了宋仁宗嘉祐二年（一〇五七年），五十一歲的歐陽修奉旨擔任當年科舉主考官。該屆科舉各科共錄取八百九十九人，其中進士三百八十八人。

在這次錄取的新榜進士中，有後來名列唐宋八大家的蘇軾、蘇轍和曾鞏，還有宋明理學的引路人張載、程顥，以及王安石變法的核心幹將呂惠卿、曾布、章惇等人。由於這屆進士星光燦爛，因此被後世稱為千年科舉第一榜。

作為主考官，歐陽修成為當年考生的集體恩師，由此奠定了他的文學宗師地位。當然，宗師地位遠非一個主考官的名銜所能勝任，在詩詞作文之外，歐陽修還曾獨撰《新五代史》，並作為主修人，與范鎮、呂夏卿等人合撰《新唐書》。

而在千年科舉第一榜的光環之下，這一年，從樞密使（相當於國防部長）被外放為陳州（今河南周口）知州的名將狄青，也在大宋文人的集體質疑排擠中抑鬱死去。

當初，狄青從一個普通士兵一步步做起，無論是在對抗西夏，還是在平定兩廣地區儂智高之亂中，都立下赫赫戰功。但在北宋崇文抑武的時代氛圍中，狄青始終受到文官集團的集體排擠打壓，連歐陽修都曾當面對宋仁宗說，狄青以武將身分掌管軍國要職，恐怕不是國家之福。

歐陽修的言外之意是，宋太祖趙匡胤，也是武將出身的。

大宋帝國的文治如此興盛，對武將處處提防猜忌，對此，沉浸於文官世界的蘇軾並未察覺到此中隱含的危機。關於歐陽修為官、作文、寫詩、賦詞的造詣，蘇軾曾讚道，恩師「論大道似韓愈，論事似陸贄，記事似司馬遷，詩賦似李白」，評價極高。

在宋詞世界裡，沒有武將的事。後來即使南宋有了岳飛和辛棄疾，但他們的詞，也是字字帶血。

但眼下，宋詞仍然沉浸在歌舞昇平裡，儘管范仲淹、柳永、晏殊等相繼去世，但寫出「紅杏枝頭春意鬧」、「車如流水馬如龍」的宋祁，寫出「心中事，眼中淚，意中人」的張先，寫出「落盡梨花春又了，滿地殘陽，翠色和煙老」的梅堯臣……眾多偉大的詞人在這個時代交相輝映，他們共同開啟屬於宋詞的第一個黃金時代。

作為這個宋詞黃金時代的君王，宋仁宗則以自己的謹慎、內斂和自制，為一個時代的繼往開來保駕護航。在臨終前兩年（一〇六一年），他還舉辦「賢良方正能直言極諫科」考試，並在考試中重點提拔了奮勇直言的蘇軾、蘇轍才子兄弟。

雖然自己已快走到人生終點，但宋仁宗還是很高興，在事後對曹皇后說：「朕今日又為子孫得太平宰相二人，這兩人同為兄弟，一個是蘇軾、一個是蘇轍，我年紀大了，擔心用不了他們，但這種人才是留給子孫的財富。」

那一年，這對後來名列唐宋八大家的才子兄弟，蘇軾只有二十五歲，蘇轍二十三歲，歷史和時間將不斷證實宋仁宗的睿智與寬容。

兩年後，嘉祐八年（一〇六三年）三月，五十四歲的宋仁宗去世。消息傳出後，首都開封的商戶自發罷市停業，街頭巷尾到處可見為仁宗皇帝痛哭的人，即使是乞丐和小孩子，也自發在皇宮前焚燒紙錢哭泣落淚。宋仁宗去世的消息傳到遼國後，宋遼交界的燕雲十六州的人們「遠近皆哭」，遼道宗耶律洪基則緊緊抓著宋朝使者的手，哀痛流淚說：「四十二年不識兵革矣。」

宋仁宗的去世，帶走了一個和平昌盛的時代，儘管這艘大船總體仍在航向一個富裕安康的方向，但北宋的積弊未能消除。

由於宋仁宗膝下無子，其侄子趙曙得以繼承皇位，是為宋英宗。宋英宗即位一年後，想要尊稱自己的親生父親為「皇考」（按：亡父的尊稱），但朝臣們認為宋英宗繼承的是宋仁宗的皇位，理應尊稱宋仁宗為皇考，對於宋英宗的親生父親，則應稱為「皇伯」。這場爆發在宋英宗與朝臣之間的爭議，史稱濮議事件。這跟後來明代時，繼承堂哥明武宗皇位的嘉靖皇帝面對的「大禮議」事件很相似。

當時，以韓琦、歐陽修為主的政府系統（中書派。以中書省官員為主，其主要工作負責草擬和頒發皇帝的詔令）支持宋英宗稱生父為皇考，但以司馬光、范純仁、呂公著為首的言官系統

（台諫派。侍御史、殿中侍御史與監察御史通稱為台官，另有諫議大夫、拾遺、補闕、正言通稱諫官，兩者職責往往相混，故合稱台諫）則堅決反對，認為只能稱皇伯。在人情與禮制之爭中，歐陽修一派代表著皇帝（宋英宗），司馬光一派則代表著太后（曹太后），雙方的利益與權力之爭，使得這場爭議，從一開始就被賦予了政治角力因素。

最終，歐陽修一派在宋英宗的支持下取得勝利，但歐陽修也因此得罪了司馬光等士大夫階層。事件結束後，宋英宗很快去世，士大夫階層開始聯合籌畫如何攻擊歐陽修。恰好，歐陽修的妻弟薛宗孺此前因為私事對歐陽修懷恨在心，於是到處造謠歐陽修與兒媳吳氏有染。御史中丞彭思永聽說此事後，覺得可以利用，就告訴了御史蔣之奇。

蔣之奇遂上疏「揭發」所謂的歐陽修亂倫醜聞，引發軒然大波。儘管事件後來查出純屬汙蔑，蔣之奇被貶謫出京，宋神宗還下令在朝堂張榜替歐陽修鳴冤，但這種惡毒的攻擊，還是讓歐陽修身心俱疲。

在誣陷事件當年，一〇六七年，歐陽修被免去參知政事（副宰相）。此後，他相繼出任亳州（今安徽亳州）、青州、蔡州等地知州，當時，宋英宗已去世，歐陽修便一再上書宋神宗，希望能退休養老。按照宋代的規定，官員可以到七十歲再退休，當時歐陽修才六十多歲，有門生便問這是為何。歐陽修的回答是：「我平生的名節，已經被後生描畫盡了。唯有盡快退休保全名節。豈能等待別人驅趕呢？」

由此可見，這位文壇宗師在經歷誣陷等政壇風雨後，晚年心態急轉直下。這種內心的蒼涼與悲憤讓他渴望安靜與祥寧。經過多次上書請求，宋神宗在一〇七一年批准他的退休請求，但同時也希望歐陽修不要離京城開封太遠，以便隨時召喚諮詢。於是，歐陽修選擇臨近開封、自己曾做過知州的潁州作為退休養老之地。

或許他年輕時寫下的《浪淘沙．把酒祝東風》更能表達心意：

把酒祝東風，且共從容。垂楊紫陌洛城東。總是當時攜手處，遊遍芳叢。

聚散苦匆匆，此恨無窮。今年花勝去年紅。可惜明年花更好，知與誰同。

在生命的最後時光，他更加用心的整理平生文章，修改得很辛苦。妻子勸他：「何苦如此呢？難道還怕先生責罵不成？」歐陽修回答：「倒不是害怕先生責罵，而是怕後生們笑話。」經歷過年輕時候的放浪形骸，晚年的回歸寧靜，**詞人的回頭，更像是一種道心的回歸**。而對後世名聲的重視，也突顯出歐陽修的自律與敬畏。

第二年，宋神宗熙寧五年（一〇七二年），歐陽修在潁州病逝，享年六十六歲。在這位文壇宗師逝世的這年，剛拜相不久的王安石五十二歲，蘇軾三十六歲，晏幾道三十五歲，黃庭堅二十八歲，秦觀二十四歲，賀鑄二十一歲，年輕才俊們競展風流，形成一個層次分明的人才梯隊，宋詞也將在他們手中進一步發展深耕。一個屬於宋詞的黃金時代，即將來臨。

4 宋夏百年戰爭與邊塞詞

在大西北的日子，范仲淹的生活品質急劇下降。他在表文中跟宋仁宗說，自己都憋出病了：「痛心疾首，日夜悲憂，發變成絲，血化為淚。」

宋夏交戰之際，康定元年（一〇四〇年），范仲淹出任陝西經略安撫副使，來到了延州（今陝西延安），負責防禦西夏的軍務。

塞下秋來風景異，衡陽雁去無留意。四面邊聲連角起。千嶂裡，長煙落日孤城閉。

濁酒一杯家萬里，燕然未勒歸無計。羌管悠悠霜滿地。人不寐，將軍白髮征夫淚！

這首邊塞詞《漁家傲．秋思》，就寫於這一時期。

范仲淹心憂天下，在前線與宋軍將士同甘共苦，親身經歷戰爭的殘酷。宋夏戰爭中的「鎮戎三敗」震驚朝野，也讓他看清時代的危機，這才是他痛心疾首的原因。

1

一般認為，西夏党項族政權是晚唐藩鎮割據的殘餘。唐朝以來，党項人在今寧夏、甘肅、青海等地區定居。他們本是羌族的一支，其名最早見於《隋書》。其中，夏州（今陝西靖邊）拓跋部落實力最強，是党項人中的老大哥。黃巢起義時，其首領拓跋思恭率領部隊平定起義軍有功，成了唐朝的忠臣，被賜姓李，封夏國公，統轄夏、綏（今陝西綏德）、銀（今陝西榆林）、宥（今陝西靖邊西）四州，在西北藩鎮中嶄露頭角。

從五代到北宋，群雄並起，常年混戰，党項李氏依附於各個中原王朝，並不斷擴張勢力。到宋太宗時，雙方關係發生微妙的轉變。

宋太宗太平興國七年（九八二年），党項首領李繼捧無力鎮服党項諸部，向宋太宗請求入朝，並獻出党項所轄五州諸縣。宋太宗打仗不太行，一聽說有人主動歸附，當然喜出望外，於是接受李繼捧獻地，並下詔令党項貴族入朝。

党項貴族聽說首領要投降，索性不再聽宋朝命令，轉而去捧李繼捧的族弟李繼遷。李繼遷是個梟雄，他以宗族、血親為口號，號召眾部落恢復祖業，與宋朝對抗。可當時的党項人與如日中天的宋朝相比，無異於蚍蜉撼樹。起初，李繼遷屢敗屢戰，只能在大國的夾縫中求生存。

為了扭轉局勢，李繼遷與遼結盟，娶契丹宗室之女，借遼朝的軍事力量壓制宋朝。宋朝拿他沒轍，只好默認了党項人的割據地位，授予李繼遷銀州觀察使的職位，並賜予國姓「趙」。

從李繼遷到其子李德明統治時期，党項人在宋、遼之間左右逢源，放棄東進，接受宋朝的歲賜銀、帛、錢各四萬，茶兩萬斤。

但党項人不甘心成為宋朝的附庸，他們一方面向宋示好，一方面向西擴張，將政權中心遷移到西北重鎮靈州（今寧夏銀川），李繼遷還在與吐蕃爭奪西涼府（今甘肅武威）時中箭戰死。李德明繼承其父遺志，延續「依遼和宋」的戰略，並率軍向西征討，逐漸統一河西走廊，他的兒子李元昊英雄出少年，在攻破甘州（今甘肅張掖）、西涼的戰役中屢立奇功，由此名震西北。

寶元元年（一〇三八年），在繼述祖、父基業後，李元昊率領党項人成功討伐西部，已有脫宋自立的能力。李元昊廢除宋朝給他的封號、官職，自稱「大夏」皇帝。這個與宋、遼（以及後來的金）三足鼎立的少數民族政權，史稱「西夏」。

李元昊寫了篇趾高氣揚的表章送到開封，要求宋朝「許以西郊之地，冊為南面之君」，承認他稱帝。宋仁宗閱後大怒，下詔削奪李元昊一切官爵，封鎖西夏經濟，還四處張貼公告，用豐厚的賞金招募壯士刺殺李元昊，當然，最後也沒人去。

李元昊見挑釁得逞，乾脆就來硬的，發動舉國兵力，東出攻宋。宋夏百年恩怨就此拉開序幕。從李元昊的爺爺李繼遷反宋，到靖康之變後宋夏脫離直接聯繫為止，**在近一個半世紀裡，宋、夏約有四分之三以上的時間在陝西、寧夏一帶對立**。因此，**西夏成為宋朝敵對時間最長的政權**，雙方打的仗一點兒不比與遼、金的少。

西夏，這個尚武善戰的鐵血王朝，卻消失在了絲綢之路的黃沙之中，至今充滿神祕色彩。

國亡史作，是歷代修史的傳統。一二二七年，西夏被蒙古人所滅。元朝人修前朝歷史，只編纂了宋、遼、金三個王朝的正史，對西夏豐富的珍貴文獻，僅僅將宋遼金舊史中關於西夏的記載，附於三部正史之中，即《宋史．夏國傳》、《遼史．西夏外紀》、《金史．西夏傳》。近代以後，西夏文獻被大量盜掘、破壞，更是造成無法彌補的損失，為史學界研究西夏史造成極大困難。如此一來，西夏就更加神祕了。

但在宋朝眼中，西夏曾是一個可怕的對手。

2

范仲淹的另一首經典之作《蘇幕遮》，也是在陝西時所作的作品：

碧雲天，黃葉地，秋色連波，波上寒煙翠。山映斜陽天接水，芳草無情，更在斜陽外。
黯鄉魂，追旅思，夜夜除非，好夢留人睡。明月樓高休獨倚，酒入愁腸，化作相思淚。

從秋景秋思之中，可讀出范仲淹與戍邊士卒的思鄉之情，更有一種「先天下之憂而憂」的悲涼沉鬱。正是殘酷的現實，讓范仲淹無比憂愁。西夏發兵後，宋軍接連遭遇了三場大敗，史稱鎮戎三敗，先後死傷約二十萬人。老宰相呂夷簡在朝中收到前線戰報後，驚呼：「一戰不如一戰，可駭也！」

一敗三川口。

李元昊攻宋，兵鋒所指是延州。延州城有「三秦鎖鑰」之稱，依山而建，地勢險要。延州守將、振武軍節度使范雍兵力單薄，面對來勢洶洶的攻勢一籌莫展，被李元昊偷襲，西夏軍直逼城下。李元昊以「圍城打援」之計，在三川口（今陝西延安）這一咽喉要地，設伏殲滅宋朝援軍。延州成為孤城，被圍攻七日，幸而天降大雪，才讓露宿在外的西夏兵暫時退兵，圍城之危解除。

此戰，宋軍西北邊防的空虛暴露無遺，兩員大將劉平、石元孫被生擒，損兵多達萬人。劉平最後病死在西夏，宋朝以為石元孫也死了，便為二將追封致祭。沒想到，石元孫不過是到西夏喝了幾年「西北風」，後來被放回來。

宋朝眾臣見石元孫活著回來，紛紛勸說宋仁宗，「軍敗不死辱國」，要把石元孫殺了。宋仁宗是老好人，沒放在心上，留了石元孫一命，將他貶謫到廣西。

二敗好水川。

三川口戰役後，宋仁宗撤銷范雍邊帥之職，改派韓琦、范仲淹兩位名臣經略陝西，部署對夏防務。范仲淹接過這燙手山芋，一到任就重建防線、訓練士卒，西夏兵感慨：「**小范老子腹中自有數萬甲兵，不比大范老子可欺！**」小范，指范仲淹，大范指不久前敗給西夏的范雍。

宋朝卻在此時暴露了第二個問題，主帥意見不合。

當時，范仲淹主張積極防禦，打持久戰：「為今之計，莫若且嚴邊城，使持久可守，實關內，使無虛可乘。」

韓琦的想法卻是主動出擊，集中大軍打殲滅戰，盡快結束戰爭，不然朝廷沒面子：「屯二十萬重兵，只守界壕，不敢與敵，中夏之弱，自古未有。」

慶曆元年（一〇四一年），李元昊再次攻宋，就是利用了宋軍的矛盾心理。他在進攻中引誘一意主戰的宋將任福輕敵冒進，深入好水川（今寧夏隆德）。宋軍大舉出動，也是堅持韓琦殲滅敵軍主力的戰略方針。進入好水川後，任福發現其中有詐，趕緊率軍沿好水川撤退，但李元昊早已在好水川口埋伏十萬精兵，並放置了許多裝有鴿子的泥盒。

宋軍將士出於好奇，打開了盒子，盒中繫有哨子的鴿子直沖雲霄，這是給伏兵傳送的信號。西夏軍看到信號，得知宋軍已中埋伏，迅速從四周分割包圍，殲滅宋軍萬餘人。

任福寧死不降，拔劍死戰，說：「我身為大將，帶兵作戰失敗，只有一死以報效國家。」最後被西夏兵一槍刺入喉嚨而死。這一天，宋軍除了一名叫朱觀的將領倖存，其餘軍官全部陣亡。這是宋夏開戰之後最慘痛的失敗。

韓琦收拾殘兵敗將後，行至路上，無數陣亡者的家人手持死者舊衣，提著紙錢，對韓琦痛哭道：「韓大人回來了，我兒的魂魄還能歸來嗎？」宋仁宗非常鬱悶，氣得飯都吃不下，將韓琦等人降職處分。

三敗定川寨。

次年，李元昊集合兵馬，第三次向關中發兵。

宋將葛懷敏兵分四路抵禦，下令各路軍在定川寨（今寧夏固原西北）會師。此舉正合李元昊之意，他截斷定川寨的水道，燒毀河上木橋，斷絕宋軍退路，之後趁著天氣突變、狂風肆虐，向宋軍發起進攻。宋軍又亂成一團，死傷無數，葛懷敏以下十餘名將領皆戰死，所部近萬人全軍覆沒。西夏軍趁勢直奔渭州城下，縱掠幾百里，滿載而歸。

宋夏最初交戰，幾次重要戰役都以宋軍慘敗告終，損兵折將數以萬計，出乎宋朝意料之外，又在情理之中。

宋軍之敗，首先敗在軍事體制上。將兵分離、內外相制等政策削弱了將帥兵權，宋朝內部的「三冗」（**冗官、冗兵、冗費**）也導致數量龐大的宋軍虛有其表，戰鬥力大打折扣。正如學者詹安泰的評價，軍權集中會削弱軍力，政權集中導致官僚機構的龐大與癱瘓，財權集中帶來統治階級的腐化。

交戰之前，**宋軍中很多剛參軍的將士幾十年未經戰事，未嘗聽過戰場上的金鼓，也不識戰陣**。他們生於衣食無憂的年代，充滿驕惰情緒，對西夏的情況缺乏了解。當聽到李元昊稱帝時，宋朝群臣還以為，李元昊「小丑也，請出師討之，旋即誅滅矣」。結果，誰也沒把這個「小丑」拿下。

相反，西夏以軍事立國，東征西討打下土地。李元昊不僅能征善戰，還不斷刺探宋朝邊境與朝中虛實，甚至花錢買來宋仁宗從宮中放出的宮女，就是為了摸清宋軍底細。

鎮戎三敗，給了宋朝慘痛的教訓。三次大戰後，西夏忌憚宋朝川陝一帶的數十萬大軍，不敢深入，只得大掠而歸，宋朝也無法一舉打垮西夏，雙方只能選擇妥協。

恰好當時遼夏關係開始緊張，而西夏連年征戰，早已疲困。慶曆四年（一〇四四年），宋夏達成和議，宋仁宗封李元昊為夏國主，宋朝每年給西夏的歲賜上升到了銀七萬兩、絹十五萬匹、茶三萬斤，李元昊向宋朝稱臣，尊宋仁宗為「父皇帝」。

宋朝耗費了數萬將士的生命，最後贏了面子。李元昊表面上為遼、宋雙方的臣屬，實際上在自己的領地內仍自稱皇帝，與遼、宋形成鼎立的局面。

但宋夏之間的戰火並未因此熄滅，仍時不時爆發衝突。正是有宋夏戰爭這一契機，范仲淹的慶曆新政與之後王安石的熙寧變法，都針對軍事上的弊端進行了改革。

3

蔡挺是在范仲淹、韓琦之後鎮守西北的老臣。一年冬天，他為描述邊塞生活，作了一首《喜遷鶯》：

霜天秋曉，正紫塞故壘，黃雲衰草。漢馬嘶風，邊鴻叫月，隴上鐵衣寒早。劍歌騎曲悲壯，盡道君恩須報。塞垣樂，盡櫜鞬錦領，山西年少。談笑，刁鬥靜，烽火一把，時送平安耗。聖主憂邊，威懷遐遠，驕虜尚寬天討。歲華向晚愁思，誰念玉關人老？太平也，且歡娛，莫惜金樽頻倒。

這首詞本來純屬蔡挺自娛自樂，後來卻傳到了宮中。宮女見詞中有「太平」等詞句，以為是首好歌，皇帝聽了會高興，就唱給當時的皇帝宋神宗聽。她們不懂「歲華向晚愁思，誰念玉關人老」是何意。

宋神宗一聽「玉關人老」之句，才知蔡挺在抱怨鎮守邊塞多年，一年比一年老了，剛好最近幾年天下太平，姑且飲幾杯酒，尋求短暫的歡娛。聽到這些話，宋神宗寫了封信給蔡挺，說愛卿鎮守邊塞多年，我很掛念，朝中樞密院缺人，留個位子給你。於是，蔡挺調任中央，為樞密副使，一時傳為佳話。

這個美好的故事背後，是宋神宗一朝在對西夏戰事中打出血性，「憤然將雪數世之恥」。熙寧年間，王安石推行變法，其中的強兵措施就有裁汰冗兵、整編軍隊、設軍器監、將兵法、保甲法、保馬法等。這些改革措施增強宋軍的戰鬥力。

有了將兵法，將領與士卒形成正規編制，一改將不識兵、兵不識將的局面。

有了保甲法，大量農村壯丁接受軍事訓練，節省養兵軍費。

有了保馬法與軍器監，宋軍在軍備競賽中提升了一個等級，不再缺少戰馬，武器也不再是粗製濫造。

宋神宗熙寧四年（一〇七一年），宋臣王韶在王安石支持下，出兵經營河湟地區，轉戰五十四天，先後收復了熙（今甘肅臨洮）、河（今甘肅臨夏）等五州，拓邊兩千里，招撫西北各部三十餘萬帳，設置熙河路，建立起一塊穩固的戰略基地。

王韶曾上《平戎策》，提出戰略：「欲取西夏，當先復河」。熙河開邊，實則斬斷了西夏的右臂，使西夏腹背受敵、各部相互孤立，一有良機即可出兵伐夏。這位與蘇軾、蘇轍、曾鞏、張載、章惇、程顥等名臣文士同榜的進士，在宋夏對壘的棋局中，打出絕妙的一著。

機會來了。元豐四年（一〇八一年），西夏發生政變，年少的國主李秉常被囚禁，其母梁太后把持朝政。宋神宗乘此良機，派出种諤（种音同充）等名將，五路攻夏，以西夏的興、靈二州為目標，企圖一舉將西夏蕩平。五路大軍中，出兵鄜延的种諤最為積極，勢如破竹的攻下西夏多個城寨，一路打到夏州（今陝西靖邊）、銀州（今陝西榆林），因為糧運不濟，又逢大雪，才被迫退兵。

元豐四年，五路伐夏後，宋夏又爆發數次大戰，宋軍雖沒能如願攻陷西夏的靈州，但收復了夏、銀諸州和橫山北側。此後，宋朝在這場百年戰爭中轉守為攻。

4

熙河開邊之後，宋代詞人寫起西夏，總有一種志在必得的豪邁氣概。其中的代表作，為蘇軾的《江城子．密州出獵》：

老夫聊發少年狂，左牽黃，右擎蒼，錦帽貂裘，千騎卷平岡。
為報傾城隨太守，親射虎，看孫郎。
酒酣胸膽尚開張。鬢微霜，又何妨！持節雲中，何日遣馮唐？
會挽雕弓如滿月，西北望，射天狼。

這是蘇軾在熙寧年間被外放到密州（今山東諸城）為官時所作。詞中的「天狼」即指西夏。宋哲宗、宋徽宗在位時，宋朝延續熙寧、元豐年間的戰略，繼續蠶食西夏。

宋哲宗紹聖年間（一〇九四年至一〇九八年），章楶（楶音同杰）為涇原路經略安撫使，集合兵馬修築平夏（今寧夏固原西北）、靈平等五十餘堡寨，增兵嚴守。之後，宋軍在平夏城之戰中打退來犯西夏軍，並乘勝追擊，夜襲天都山（今寧夏海原南），使西夏失去聚兵就糧之地。

此後的宋夏戰爭中，西夏勝少敗多，多次求和。

宋徽宗即位後，極具爭議的童貫來到西北戰場。

童貫在古典小說《水滸傳》中是一個大反派，在歷史上被列為「六賊」之一，但在宋夏戰爭中，他卻是有功之臣，曾為陝西經略使，多次帶兵攻夏，對西夏步步緊逼。

有一次，童貫帶兵至湟州，適逢宮中失火，不太吉利，宋徽宗下手諭，命令各軍暫緩出兵。童貫收到密令後，卻將其藏入靴中，一句話也不說。將領問他這是為何？童貫說：「陛下希望出兵大勝。」繼續帶兵出戰，竟取得大勝，又收復了四個州。

這一時期的宋夏戰爭，為兩宋輸送了大量軍事人才。

在靖康之變中有心救國、無力回天的名將种師道，渡江後的名將韓世忠、吳玠、吳璘、劉錡等早年都打過宋夏戰爭，陝西軍也成為日後抗擊金軍的主力。

到了宣和元年（一一一九年），宋夏全面停戰時，西夏已經徹底失去橫山地區，再無防禦北宋的最後屏障。如果沒有靖康之變，宋夏戰爭有可能會是另一種結局。

可就在這時，宋夏之間出現了「第三者」——由女真人建立的金。靖康之變前後，西夏抓住了女真人這根救命稻草，轉而依附於金。

一一二七年靖康之變後，西夏利用北宋滅亡之機，攻占宋朝此前在西北各州修築的城寨，收復大片土地。敵人的敵人就是朋友，西夏與金劃分邊界，東以陝西與山西之間的黃河為界，南以今陝西米脂、寧夏海原境內的蕭關、甘肅靖遠為界。

隨著宋室南渡，宋夏幾乎斷絕來往，一場百年戰爭落下帷幕。神祕的西夏王朝，在與遼、宋、金、蒙等王朝的縱橫捭闔中漸漸歸於沉寂。

5 二晏：盛世詞人的理想模樣

一生順達的晏殊，遇到了人生中最大的「政治危機」。

之前，宋真宗的妃子李宸妃去世，有人安排晏殊為她撰寫墓誌銘。李宸妃的身後隱藏著宋仁宗趙禎的身世之謎，即民間故事「狸貓換太子」的原型。趙禎其實是李宸妃所生，但自幼由宋真宗皇后劉娥撫養長大，這一祕密並未公開。

在當時，如何為李宸妃蓋棺定論，是個棘手的問題。晏殊決定繼續為朝廷隱瞞真相，在碑文中只說李宸妃生女一人，無子，而對她與宋仁宗的血緣關係隻字未提。

宋仁宗親政後，得知自己的身世，翻出當年晏殊寫的碑文，氣不打一處來。仁宗對其他大臣說：「我出生時，晏殊為先帝侍臣，不可能不知實情，他沒有說實話，這完全是欺君罔上。」

宋仁宗發火了，將他的老師晏殊貶出京，趕到地方上為官。

這是晏殊一生數次貶謫中的其中一次。欺君之罪可是要命的，但晏殊很淡定。不出意外，等皇帝消氣後，這次危機就化解了。

晏殊為官，一向四平八穩，其學生歐陽修就評價他，「富貴優游五十年，始終明哲保身全。」作為「太平宰相」，這是一種低調處世的政治智慧。晏殊從政五十年，沒做過什麼驚天動地的大事，卻伴隨著北宋走過盛世年華，詞中盡顯富貴之氣，豔麗而不失高雅。

他是北宋詞壇第一位江西籍領袖，也是宋詞婉約派的一代宗師。他的第七子晏幾道，繼承其才學，詞風、造詣不亞餘父親，父子二人合稱為「二晏」。

可以說，晏殊活成了古代無數官員理想中的樣子。誰不想像晏殊一樣？大半生位高權重，除了案牘勞形，就是風花雪月、歌席酒宴，無功無過，熬到退休。

1

在富足安逸的生活中，晏殊的詞，不乏傷春懷舊之作，他經常感嘆時光流逝，思考生命的意義。比如那首著名的《浣溪沙》：

一曲新詞酒一杯，去年天氣舊亭臺。夕陽西下幾時回？

無可奈何花落去，似曾相識燕歸來。小園香徑獨徘徊。

晏殊的這類小令，流露出絲絲閒愁，不同於亂世文人所遭遇的滄桑巨變。他生逢北宋盛世，又仕途順達，未受過飄零之苦，故而寫出了苑中景物平緩變化的美。

同樣是寫春光易逝，他不像李煜，心懷亡國之痛：「問君能有幾多愁？恰似一江春水向東流。」也不像宋室南渡後的詞人康與之那樣感嘆：「阿房廢址漢荒丘。狐兔又群遊。豪華盡成春夢，留下古今愁。」

晏殊的詞，有亭臺樓閣，有珠光寶氣，有離愁，也有閨思，如那首《蝶戀花》：

檻菊愁煙蘭泣露，羅幕輕寒，燕子雙飛去。明月不諳離恨苦，斜光到曉穿朱戶。
昨夜西風凋碧樹，獨上高樓，望盡天涯路。欲寄彩箋兼尺素，山長水闊知何處？

其中「昨夜西風凋碧樹，獨上高樓，望盡天涯路」一句，被國學大師王國維引用，以此形容古今成大事業、大學問者讀書的第一種境界。

「無可奈何花落去」，也是晏殊對生命的憂慮。年少成名的他，一生沒有衣食之憂、凍餒之苦，唯獨害怕「人貌老於前歲」，一步步走向衰老。這與晏殊的成長經歷不無關係。

晏殊是神童，撫州臨川人（今屬江西），七歲能寫文章，少年時經地方官員推薦，來到京城，與全國各地的千餘名考生同時參加考試，並嶄露頭角，被宋真宗賜同進士出身，從此躋身官場，開始了長達五十年的仕宦生涯。

在一場考試中，晏殊做試題時發現，這個題目是以前練習時做過的，於是果斷站了出來，說：「我曾做過這個題目，請出別的題吧。」考官便另外出了一道題，命他重新作答。

宋真宗聽說後，對晏殊大為讚賞，讓他到祕書省（國家圖書館）上班。

少年得志之後，悲劇接踵而至。晏殊有個感情要好的弟弟叫晏潁，也是神童，同樣得到皇帝欣賞，被賜同進士出身。但晏潁得知消息後，走入書房，反鎖上門，再也沒有出來。等到家人推門進去，晏潁已經去世了。這一年，晏殊二十一歲。少年獨得聖寵，平步青雲，弟弟卻在眼前離世，這也許導致晏殊的性格變得十分敏感，更加憂生懼死。

晏殊詞中的喜樂哀愁，應該都是他的真情流露。有些後世學者研究他的詞集——《珠玉詞》，常批判其詞「無病呻吟」。

確實，晏殊的詞，大部分關於詩酒、歌舞，還有一些粉飾太平、歌功頌德的祝禱之作，其作品中滲透著常人無法企及的華貴氣派，浸淫了高層的享樂意識。

2

惜命的官員，往往是保守的，晏殊做官一向很穩。

宋真宗在位時，有一次，宰相寇準與丁謂翻臉了。寇準對宋真宗說，丁謂為人奸佞，不適用輔佐新君。宋真宗聽了，表示贊同。沒想到寇準喝醉酒，自己先把這件事洩露出來。丁謂知道後很害怕，決定先下手為強，誣告寇準，聯合親信請求皇帝罷了寇準的參政之職。

當天，宋真宗召晏殊入宮，拿出要求罷免寇準的名單給他看。晏殊不敢為寇準說好話，說：

「臣如今掌外制，這不是臣負責的工作。」

這天晚上，晏殊連家都不敢回，怕自己出宮了，別人說他有向寇準洩密的嫌疑，就住在了學士院的辦公室。後來，寇準遭到丁謂等人排擠，果然被罷相。

宋真宗選擇晏殊為東宮伴讀，當太子趙禎的老師，也是看在他為人老實。當時，大臣們聽說年輕的晏殊要擔任這一職務，都很納悶，問宋真宗，晏殊明明毫無資歷，這是為何？

宋真宗說：「最近聽說大臣們都在嬉戲遊玩、聚會宴飲，只有晏殊例外。他整日閉門不出，研讀詩書，這樣謹慎好學的人，才適合輔佐太子。」晏殊上任後，宋真宗跟他說了此事，勉勵他好好工作。晏殊卻坦率的說：「我沒出去玩，是因為沒錢，如果我經濟寬裕，也會宴飲遊玩。」

宋仁宗即位後，作為其導師的晏殊受到重用，擠進了宰輔系統，成為文壇的領袖人物。在優裕的生活環境中，晏殊每日以飲酒賦詩為樂（「喜賓客，未嘗一日不宴飲」）。他有閒情逸致，又有文化修養，於是，快活啊，反正有大把時光。

「太平宰相」是晏殊留給後世的印象，也是北宋官員夢寐以求的理想狀態。

北宋士大夫厚俸祿，多休假，退休待遇高。**宋朝吸取晚唐大權旁落的教訓，自開國以來重文輕武，加強中央集權**，「國朝待遇士大夫甚厚，皆前代所無」。因此，**朝野上下都追求安逸，及時行樂，缺乏建功立業的精神**。

當時，北宋王朝的官員，或者說統治階層的文人，大多想成為晏殊的樣子，寄情於一山一水、一草一木，不像建安、盛唐詩人那般慷慨激昂。

3

晏殊對宋朝最大的貢獻，是選賢任能，為朝廷提拔了一批人才。范仲淹、歐陽修、韓琦、富弼等名臣都出自他門下。

宋仁宗天聖年間（一〇二三年至一〇三二年），晏殊在地方為官時大興學校，宣導州、縣辦學，對應天府的書院極力支援，辦成了中國古代四大書院之一的應天書院。

這一時期，范仲淹與晏殊結下了深厚的交情。當時，范仲淹因母親去世丁憂在家，按照儒家的道德規範，不應該出山任職，但晏殊不避世俗偏見，堅持聘請范仲淹出任書院的掌學。

范仲淹為晏殊的誠心所感動，接下了晏殊的邀約，出山助其辦學。後來經晏殊力薦，范仲淹入朝為祕閣校理，並在日後得到仁宗重用，推行了改革弊政的慶曆新政。

范仲淹比晏殊年長兩歲，但由於這層淵源，他對晏殊終身執門生禮，後來當了參知政事，與晏殊同朝為相，也不曾改變。他還在詩中對晏殊說：「獨愧鑄顏恩未報。」

歐陽修也是晏殊舉薦的人才。歐陽修年幼時家中貧困，可能是因為營養不良，長大後身材瘦弱，其貌不揚。他參加科舉多次碰壁，最後一次進京，正好是晏殊擔任主考官。晏殊一眼就看出歐陽修是人才，稱讚他：「今一場中，唯賢一人識題。」

這一次，歐陽修終於考上了，位列十四名。

晏殊後來回憶，歐陽修未能中狀元，是因為鋒芒過露，眾考官欲挫其銳氣，促使他成才。

這些人才在晏殊的提攜下進入朝堂，卻在後來或多或少都「冒犯」過這位恩師。

慶歷年間（一〇四一年至一〇四八年），宋夏戰事吃緊，當時晏殊是樞密使。歐陽修擔心老師政務繁忙，過於辛苦，就在一個大雪紛飛的日子，與朋友同去探望。

歐陽修一進門，只見晏殊家裡熱鬧非凡，毫無緊迫的氣氛，正在西園擺酒設宴。歐陽修大感意外，即席賦詩，勸諫老師，其中寫道：「須憐鐵甲冷徹骨，四十餘萬屯邊兵。」這是善意的提醒晏殊，您肩負重任，不應該如此花天酒地。

同樣對晏殊畢恭畢敬的范仲淹，在國家大事上也不會附和晏殊的錯誤意見。晏殊的學生范仲淹、富弼、韓琦、歐陽修一班人，大多是改革派，甚至連支持新政的宋仁宗都受過晏殊的教導，而晏殊卻常年遠離政治上的爭鬥。

周汝昌先生讀晏殊的詩，讀出一種寂寞感，如這首《破陣子》：

燕子來時新社，梨花落後清明。池上碧苔三四點，葉底黃鸝一兩聲。日長飛絮輕。

巧笑東鄰女伴，採桑徑里逢迎。疑怪昨宵春夢好，元是今朝鬥草贏。笑從雙臉生。

詞中似乎藏著某種隱喻。良辰佳節之際，兩個少女在採桑的路上相遇。一見面，西鄰女問東鄰女：「妳怎麼這麼高興，夜裡做了什麼好夢吧？」

東鄰女笑道：「妳莫胡說，我剛跟她們鬥草來著，贏了不少！」

晏殊看朝臣爭鬥，就像看少女的遊戲，他身在朝堂之中，不想捲入紛爭，也不想變革，只想安穩的度過自己的政治生涯。這是晏殊的理性，也是大多數人的選擇。

他代表沉默的大多數，也是無數北宋官員的縮影，無功無過，度過此生足矣。

慶曆新政時，晏殊當年為李宸妃撰寫墓誌之罪被舊事重提，孫甫、蔡襄等聯名彈劾晏殊，指責他有「欺君之罪」。幸而宋仁宗早已解開心結，沒有給予晏殊衝動的懲罰，只是以「廣營產以殖貲，多役兵而規利」的罪名處置，將他貶到潁州為官。

好運繼續伴隨著晏殊，他後來再次入朝，直到生命的最後時刻。

至和二年（一〇五五年），晏殊病重，宋仁宗要去探望他。晏殊知道後，立刻命人進宮捎信給仁宗，說：「臣是老毛病犯了，很快就痊癒了，不勞陛下操心。」沒過幾日，晏殊去世。宋仁宗親臨祭奠，但還是為不能見其最後一面而感到遺憾。之後，他為晏殊罷朝兩天。

在晏殊晚年，與他多次發生衝突的歐陽修，為恩師撰寫神道碑，頌揚了晏殊興辦教育、選拔人才的功績，「自五代以來，天下學廢，興自公始」。

4

晏殊有八個兒子，只有四子晏崇讓在官場上較為顯達，其餘子女都無法重現晏殊的輝煌。但有一個人例外，他以另一種方式在歷史上留下了足跡，也與其父一樣，代表著宋代官員的生存指南。他就是晏殊的第七子——被稱為「小晏」的晏幾道。

晏殊去世後，包括晏幾道在內的幾個未成年子女由其長媳張氏撫養長大。儘管有嫂子的教導，可晏幾道這公子哥從小叛逆，非常鄙視科舉考試，像極了《紅樓夢》中的賈寶玉。

以往經常有人誤傳，晏家在晏殊死後家道中落。實際上，晏殊去世時，他的女婿富弼還在朝中擔任要職，歐陽修等門生故吏也都在京城為官，晏家依舊是地位顯赫的豪門。至少在三十歲之前，晏幾道都擁有豐厚的物質生活。

青少年時期的晏幾道，與友人沈十二廉叔、陳十君、黃庭堅經常在一起談文論藝、飲酒賦詩，舉辦了各式各樣的家庭聚會，還在此期間邂逅了一段美好的愛情。

晏幾道的詞，寫得最好的就是愛情。

當時，晏幾道的朋友家中，有蓮、鴻、蘋、雲四位年輕貌美的歌女，在一旁唱和。多年後，半生蹉跎的晏幾道回想起與小蘋初遇的場景，寫下《臨江仙．夢後樓臺高鎖》：

夢後樓臺高鎖，酒醒簾幕低垂。去年春恨卻來時。落花人獨立，微雨燕雙飛。

記得小蘋初見，兩重心字羅衣。琵琶弦上說相思。當時明月在，曾照彩雲歸。

人總是要吃飯的，步入中年的晏幾道還得出來尋份差事。宋代，官員子女經過選拔，可透過門蔭入仕成為中下層官員，晏幾道正是經這一途徑授官。

然而，晏幾道的快樂人生，在進入官場後戛然而止。宋神宗熙寧變法期間，晏幾道的一位朋友鄭俠反對王安石變法，繪製《流民圖》，反映災情下災民流離失所的現狀，請求罷黜新法。

這一事件如晴天霹靂擊中了晏幾道。鄭俠很快就出事了，被變法派揪住辮子，接受朝廷調查。有人在他家中搜到晏幾道寫的詩：「小白長紅又滿枝，築球場外獨支頤。春風自是人間客，主張繁華得幾時？」由於這首詩，晏幾道被懷疑諷刺新法而下獄。

晏幾道終於覺悟了，知道他不能一輩子碌碌無為。晏幾道被釋放後，家境每況愈下，他為求上進，給上司韓維獻上一首詞，抒發自己的政治抱負，請他多多提攜，沒想到碰了一鼻子灰。韓維自稱是晏殊的門下老吏，並稱呼晏幾道為郎君，卻不願提供幫助，並直言不諱的說，晏幾道「才有餘，德不足」。這一番話，讓晏幾道心灰意冷，他從此不再介入朝中紛爭，在工作之餘，專心創作《小山詞》，到後來，他的詞名不下其父。

有時午夜夢回，這位出身高貴而又歸於平凡的多情公子，會追憶起紙醉金迷的似水年華，與愛人相逢在夢中。那一切，恍如隔世：

彩袖殷勤捧玉鍾，當年拚卻醉顏紅。舞低楊柳樓心月，歌盡桃花扇底風。

從別後，憶相逢，幾回魂夢與君同。今宵剩把銀釭照，猶恐相逢是夢中。

晏幾道終其一生，只做過判官一類的地方官，卻獨善其身，活到了宋徽宗大觀年間（一一〇七年至一一一〇年）。

他用詩詞歌詠宋朝的最後一個太平盛世，也作為「盛世」中無數官員的縮影，於古稀之年安然離世。

第二章
詞聲與鬥爭

在北宋大變革時代，
多少的政治鬥爭和纏鬥，
抵不過一闋絕妙好詞穿越時光的力量。

1 北宋黨爭與士人詞聲

熙寧二年（一〇六九年），王安石被宋神宗任命為參知政事，躋身執政之列，開始頒行新法。儘管在這之後圍繞新法的施行，演變成朝堂上的派系亂鬥，但這個事件的標誌性意義是不言而喻的。

從這一年起，直至北宋亡國的將近六十年間，所有的朝廷政治的發生都可以追溯至此。風起於青萍之末，在此兩年前，我們已經從王安石的一闋詞中，聽到了大時代變革的先聲。當時，剛即位的宋神宗因久慕王安石之名，起用他為江寧（南京）知府。在江寧任上，王安石登上金陵故都，憑高（登臨高處）弔古（感念往昔的人事），寫下《桂枝香．金陵懷古》：

登臨送目，正故國晚秋，天氣初肅。千里澄江似練，翠峰如簇。
歸帆去棹殘陽裡，背西風，酒旗斜矗。彩舟雲淡，星河鷺起，畫圖難足。
念往昔，繁華競逐，嘆門外樓頭，悲恨相續。千古憑高對此，謾嗟榮辱。

六朝舊事隨流水，但寒煙衰草凝綠。至今商女，時時猶唱，後庭遺曲。

詞風雄渾蒼涼。王安石表面感慨六朝興亡的歷史，實際上卻不忘眼前危機重重的現實。他最擔憂的是朝廷的未來。

古典文學研究大家周汝昌評價，王安石「只此一詞，已足千古」。一流的政治家一出手，就在高手如雲的兩宋詞壇站穩了腳跟。從某種意義上說，北宋大變革時代伴隨著這闋宋詞的沉鬱嘆息，漸漸拉開了帷幕。

1

二十歲的**宋神宗剛登基**，就被認為具有「中興英主」的資質。與他的敏銳精幹形成反差的是，**他接手的國家在「仁宗盛治」的美譽之下，已經陷入財政困局**。

宋神宗即位沒幾天，三司使（按：即度支司、鹽鐵轉運司、戶部司三部門，是唐代至宋代國家主管財政的部門）就上交一份財政報告，赫然寫著八個字——「百年之積，惟存空簿」。國家窮到快揭不開鍋了。在「富者益富，貧者益貧」的社會環境和冗員、冗兵、冗費的現實危機中，朝廷正無可挽回的墮入衰世。

變革，於是成了落在宋神宗肩上的歷史使命。他別無選擇，無法像他的父輩、祖輩一樣，安安靜靜的做一個守成之君。

這名年輕的皇帝找來曾參與發動慶曆新政的三朝老臣富弼，向他請教富國強兵之道。富弼卻告訴皇帝：「陛下即位之始，應當廣布恩德，與民休息，至少二十年不言兵事。」當年的改革者老了，熱血變涼，不願再提往事。

然而，當年輕的皇帝在尋找熱血的輔臣之時，一個天生的改革者也在尋找支持他的明君。

宋仁宗慶曆三年（一〇四三年），范仲淹、富弼、韓琦等人發起宋朝的第一次政治變革。由於權貴的阻撓與反撲，變革者很快被排擠出朝廷，僅僅一年多後，慶曆新政宣布失敗。但這場曇花一現的變革，卻點燃了年輕的進士王安石理想主義的火焰。此後，這團火未曾在他心中熄滅。

他給宋仁宗上過萬言書，提出自己的變法主張。但石沉大海。

他只能在地方實踐變法的理念，蟄伏、磨礪和等待。為此，他多次放棄留在京城的升遷機會，請求調到地方為官。

這樣一個「不忘初心」的人才，終於等到了一個有魄力收拾舊山河的皇帝。當宋神宗準備重用王安石，召其進京討論治國方政時，王安石說，一定要「變風俗，立法度」。宋神宗興奮的連連點頭，說好。

王安石的變法理念是一個龐大的體系，具體包括青苗法、均輸法、免役法、市易法、農田水利法、方田均稅法、保甲法、保馬法、坊場法、將兵法，以及設軍器監、擴大茶鹽專賣、改革科舉制度等十多項措施。這些措施如疾風驟雨般推行下去，震動整個社會。

朝廷內部因此產生急劇的分立。

基於不同的利益或理念考量，士大夫階層分裂成兩大派別。這就是我們現在所說的新黨（變法派）與舊黨（保守派）。

2

王安石幹得熱火朝天時，作為一名堅定的保守派，司馬光在洛陽擔任閒職，帶著一幫學者用十五年的時間編撰《資治通鑑》。

表面是半退休狀態，實際上，他也在蟄伏、磨礪和等待。

司馬光早年跟王安石一樣，也是朝廷上的「刺頭」，愛上奏摺請求變法，且不時流露出不懼皇權的性情。可他後來並沒有成為宋神宗推行改革的第一人選。

他**與王安石在政治上的「分道揚鑣」，源於兩人變法理念的差異。簡單來說，司馬光要民富，王安石要國強；司馬光要節流，王安石要開源。**

兩者的區別在於，王安石認為國民經濟是一個變數，要增加國庫收入，就要發展經濟，把蛋糕做大，實現所謂的「不加賦而國用饒」；在司馬光看來，國民經濟是一個常量，所謂「天地所生貨財百物，止有此數，不在民間則在公家」，意思是國家要理財，只能不斷取之於民，這是與民爭利。

但政治的對立並不影響他們的私誼。

司馬光與王安石是好友，他們與呂公著、韓維並稱為「嘉祐四友」，年輕時經常聚在一起玩。眼下，為了阻止新法推行，司馬光一連給王安石寫了三封信，長達數千字。他說王安石是位賢臣，可「獨負天下大名三十餘年」，只是缺點在於性情執拗，聽不進批評意見，「用心太過，自信太厚」，才招致天下非議。王安石也寫了幾封回信給司馬光，其中就有著名的《答司馬諫議書》，對司馬光給自己加上的「侵官、生事、征利、拒諫、怨謗」等罪名一一進行反駁。

王安石說，解決財政困難就是要找到善於理財的人。

司馬光卻說，你只是說得好聽，歷朝歷代所謂理財，就是巧立名目、橫徵暴斂，民眾最終不堪盤剝，只能流離失所，這難道是國家的幸事？

政見分歧讓兩人在政治上越離越遠。

司馬光在洛陽擔任閒職，遠離了政事的紛擾。他在西京留臺（按：即留守司御史臺。初期為前執政官休老養病的地方，但在熙寧二年後，用以安排不擁護新法而退下的監司以上的官員）衙署東邊的一座小園中搭起木架，種植牽牛、薔薇、扁豆等植物，稱之為「花庵」。閒暇之餘，他就在花庵小憩，對著滿園的花花草草賦詩寫詞。或許正是在這個時期，他才有可能寫出《阮郎歸》這樣的詞作：

漁舟容易入春山，仙家日月閒。綺窗紗幌映朱顏，相逢醉夢間。

松露冷，海霜殷。匆匆整棹還。落花寂寂水潺潺，重尋此路難。

司馬光以名臣和史家的雙重身分揚名，詩詞歌賦並不在他的成名範圍之內。現存司馬光的詞也極少，據說僅有三首。此詞寫東漢劉晨、阮肇進山採藥遇仙女的傳奇，頗有幾分香豔色彩。

司馬光是一個古板的人，但生在北宋，寫起香豔意味的詞竟也毫不違和。只是，詞中「落花寂寂水潺潺，重尋此路難」的感嘆是否含有政治寄寓，就見仁見智了。

熙寧四年（一〇七一年），司馬光志同道合的好友、御史中丞呂誨因反對變法被罷官，不久後鬱鬱而終。病重彌留之際，他對前來探望的司馬光說：「你要再努力，不能放棄！」

3

不過，王安石也沒能堅持到最後。他改革碰到的阻力越來越大。**對於國家的改革事業，宋神宗本身是矛盾的。他一方面支持王安石，另一方面極力維護皇權，**恪守「異論相攪」的祖宗之法，對王安石及變法派進行牽制，避免王安石權位太重。

改革伊始的執政班子，就有「生老病死苦」之稱，除了王安石，其餘人都不支持變法。「老」是指曾公亮，他已經年近古稀；「病」是富弼，他因反對變法而稱病不出；「死」是唐介，他也反對變法，整日憂心忡忡，變法開始不久後就病死了；「苦」是趙抃（抃音同變），他無力阻止變法，牢騷不斷，整天叫苦不迭。這幾個舊臣與變法領袖王安石互相牽制，正是宋神宗出於權力均衡考量的特意安排。

忌憚。

剩下的「生」是王安石，他的變法生機勃勃。當宰相的權力不斷加強時，宋神宗不由得心生

熙寧六年（一〇七三年），宋朝軍隊扭轉了西北戰線長久以來的被動局面。由王韶率大軍盡收熙、河各州，拓地兩千餘里，在河西走廊確立了三面包圍西夏的有利形勢。宋神宗大為振奮，到紫宸殿接受眾臣朝賀，並當著百官的面解下自己所配玉帶，賜給王安石。王安石走上人生巔峰，也走入前所未有的困境。

第二年春天，天下大旱。反對王安石的人用天災做文章，王安石很快遭罷相。一年後，熙寧八年（一〇七五年），王安石再度被起用，但宋神宗已不再重視他的意見，經常自作主張，甚至表現厭煩。王安石後來對人說：「只從得五分時也得也。」要是皇帝能聽從我一半建議也好啊。

新、舊黨的爭鬥，皇帝的平衡術，以及新黨內部的分裂，使得王安石的第二次宰相任期匆匆結束。愛子王雱去世後，他極度悲痛，辭去相位，退居江寧。在那裡度過人生最後九年，至死未再回京。

別館寒砧，孤城畫角。一派秋聲入寥廓。東歸燕從海上去，南來雁向沙頭落。

楚颱風，庚樓月，宛如昨。

無奈被些名利縛。無奈被他情擔閣。可惜風流總閒卻。

當初謾留華表語，而今誤我秦樓約。夢闌時，酒醒後，思量著。

——王安石《千秋歲引·秋景》

在兼濟天下與獨善其身之間徘徊，在夢與酒之中渾渾噩噩，一代名相最終僅留給歷史一個落寞的背影。

4

王安石徹底遠離政壇後，宋神宗並未停止變革的步伐，仍繼續他的變法。這場長達十六年、被稱為「熙寧變法」的政治運動，幾乎與宋神宗的當政時間相始終。

雖然王安石本人被排擠，導致仕途坎坷，但**變法本身成功解決北宋中期財政危機的問題**。神宗時期，政府的歲入是六千多萬緡錢，相當於仁宗時期歲入的一．六倍。即便到了金兵入侵前夕的徽宗時期，北宋的社會經濟文化呈現繁榮、成熟，所以它的覆滅源於外力，也才會讓人無比惋惜。而北宋最後五十多年的繁榮，從某種程度上看，正是神宗期間開啟大變革的遺產。

但經濟成功的背後，卻是政治的大決裂。連王安石、司馬光這些執宰都在權力的輪替中浮沉，更不要說其他人了。

元豐二年（一〇七九年），時任湖州知州的蘇軾因被政敵告發在詩文中諷刺新政，而遭捉拿下獄。這起被稱為「烏臺詩案」的冤獄，是蘇軾的命中大劫。

案發之初，早先與蘇軾有過詩詞唱和、信件往來的人，紛紛加入揭發隊伍，撇清關係。黃庭堅當時只是國子監教授，人微言輕，雖跟蘇軾僅是神交，未曾謀面，卻站出來替蘇軾說話，說了一些「蘇軾忠君愛國」之類的話。但最終，蘇軾被貶黃州，黃庭堅被處罰金。

在黃州，蘇軾寫出了《黃州寒食帖》、《定風波．莫聽穿林打葉聲》、前後《赤壁賦》等名作，逐漸走出政治陰影，實現人生的超脫。同一時間，黃庭堅在江西泰和當知縣，成長為一個保守而有風骨的人。朝廷新政規定，地方官收上來的鹽稅跟政績直接掛鉤。其他縣都在拚命收稅，黃庭堅倒好，說「窮鄉有米無食鹽」，拒絕執行新政。結果被降職到了山東德州德平鎮。別人的官越做越大，黃庭堅的官卻越做越小。

元豐八年（一〇八五年），宋神宗走到了生命的盡頭。在去世前半年，他已對新法表現出厭倦。其中一個重要舉措，是指定司馬光與呂公著為太子老師。這兩個人都是反對變法派。

英年早逝的宋神宗留下年幼的皇子趙煦即位，這就是宋哲宗。

宋哲宗剛即位時懵懂無知，由宋神宗的母親高太后垂簾聽政，而她正是變法的堅定反對者。根據記載，高太后攝政後的第一件大事，竟然是拋開正常的政治途徑，私下派太監到洛陽向司馬光問政。因反對王安石變法而在洛陽隱居著書十五年的司馬光，估計做夢都想不到，自己會在生命的最後階段重返政治核心。

在高太后的支持下，司馬光全面推翻宋神宗時期的變法內容。有人擔心這會違背「三年無改於父之道」的儒家倫理，司馬光卻說，這是太皇太后做主，母改子政，有什麼不行？

儘管重獲起用後不到一年半，司馬光就病逝了，但這最後一年多時間，已足夠他完成自己潛伏十五年的夙願。他的好友王安石奠定的新法格局，盡數遭到廢除。

寶髻鬆鬆挽就，鉛華淡淡妝成。青煙翠霧罩輕盈，飛絮遊絲無定。
相見爭如不見，多情何似無情。笙歌散後酒初醒，深院月斜人靜。

——司馬光《西江月》

想不到寫起詞來這麼婉約蘊藉的司馬光，在政治上卻是如此頑固而不聽勸。當**蘇軾認為新法並非一無是處，有些成果值得保留時，司馬光一概不聽**，氣得蘇軾回家大罵「司馬牛」。當免役法被廢的消息傳到江寧後，病中的王安石不禁老淚縱橫。他嘆息：「這個新法是我與先帝研究了整整兩年才推行的，為何也要廢除？」

平岸小橋千嶂抱，柔藍一水縈花草。茅屋數間窗窈窕。塵不到，時時自有春風掃。
午枕覺來聞語鳥，欹眠似聽朝雞早。忽憶故人今總老。貪夢好，茫然忘了邯鄲道。

——王安石《漁家傲》

退隱多年的王安石已經修煉得穩重平和，寫的詞心境淡然。可還是被司馬光的頑固氣倒了。沒多久，王安石在悲憤中去世。司馬光在給呂公著的信中說：「介甫（王安石字）文章、節義過人處甚多，但性不曉事……朝廷特宜優加厚禮。」

王安石病逝五個月後，司馬光去世。

5

此時，**北宋政局**已掉入揮之不去的夢魘中：朝局的**重心不再是探討如何富國強民，而是研究如何打倒對手**。

王安石和司馬光去世三年後，元祐四年（一〇八九年），朝廷又爆發了一起文字獄——「車蓋亭詩案」。這起文字獄距離蘇軾的「烏臺詩案」正好十年，只是這次反過來了，是舊黨針對新黨的構陷。

變法派領袖蔡確在高太后臨朝後，就被貶出朝廷。或許是心情鬱悶，蔡確曾游安州（今湖北安陸）車蓋亭，並作了一組絕句抒發個人感情。不料，舊黨言官抓住機會，曲解詩意，上奏稱其詩中影射高太后為武則天，由此製造了「車蓋亭詩案」。

高太后下令，蔡確自辯，她卻不接受他的自辯之辭，還堅持認為朝中有蔡確餘黨，將打擊面擴大到整個變法派。這種莫須有的極端做法，引起舊黨內部一些人的反對。

范仲淹之子范純仁提醒：「不可以語言文字之間曖昧不明之過，誅竄大臣」，文字獄這個頭不能開呀。吃過「烏臺詩案」苦頭的蘇軾也認為要從輕發落，不可株連他人。

可是，高太后不僅不聽這些理智的不同聲音，還很生氣，她甚至在朝會上抱怨：「蔡確的事都沒人管了嗎？如果司馬光還在世，一定不會這樣。」

最終，高太后利用手中的權力，製造了北宋開國以來打擊最廣、打擊力度最大的文字獄案。

蔡確直接被貶到了新州（今廣東雲浮新興縣），在當時，貶謫過嶺南對朝臣來說，是被看作近似於判死刑一樣的重罰。舊黨中人呂大防、劉摯、范純仁等人替蔡確求情，說不宜置蔡確死地，高太后卻說：「山可移，此州不可移。」（按：嶺南，廣義是指中國在五嶺之南的地區和越南北部，相當於現在廣東、廣西、海南及香港和澳門全境，以及湖南、福建、江西、貴州、雲南的小部分地區和越南海雲關以北地區。自古被中原王朝視為偏遠、瘴癘之地。）

退朝後，范純仁對呂大防說：「此路荊棘七八十年矣，奈何開之，吾儕止恐亦不免耳。」後來，范純仁的話不幸應驗了。在蔡確被貶嶺南前，宋朝被貶至此的官員只有距當時七、八十年前的寇準、丁謂。但在蔡確被貶嶺南後，有越來越多的官員被貶謫過嶺，朝廷上的鬥爭越來越殘酷。蔡確最終死於嶺南。呂惠卿、章惇、安燾（燾音同桃）、曾布等新黨主力，均被「榜之朝堂」，仕途沉淪。

在這殘酷的歲月中，蘇軾和他的門生、故友迎來了短暫的安靜時光。宋英宗的駙馬王詵在汴京有一處園林叫西園。蘇軾、蘇轍、黃庭堅、秦觀、張耒（耒音同磊）、晁補之、李之儀等人經常在此詩詞酬唱，故稱為「西園雅集」。

在蘇軾身邊，聚集了當時最有名的才子。他們被稱為**蘇門四學士**、**六君子**等。他們均擅長詞章，官雖做得不大，在文化上卻頗有建樹。**宋詞在他們手上，百花齊放，發揚光大**。

隨著宋哲宗開始親政、新黨重新得勢，這段悠閒時光戛然而止。

6

在元祐年間激烈的權力鬥爭中，所有人都忽視了一個人的存在——宋哲宗趙煦，他才是宋廷名義上的最高統治者。

高太后攝政九年，宋哲宗從一個十歲小孩，成長為一個十九歲青年。然而，軍國大事仍然由高太后和幾位大臣拍板，皇帝始終沒有發言權。朝中大臣無一例外，都忽視宋哲宗的年齡增長。他們認為皇帝還小，告誡他凡事要聽命於高太后。

朝堂之上，皇帝御座與高太后座位左右相對，根據禮數，大臣應面對宋哲宗奏事；然而，大臣都反過來，面對高太后，背對宋哲宗。宋哲宗親政後，曾提及當年高太后垂簾聽政的場景，說自己個子小，只能看見朝臣的屁股和腰部。

有時候，高太后會問宋哲宗：「你為什麼一直沉默，不發表看法呢？」宋哲宗回答：「娘娘已處分，還要我說什麼？」

有一次，高太后命人將宋哲宗用了很久的舊桌子抬走換掉，但宋哲宗很快派人把舊桌子搬回來。高太后大惑不解。宋哲宗回答：「這是先帝用過的。」高太后心中一驚，這才意識到，自己在年輕的皇帝心中種下了怨恨的種子。

元祐八年（一〇九三年）的秋天，六十二歲的高太后病逝，宋哲宗終於開始了反撲式的親政。對於高太后攝政期間任用的人、制定的政策，他一概不認，統統反著來。他把章惇、蔡卞等變法派首領重新召回朝堂，而保守派官員則陸續被貶到嶺南一帶。朝廷黨爭，權勢轉移，一個新的輪回又啟動了。當年高太后倚重的已故老臣，一個個被追貶和剝奪恩封。宋哲宗還打算開掘司馬光等人的墳墓，被朝臣苦諫之後才作罷。

紹聖元年（一〇九四年），五十八歲的蘇軾被貶至惠州。幾乎與此同時，秦觀被外放為杭州通判，黃庭堅被貶謫黔州（今重慶彭水）。沒多久，他們全部被貶到了嶺南。

新黨得勢後，開始審查黃庭堅修撰的《神宗實錄》內容，從裡面挑出了一千多條他們認為有問題的記載，說黃庭堅誹謗了宋神宗一千多次。經過黃庭堅的抗辯，最終，史官們認定《神宗實錄》有三十二處表述存在問題。

貶謫的詔書頒下來時，黃庭堅卻跟沒事人一樣，倒頭便睡，鼾聲大作。睡醒了，竟還面有喜色。大家在想，這人莫不是被嚇傻了？於是好心提醒：「黔州乃是蠻荒之地，少有人煙，凡遭貶此地者，皆水土不服，不病即亡。」

黃庭堅答：「四海之內，皆為兄弟，浮生若夢，來去無跡。」

過段時間，朝廷把黃庭堅貶得更遠的戎州（今四川宜賓）。在戎州，黃庭堅替住的破地方起名「任運堂」，意思是人生好比海上的波浪，有時起有時落，不管好運歹運，該來就來吧。他喝著小酒，寫著詩詞，繼續他的風流灑落日月。

黃菊枝頭生曉寒，人生莫放酒杯乾。風前橫笛斜吹雨，醉裡簪花倒著冠。
身健在，且加餐。舞裙歌板盡清歡。黃花白髮相牽挽，付與時人冷眼看。

——黃庭堅《鷓鴣天・座中有眉山隱客史應之和前韻，即席答之》

黃庭堅依然我歌我狂，吃吃喝喝，看破世情，像極了他的老師蘇軾。在這些磊落的文字面前，時代的黨爭反而變成了毫無意義的背景，襯托著宋詞的感染力。

元符三年（一一〇〇年）正月，年僅二十四歲的宋哲宗病逝，沒有留下子嗣。圍繞皇位繼承人問題，章惇和曾布鬧翻了。新皇帝宋徽宗上位後，舊黨官僚被短暫放還。而悲觀的一代詞宗秦觀，同年死於北返的歸途中；豁達的豪放派宗師蘇軾，次年死於常州。

唯有黃庭堅，還在繼續承受世間疾苦。

7

作為宋神宗時代以來新舊黨爭的一個尾聲，新黨出身的蔡京在宋徽宗朝拜相後推出「元祐黨人碑」，企圖全面抹黑和消除舊黨的影響。無論是死去的司馬光、蘇軾、秦觀，還是在世的黃庭堅、晁補之、張耒等，都被列為「奸黨」。於是，黃庭堅迎來了人生的最後一次貶謫。他被貶到宜州（今廣西河池）。在宜州，看到梅花開得很盛，他寫下了一生最好的詞作之一：

> 天涯也有江南信，梅破知春近。夜闌風細得香遲，不道曉來開遍向南枝。
> 玉台弄粉花應妒，飄到眉心住。平生個裡願杯深，去國十年老盡少年心。
>
> ——黃庭堅《虞美人・宜州見梅作》

人生沒有幾個十年，即便在命運的顛沛流離中，他仍能把最深的感慨獻給最美好的事物。

在宜州最後的日子，他被迫搬到一處廢棄的戍樓（軍事瞭望樓）居住，冬冷夏熱，隔壁就是屠宰場，市聲喧囂。但他讀書作文，自得其樂，還給這個地方起了個雅致的名字——喧寂齋。最後歲月一直陪伴黃庭堅的范寥回憶，有個大熱天，太陽烤了很長時間，忽然傾盆大雨，黃庭堅興奮得不得了，像個小孩一樣，坐在椅子上，將雙腳伸出去淋雨，還回頭對范寥說：「吾平生無此快也！」

崇寧四年（一一〇五年），黃庭堅病逝於宜州，享年六十一歲。

臨死前，他已有預感。一天，從潮溼的床榻上爬起來，他要為朋友寫他最喜愛的《後漢書．范滂傳》。范滂是東漢名士，為人清厲正直，但陷入黨錮之禍而遭逮捕。地方官不忍抓他，想和他一起逃跑，范滂卻拒絕：「如果殺了我，能結束殘酷的黨錮之禍，何嘗不是利國利民的好事呢？」臨刑前，范滂的母親帶著范滂的兒子來看他。范滂含淚對兒子說：「讓你以後做壞事嗎？我一生沒做過。讓你以後做好事嗎？我做了又落下如此下場。」范滂這麼一說，圍觀群眾都哭成一片。

寫到這裡，黃庭堅彷彿聽到范滂的義憤與嘆息，手中的毛筆遽然折斷。友人趕緊取來另一支毛筆，遞到黃庭堅手上，讓他把自己想說的話，全都寫到了《范滂傳》裡。寫完沒多久，黃庭堅就命絕了。

春歸何處？寂寞無行路。若有人知春去處，喚取歸來同住。
春無蹤跡誰知？除非問取黃鸝。百囀無人能解，因風飛過薔薇。

——黃庭堅《清平樂》

《宋詞通論》（按：比較南宋和北宋的詞風差異的書籍）作者薛礪若評價黃庭堅這闋詞：「在兩宋一切作家中，亦找不著此等雋美的作品」。在北宋大變革時代，多少的政治鬥爭和纏鬥，終究抵不過一闋絕妙好詞穿越時光的力量。

或許，這也是對那個消耗人心的政治時代最後的質問：春歸何處？寂寞無行路。

2 蘇軾：千年一遇的妙人

蘇軾的一生，就是一段「神怒即怒，吾行不止」的旅程。他並非沒經歷過黑暗，只是永遠不被黑暗所吞噬。在蘇軾生前死後，所散發出的獨特人格魅力，獲得歷史的包容和偏愛。可以說，這樣的妙人千年只出一個。

1

蘇軾家族世居眉州（今四川眉山）。一〇三七年的春天，眉州境內的彭老山百花不開，草木枯萎，一座秀麗之山突然成了荒瘠之地。多年後，眉州的鄉親們才恍然大悟，原來這一年，一個天縱奇才在當地降生，山河的靈秀之氣獨鐘於他一人身上，所以花草的精華都被吸走了──這是關於蘇軾降生的民間傳說。歷史上，除了帝王的降生有鋪陳不盡的祥瑞之兆，一個文人政治家也獲得此等待遇，實在是十分罕見的事。

蘇家是當地一個頗為殷實的耕讀人家。

蘇軾的祖父蘇序種植粟米，收成後不去殼，而是蓋一個大倉庫直接儲存起來。幾年下來，存了有三、四千石。沒有人知道他的用意。直到有一年，眉州鬧飢荒，蘇序開倉取粟，先救濟本家族及親戚，再賑濟佃戶和貧民。有人問他，救荒為什麼一定要用粟？他說，粟米性堅，經得起久儲，缺糧時用它，不會黴爛。

蘇軾有個伯父叫蘇渙，是整個家族氣運轉變的關鍵人。蘇渙在天聖二年（一〇二四年）考中進士，打破了蘇家「三代皆不顯」的局面，成為這個平民家族上升為官宦家族的第一人。蘇軾後來在給蘇渙寫的祭文中說，伯父為官清廉，四海奔走，把家都忘在一旁，而今亡故，家中卻一貧如洗。這就是眉州蘇家的家風。

蘇軾的父親蘇洵，年輕時被認為是浪蕩子。**蘇軾兄弟**很小時，父親常年在外面闖世界，不見人影。兄弟二人的**讀書啟蒙，是由他們的母親程夫人來完成的**。

程夫人出生於眉州青神縣一個名門世家，其父程文應是進士出身，官至大理寺丞。在優渥家境長大的程夫人生活富足，自幼喜讀詩書，養成了知書達理、端莊賢淑的性格。

程夫人曾親自擔任蘇軾兄弟的老師，教他們讀書。一天，她教兒子讀東漢史，讀到《范滂傳》時，感慨不已。范滂是東漢名士，學問和道德均受時人敬重，黨錮之禍發生時，他被牽連其中。與母親訣別時，范滂說：「生死存亡各得其所，希望母親不要悲傷。」范母回答：「一個人既想要品德名聲，又想要富貴長壽，怎麼可能兩全呢？我願意你捨棄生命，實現自己的理想。」

讀到此，程夫人母子均為這段歷史深深打動。良久，十歲的蘇軾對程夫人說：「我如果成為范滂，母親會同意嗎？」程夫人從容的說：「你如果能成為范滂這樣的忠臣義士，我難道不能成為范滂的母親嗎？」從那時起，蘇軾就發奮進取，博閱群書，心懷天下。

後來，蘇洵送兩個兒子到州學讀書。州學教授劉巨是眉州當地的名士，教了蘇軾兄弟聲律、作對子等本領。有一次，劉巨在課上賦詩詠鷺鷥，念到最後兩句「漁人忽驚起，雪片逐風斜」，蘇軾當即道：「老師的詩好是好，但最後一句改成『雪片落蒹葭』如何呢？」劉巨聽後，說：「我當不了你的老師。」

蘇洵一生三次參加科舉，均落第，遂不再執著於自己的功名，而是把希望寄託在兩個兒子身上。他給兩個兒子編了數千卷書當作教材，並對他們說：「讀是，內以治身，外以治人，足矣。」就是說，讀完這些，修身齊家治國平天下，綽綽有餘。他也不照科舉大綱來教兒子們，而是以孟子、韓愈、歐陽修的文章為範文，讓他們學寫古文。

眉州偏居一隅，但是歷史悠久，人文薈萃。蘇軾和弟弟進京參加科舉那一年，眉州就考中了十三個進士，舉國矚目。在這座後來被陸游稱為「鬱然千載詩書城」的西南小城，蘇軾從小感受到了日常的歷史文化薰陶。

七歲那年，蘇軾和朋友聽到一位九十歲的老尼姑講後蜀宮中的舊事。老尼姑年輕時曾跟隨師傅到後蜀宮中做法事，在一個夏夜，親眼看到後蜀皇帝孟昶和寵妃花蕊夫人在摩訶池邊乘涼，吟詩作詞。幾十年過去，老尼姑還能背誦那晚聽到的詞句。

老尼姑講述這些舊事時，深深感染了童年的蘇軾。老尼姑背出來的詞句，印在了他的腦海。

四十年後，他還能記得開頭的兩句：「冰肌玉骨，自清涼無汗。水殿風來暗香滿。」這時的蘇軾已是一個文學全才，斷定這首早已失傳的蜀宮詞詞牌應為《洞仙歌》，遂以這兩句詞起筆，續寫出一闋完整的詞章：

冰肌玉骨，自清涼無汗。水殿風來暗香滿。
繡簾開，一點明月窺人，人未寢，欹枕釵橫鬢亂。
起來攜素手，庭戶無聲，時見疏星渡河漢。試問夜如何？
夜已三更，金波淡，玉繩低轉。但屈指西風幾時來，又不道流年暗中偷換。

少年時，蘇軾有一次和弟弟出去遊玩，經過一個小院子，看見牆上寫著兩句詩：「夜涼疑有雨，院靜似無僧。」兄弟倆琢磨半天，覺得寫的有意思，卻不知道是什麼人寫的。多年後，蘇軾被貶黃州，借宿黃州禪智寺，寺裡的僧人都不在，半夜忽然下起了雨，打在竹子上瀝瀝作響。面對此情此景，蘇軾油然想起年少時讀過的這兩句詩，感慨不已：

佛燈漸暗飢鼠出，山雨忽來修竹鳴。
知是何人舊詩句，已應知我此時情。

那個時候，故鄉眉州早已回不去了，但他時常想起兒時的事情。冥冥之中，很多際遇，在當年那個閒遊的小城少年身上，就埋下了預設的結局。

2

一〇五七年春天的那場科舉，人才輩出，光耀千古。二十一歲的蘇軾與十九歲的弟弟蘇轍雙雙中第，脫穎而出。

蘇軾的當場作文《刑賞忠厚之至論》，差點使他成為當年的科舉狀元。當時實行糊名制，主考官歐陽修懷疑這篇好文章是自己的學生曾鞏寫的，為了避嫌，將此文降了一個名次。等到揭榜，才發現原來是蘇軾的大作。

不過，蘇軾兄弟上榜後，輿論爭議很大。跟同時上榜的曾鞏不同，蘇軾兄弟此前並無名氣，很多讀書人表示不服，開始抗議。關鍵時候，還是文壇盟主歐陽修出馬了。

歐陽修在各種場合猛誇蘇軾，說後浪凶猛，老夫當避此人（蘇軾）。還表示，三十年後不再有人記得他歐陽修，文壇將是蘇軾的天下。

當蘇軾去拜見並答謝歐陽修時，歐陽修問：「你的文章中說，遠古堯帝時，皋陶為司法官，有個人犯罪，皋陶三次提出要殺他，堯帝三次赦免他，這個典故出自哪裡？」

蘇軾答，在《三國志．孔融傳》注中。

蘇軾走後，歐陽修趕緊找來《三國志．孔融傳》重讀，卻未發現這個典故，很是鬱悶。之後見到蘇軾又問了一次。

蘇軾答：「曹操滅袁紹後，將袁紹的兒媳賞給自己的兒子曹丕，孔融對此很不滿：『當年武王伐紂中，將商紂王的寵妃妲己賞賜給了周公。』曹操忙問此事出自何書。孔融說：『並無所據，只不過以今天的事情來推測古代的情況，想當然罷了。』學生也是以堯帝的仁厚和皋陶執法的嚴格來推測，想當然罷了。」

原本是蘇軾杜撰的一個典故，卻被他解釋得如此清新脫俗，歐陽修聽完十分欽佩，事後多次跟人讚賞**蘇軾善讀書**、**善用書**，他日文章一定獨步天下。

三年後，為了準備由宋仁宗親自主持的制科考試，蘇軾兄弟一起搬到一個驛站中複習。一天晚上，下起大雨，兩人正好讀到唐代詩人韋應物的詩句：「寧知風雨夜，復此對床眠。」彼此十分感慨，他們知道，眼下兄弟倆形影不離，但一旦踏上仕途，就將各自宦遊，面臨長別。當晚，兄弟兩人約定，日後功成名就，一定及早歸隱，一起回故鄉眉山。

在以後的歲月裡，他們都對這個風雨之夜的約定念念不忘，可是，人在仕途，身不由己，他們終歸無法實現這個簡單的夢想。

蘇家兄弟的考試算比較順利，由此開始進入仕途。宋仁宗主持完考試後回宮，掩不住內心的喜悅，頗為得意的對曹皇后說：「朕今日為子孫得兩宰相矣！」

蘇軾的第一個官職是大理評事，到鳳翔府任簽判，蘇轍則申請在汴京侍奉父親。一〇六一年，一個寒冷的冬日，蘇軾帶著妻子王弗及尚在繈褓中的長子出發了。蘇轍騎馬一路跟隨相送，直到數十里外才返回。二十多年來，他們第一次分別，兩人都很傷感。

路人行歌居人樂，僮僕怪我苦淒惻。
亦知人生要有別，但恐歲月去飄忽。
寒燈相對記疇昔，夜雨何時聽蕭瑟。
君知此意不可忘，慎勿苦愛高官職。

蘇軾看著弟弟返回的背影，想起他們一年多前的風雨之約，提筆寫詩，希望兩人都不要為了追求官位而忘記初心。

蘇軾當官的第一任上司，是鳳翔知府宋選。宋選為政勤勉，大事小事都親自執行，這給了蘇軾最早的官員能力示範。蘇軾當年進京趕考曾路過鳳翔，要在官府驛站投宿，誰知道裡面破舊不堪，根本不能住人。如今他到鳳翔當官，發現驛站已在新任知府宋選的主導下修葺一新。蘇軾從這件小事上頗受啟發，還特地寫文章說，只想做大事而不屑做小事，是世人的通病。**只有去除不屑之心，從小事做起，天下才有可能大治**。

蘇軾從宋選身上學到了為官務實的精神，此後擔任多個地方的長官，他都能造福一方百姓。

不過，對於初入官場的蘇軾來說，他已感到深深的無力感。他始終懷著一顆悲憫民眾之心去履行公務，卻感到很多事都不是他的職權範圍內可以解決的。面對整個國家的制度困境，他常常為自己身為官員感到羞愧。

一〇六三年，嘉祐八年，三月，宋仁宗駕崩，為了修築陵寢，鳳翔府要負責提供大批木料。

光這件事，就耗費了蘇軾整整五個多月。當時大旱，河水乾涸，木料根本運不出去，蘇軾極其痛苦。他在詩裡說，陵寢工期迫近，府裡縣裡都在逼迫百姓，帝王的身後事誰也不敢反對，可是「民勞吏宜羞」。當官不能為民造福，反而使民眾不堪重負，就該感到羞恥——他是在警告其他的官員，也是在責備自己。

他為此感到氣餒，覺得做官沒什麼意思。一天，他登上寶雞縣斯飛閣，極目遠眺，開始思念故鄉。他在心中自問：「誰使愛官輕去國，此身無計老漁樵。」意思是誰讓我留戀官位，而輕易拋棄故土呢？這輩子，我是不可能像漁夫樵夫一樣悠然度日了！

宋選離任後，接任鳳翔知府的是陳希亮。陳希亮是眉州人，按理說，他既是蘇軾的老鄉、長輩，也是其頂頭上司，兩人應該有一段融洽的共事經歷才對。而實際上，兩人卻頗不對盤。這讓蘇軾吃了不少苦頭。

史載，陳希亮是一名雷厲風行、剛毅幹練的能吏，「平生不假人以色，自王公貴人，皆嚴憚之」。到任後，他聽到鳳翔府中的差役都尊稱蘇軾為「蘇賢良」，很生氣的說：「府判官就是府判官，什麼賢良不賢良的。」雖然板子打在差役們身上，但難堪的卻是蘇軾。

由於蘇軾才氣過人，以前宋選在任時，他寫的公文幾乎一字不改。但陳希亮不一樣，總是毫不客氣的刪改，來來回回都表示不滿意，這又讓以文章自負的蘇軾頗為難受。

兩人的摩擦多了之後，蘇軾不願意和陳希亮出現在同一個場合，以至於官府宴請、衙門開會都會缺席。陳希亮一怒之下，向朝廷彈劾蘇軾，導致蘇軾被罰了八斤銅。

到了年底，陳希亮建了一座凌虛臺，落成後請蘇軾寫一篇文章紀念此事。

年輕氣盛的蘇軾認為「報復惡上司」的機會來了，於是洋洋灑灑寫了《凌虛臺記》。《凌虛臺記》跟常規紀念盛事的歌頌文章完全不一樣，此文的中心思想只有一個——想透過建築一座高臺來誇耀於世，是不可靠的。蘇軾在文中說，若你真有可以依仗的本領，就不會依仗一座高臺來青史留名。

如此語帶譏諷的說凌虛臺的建造者，陳希亮讀完後卻一字不改，還命人刻寫在石頭上。

多年後，蘇軾才明白，陳希亮為什麼以往老是要為難他。**陳希亮私下曾對人說：「我挫蘇軾的銳氣，是怕他年少得志，將來要吃大虧。」**蘇軾知道這一點後，一輩子感念這名前輩的大恩。

陳希亮的兒子陳季常，後來成了蘇軾最好的朋友之一。河東獅吼就是蘇軾調侃陳季常懼內而來的。蘇軾曾應陳季常所請，為陳希亮寫傳記，其中一段寫道：「軾官於鳳翔，實從公（陳希亮）二年。方是時年少氣盛，愚不更事，屢與公爭議，形於言色，已而悔之。」因為體會不到陳希亮故意刁難自己的深意，蘇軾早已後悔了。

正是有宋選、陳希亮這樣的人，從正面鼓勵，也從反面打擊，才有了一個逐漸成熟和超脫的蘇軾。

蘇軾在鳳翔任職三年多。宋英宗想破格將他召入翰林院，讓他擔任皇帝的祕書，負責起草皇帝詔書或修起居注——歷史上很多宰相都是從這個職位升上去的。但宰相韓琦反對宋英宗的決定，他說蘇軾還年輕，缺少歷練，驟然提升不能服眾。

最終，蘇軾參加館閣考試，以優異成績成為一名直史官，專門編修國史。

就在這時候，蘇軾的妻子王弗病逝，年僅二十七歲，留下不滿七歲的兒子蘇邁。王弗十六歲過門，跟蘇軾過了十年美滿的婚姻生活，可惜這段姻緣就此戛然而止，兩人生死殊途。

蘇軾想起王弗剛過門時，自己讀書，她只是坐在一旁做針線活，沒有人知道她其實知書識字。直到有一次，蘇軾背書，背著背著卡殼了，在一旁的王弗悄悄提示一句。這讓蘇軾大吃一驚，拿起書逐一考問王弗，結果她都能答出來。

蘇軾做官後，王弗陪同到了鳳翔。每次有客人來找蘇軾，她都躲在屏風後聽雙方談話，客人離去後，再幫丈夫判斷此人值不值得深交。王弗知道丈夫心直口快，吃了不少苦頭，所以希望自己能幫助丈夫在複雜的人性面前少栽跟頭。蘇軾回憶，她的觀察和判斷，大多得到證實。

王弗死後，蘇軾很長時間都感覺失去依靠，頗為失落。在王弗去世十年後，他還夢到了她，醒來悲痛欲絕。他披衣下床，寫下了流傳千古、感人至深的悼亡詞：

十年生死兩茫茫，不思量，自難忘。千里孤墳，無處話淒涼。
縱使相逢應不識，塵滿面，鬢如霜。
夜來幽夢忽還鄉，小軒窗，正梳妝。相顧無言，惟有淚千行。
料得年年腸斷處：明月夜，短松岡。

——蘇軾《江城子・乙卯正月二十日夜記夢》

王弗去世第二年，一〇六六年，蘇軾的父親蘇洵病逝。朝廷派了官船，護送蘇洵的靈柩回眉山老家，蘇軾兄弟扶柩返鄉守制。這也是兄弟兩人最後一次還鄉。

3

當蘇軾從家鄉返回朝廷時，朝廷已起了變化。

一〇六九年，熙寧二年，年輕的宋神宗起用王安石主持變法，揭開影響北宋歷史的新政序幕。但變法從一開始，朝廷上的士大夫就沒有達成共識過。這導致此後的朝廷政治走向撕裂、攻訐與黨爭。

一〇七〇年的科舉考試，呂惠卿是主考官，蘇軾是考官之一。當時的舉子知道皇帝熱衷變法，所以都在考卷裡面鼓吹變法偉大。一個叫葉祖洽的考生，在試卷中答：「祖宗法度，苟且因循，皇帝應該和豪傑之臣一起，『合謀而鼎新之』」。這種言論本身並沒有錯，但考官之間由於立場的不同，導致對這種言論的評價差異甚大。

蘇軾認為，像葉祖洽這種會諂媚君王的考生，應該黜落。而主考官呂惠卿，直接將葉祖洽的考卷列為第一名。

蘇軾十分氣憤，話不多說寫了摺子給宋神宗，說古代名醫都是什麼本領就治什麼病，沒那個本事就不敢亂來，而現在醫生則是「未能察脈而欲試華佗之方」，這跟操刀殺人有什麼區別？

宋神宗看完後，非但沒有反感蘇軾的直諫，反而頗為欣賞。他把蘇軾的摺子拿給王安石看，王安石說，蘇軾確實很有才，可惜方法不對。

宋神宗還是決定召見蘇軾，想跟他見面聊聊。

一〇七一年，熙寧四年，正月，宋神宗見到了傳說中的蘇軾。面對宋神宗關於變法意見的詢問，蘇軾直言皇帝「求治太急，聽言太廣，進人太銳」。實際上是批評皇帝對於變法操之過急了。宋神宗略作沉思後說，：「朕一定仔細想想這三句話。」

退朝後，蘇軾很興奮的將這次召見說給同事和朋友聽。這件事也傳到王安石的耳朵裡，他擔心蘇軾的書生之見會影響皇帝的決策。

不久，針對中書政事堂辦事效率低下的問題，朝廷成立編修中書條例所，希望改革吏治。宋神宗想到蘇軾，意欲調任蘇軾到這個新部門。當皇帝詢問王安石的意見時，王安石說：「蘇軾與臣所學及議論素有歧異，不宜擔當此任。」

後來，宋神宗又想任用蘇軾修起居注，這是一個最接近皇帝的侍從職位。王安石又一次堅決阻止：「陛下不過是聽了蘇軾的言論而已，這些言論又沒有可用之處，恐怕不宜輕率任用。」

最終，在這一輪人事任命中，蘇軾被任命為開封府判官。王安石的用意，是要讓煩雜的首都行政事務困住蘇軾，使他沒時間對朝廷上的事發表意見。

後人回顧這場變法，很難用對錯來評判各方的選擇與作為。簡單來說，**王安石**眼光向上，**主張變法是對皇權和國力負責**。經過這場變法，北宋確實強盛了一些，尤其是國庫收入有了大幅提升，但他看不到背後的代價。而蘇軾看到的，恰恰是變法的代價。

與王安石相反，**蘇軾**眼光向下，**看到了變法的具體執行和落地過程中，一步步演變成對老百姓的盤剝**。這種認識跟蘇軾的情懷、出身和地域都有關係。蘇軾來自四川，四川在北宋開國後的半個世紀內，是全國最亂的地區，先後爆發了王小波、李順、王均等多次起義。原因在於朝廷征服四川後採取深度盤剝模式，逼得當地底層人民沒有活路。

這段歷史，離蘇軾生活的年代不過三、四十年，他對此肯定感觸頗深。所以當他目睹底層民眾在王安石新法的搜刮之下痛苦呻吟時，就本能的站在了弱者的一邊。

作家李一冰在《蘇東坡新傳》中說，四川特殊的地理環境，使得蜀人有一種獨立天地的思想根源——擅言辭而好論理，不認同世上有所謂的權威存在。蘇軾從政，每次都站到當權派的反對立場上，奮不顧身，爭論事理，就是源於此。

蘇軾曾對好友說：「我性不忍事，心裡有話，如食中有蠅，非吐不可。」於是，政治鬥爭的黑暗很快撲向了他。

御史謝景溫彈劾蘇軾，說蘇軾在五年前父親病逝時乘官船歸蜀丁憂，趁機滿載貨物，販賣私鹽和瓷器等。針對這一莫須有的罪名，朝廷竟然煞有介事的派出六路兵馬，追查此事。鬧得沸沸揚揚，結果卻不了了之。這起誣告風波，使蘇軾的名聲嚴重受損，天下人不問是非，只知道蘇軾涉嫌「販私」罪。蘇軾只能請求外放，到杭州擔任通判。

至此，那些對變法持有異議的人，包括歐陽修、司馬光、范鎮等，退休的退休，歸隱的歸隱，離京的離京。變法派取得了人事上的全面勝利。

去往杭州任職的路上，蘇軾過陳州與弟弟蘇轍一家相聚，住了兩個多月。隨後，蘇轍送哥哥到潁州，在那裡，他們一起拜見了退休定居於此的恩師歐陽修。歐陽修年過六旬，鬚髮皆白，步履蹣跚。他一生歷經宦海波瀾，受到無數次攻擊和造謠，人家把許多不可啟齒的汙蔑之辭扣在他頭上。蘇軾經歷了這兩、三年的政壇風波，深刻體會到恩師的不容易。

蘇軾兄弟與歐陽修飲酒賦詩，暢談終日。這是他們的最後一次相見，隔年，歐陽修病逝。

在杭州，新法的執行依然讓蘇軾不吐不快。他在詩裡諷刺新法不顧底層死活，而這為他後來遭遇文字獄積累了「證據」。

新法實行後，官府收稅要錢不要米，造成米賤錢荒。以救濟農民青黃不接為名，由官府放貸的青苗法，這時順理成章的給下層民眾設了一道「陷阱」。雖然其本意不壞，但執行過程中卻變成了強制。地方官為了多賺取利息，邀功請賞，在規定的利息外又附加各種名目的勒索。本利相加，遇上天災人禍，農民根本無法償清國家貸款，在官府催逼之下，只得付出加倍的利息向豪強富戶借錢償還官債，最後弄得傾家蕩產。

蘇軾在一首詩裡諷刺青苗法：

杖藜裹飯去匆匆，過眼青錢轉手空。
贏得兒童語音好，一年強半在城中。

——《山村五絕》第四首

農民跟國家貸了款，到頭來卻兩手空空，破了產。而讓人啼笑皆非的是，青苗法手續煩雜，農民為了辦理這些貸款手續，一年中有大半年的時間耗在城裡，耽誤了生產勞動。唯一的「好處」是讓孩子學會了城裡人的口音。

這些破產的農民，最終鋌而走險，做起了私鹽生意，導致杭州官府的監獄裡，人滿為患。即便到了除夕，蘇軾還在忙著將獄中囚犯一個個點名過目。他知道這些囚犯都是被逼無奈，很想將他們釋放。但他終歸沒有這樣的膽魄，只能在內心罵自己太慫：

小人營餱糧，墮網不知羞。
我亦戀薄祿，因循失歸休。
不須論賢愚，均是為食謀。

承認自己太慫的蘇軾，這段時間開始了他的填詞生涯。從此，一個偉大的詞人上路了。中舉前，他忙著讀書，而且太年輕，沒有機會參加宴飲酒會，也就沒什麼機會接觸詞這一俗稱「豔科」的體裁。開始為官的前十年，他是一個積極的儒家入世主義者，也沒什麼精力和欲望去留意詞的創作。直到出任杭州通判後，他結識了前輩詞人張先。

張先是宋初最重要的詞人之一，以「雲破月來花弄影」等帶「影」字的詞句聞名，被稱為「張三影」。蘇軾與張先年齡相差近半個世紀，但兩人相處頗為自得。張先成為蘇軾步入詞壇的引路人。民間至今還傳說，張先八十五歲時納妾，蘇軾寫了「一樹梨花壓海棠」調侃。張先八十九歲去世時，蘇軾寫了《祭張子野文》寄託哀思，回憶兩人在杭州結下的忘年之交。

步入詞壇的蘇軾，僅用四、五年就寫出千古流傳的《水調歌頭．明月幾時有》。那是一〇七六年的中秋節，四十歲的蘇軾面對一輪明月，懷念自己的弟弟蘇轍，趁酒興正酣，揮筆而就：

明月幾時有？把酒問青天。不知天上宮闕，今夕是何年。

我欲乘風歸去，又恐瓊樓玉宇，高處不勝寒。起舞弄清影，何似在人間！
轉朱閣，低綺戶，照無眠。不應有恨，何事長向別時圓？
人有悲歡離合，月有陰晴圓缺，此事古難全。但願人長久，千里共嬋娟。

當時，蘇軾已調離杭州，在密州任知州有兩年了。寫完這闋詞的第二年，他又被調到徐州，然後調到湖州，直到一場差點要了腦袋的牢獄之災降臨他的身上。

4

一〇七九年，元豐二年。命中大劫，蘇軾差點扛不過去。

有人拿他的詩和給朝廷的上表，說他譏諷朝政。朝廷下令，抓人！

當時蘇軾在湖州任知州。從開封到湖州頗費時間，新黨骨幹、御史臺中書丞李定，為尋找執行逮捕任務的人選而發愁，考慮許久，選中皇甫僎作為抓人領隊。

皇甫僎帶著他的兒子與兩名台卒，日夜兼程，奔赴湖州。這時，駙馬都尉王詵給蘇轍通風報信。蘇轍立即派人趕往湖州，希望趕超皇甫僎，好讓哥哥提早得知消息，做好心理準備。

皇甫僎的兒子不巧途中生病，耽擱了行程。就這樣，蘇軾提前知道了即將到來的命運。

然而，當皇甫僎一行人出現在湖州地方官署時，蘇軾還是相當驚恐。根據他事後的回憶，兩名抓人的士兵拘捕他一個地方官，就跟抓一個盜賊一樣。

蘇軾預料自己必死無疑，首先想到的是跟妻子告別，給弟弟留封遺書，託付後事。船行到太湖，他欲投水自盡，但想到一死可能連累弟弟，他忍住了。

蘇軾下獄的日子裡，一些人必欲置其死地而後已，另一些人則替這名當世第一大才子求情。連他的政治對手、已經退隱金陵的王安石，也替他求情：「豈有聖世而殺才士者乎？」

在獄中待了四個多月後，朝廷的判決下來了，蘇軾被貶官黃州。

出獄當天，蘇軾又寫起了詩：

平生文字為吾累，此去聲名不厭低。
塞上縱歸他日馬，城東不鬥少年雞。

末句用了一個典故，說的是唐代長安城裡以鬥雞聞名的賈昌，年紀輕輕就受到了喜愛鬥雞遊戲的唐玄宗的寵信。蘇軾的言外之意，是說如今朝廷上都是投皇帝所好的諂媚之人，我可不與這些人為伍。

寫完，他知道自己又犯忌諱了，無奈擲筆大笑：「我真是無可救藥。」

謫居黃州，蘇軾名義上是團練副使，一個並無實權的小官，實際上屬於朝廷的監管人員，並不能隨意離開。黃州因為蘇軾的到來，而成為文學史上的精神座標。在那裡，宋詞史上豪放派的經典之作《念奴嬌·赤壁懷古》，正在等待他來書寫。在那裡，他度過了一生最痛苦的時期，也完成了自己的精神煉獄。

在那之前，他的人生基本上順風順水，被當作未來的「太平宰相」。但如果沒有這些挫折和磨礪，也就不會有如今世人熟悉的超脫豁達的蘇軾。

初到黃州的蘇軾還無法接受人生的驟然墜落。他幾乎斷絕了與友人的來往，慢慢調適自己的狀態。寓居黃州定慧院，他寫過一闋詞，詞中透露了他孤寂而又獨立的心態：

> 缺月掛疏桐，漏斷人初靜。時見幽人獨往來，縹緲孤鴻影。
> 驚起卻回頭，有恨無人省。揀盡寒枝不肯棲，寂寞沙洲冷。
>
> ——蘇軾《卜運算元・黃州定慧院寓居作》

安定下來後，蘇軾說自己「扁舟草履，放浪山水間。客至，多辭以不在，往來書疏如山，不復答也。此味甚佳，生來未曾有此適」。任性，疏散，當被拋離了官場升遷的正常軌道之後，蘇軾終於發現了人生的新天地。

他成為一個農民，跑到田間、集市、江畔，跟各種人聊天。如果人家說不出什麼有價值的東西，他就請求人家給他講個鬼故事。人家推辭說沒有鬼故事。他卻說，瞎編一個也行。他很享受這種沒人知道他的身分和經歷的狀態，「自喜漸不為人知」。

也正是從黃州之後，蘇軾成了歷史上瀟灑的蘇東坡——儘管「東坡」這個號，實際上源於窘迫的現實。

在黃州，蘇軾一家的日常開支十分節儉，但由於沒有收入，他帶到黃州的錢頂多也只夠撐一年。一年後，蘇軾一家陷入窘境。這時，追隨蘇軾到黃州的好友馬夢得發現了黃州城東一片荒蕪的坡地，遂向官府申領了那塊地。

馬夢得跟蘇軾同年同月生，用蘇軾的話說，這個年月出生的「無富貴人」，所以他和馬夢得都是窮鬼，但如果一定要分出誰是窮鬼的冠軍，則馬夢得一定當仁不讓。這個比蘇軾還倒楣的窮鬼，卻幫蘇軾要到了一塊可以維持生計的荒地。蘇軾將這片無名高地稱為「東坡」，從此自稱為「東坡居士」。

他沉浸在做農民的日子裡。選好了一個日子，他在東坡上放了一把火，燒掉了上面的雜草。如有神助，大火過後，他發現了一口暗井——從此在這裡耕種，灌溉不成問題。他買一頭牛，添置鋤頭、鐮刀等農具，在地裡種麥子。收成後，他讓妻子王閏之用小麥和小米摻雜在一起做飯。孩子們覺得難以下嚥，他卻吃得很香。

王閏之是王弗的堂妹。王弗病逝後，她成為蘇軾的繼室。她知道蘇軾好酒，但酒量差，卻從不阻止蘇軾喝酒。如果蘇軾心情煩悶，她就會說，我給你弄一些酒吧。

蘇軾似乎很滿足於耕種的日子，清晨帶著農具和一隻酒壺出門，累了就喝口酒，困了就倒在土地上睡去。在給友人的信裡，他介紹了自己的「產業」：五間屋子，十餘畦果樹和蔬菜，一百餘棵桑樹。

夜裡，他會在燈下一遍遍抄寫陶淵明的《歸去來兮辭》。在詞裡，他認為自己的前生就是陶淵明：「夢中了了醉中醒，只淵明，是前生。」

有一次，他和朋友們在深夜裡喝酒，醉了又醒，醒了又醉，回家已是三更時分。他站在門外，敲門無人應答，只聽到家童熟睡的鼾聲。他只好蜷著身子，坐在門前，依稀聽到暗夜裡傳來江水拍岸的聲音：

夜飲東坡醒復醉，歸來彷佛三更。家童鼻息已雷鳴。敲門都不應，倚杖聽江聲。
長恨此身非我有，何時忘卻營營？夜闌風靜縠紋平。小舟從此逝，江海寄餘生。

——蘇軾《臨江仙》

這首詞在黃州城傳開後，人們說，蘇東坡唱罷此歌，把衣冠掛在江邊，乘舟遠去了。黃州知州徐君猷聽到這個消息，緊張得要命——因他負責監管蘇軾，於是趕緊跑到蘇軾家。到門口卻聽到了蘇軾的鼾聲。這才放下心來。

對於蘇軾而言，他要考慮的是如何在黃州安居下來。東坡畢竟是一塊官地，難保哪天就被收回去，所以蘇軾想自己買一塊地。

春天，他跟著朋友到黃州東南的沙湖去看地，走到半路，突然下起了大雨。同行的朋友都覺得很狼狽，只有他淋雨淋出一首好詞：

莫聽穿林打葉聲，何妨吟嘯且徐行。竹杖芒鞋輕勝馬，誰怕？一蓑煙雨任平生。
料峭春風吹酒醒，微冷，山頭斜照卻相迎。回首向來蕭瑟處，歸去，也無風雨也無晴。

——蘇軾《定風波・莫聽穿林打案聲》

當他和友人再次遊覽黃州城外的赤壁磯，他早已不再執著於個人的境遇。歷史的交疊與風景的陶冶，鑄造了一顆曠達之心。他寫下了被譽為「古今絕唱」的經典詞作：

大江東去，浪淘盡、千古風流人物。故壘西邊，人道是、三國周郎赤壁。
亂石穿空，驚濤拍岸，卷起千堆雪。江山如畫，一時多少豪傑。
遙想公瑾當年，小喬初嫁了，雄姿英發。羽扇綸巾，談笑間，檣櫓灰飛煙滅。
故國神遊，多情應笑我，早生華髮。人生如夢，一尊還酹江月。

——蘇軾《念奴嬌・赤壁懷古》

一個涅槃後的蘇軾，歸來了。再也沒有什麼東西可以擊垮他。

5

在蘇軾被貶黃州的四年時間裡，皇帝未曾遺忘他。

一〇八四年，元豐七年，蘇軾被移貶汝州。汝州離北宋的政治中心不太遠，這意味著蘇軾政治境遇的改善。蘇軾原本想上謝表，說明自己願意終老於黃州，但想想這畢竟是宋神宗的一番好意，只好作罷。

他要離開自己用心經營的田宅，以及好不容易安頓下來的環境和內心，還是頗有些不捨。在不久之前，他剛跟友人要了一批柑橘樹苗種下，想來再也看不到它們長大結果了。

蘇軾從黃州北上，途中專程到金陵拜見隱居了八、九年的王安石。

那天，王安石騎著一頭驢去碼頭迎接蘇軾。蘇軾連帽子都沒戴，就上岸對王安石說：「軾今日敢以野服見大丞相！」王安石大笑：「禮豈為我輩設哉！」這句話出自《世說新語》，是竹林七賢之一的阮籍說的。被罷相徹底離開政壇後，王安石的思想變得頗為開通。蘇軾這時倒不忘對王安石：「軾亦自知，相公門下用軾不著。」意思是，他們在政治上不是一路人。

雖然在政治見解上存在分歧，但不妨礙同時代的兩顆巨星保持私人友誼。在金陵期間，兩人放下變法之爭，相約同遊山水，多次作詩唱和。

騎驢渺渺入荒陂，想見先生未病時。
勸我試求三畝宅，從公已覺十年遲。

這時的蘇軾，還打算「買田金陵」，跟王安石一起歸隱鐘山。儘管後來未能如願，但此時此地，蘇軾的心境是真的想隱居的。他意識到自己應該像王安石一樣，儘早抽身隱退。

所以，蘇軾並不著急到汝州去。他給宋神宗上了一個表，說明因「資用罄竭，去汝（州）尚遠，二十餘口，不知所歸，飢寒之憂，近在朝夕」，請求暫時不去汝州，先到常州居住。後來得到批准。

沒多久，宋神宗駕崩，宋哲宗即位，高太后以哲宗年幼為名，臨朝聽政。退隱洛陽著書多年的司馬光，重新獲起用為相，新黨勢力被全面壓制。朝局風雲突變。

蘇軾很快被召還朝，升翰林學士、知制誥，知禮部貢舉。

在這場名為「元祐更化」的政治變動中，大權在握的司馬光在病中堅持盡廢新法，甚至最後幾天上朝都為此忙得不可開交。而蘇軾遇事不吐不快的個性再次展現出來，他建議朝廷權衡利弊，保留變法中有益的部分。他本人支持保留免役法，廢除青苗法。司馬光卻不聽勸告。

王安石原本對朝中的變化默默無語，直到免役法被司馬光所廢，才老淚縱橫的哀嘆：「就連免役法也要廢除嗎？我跟先帝可是研究了整整兩年才推行，方方面面都考慮周全了。」一〇八六年，元祐元年，王安石與司馬光先後病逝，而變法引發的內耗與紛爭遠未休止。

朝廷上慢慢衍生出洛黨、朔黨、蜀黨三黨之爭。北宋政壇對蜀人一直懷有偏見。蘇軾在世時名聲已經很盛，但他從來沒有機會真正操持權柄。每當他被列為宰輔的人選時，朝廷言官就會以「蜀人太盛」進行阻止。蘇軾雖然被當成「蜀黨」領袖，但高太后很了解蘇軾、蘇轍兄弟，說：「我知道，你兄弟二人在朝自來孤立。」

回汴京四年，不堪政爭的蘇軾屢次請退，終於在一〇八九年獲准外調杭州知州，離開了是非之地。

蘇軾雖以文學大家揚名，但他是實幹型的官員，受不了朝廷上冗長而沒意義的政治紛爭。做一方父母官，為百姓幹實事，反而是他最舒服的去處。從政以來，他去過密州、徐州、湖州、杭州等多個地方做官，每到一地，革新除弊，因法便民，興修水利，應對災害，都留下了相當好的口碑。

宋人筆記記載，蘇軾在杭州為官期間，經常在西湖邊上辦公，早晨從湧金門泛舟而來，中午到普安院吃飯，於冷泉亭據案斷決，處理公文時「落筆如風雨」，傍晚則乘馬以歸。

他關心民瘼，勤政為民，對百姓懷有深深的同情心和同理心。這樣的地方官，即便沒有那些經典詩詞的加持，也一定會留名史冊。

出任杭州知州後，當地大旱歉收，並暴發瘟疫，《宋史》記載「飢疫並作」。蘇軾上書朝廷，請求減免「本路上供米三（分）之一」，又組織賑濟災民。面對疫情，他拿出了一個名叫「聖散子」的藥方。那是他從蜀中故人巢谷那裡拿到的祕方。這一祕方對於救急，療效奇佳，巢谷一直祕不示人，連親生兒子都不肯傳授。後來，他實在拗不過蘇軾的糾纏，把蘇軾帶到江邊，要他對著江水發毒誓，絕不傳給他人。然後，才把祕方交給蘇軾。但面對百姓生死，蘇軾已經顧不得他的誓言，他公開了這個祕方，並在街頭支起大鍋，煎熬湯劑，救人無數。

在這場疫病中，蘇軾還從公款裡撥出兩千緡錢，並帶頭捐出五十兩黃金，設立了「安樂坊」，作為救濟貧病之人的公辦醫療機構。安樂坊後來成為北宋安濟坊的原型。

史載，蘇軾在杭州做了許多實事，杭州人感激他的恩德，家家掛有其畫像，「飲食必祝」。

高太后去世後，宋哲宗親政，新黨再度得勢。一〇九四年，紹聖元年，五十八歲的蘇軾被貶至惠州。

在惠州，蘇軾繼續往美食家的方向進修。當年在黃州時，他就因為窮而獨創了豬肉的做法，成為後世流傳的「東坡肉」的創始人。如今，他又成了所謂的「羊蠍子之父」。

因為是被貶斥的罪官，蘇軾在惠州沒有資格與當地權貴爭搶好的羊肉。他私下囑咐殺羊的人，給他留下沒人要的羊脊骨，在這些骨頭之間也有一點羊肉。取回家後，他先將羊脊骨徹底煮透，再用酒澆在骨頭上，點鹽少許，用火烘烤，等待骨肉微焦，再吃。他終日在羊脊骨間摘剔碎肉，自稱就像吃海鮮一樣美味。

他在給弟弟蘇轍的信中調侃對方，老弟啊，你生活優渥，飽食好羊肉，把牙齒都陷進去了也碰不到羊骨頭，怎麼能明白這種美味呢？在信末，他又說，這種吃法是不錯，只是每次自己把骨頭上的肉剔光了，圍在身邊的幾隻狗都很不開心。

蘇軾在惠州還愛上了嶺南佳果——荔枝。他跟兒子開玩笑：「千萬別讓自己的政敵知道嶺南有荔枝，不然他們都會跑過來跟他搶著吃。」

一〇九七年，紹聖四年，蘇軾被貶到了極遠極荒涼的海南島儋州。

長子蘇邁來送別，蘇軾把後事交代得一清二楚，如同永別。他決定到海南後，為自己做一口棺材。到了海南，才知道當地人根本不用棺材，他們在長木上鑿出臼穴，人活著用來存米，人死了就放屍體。

一次，他在田壟上放歌而行，一個老婦人迎面走來，對他說：「先生從前一定富貴，不過，都是一場夢罷了。」他聽後，大驚。

他常常站在海邊，看海天蒼茫，料定自己應該不可能活著離開這座孤島了。不過，他後來轉念一想，這個世界上的人，不都身處在大海的包圍之中嗎？而自己像一隻螞蟻，跌入一個小水窪，就以為落入了大海，於是慌慌張張爬上一片草葉，不知自己會漂向何方。可是，用不了多久，陽光照射，水窪乾涸，小螞蟻就生還了，見到同類，還哭著說：「我差點就再也見不到你了。」這隻螞蟻看似可笑，但個人在天地間的悲哀，何嘗不是如此？

在孤島上活通透了的蘇軾，還是得到了命運的最後一絲眷顧——一一〇〇年，隨著宋哲宗的病逝，朝局再起變化，蘇軾獲准北歸，活著離開了海南。

第二年正月，蘇軾一家北歸途中，在大庾嶺上一間小店休憩，有個老翁問跟隨的僕人：「官是誰？」

「蘇尚書。」

「是蘇子瞻嗎？」

「是的。」

老翁上前向蘇軾作揖說：「我聽說有人千方百計陷害您，而今北歸了，真是天佑善人。」

蘇軾笑而謝之，隨即題詩店壁：

鶴骨霜髯心已灰，青松合抱手親栽。
問翁大庾嶺頭住，曾見南遷幾個回。

李一冰在《蘇東坡新傳》中說，蘇軾歷劫歸來，最大的慶倖，是他平生一片剛直的孤忠，而今大白於世。一切汙蔑和猜忌的浮雲已經吹散，則天上一輪孤月，也當為人所共見了。「浮雲世事改，孤月此心明。」

越過南嶺，經贛江入長江。蘇軾想著等兒子們舉家到齊，就搬往河南許昌，去跟弟弟蘇轍同住，實現他們年輕時許下的夜雨對床的約定。但北方政局突然大變，新黨曾布開始專權。蘇軾擔心到那裡又起是非，故無奈寫信託人轉告蘇轍：「頗聞北方事，有決不可往潁昌近地居者……恨不得老境兄弟相聚，此天也，吾其如天乎！亦不知天果於兄弟終不相聚乎？」

船到儀真（今江蘇儀征）時，蘇軾跟書畫家米芾見面。米芾把他珍藏的兩幅書法交給蘇軾，請他寫跋語。但僅僅兩天後，蘇軾就瘴毒大作，猛瀉不止。過了數日，病情一點也沒有減輕，這時的蘇軾隱約有不好的預感，他在信裡囑託弟弟說，我死後，把我葬在嵩山下，請你來為我寫墓誌銘。蘇轍接到這封信，痛哭不已。

到了常州，蘇軾停下了他的旅程。他病了五十多天，已經進入彌留之際。他對三個兒子說：「吾生無惡，死必不墜。」我一生沒做虧心事，不會下地獄的。又說，我死時，千萬不要哭泣，讓我坦然化去。

長子蘇邁詢問後事，蘇軾沒有回應，溘然而逝。這一天是北宋建中靖國元年七月二十八日，一一〇一年八月二十四日。宋人筆記記載，蘇軾死後，他眉山老家的彭老山，草木恢復了繁茂。天地靈秀之氣重歸於天地。在最後生病之前，蘇軾剛剛給自己寫了四行詩，作為一生的總結：

心似已灰之木，身如不繫之舟。

問汝平生功業，黃州惠州儋州。

蘇軾不是無神論者，但他在每一段「見鬼」的人生階段，慢慢修煉得通透而無所畏懼。黃州、惠州、儋州，是他的三段貶謫經歷，是他的政敵與常人眼中的黑暗階段，但蘇軾不這麼認為。不是熬過這些黑暗的時光，就會過上好的人生；而是與這些黑暗時光共處，就是他的人生。

人生到處知何似？應似飛鴻踏雪泥。
泥上偶然留指爪，鴻飛那復計東西？

儘管蘇軾已經去世九百多年，但這只飛鴻，並未如他所擔憂的那樣消失無痕：他和它依然活在漫長的歷史時空裡。

3 秦觀：一代情種死後，人間寂寞五百年

長沙有個妓女，接客時只唱秦觀的詞。

北宋紹聖三年（一〇九六年）的某天，這名妓女接待一個落魄的客人。彈唱了數曲秦觀的詞後，她才知道眼前的客人就是自己多年來追著詞兒唱的秦觀本尊。

姑娘有些慌了。但秦觀表面很淡定，這是他一生中最為坎坷的時段，兩年內「三連貶」，取道長沙準備到郴州接受編管（按：將受謫、流放的官員或罪犯加以組織、安置，讓地方官吏加以管束）。

為了自證身分，秦觀為姑娘寫了一首詞：

秋容老盡芙蓉院，草上霜花勻似翦。西樓促坐酒杯深，風壓繡簾香不卷。
玉纖慵整銀箏雁，紅袖時籠金鴨暖。歲華一任委西風，獨有春紅留醉臉。

——秦觀《木蘭花》

我們不知道這位痴迷秦觀詞的姑娘芳齡幾何，但「歲華一任委西風，獨有春紅留醉臉」提示，她或許已經青春不再，美人遲暮。我們也可以從中讀懂詞人的自況，時年四十八歲的他在寫眼前風華不再的姑娘，又何嘗不是在感慨自己的老去與落魄呢？

姑娘熱情款待了秦觀，到臨別時，兩人都很悲傷。秦觀又寫了一闋詞，寄託傷別之情：

瀟湘門外水準鋪，月寒征棹孤。紅妝飲罷少踟躕，有人偷向隅。
揮玉箸，灑真珠，梨花春雨餘。人人盡道斷腸初，那堪腸已無。

——秦觀《阮郎歸》

這闋詞字面是傷別之情，內裡還是流露出自己被無端貶黜、被迫害的憤懣和傷心。「人人盡道斷腸初，那堪腸已無」，詞境傷痛至極。大半生被遠貶雲南的明代才子楊慎，後來讀到此詞頗有同感：「此等情緒，煞甚傷心。秦七太深刻矣！」

據宋人筆記記載，秦觀走後，這位姑娘從此閉門謝客，說要等秦觀回來。四年後，卻等來了秦觀的死訊。她穿上喪服，動身要去見秦觀最後一面，經過長途跋涉，終於遇到秦觀的靈柩。姑娘「拊棺繞之三周，舉聲一慟而絕。左右驚救，已死矣」。

這是一段淒美的愛情故事，它發生在最懂寫愛情詞、被稱為「情種」的秦觀身上，既是偶然，也是必然。他的詞，自誕生以來就俘獲了無數男女的心，但也在一聲聲悲愴的吟唱中預埋了人生不幸的大結局。

1

秦觀（一〇四九年至一一〇〇年）是**北宋版的杜牧**。他的人生有如杜牧悲劇命運的翻版：**明明是治國英才，卻活成了青樓常客**。最可怕的是，秦觀本人很早就意識到自己與杜牧相似。

他早年過著豪放慷慨的生活，說自己「少時如杜牧之強志盛氣，好大而見奇」。很早開始習賦作文，但並不熱心科舉，自稱「江海人」（不在朝政之人），「恥為升鬥謀」。

他喜讀兵書，曾撰寫五十篇策論，從國家治理到邊疆政策，都提出一套主張。在他眼中，「功譽可力致，而天下無難事」，意氣風發，感覺出門就要走上人生巔峰一樣。但就像很少人知道杜牧的策論讓司馬光十分欣賞一樣，也很少人知道秦觀曾在策論中，有過多麼激憤的愛國主張。

三十歲以前，他一度優遊於湖州、杭州、揚州一帶，宴飲酬唱，登臨遊覽，過著浩歌劇飲、放浪形骸的浪漫生活。在他早期的詞裡，時時流露出豪放的調子：

> 狂客鑑湖頭。有百年台沼，終日夷猶。最好金龜換酒，相與醉滄洲。
>
> ——秦觀《望海潮》

> 時時橫短笛，清風皓月，相與忘形。任人笑生涯，泛梗飄萍。
> 飲罷不妨醉臥，塵勞事、有耳誰聽？江風靜，日高未起，枕上酒微醒。
>
> ——秦觀《滿庭芳》

這是他一生中最自由瀟灑的時光。或許也是每一個人年少時該有的樣子：未曾受生活的暴擊，所以活出了最好的狀態。

憑藉著天生的聰明、才氣與敏銳，他在三十歲左右就寫出了奠定個人聲譽的代表作：

山抹微雲，天連衰草，畫角聲斷譙門。暫停征棹，聊共引離尊。多少蓬萊舊事，空回首，煙靄紛紛。斜陽外，寒鴉萬點，流水繞孤村。

銷魂。當此際，香囊暗解，羅帶輕分。謾贏得青樓薄幸名存。此去何時見也，襟袖上、空惹啼痕。傷情處，高城望斷，燈火已黃昏。

——秦觀《滿庭芳》

這首作品是秦觀與一個歌妓悄然產生情愫的產物。

由於這首詞太經典，當時人都不喊秦觀的名字，而叫他「山抹微雲君」。他的詞有很多女性受眾，歷代不缺女粉絲。陸游的母親就是其中一個。陸游，字務觀。據說，陸游的母親夢到秦觀後，生了陸游，遂取秦觀的字「少游」作兒子的名，而以秦觀的名作兒子的字。

但有個人對秦觀這闋成名作卻有些微詞。

宋人筆記有載，秦觀和老師蘇軾久別重逢，蘇軾向秦觀道賀：「你現在填詞更厲害了，京城都在傳唱你的『山抹微雲』那闋詞」。秦觀客氣一番：「恩師謬獎。」蘇軾卻接著說：「想不到我們分別後，你卻開始學柳永作詞了。」

秦觀不承認，趕緊辯解：「某雖無識，亦不至是。先生之言，無乃過乎？」先生不要空口無憑，毀我清譽呀！蘇軾當場舉例質問：「『銷魂當此際』，非柳詞句法乎？」秦觀慚愧不已。

這件事發生時，**「大宋第一流行詞人」柳永已經故去多年，但他在詞壇的影響力絲毫未減。**蘇軾標舉豪放詞，故對柳永的風格帶有深深的偏見。秦觀表面上對老師說慚愧，骨子裡對於詞的理解，卻近於柳永而遠於蘇軾。這也是他雖為「蘇門四學士」（按：指黃庭堅、秦觀、晁補之、張耒等四人）之一，而沒有順從蘇軾的路數，反而成長為婉約派一代詞宗的原因。

說起來，秦觀確實很有才華。

他早年寂寂無名，經人推薦認識名滿天下的蘇軾。但他們的相識過程是這樣的：秦觀先模仿蘇軾的筆跡和筆意，在他們約定見面的寺廟的照壁上題詞。蘇軾到了之後，恍惚半天：「我來過這地方題詞？我怎麼沒有印象？」經人點破，才大驚叫絕，原來是秦觀這小子冒老夫之名呀！

如果有粉絲跟秦觀見面，一定對不上號：眼前這個長相粗獷的男人，真是寫得一手唯美婉約詞？確定不是代筆？一般人想像中的婉約詞作者都是白面書生，但秦觀的樣貌，最大的特徵是「多髯」，鬍鬚茂盛。

他的師友們一旦聚在一起，就會拿他的長鬚開玩笑。有一次秦觀忍不住了：「君子多乎哉？」這是《論語》裡的話，秦觀巧妙借用，強調君子不嫌鬍鬚多。沒想到，蘇軾笑著接了一句：「小人樊須也！」這也出自《論語》，樊須是孔子的弟子，蘇軾在這裡玩了諧音梗，「樊須」即「繁鬚」，調侃秦觀鬍鬚多是小人。

這樣歡樂的時刻，是蘇軾生命中的常態，但對秦觀來說，卻頗為難得。如他所言，「不稱人心，十事常居八九；得開口笑，一月亦無二三」。

畢竟秦觀的一生，逆境遠多於順境，而他偏偏學不來蘇軾的豁達。

2

高郵秦氏是宋代社會中一個典型的耕讀家族。秦觀的祖父雖是進士出身，父輩也入仕，但家族經濟條件並不寬裕，還需要致力於農業生產。

秦觀曾自述，其家有「敝廬數間」，「薄田百畝」，但由於「聚族四十口」，日常開銷所費不貲，「田園之人，殆不足奉裘褐，供饘粥（稀飯）」，所以他時常感嘆：「家貧素無書。」

他的妻子徐氏，家境好得多，出身高郵大族，「金錢邸第甲於一鄉」。不過，從秦觀後來的生活狀況來看，岳父一家對其扶持十分有限。

秦觀十多歲時，父親去世了。那時的他年少輕狂，豪放度日，不太懂得父親之死對他代表什麼。等到年歲漸長，家族生活日益陷入拮据，他才深刻感受到，家族責任已轉移到他身上。

按秦觀自己的話說，他不得不「強出應書，僥倖萬一之遇」。他必須走上士人上升的唯一通道——科舉之路了，儘管內心抗拒，但家族的責任壓倒了個人的自由。

古代傳統社會的結構，只看得到家族，而看不到個人。家國一體，在家族中，尤其是在處於逆境的家族中，做一根頂梁柱是整個社會賦予人的使命。而家族中的個人，往往沒有選擇的空間。比如人稱「詩佛」的唐代大詩人王維，在父親很早過世後，作為家中長子，他必須擔起照顧弟、妹的責任，大半輩子都「佛」不起來，只能很現實的謀科舉，謹小慎微的做小官員。

很多我們熟知的歷史人物，都曾負重前行——只是經過時間的淘洗，我們只看到他們成功的一面，而忽視了他們困苦的另一面。

三十歲以後，那個豪放的秦觀「死」了。取而代之，他的內心進入了痛苦困厄的狀態。他經歷過不止一次科舉失意，也經歷過全家族的飢荒。最低谷時，他說自己「氣血未衰心已衰」。

元豐八年（一〇八五年），三十七歲的秦觀終於考中進士。但也是在這一年，他將自己的字「太虛」，改成「少游」。太虛是指宇宙，也指道家的道，如秦觀所說，自己早年「好大見奇」，認為天地間的事都很容易。如今，他讀了東漢伏波將軍馬援的從弟馬少游絕意事功、淡泊求安的故事，若有所悟。「願還四方之事，歸老邑裡，如馬少游」，遂改字為少游。

考中進士，向來被認為是光宗耀祖、人生得意的盛事，但奇怪的是，秦觀只是興奮一下，然後悵然若失。早年那種豪放奮厲的精神，在這重要的時刻卻蛻變為退避的生活態度。是否在冥冥之中，他已預見了自己將在官場上遭遇的悲劇？不得而知。

但秦觀的確是一個內心極其柔軟和敏感之人。

北宋黨爭的激烈程度，超乎我們的想像。進入仕途後的秦觀，身處其中，命運浮沉，內心實際是恐懼的。他給友人的詩中，含蓄的說一句：「蟻鬥蛾飛愁殺人。」

他想過逃離，捨棄功名，歸隱鄉邑。但家族重任、世俗牽累，終歸讓他無法順應內心。他送給弟弟秦覯（覯音同構）赴任地方為官的詩中，他在說弟弟，實際也是說自己：「道山雖雲佳，久寓有飢色。功名已絕意，政苦婚嫁迫。」

人生有太多無可奈何。他只能強忍，在夜深人靜時才允許自己崩潰：「夜參半不寢，披衣涕縱橫。」

按照一般人的理解，秦觀進入仕途的前八年，正是宋神宗死後，高太后掌權、新黨遭到清算的元祐時期，被歸為蘇軾門生、舊黨成員的他，仕途理應順風順水才對，哪有這麼多的愁苦和眼淚？但實際上，舊黨內部的傾軋，不亞於新、舊黨之間的權鬥。而倒楣的秦觀，常常淪為舊黨內部傾軋的靶子。

元祐三年（一〇八八年），秦觀被召進京，準備擔任館職。正遇上程頤的洛黨與蘇軾的蜀黨鬥爭得厲害，結果秦觀遭殃，未能如願，直到一年多後，經由范仲淹次子范純仁的推薦，才任祕書省正字（相當於校對典籍的清職）。僅僅一年後，他又受到洛黨成員的攻擊，朝廷隨之取消對他的任命。仕途反反覆覆，對於政治與人心，秦觀早已心累不堪。

究其原因，北宋政治鬥爭中，生活作風問題是搞倒對手的切入口。秦觀因為早年流連青樓的經歷，被認為行為不檢點，洛黨的人由此攻擊他「素號獧薄」，「刻薄無行，不可汙辱文館」……在秦觀受到洛黨彈劾的過程中，每次都牽連進蘇軾兄弟，導致事情越鬧越大。這是洛黨的人希望看到的結果，卻是秦觀最不願看到的，他被裹挾在其中，痛苦可想而知。

宋代程朱理學對青樓女子的偏見，連帶著對寫婉約詞的文人也產生極大的偏見。南宋的朱熹就認為，跟著蘇軾的人都是輕薄文人，行為失檢，這其中秦觀又最糟糕，要是這些人聚在朝廷上，天下何能致太平？

但實際上，被認為行為失檢的秦觀絕非「渣男」。他對女性，甚至淪落青樓的女子都有一種同情的理解。他有個妾叫邊朝華。當他後來被貶出京後，生怕連累邊朝華受苦，遂送她回到其父身邊。但邊朝華不離不棄，又跟過來，「玉人前去卻重來」，秦觀只好再次遣她回家，並對她說明「此度分攜更不回」。儘管他自己內心十分不捨，腸斷傷心，但為邊朝華考慮，還是做了這個決定。

他的愛情觀，即便放在今天，也是十分健康和正確。他最著名的詞作之一，是借七夕節寫的愛情詞：

纖雲弄巧，飛星傳恨，銀漢迢迢暗度。金風玉露一相逢，便勝卻人間無數。
柔情似水，佳期如夢，忍顧鵲橋歸路。兩情若是久長時，又豈在朝朝暮暮。

——秦觀《鵲橋仙．纖雲弄巧》

可以說，此詞一出，其餘愛情詞盡站旁邊。「兩情若是久長時，又豈在朝朝暮暮」，或許正是他在仕途受挫之後遣走邊朝華的原因。

初入仕途，秦觀除了與恩師蘇軾及蘇門四學士其他人有過坐而論道的短暫歡樂，這成為他後來追憶往事難得的快樂，但絕大多數時間，他整個人變得越來越憂鬱。

我們還記得，他是扛著家族責任被迫應舉進入官場的。但即便他做官，因為都是清官薄祿，所以他家經濟狀況還是很窘迫，沒有太大改善。元祐八年春，他曾寫詩給戶部尚書錢勰（勰音同鞋），談到自己的生活處境：「三年京國鬢如絲，又見新花發故枝。日典春衣非為酒，家貧食粥已多時。」錢尚書因此接濟了他兩石米。

元祐八個年頭，已經熬得這麼辛苦，接下來的艱辛，秦觀能頂得住嗎？

3

我們對這段歷史已經很熟悉，高太后死後，一直受到朝廷官員冷落的宋哲宗也長大，開始親政了。宋哲宗公開表示要繼承其父宋神宗的遺志，於是，一個新的輪回開始了——新黨的人紛紛得志回朝，而舊黨的人一個個被貶出朝。

蘇軾被越貶越遠，直到天涯海角，基本上蘇軾門人遭受朝廷黜落時，都走一樣的路線。黃庭堅如此，秦觀也如此，這兩大才子最後都死在廣西。

起初，秦觀被外放為杭州通判。離開汴京前夕，他已有不祥的預感，寫詞懷念蘇門師友聚會歡談的日子，而現在，大家都要開始淒苦的貶謫之旅，想來「都是淚」：

西城楊柳弄春柔，動離憂，淚難收。猶記多情曾為系歸舟。
碧野朱橋當日事，人不見，水空流。
韶華不為少年留，恨悠悠，幾時休？飛絮落花時候一登樓。

便做春江都是淚，流不盡，許多愁。

——秦觀《江城子》

赴杭州途中，秦觀接到了朝廷追貶的命令，再貶處州（今浙江麗水），任酒稅——大概是到市場上收取酒稅、魚稅的地方小吏。原因是有御史彈劾，秦觀與黃庭堅等人參與編修的《神宗實錄》「汙毀先烈」，兩人遂遭到更嚴重的貶謫。

在處州兩年，秦觀處處受人監視，心情鬱悶。期間，他寫的一首詞反映了他的心態：

水邊沙外，城郭春寒退。花影亂，鶯聲碎。飄零疏酒盞，離別寬衣帶。人不見，碧雲暮合空相對。憶昔西池會。鵷鷺同飛蓋。攜手處，今誰在。日邊清夢斷，鏡裡朱顏改。春去也，飛紅萬點愁如海。

——秦觀《千秋歲》

這首詞悲哀過甚，傳出去後，讀到的人都認為秦觀的精神狀態很差，恐怕不久於人世。秦觀的朋友孔毅甫讀到「鏡裡朱顏改」，大驚道：「少游盛年，何為言語悲愴如此？」後來見了秦觀，回去後跟家人說：「秦少游氣貌大不類平時，殆不久於世矣。」

但是，朝廷中人對秦觀的打擊並未到此為止。新黨的人看不慣秦觀在處州抄讀佛經度日，繼續彈劾他「讀佛書，敗壞場務」，於是秦觀被遣送到更偏僻的郴州接受編管。

遙夜沉沉如水，風緊驛亭深閉。夢破鼠窺燈，霜送曉寒侵被。無寐，無寐，門外馬嘶人起。

——秦觀《如夢令》

在趕往郴州的途中，當時已是冬天，秦觀住在破敗的驛亭中，夜不能寐。老鼠出沒，寒意襲人，各種嘈雜聲，傳達出詞人極度的精神痛苦。也是在去郴州的途中，秦觀在長沙邂逅了後來為他的去世悲慟而絕的妓女，寫出「人人盡道斷腸初，那堪腸已無」的傷痛離別詞。

宋人筆記還記載，某天，秦觀行在郴州道上，突遇大雨，身邊負責搬運行李的老僕人衝著秦觀發牢騷：「學士呀，蘇軾兄弟做到很大的官，如今被貶謫遭罪也夠本了，你跟著他們起起落落，最高也只做了清水衙門的閒官，現在又有什麼好下場呢！」秦觀只得苦笑說：「沒奈何！」老僕人嗆了一句：「你也曉得沒奈何！」

「**沒奈何**」，聽起來苦澀，但它卻**標示著秦觀的道德底線**。在劇烈的黨爭中，親人相互舉報，朋友反目成仇，背後捅刀子的事屢見不鮮，人性的弱點徹底暴露。就算一生達觀的蘇軾，在烏臺詩案中也感受到人情冷酷。而秦觀自從認蘇軾為師後，就知道自己的前途將在更大的政治波浪中起落，但他從未背叛恩師——哪怕有人暗示他，檢舉揭發或與蘇軾切割，就能保住自己的政治前途，他也從未動搖過。

順境見胸襟，困境見擔當。「沒奈何」，是**他無法掌控個人命運的感嘆，但也是他誓死堅守人品道德的呼聲**。這就是秦觀，越是忍受巨大的精神壓力，就越是讓人敬佩。

紹聖四年（一〇九七年），秦觀又被貶至橫州（今廣西橫縣）。在四年內，他被連貶四次，而且幾乎是作為囚徒被押赴橫州的。

霧失樓臺，月迷津渡，桃源望斷無尋處。可堪孤館閉春寒，杜鵑聲裡斜陽暮。

驛寄梅花，魚傳尺素，砌成此恨無重數。郴江幸自繞郴山，為誰流下瀟湘去。

——秦觀《踏莎行．郴州旅舍》

這也是秦觀的名作。王國維在《人間詞話》中點出，「少游詞境，最為淒婉，至『可堪孤館閉春寒，杜鵑聲裡斜陽暮』則變而淒厲也」。淒厲，說明秦觀的精神幾乎崩潰。但古往今來，很少人體會到詞人寫作此詞時的心境。清初大學者王士禛說，「郴江幸自繞郴山，為誰流下瀟湘去」是「千古絕唱」，但他也沒意識到，在這兩句話背後，秦觀的「千古絕望」。

在橫州，秦觀寄居在一戶祝姓人家，終日飲酒買醉，「醉鄉廣大人間小」。秦觀被貶的最後一站，是雷州（今廣東湛江）。在那裡，他為自己寫好了挽詞，死亡對他來說，只是時間問題了。

嬰釁徙窮荒，茹哀與世辭。

官來錄我橐，吏來驗我屍。
藤束木皮棺，槁葬路傍陂。
家鄉在萬里，妻子天一涯。
孤魂不敢歸，惴惴猶在茲。
昔忝柱下史，通籍黃金閨。
奇禍一朝作，飄零至於斯。
弱孤未堪事，返骨定何時。
修途繚山海，豈免從閹維。
荼毒復荼毒，彼蒼那得知。
歲晚瘴江急，鳥獸鳴聲悲。
空蒙寒雨零，慘澹陰風吹。
殯宮生蒼蘚，紙錢掛空枝。
無人設薄奠，誰與飯黃緇。
亦無挽歌者，空有挽歌辭。

——秦觀《自作挽詞》

淒厲、恐懼、黑暗，這是一首對於生前死後都絕望透頂的挽歌，令人不忍卒讀。

但是，他的恩師蘇軾卻不能理解秦觀的憂鬱。

元符三年（一一〇〇年），宋哲宗駕崩，政局起了變化，被貶謫的人陸續被召回。六月，蘇軾從海南過雷州，與秦觀見面。秦觀向蘇軾出示了他自作的挽詞，蘇軾讀後哈哈大笑，認為秦觀學老莊已經爐火純青了，「齊生死，了物我，戲出此語」，不必當真。他把秦觀的痛語當成了遊戲文字，並未往心裡去。可見人與人的悲歡並不相通，尤其是天性達觀之人與悲觀之人，更是難以看到事情的同一面。

這次重逢，秦觀還作了一首詞：

南來飛燕北歸鴻，偶相逢，慘愁容。綠鬢朱顏，重見兩衰翁。
別後悠悠君莫問，無限事，不言中。
小槽春酒滴珠紅，莫匆匆，滿金鐘。飲散落花流水、各西東。
後會不知何處是，煙浪遠，暮雲重。

——秦觀《江城子》

六十四歲的蘇軾，五十二歲的自己，在秦觀眼裡只是兩個「衰翁」，沒有歡喜，反而有莫名的悲哀。漂泊多年，一言不發，這是秦觀一生所寫的最後一闋詞。

一個月後，秦觀從雷州北返。又一個月，在歸途中病逝。

當時，他走到藤州（今廣西藤縣），睏了，在光華亭下休息，夢見自己填過的一闋詞。醒來，講給別人聽。講得有些口渴了，說要喝水。人家把水取來，他卻看著那水笑了。

就在笑聲中，一代詞宗溘然長逝。

此時，蘇軾也在歸途中，聽到自己最愛的弟子病逝的噩耗，兩天吃不下飯，「少游已矣，雖萬人何贖」。經過多日的心情平復後，蘇軾為秦觀寫下了最後的文字：「當今文人第一流，豈可復得。此人在，必大用於世，不用，必有所論著以曉後人。前此所著，已足不朽，然未盡也，哀哉哀哉！」

秦觀病逝僅一年後，蘇軾也仙逝了。一個時代結束了。

4

情深不壽。這或許是很多文人的宿命，秦觀亦不例外。

南宋初年，隨著國事變遷，當年的黨爭之人多已作古，宋高宗下詔追贈秦觀為直龍圖閣大學士。至此，秦觀才得以徹底平反。這是他死後整整三十年的事了。

他或許生在一個最好的時代，用他的婉約詞在歷史上取得永恆的一席之地；或許生在一個最壞的時代，遭遇殘酷的黨爭而無法調適，以致過早結束了他的一生。

他的命運隨同蘇軾、黃庭堅等師友而浮沉，卻無法像他們一樣樂天知命，缺乏曠達不羈的胸懷，因而常常流露出一種備受壓抑的悲哀。

得知自己被貶後，他寫出了「春去也，飛紅萬點愁如海」的悲愴之句。而同等遭遇的黃庭堅，卻跟沒事人一樣，倒頭便睡，鼾聲大作。

在嘗遍了現實的殘酷後，他的內心越來越灰暗，以至於寫出來的詞句十分淒厲。而蘇軾卻以佛道思想看穿憂患，以隨緣自適的人生態度，吟出了「歸去，也無風雨也無晴」的心聲。

北宋僧人惠洪《冷齋夜話》記載，秦觀被貶雷州後內心悽愴，作詩曰：「南土四時都熱，愁人日夜俱長。安得此身如石，一時忘了家鄉？」黃庭堅被貶宜州，則內心坦然，摘抄白居易詩曰：「輕紗一幅巾，短簟六尺床。無客白日靜，有風終夕涼。」而蘇軾被貶海南儋州，寫詩說「平生萬事足，所欠唯一死」，則有一股英特邁往之氣，不受夢幻折困，可畏而仰哉！

遭遇同樣的挫折，蘇軾以曠達、洞穿生死的心態排解，黃庭堅以隨遇而安的心態調適，只有秦觀，帶有「鍾情」的特質，雖然也抄佛書、學老莊，卻始終未能超脫，背負著沉重的枷鎖，直至人生絕望。

我們讀蘇軾，讀黃庭堅，都希望自己像他們能活得灑脫。但現實往往是，我們很難成為蘇軾或黃庭堅，**大多數人更像秦觀——懂得了很多豁達的道理，卻依然糾結於人生的苦痛**。

超脫，說起來容易做起來難。

或許也正是這種敏感脆弱的心理特質，才使秦觀寫出獨步千古的婉約詞。

據說，蘇軾經常寫完詞後給晁補之和張耒看，迫不及待的追問：「何如少游？」跟秦觀比，怎麼樣？可見，在蘇軾的心目中，秦觀雖是自己的弟子，但其寫詞的水準已經達到了自己要拚命追趕的程度。晁補之評論說：「近世以來作者，皆不及秦少游。」

歷代對秦觀的詞評價都相當高，認為他寫的詞才叫正宗。將士大夫生命的悲歌傾注詞作中，語句雖婉約，卻少了柳永「語詞塵下」（格調不高）的毛病，同時在被蘇軾詬病的「以詩為詞」之外另辟新徑，使得**秦觀**一人雄霸元祐、紹聖、崇寧三代詞壇，並成為**詞史上上承柳永、下啟周邦彥的關鍵性人物**。

晚清人馮煦對秦觀有一個經典評價：「後主（李煜）而後，一人而已。」並說，秦觀和晏幾道是「古之傷心人也」。別人寫詞，是詞才，秦觀寫詞，是「詞心」。

秦觀去世，詞心凋零。

五百多年後，清初才子王士禎經過高郵，想起了多愁善感的一代詞宗，寫下了著名的詩：

風流不見秦淮海，寂寞人間五百年。

4 賀鑄：俠骨與柔情並存

北宋詞人賀鑄（一〇五二年至一一二五年）的妻子趙氏死在蘇州。多年以後，他重返蘇州，孑然一身，像是鴛鴦失了伴。獨自臥聽夜半雨聲，賀鑄身邊再也沒有那個挑燈縫補衣服的熟悉身影了。

趙氏出身皇族，但毫無大小姐脾氣，一輩子勤勞賢惠。過門後，跟著丈夫潦倒半生，幾乎沒什麼好日子，但她不離不棄，無怨無悔。

人世間最痛苦的事，莫過於相濡以沫的兩個人，卻無法白頭偕老。

重過閶門萬事非。同來何事不同歸。梧桐半死清霜後，頭白鴛鴦失伴飛。
原上草，露初晞。舊棲新壟兩依依。空床臥聽南窗雨，誰復挑燈夜補衣。

——賀鑄《鷓鴣天》

賀鑄寫下這闋詞時，妻子已經離世七、八年。但賀鑄對亡妻的懷念，以及內心巨大的孤獨，仍然無法排解。

史書說賀鑄長相奇醜。

如今，賀鑄的《鷓鴣天》，與蘇軾悼念夫人王氏的《江城子・乙卯正月二十日夜記夢》，被認為是兩宋悼亡詞的雙璧。

1

北宋皇祐四年（一〇五二年），賀鑄出生在一個世代擔任武職的軍人家庭。從他往上數六代人，都是武官。毫無疑問，自他呱呱墜地的那一刻起，他註定要擔任朝廷的侍衛武官。

同一年，名將狄青在討伐廣西儂智高叛亂中，夜襲崑崙關，一戰而勝，由此升任樞密使，成為朝廷的最高武官。但朝廷和文官對他的猜忌隨之而來，僅僅四年後，狄青就被罷官，不久鬱鬱而死，年僅四十九歲。

狄青的結局是宋代武官命運的縮影。宋代開國後，吸取了唐末五代武將作亂的教訓，確立了以文治天下的基本國策，武官的地位日漸邊緣化。

成年後的賀鑄，走上父祖輩的道路。據記載，他從十七歲起任朝廷武職，一直到四十歲，總共二十三年在武官系統裡磨勘流轉，做過右班殿直、監臨城酒稅、徐州寶豐監錢官、和州管界巡檢、江夏寶泉監錢官等武職。大半輩子頗為苦澀。用他自己的話說，叫「三年官局冷如冰，炙手權門我未能」，他不喜歡官場，也不願意攀援權貴作為靠山，所以始終沉淪下僚，看不到希望。

妻子趙氏是皇族出身，其父可能是趙匡胤、趙光義的弟弟趙廷美的曾孫。趙光義奪位後，趙廷美的日子也不好過，後來被流放到房州，憂悸而死。因為這層關係，趙廷美的子孫主要在文學藝術上有追求，在官場上沒什麼機會和作為。

趙氏跟了賀鑄後，不得不親自幹粗活，「壯妻兼織舂」，織布、舂米樣樣在行。根據賀鑄的自述，由於俸祿太低，他們一家子需要借錢才能度日：「日俸才百錢，鹽齏（齏音同基，鹹菜）猶不供……出門欲貸乞，羞汗難為容。」

也許是現實的窘迫，一點點磨平了賀鑄的真性情。

賀鑄的好友程俱說，賀鑄年輕時，「俠氣蓋一座，弛馬走狗，飲酒如長鯨」，不愧是武人家庭出身。他「貌奇醜，色青黑而有英氣」，人送外號「賀鬼頭」。為人俠義，放蕩不羈，即便是權傾一時的貴要人物，只要他看著不爽，就直接開罵。

有個貴族子弟曾跟賀鑄是同事，那個人驕縱傲慢，目中無人。賀鑄默默記下他偷盜公物的時間和次數，然後拿著棍子跟他攤牌：「如果讓我處罰你，我就不揭發了。」貴族子弟站起來，脫去衣服。賀鑄用棍子打了幾下，那個人開始求饒，賀鑄便笑著將他釋放了。此後，那些蠻橫的貴族子弟，見了賀鑄都要繞著走。

但賀鑄是個很矛盾的人。他是武人，任俠豪邁，卻又嗜好讀書，「泛觀古今，老於文學，詞章議論，迥出流輩」，「詩文皆高，尤工長短句」。本質上，他是個內向的文人，在一些應酬飯局上，他拘謹得像未見過世面的人。而這種敏感和細膩，在他創作的詞中給人留下深刻印象。

元祐七年（一〇九二年），在李清臣、蘇軾等人的推薦下，四十一歲的賀鑄由武職改任文官。不過，他的文官之路也不順利。此後十多年南遷北調，仍然十分憋屈，五十八歲時選擇了辭官歸隱。

當年筆漫投，說劍氣橫秋。
自負虎頭相，誰封龍額侯？

——賀鑄《易官後呈交舊》

一個年輕的豪俠之士，經過官場和生活的雙重折磨，到最後已經「垂頭塞耳，氣息奄奄，崛然自奮之心，日以微矣」。現實就是這麼殘酷。

2

賀鑄的劍氣和俠氣，最終都傾瀉到了詩詞裡。

北宋文人士大夫有一種普遍的觀念，**認為各種文體之中，詞處於鄙視鏈的最底端**。他們只有在表達娛樂宴飲、情愛時，才會考慮詞的創作；在正式的寫作，尤其是在家國情懷的抒發層面，首選仍然是詩。自「大眾詞人」柳永發展出一套婉約慢詞的寫法後，文人士大夫一邊捂著臉罵「這是淫詞」，一邊偷偷的學。所以柳永對整個時代的影響相當大。

比賀鑄大十五歲的蘇軾，在柳永的道路之外另闢蹊徑，以詩入詞，寫出了被後人稱為「豪放詞」的作品。在當時，蘇軾的嘗試飽受非議，譏諷他的人不少。比如李清照說，蘇軾寫的詞「皆句讀不葺之詩」，壓根兒不是詞；陳師道說得委婉一些，說蘇軾的東西不是詞的「本色」。

當時詞壇的名家，包括晏幾道、秦觀以及稍後的周邦彥，都十分堅定的以婉約詞為宗。可見蘇軾在詞的創作上是很孤獨的。

只有賀鑄，最早接受並繼承了蘇軾的豪放詞風。

學者考證，在賀鑄現存的兩百八十多首詞作中，大約有十分之一屬於豪放詞。這個比例在婉約成風的北宋，已不算低，說明賀鑄是有意識的開拓詞的新境界。

少年俠氣，交結五都雄。肝膽洞，毛髮聳。立談中，死生同。一諾千金重。推翹勇，矜豪縱。輕蓋擁，聯飛鞚，鬥城東。轟飲酒壚，春色浮寒甕，吸海垂虹。閒呼鷹嗾犬，白羽摘雕弓，狡穴俄空，樂匆匆。

似黃粱夢。辭丹鳳。明月共，漾孤篷。官冗從，懷倥偬。落塵籠，簿書叢。鶡弁如雲眾，供粗用，忽奇功。笳鼓動，漁陽弄，思悲翁。不請長纓，係取天驕種，劍吼西風。恨登山臨水，手寄七弦桐，目送歸鴻。

——賀鑄《六州歌頭》

這是賀鑄的豪放詞名作，通篇氣勢磅礴，在蘇軾詞的豪縱之外，又有了俠士獨有的狂放氣質，讀下來酣暢淋漓。

賀鑄年輕時的任俠生活，在這闋詞裡有詳盡的交代——肝膽相照，輕生死重然諾，飲酒，打獵，頗有先秦漢初的游俠之風。

但賀鑄寫了這麼多振奮的回憶，目的是要跟他眼下真實的生活形成對比。「樂匆匆」，那些豪縱狂放的日子都過去了，而今他被困在官場，位卑言輕，苟且度日，一點點被消磨了壯年意氣：你看，國家邊疆烽煙又起，但我已無法請纓出戰。劍在匣中鳴，人非自由人，空有一番報國熱情，也只能在無言的琴聲中埋葬了一腔遺恨。

賀鑄的悲嘆，實際上也是整個時代的悲嘆。

北宋中後期，除了王安石變法時期，在對遼、夏問題上有過主動的姿態，但在宋神宗死後，朝廷又恢復了妥協納貢甚至割地的政策。這顯然是武人出身的賀鑄所不願看到的。

黨爭是北宋政治的「特色」，幾乎所有知名的文人士大夫都曾捲入其中。而位卑言輕的賀鑄，是難得得以遠離黨爭的一個。但即便處在黨爭之外，他仍保持自己磊落的人格。王安石在世時，他未參加變法的任何活動；而王安石逝世後，他卻寫詩寫詞追念這名偉大的變法者。政治風向和利弊衡量，從來不在他的計算範疇。我們說一個人活得真不真，從這些細節就可以看出來。

儘管寫起詞來仍有豪氣，但賀鑄心中的熱火已逐漸冷卻，僅餘悲涼。

縛虎手，懸河口，車如雞棲馬如狗。白綸巾，撲黃塵，不知我輩可是蓬蒿人？

衰蘭送客咸陽道，天若有情天亦老。作雷顛，不論錢，誰問旗亭美酒斗十千？酌大斗，更為壽，青鬢長青古無有。笑嫣然，舞翩然，當壚秦女十五語如弦。遺音能記秋風曲，事去千年猶恨促。攬流光，繫扶桑，爭奈愁來一日卻為長。

——賀鑄《行路難．縛虎手》

他不滿現實而又無力改變現實，最後他決定歸隱，「退居吳下，浮沉俗間，稍務引遠世故」，自號「慶湖遺老」，「杜門將遂老」。這年是一一一〇年，宋徽宗在位大約十年了。又十多年後，這名文藝皇帝遭遇了靖康之變，北宋亡國。而賀鑄在北宋亡國的前兩年去世，「幸運」的免遭家國淪喪的內心苦痛。

畢竟在他歸隱的日子裡，他仍然有「長安不見令人老」的滿懷忠貞，注視著國運的起落，只是沒什麼人知曉罷了。

排辦張燈春事早，十二都門，物色宜新曉。金犢車輕玉驄小，拂頭楊柳穿馳道。蓴羹鱸鱠非吾好，去國謳吟，半落江南調。滿眼青山恨西照，長安不見令人老。

——賀鑄《望長安》

如果穿越到千年之前的北宋，我們將看到北宋官場的一個邊緣人，握筆如持劍，在紙面上揮灑下蕭蕭霜氣。他可能沒有意識到，自己鬱結於胸的詞句在歷史上將有怎樣的地位，但歷史終將承認，他是上接蘇軾、下啟辛棄疾的豪放詞健將。

可惜，如今世人皆知「蘇辛」，卻不知「蘇辛」中間有一個重要的賀鑄，扛起了蘇軾那面獨孤的旗幟，並深刻影響了後繼而起的辛棄疾。沒有賀鑄，大宋豪放詞將失去幾許光彩。

3

賀鑄回到了蘇州，那是他妻子趙氏故去的地方。

十年前，一〇九八年，他輾轉為官，帶著妻子到蘇州，三年後離開時，他的妻子已經病故。這對他是很重的打擊。他一生潦倒。趙氏的理解和支持，是他難得的精神慰藉。

除了本文開頭引用的《鷓鴣天》，賀鑄還寫過其他的詞追念趙氏。每一闋都直擊人心最柔軟的部分。在這些情真意切的詞作中，我們看到一個曾俠氣沖天的詞人有著柔情似水的另一面。

> 松門石路秋風掃，似不許、飛塵到。雙攜纖手別煙蘿，紅粉清泉相照。
> 幾聲歌管，正須陶寫，翻作傷心調。
> 岩陰暝色歸雲悄，恨易失、千金笑。更逢何物可忘憂，為謝江南芳草。
> 斷橋孤驛，冷雲黃葉，相見長安道。
>
> ——賀鑄《御街行・別東山》

這是賀鑄到妻子墓地祭掃後所作。據記載，趙氏死後葬在了宜興一個叫東襟嶺的地方。經過多年的追憶和哀嘆，在賀鑄病逝後，他終於和趙氏葬在一起，再未分離。

退隱後，賀鑄卜居蘇州和常州，買下田宅，築室橫塘，過起著書校勘生活。他最著名的詞便寫於這一時期：

凌波不過橫塘路，但目送、芳塵去。錦瑟華年誰與度？
月橋花院，瑣窗朱戶，只有春知處。
飛雲冉冉蘅皋暮，彩筆新題斷腸句。試問閒愁都幾許？
一川煙草，滿城風絮，梅子黃時雨！

——賀鑄《青玉案》

這闋詞很受世人推崇，賀鑄因此被人雅稱為「賀三愁」、「賀梅子」。

黃庭堅讀到後，寫詩表達了極高的讚賞：「少游醉臥古藤下，誰與愁眉唱一杯？解作江南斷腸句，只今唯有賀方回。」意思是，秦觀去世後，能把婉約詞寫得這麼細膩動人，世上也就只有賀鑄了。

由此可見，**賀鑄的詞**跟他的人一樣都有兩面性——俠骨與柔情並存。他寫詞，**豪放起來直追蘇軾，婉約起來不輸秦觀**。與黃庭堅、秦觀同為蘇門四學士之一的張耒說：「賀鑄的詞風具有盛麗、妖冶、幽索、悲壯四種特色，不愧是兼收並蓄的大家。」

關於《青玉案》，賀鑄表面寫的是美人離開詞人，漸漸遠去乃至完全消失的過程，而深層次是要表達詞人追求理想而不可得的幻滅的痛苦。我們從賀鑄過往的經歷，也能讀出他在這闋詞中所表達的失落與不甘。

不過，有些學者在解讀這闋詞時，強調詞中的凌波美人是真實存在的「吳女」，賀鑄與其一見鍾情而不敢表達，最終陷入了單相思。但這種解讀可能是被詞的表層意思迷惑了。

實際上，自屈原《離騷》之後，文人士大夫提到「香草美人」基本都有特殊的寓意，而不會只是字面的意思那麼簡單。晚清詞家陳廷焯就明確指出，賀鑄的詞受到了《離騷》的影響：「方回（賀鑄的字）詞，胸中眼中別有一種傷心說不出處，全得力於楚《騷》，而允以變化，允推神品。」

屈原在現實中頭破血流之後，以「香草美人」來寄寓他的政治理想。一千多年後的賀鑄，同樣鬱鬱不得志，而在屈原的作品中找到了共鳴。

宣和七年（一一二五年），七十四歲的賀鑄在常州的一家寺廟中病逝。臨死前，他告訴好友程俱：「平生果於退，懼危辱耳，今知免矣。」

原來，他一生越活越「慫」，戰戰兢兢，如今終於解脫了。

誰愛松陵水似天。畫船聽雨奈無眠。清風明月休論價，賣與愁人直幾錢。
揮醉筆，掃吟箋。一時朋輩飲中仙。白頭□□江湖上，袖手低回避少年。

——賀鑄《游少年》

當賀鑄老了後，他已不敢直面年輕的自己。那個「少年俠氣，交結五都雄」的年輕人早已死了，也許是被老去的賀鑄親手殺死的，也許是被日漸沉淪的時代殺死……。

但願我們永遠記得他的名字，他的掙扎，他的深情。我們每個人都曾是那個少年。

第三章

南歸與北伐，字字血淚

家國遠去三千里，
這種南歸和北伐的慷慨愁緒，
在經歷宋徽宗時代的清新靡麗之後，
開始變得字字血淚。

1 宋徽宗時代：北宋亡國曲

小官歐陽珣，在金兵面前，發出生命中最後的吶喊。

這是北宋亡國前一年（一一二六年），在經歷第一次開封圍城戰後，已經被金人嚇得魂飛魄散的宋徽宗、宋欽宗父子，決定割讓河北絳州、磁州、深州三地議和。他們故意將力主抗戰的歐陽珣派做監丞，讓他作為使者，和金兵一起前往「交接」割讓深州。

抵達深州城下，這位滿腔義憤的小官吏在深州城下失聲痛哭，大聲警告守城的深州軍民：「朝廷為奸臣所誤至此，我以必死之心到來，你們務必要堅持守城，忠義報國！」

守城的深州居民也拒絕投降。金人大怒，將歐陽珣全身潑上燃油，活活燒死。

就在此前，這位在北宋詞壇默默無聞的詞人，寫下了《踏莎行》，見證多災多難的時代：

雁字成行，角聲悲送。無端又作長安夢。青衫小帽這回來，安仁兩鬢秋霜重。

孤館燈殘，小樓鐘動。馬蹄踏破前村凍。平生牽繫為浮名，名垂萬古知何用。

宋詞，在靖康之變的烽火中，走到了生死存亡的一刻。

1

在靖康元年金兵兵臨城下之前，宋詞曾有過美好的小清新時刻。

北宋元符三年（一一〇〇年），年僅二十四歲的宋哲宗病逝。宋哲宗膝下無子，皇位繼承人只能在宋哲宗的兄弟中選擇，主政的向太后力主扶持宋哲宗的十一弟、端王趙佶上位。但宰相章惇全力反對：「端王輕佻，不可以君臨天下！」然而，歷史總愛開玩笑，輕佻、「諸事皆能，獨不能為君」的趙佶，卻在向太后的全力扶持下登基即位，是為宋徽宗。

擅長蹴鞠、繪畫、書法的藝術家皇帝趙佶，在藝術領域的造詣屬於一代宗師，但他行事昏庸、任用奸佞，親手開啟了北宋的亡國倒計時。

宋徽宗登基當年，寫下「兩情若是久長時，又豈在朝朝暮暮」的詞壇情聖秦觀去世。過了一年（一一〇一年），北宋詞最後的巨擘蘇軾在遇赦北返途中，病逝於江蘇常州。一一〇四年，黃庭堅則在被流放途中，在長沙遇到了護送秦觀靈柩北歸的秦觀兒子秦湛和女婿范溫，見到老友靈柩，黃庭堅大哭。北宋在變法與守舊的黨爭中，政治傾軋不斷、國力江河日下，一眾名家在被貶途中紛紛含恨辭別人間。

辭別秦觀靈柩第二年（一一〇五年），黃庭堅在流放地宜州病逝。

宋詞的小清新走到了最後時刻。在喜歡粉飾太平，採辦花石綱（按：專門運送奇花異石，以滿足皇帝喜好的特殊運輸交通名稱）、修建艮岳（按：是北宋時期一座位於京城汴梁〔今河南省開封〕里城東北部的大型人工山水皇家園林），惹得四方民怨沸騰的宋徽宗治下，一批唱和昇平的詞人圍繞在宋徽宗左右。

宋徽宗大觀四年（一一一〇年），曾寫下「落花人獨立，微雨燕雙飛」的詞人晏幾道離世。晏幾道死後五年（一一一五年），完顏阿骨打建立金國，對於這個迅猛崛起的強敵，宋人毫無知覺，宋詞也繼續沉浸在最後的小清新中。一一二一年，寫下「水面清圓，一一風荷舉」的婉約派大家周邦彥也去世了。

但寫出「一川煙草，滿城風絮，梅子黃時雨」的「賀鬼頭」賀鑄，已嗅見了時代風雨欲來的氣息。他在《望長安》中嘆息：「蓴羹鱸鱠非吾好，去國謳吟，半落江南調。滿眼青山恨西照，長安不見令人老。」

一一二五年，賀鑄幸運的在北宋亡國前兩年去世，避免了顛沛流離的亡國之恨。但自己造孽的宋徽宗沒有這麼幸運。一一二六年，在女真人第一次兵臨開封城下時，被嚇破了膽兒的宋徽宗就不顧兒子趙桓「幾次氣絕，百般掙扎」，強行將皇位傳給了趙桓，即宋欽宗。

推卸責任的太上皇宋徽宗趙佶，則帶著一幫人馬以到太清宮燒香的名義，一路狂奔到了亳州。一直到第一次開封之戰金兵撤圍後，宋徽宗才百般不情願的回到開封。沒想到女真人殺了回馬槍，靖康二年（一一二七年）初，金兵攻破開封，當年四月，金兵在大肆擄掠後，將俘虜的宋徽宗、宋欽宗以及皇室宗親、王公大臣、技藝工匠、百姓男女等共十萬餘人，分作七批先後押解北上。北宋滅亡，史稱靖康之變。

2

懦弱畏縮的宋徽宗，此刻備嘗艱辛。在被女真人押解北上抵達濬州（今河南濬縣東）時，金兵攔著圍觀的百姓，只允許賣食物的人靠近。當聽說被重兵押解的人是宋徽宗後，小商小販們可憐這位亡國之君，紛紛送來了炊餅、藕菜等食物，來為這位大宋國的皇帝送行。

由於金兵故意克扣，路上的食物十分匱乏，宋徽宗等人不得不沿路採摘桑葚充飢。十萬餘俘虜北上途中，不斷有人橫屍半路，到了慶源府都城店（今河北內丘縣南）時，宋徽宗的弟弟燕王趙俁因為乏食餓死。宋徽宗聞訊痛哭，請求將趙俁裝殮後靈柩送歸中原。沒想到負責押解的金兵大將斡離不卻說：「軍中無棺材。」強行下令火化趙俁。徽宗只得攜帶骨灰前行。而比起一路上被隨意拋諸荒野的宋俘屍體來說，趙俁已經算幸運的。

宋徽宗被一路押解北上，到了真定府（今河北正定）時，金人故意將他押解進城，並在前面豎立一杆旗幟寫上「亡宋太上皇」導引前行，真定府內百姓見狀紛紛痛哭。他們知道，北宋是真的亡了。

但仍有城池的軍民堅守不降。當宋徽宗一行被押解途經中山府（今河北定縣）時，這座城市仍在為北宋堅守著。金軍大將於是故意令宋徽宗到中山府城下，讓他向守城的軍民喊話勸降。守城的軍民痛哭流涕，但拒絕聽命。

宋欽宗則更加落魄，被金人押解北上時，他被強令脫去冠袍改戴氈笠，身穿青布衣，騎著黑馬前行。每天晚上睡覺時，金人還將宋欽宗和太子趙湛、祁王趙模及內眷等人捆綁在一起，防止他們半夜逃跑。

在第二次開封圍城戰中，唯一率軍突入開封城中的宋軍將領張叔夜，此時也跟隨宋欽宗一起北上。自從離開開封後，張叔夜就絕食不語，想當初，他帶著兩個兒子、率領三萬大軍不顧危亡誓死勤王，最終結果卻是宋欽宗自亂陣腳，以致開封城破。對於這一切，已經心死的張叔夜一直默默不語，並以絕食抗議，每天僅飲水為生。聽車夫說車駕將經過原來宋遼的界河時，悲憤交加的張叔夜突然站立起來，仰天長嘯，然後氣絕而亡。

對於這位為北宋鞠躬盡瘁的將領來說，他明白，亡國已經不可避免了。

白天時一直被捆綁在馬背上前行的宋欽宗，則在顛沛流離三個多月後的一一二七年農曆七月，最終與父親宋徽宗相會於燕京。這兩個昏庸無能的亡國之君抱頭痛哭，除此外並無他法。

宋欽宗的朱皇后，在押解途中，被金兵在宴會上強迫填詞助興，朱皇后在詞句中寫道：

昔居天上兮，珠宮玉闕，今入草莽兮，青衫淚溼。

屈身辱志兮，恨難雪，歸泉下兮，愁絕。

對於這些曾經享盡榮華富貴的皇室成員來說，眼下他們亡國被俘，南歸漫漫無望，青衫早已淚溼。

3

北宋的其他軍民還在不懈奮鬥。就在宋徽宗、宋欽宗父子被押解北上不久，靖康二年五月，康王趙構在南京應天府登基即位建立南宋。隨後，在宗澤、岳飛、韓世忠、劉光世、吳玠、吳璘等將領的全力反擊下，南宋開始站穩根基，並多次擊退了金兵的南侵。

隨著宋徽宗、宋欽宗的被俘北上，自立為帝的宋高宗趙構，則在金兵的不斷南下追擊中四處逃亡。

當時，金兵放棄開封撤兵北上，宗澤受命擔任東京留守和開封知府，並招募義軍協助抗金，多次擊敗金兵。在擔任東京留守期間，宗澤二十多次上書宋高宗趙構，力請宋高宗還都開封，並制定收復中原的方略，但都沒被採納。一一二八年，這位壯志未酬的老英雄在開封病逝。臨終前，他大聲吟誦杜甫的詩句「出師未捷身先死，長使英雄淚滿襟」。一直到斷氣，他沒有一句談及家事。臨死前，他連呼三聲：「過河！過河！過河！」

老英雄最終氣盡身亡。

宗澤死後，一度凝聚在宗澤周圍的北方抗金大軍逐漸瓦解。宗澤死後第二年，南宋建炎三年

（一一二九）秋，完顏宗弼（兀朮）揮兵南下，試圖一舉攻滅南宋，南宋各路軍隊奮起反擊。當時，金兵的中路軍甚至在攻破江西後進入湖南，當此危亡之際，詞人向子諲（諲音同因）挺身而出。他募集軍隊出擊勤王，在被任命為潭州（長沙）知州時，金兵圍攻潭州八天八夜。向子諲在潭州城破之後，仍然率眾進行巷戰，又堅持了兩天兩夜。一直到最後時刻，他才放棄潭州城突圍而出。

後來人銘記這段往事說，「當時郡人都追隨他而去，以忠義自奮，無一投降者」。

後來，在《阮郎歸》中，向子諲這樣描寫國恨家仇：

江南江北雪漫漫，遙知易水寒。同雲深處望三關。斷腸山又山。

天可老，海能翻。消除此恨難。頻聞遣使問平安。幾時鸞輅還？

對於那個時代的忠臣義士來說，光復故土、迎回二聖，是大家的集體心聲。但宋高宗趙構卻在擊敗南侵的金兵、南宋逐漸安定後，在臨安城（杭州）的鶯歌燕舞中，喪失了北上的雄心。

宋徽宗在苦苦等待高宗的解救。

在被押解北上途中，有一天，宋徽宗竟然無意中在一張包茴香的黃紙上，看到了「建炎」（宋高宗趙構第一個年號）的赦書，這才知道兒子趙構已經即位。此前，宋徽宗派親信曹勳潛逃回到南方，並給趙構帶去了一件他穿著的背心，上面有宋徽宗親筆手書的「便可即真，來救父母」八個字，意思是要趙構自立為帝后，找機會營救父母。

手捧著包茴香的黃紙，聯想到「茴香」與「回鄉」諧音，宋徽宗不由狂喜，以為南歸指日可待。實際上，隨著南宋軍隊的頻頻北伐反擊，金人開始忌憚宋軍會北上搶奪他們手中的王牌砝碼——宋徽宗、宋欽宗父子。

於是，金人又將宋徽宗、宋欽宗父子從燕京（北京）繼續北遷到了中京（今內蒙古寧城西大明城）。一一二八年八月，兩人又被遷徙到了上京（今內蒙古巴林左旗南）。抵達上京後，金太宗先是強行將宋徽宗、宋欽宗身邊的多位妃嬪霸為己有，然後又舉行獻俘儀式，命令宋徽宗、宋欽宗父子脫去袍服，其他人則無論男女全部脫去上衣、身披羊裘、腰繫氈條，模仿中原皇帝曾經舉行過的獻俘儀式，祭拜金太祖完顏阿骨打的宗廟。然後，宋徽宗、宋欽宗兩人又被命令跪拜金太宗。不久，宋徽宗被封為昏德公，宋欽宗則被封為昏德侯。

但金人並不放心。上京獻俘儀式後不久，一一二八年十月，宋徽宗父子以及諸王、駙馬、內侍等一千八百多人又被繼續北遷到了韓州（今遼寧昌圖縣北）。在那裡，金人給了他們四十五頃農田，讓宋徽宗等人自己種地養活自己。

在韓州住了一年多，宋徽宗父子以為將要在此安老，於是開始搭建草棚準備長期定居。一一三〇年的某天，金人突然到來，宋徽宗趙佶匆忙從草房屋頂爬了下來，還援引《韓非子》的典故賣弄學問，向來使賠笑說：「堯舜茅茨不剪。」

沒想到，來使給他帶來的噩耗是，金人要將他從韓州遷徙到更為偏遠的五國城（今黑龍江依蘭）。從一一二七年被俘虜北遷，顛沛流離三年多的宋徽宗原本以為可以安定下來，沒想到卻要繼續北上。在這如喪家之犬的遷徙旅途中，他寫下了《燕（宴）山亭．北行見杏花》，而這首詞，也被後來的晚清詞人朱祖謀編選為《宋詞三百首》開篇第一詞：

裁剪冰綃，輕疊數重，淡著胭脂勻注。新樣靚妝，豔溢香融，羞殺蕊珠宮女。易得凋零，更多少無情風雨。愁苦。問院落淒涼，幾番春暮。
憑寄離恨重重，這雙燕，何曾會人言語。天遙地遠，萬水千山，知他故宮何處。怎不思量，除夢裡有時曾去。無據。和夢也新來不做。

從遼寧北上黑龍江的顛沛流離中，只有沿途開放的杏花陪伴著他，但他早已看花是淚。在北國的冰天雪地中，他以曾經的九五之尊和如今的流囚身分，寫下了《在北題壁》：

徹夜西風撼破扉，蕭條孤館一燈微。
家山回首三千里，目斷天南無雁飛。

家國遠去三千里，這種南歸和北伐的慷慨愁緒，在經歷宋徽宗時代的清新靡麗之後，開始變得字字帶血。

宋徽宗被強令北遷五國城後四年，在靖康之變後一路顛沛南遷的詞人李清照，也在經歷丈夫趙明誠去世、在紹興留存文物被盜、被張汝舟騙婚等坎坷曲折後，轉而定居在了浙江金華。在《武陵春．春晚》中，她這樣描寫處處傷春的江南：

風住塵香花已盡，日晚倦梳頭。物是人非事事休，欲語淚先流。
聞說雙溪春尚好，也擬泛輕舟。只恐雙溪舴艋舟，載不動許多愁。

而準備整兵北伐的岳飛，則寫下壯懷激烈的《滿江紅》：

怒髮衝冠，憑欄處、瀟瀟雨歇。抬望眼，仰天長嘯，壯懷激烈。
三十功名塵與土，八千里路雲和月。莫等閒、白了少年頭，空悲切。
靖康恥，猶未雪。臣子恨，何時滅！駕長車，踏破賀蘭山缺。
壯志飢餐胡虜肉，笑談渴飲匈奴血。待從頭收拾舊山河，朝天闕。

人物皆非，在這種望穿秋水的期待中，一一三五年，宋徽宗最終病死於五國城。宋徽宗的死訊一直到兩年後的一一三七年，才傳到了臨安城。聽聞消息後，宋高宗據說幾天都吃不下飯。但對宋高宗來說，針對朝野上下激烈呼籲的「光復故土，迎回二聖」的呼聲，他並未放在心上。

到了一一四〇年，金兵再次大舉南侵，但在順昌之戰和郾城之戰等各路戰役中，先後被宋軍名將劉錡和岳飛打敗，岳飛甚至進軍至距離北宋故都開封僅有四十五里的朱仙鎮，準備光復故都。沒想到，趙構因擔心收復故土迎回二聖，會影響到自己的帝位，以連續十二道金牌將岳飛等抗金大軍強行召回，並在前線一片大好的形勢下，主動與金人媾和。

作為媾和條件，金人要求宋高宗趙構必須處死岳飛，然後才能放回宋高宗的生母韋太后，以及歸還宋高宗父親宋徽宗的遺骨。

一一四二年初，名將岳飛最終被宋高宗趙構下令殺害於臨安。在宋高宗自毀長城後，金人放回了韋太后。韋太后臨行前，宋欽宗趙桓仰面躺在地上，攔住韋太后的車駕痛哭流涕，哭著說：「幸語丞相歸我，處我一郡足矣！」希望韋太后能讓秦檜和宋高宗來營救自己，他南歸後不想爭奪帝位，只想找一個郡縣養老即可。宋欽宗在父親宋徽宗死後，被金人從五國城南遷到了燕京（北京），並於一一六一年在燕京病逝。

一一六一年金主完顏亮舉兵南侵，試圖消滅南宋，結果在采石磯之戰中先是被宋軍所敗，後來又死於金人內亂。

而厭倦了戰亂和恐懼的宋高宗，則在金人退兵後，於一一六二年主動禪位給了養子趙昚（宋孝宗，昚音同甚）。此後，宋高宗一直活到了一一八七年，享年八十一歲。

那時，北宋詞，已死去多年了。

2 周邦彥：「結北開南」的集大成者

史載，宋徽宗在位期間，喜歡微服出行，出宮狎妓（玩弄妓女）。而根據宋人筆記和野史的說法，當宋徽宗與一代名妓李師師共處一室之時，他不知道床底下還藏著另一個人。偏偏這個躲在床底的人，不是一般的客人，而是李師師的「緋聞男友」、當時的婉約詞大師兼音樂天才周邦彥。周邦彥雖然只能憋屈的藏起來，但還是控制不住技癢，把他偷聽到的內容填成了一首新詞《少年游》：

並刀如水，吳鹽勝雪，纖手破新橙。錦幄初溫，獸煙不斷，相對坐調笙。
低聲問：向誰行宿？城上已三更。馬滑霜濃，不如休去，直是少人行。

不僅填成了詞，問題是，他還把這闋詞教給李師師去唱，而李師師竟然在宋徽宗再次光臨的時候唱給他聽。這兩人也真夠奇怪。

宋徽宗一聽不對勁，這情景怎麼這麼熟悉，像是我幹的，遂問李師師：「誰作的詞？」

李師師毫不隱瞞：「周邦彥。」

宋徽宗當然很生氣，周邦彥偷聽就罷了，還不識相，竟然弄出這麼大動靜，此詞傳唱開來，我大宋皇帝、「天下一人」是不要臉的嗎！於是，他找了藉口將周邦彥貶出京城。

數日後，宋徽宗又到李師師處找樂子，卻被告知李師師給周邦彥送行。等到很晚，李師師才回來。宋徽宗很生氣，遂問，那個周邦彥臨走可有詞作留下？李師師答，有一闋《蘭陵王》。

宋徽宗：「唱一遍。」

李師師：「容臣妾奉一杯，歌此詞為官家（皇帝）壽。」

柳陰直，煙裡絲絲弄碧。隋堤上、曾見幾番，拂水飄綿送行色。
登臨望故國，誰識京華倦客？長亭路，年去歲來，應折柔條過千尺。
閒尋舊蹤跡，又酒趁哀弦，燈照離席。梨花榆火催寒食。
愁一箭風快，半篙波暖，回頭迢遞便數驛，望人在天北。
淒惻，恨堆積！漸別浦縈回，津堠岑寂，斜陽冉冉春無極。
念月榭攜手，露橋聞笛。沉思前事，似夢裡，淚暗滴。

——周邦彥《蘭陵王．柳》

聽完，宋徽宗轉怒為喜。在文藝上，他很惜才，知道周邦彥能寫出如此經典的詞作，遂決定讓他官復原職，後又任命他為提舉大晟府（擔任皇家最高音樂機構負責人）。

1

話說回來，雖然南宋人張端義、周密等人對上述八卦的記載言之鑿鑿，頗為詳盡，但現代學者普遍認為，這樣離奇的事情與史實不符。會出現這個故事，與整個時代對婉約詞的偏見有關。

從宋詞第一代流行「天王」柳永開始，寫婉約詞的人，名聲都不太好，被貼上為人淫佚、行為失檢等標籤。柳永更是一生仕途受此拖累。晏殊、歐陽修等朝中高官雖然也是婉約詞的有力推動者，但他們都要站出來與柳永詞風劃清界限，自己回家再偷偷跟著寫。

這種**將婉約詞人的創作與其人品畫等號的批判風氣，貫穿了整個宋代**。到了周邦彥生活的北宋末期，依然如此。跟他同時代的著名婉約詞人，如晏幾道、秦觀等人，同樣難逃道德審判。

史書中就有記載，周邦彥年輕時「疏雋少檢，不為州裡推重」，指他出入柳巷風月。而實際上，宋代文人墨客出入青樓很平常，周邦彥之所以成為「靶子」，主要在於他把這些經歷甚至他的相好，都寫進詞中。

據考證，周邦彥一生與岳楚雲、蕭娘、桃葉、秋娘、驚鴻等數名歌妓有過較長的感情經歷，並為她們寫過不少詞作。他曾在蘇州的一場酒會遇見一名歌妓，神情頗像他年輕時要好的岳楚雲，細問之下，她竟然是岳楚雲的妹妹，而岳楚雲早已嫁人了。周邦彥又驚喜又惆悵，當場填了一闋詞，托她轉交給岳楚雲：

遼鶴歸來，故鄉多少傷心地。寸書不寄，魚浪空千里。
憑仗桃根，說與淒涼意。愁無際。舊時衣袂，猶有東門淚。

——周邦彥《點絳脣・傷感》

這種處處留情的行徑，確實很像柳永。但周邦彥比柳永幸運一點：他們遇到的皇帝不同。在柳永的時代，無論是宋真宗還是宋仁宗，都曾出臺禁令，痛斥浮豔之詞。所以當有人向皇帝推薦柳永時，皇帝只回了一句「且去填詞」。周邦彥人生後半段遇上的宋徽宗，卻是個文藝君王——除了做皇帝，做什麼都一流。所以在南宋人的筆記中，一個皇帝才會和周邦彥同時出現在名妓李師師的房間裡，而周邦彥還能憑藉填詞功夫因禍得福，受到重用。

不過，在北宋亡國的大背景下，周邦彥並不清楚，比起柳永，他到底是幸還是不幸。

2

周邦彥在宋徽宗當政時期，確實算是仕途平穩上升，但這絕對不是他走「李師師路線」得來的。更大的可能是他那時年紀大了，循資歷升上去。

實際上，他一生混跡官場，坎坷遠遠多於順利。

雖然家鄉人認定周邦彥出入煙柳巷中，「為人失檢」，但周邦彥自己並未沉淪不振。二十四歲那年，宋神宗元豐二年（一〇七九年），他離開家鄉錢塘到了汴京（今開封），以布衣身分順利通過太學的入學考試，從而開始了自己在國家最高學府的遊學生涯。太學人才濟濟，但周邦彥始終是鋒芒畢露的那一個，史書說他「遊太學，有俊聲」（指有才智出眾的名聲）。

這股才氣最終化成了一篇七千餘言的大賦——《汴都賦》，在元豐六年（一〇八三年）七月進獻給宋神宗。

當時，宋神宗推行的新法遇到了各方的反對。血氣方剛的周邦彥卻認為，新法是「盛德大業」，於是慨然創作了讚頌新法的《汴都賦》。宋神宗拿到這篇謳歌改革的作品，很激動，讓文才堪比蘇軾的李清臣在殿上大聲誦讀。隨後，宋神宗專門召見周邦彥，從諸生破格擢任太學正——也就是說，**周邦彥憑藉一篇賦，從一名太學生，變成了管理太學的官員，從此步入仕途**。

更為重要的是，這篇被近代國學大師王國維譽為「壯采飛騰，奇文綺錯」的《汴都賦》，在得到宋神宗的肯定後迅速傳播，周邦彥由此獲得了全國性的名聲，「聲名一日震耀海內」。

而這篇賦在以後仍持續影響周邦彥的仕途命運。

受傳統史書的影響，在圍繞北宋變法的新舊黨爭中，我們普遍同情舊黨成員，而忽略了新黨成員的命運浮沉。所以在這場貫穿了北宋最後六十年的黨爭中，雖然雙方都有小人投機上位或見風使舵，但司馬光、王安石、蘇軾、章惇等這些「黨魁」的爭鬥，更像神仙打架。雙方都有意氣用事，都有用「本黨人士、摒棄他黨」人士的極端做法，然而，我們不能簡單、隨意的評判新舊兩黨及其擁躉。

具體到**周邦彥**，更是**時代悲劇投射於個人的縮影**。

他投獻《汴都賦》時，正是一個熱血的愛國青年，持續關注北宋與西夏的戰事，並與同學一起寫過文章，對北宋兵氣不揚、戰事受挫表達了深深的惋嘆。他內心深信王安石變法能使國家強大，這種信念讓他很自然的向新黨靠攏。但周邦彥這次「站隊」結果，卻使自己陷入兩難。

他雖然只是新黨的邊緣人物，但僅僅三、四年後，隨著宋神宗的去世以及舊黨重新掌權，他就如歷代政治鬥爭中的派系牽連一樣，被貶出京，開始了長達數年的飄零輾轉之旅。此種大起大落的人生仕途，以往我們關注舊黨中的蘇軾、秦觀、黃庭堅等人，均有深深的共情，實際上，新黨中的青年才俊也同樣經歷了一輪又一輪的政治大潮，如浪打的浮萍，難以自主。只是他們的命運剛好相反罷了，新黨興則舊黨去，舊黨起則新黨落。而周邦彥的痛苦不僅於此。從他認同新黨的那一刻起，就陷入了「李商隱式」的困境。他在《迎春樂》寫道：

> 桃蹊柳曲閒蹤跡。俱曾是、大堤客。解春衣、貰酒城南陌。頻醉臥、胡姬側。
> 鬢點吳霜嗟早白。更誰念、玉溪消息。他日水雲身，相望處，無南北。

著名學者羅忼烈在《清真集箋注》表示，這闋詞是周邦彥被貶至溧水縣任上時的作品，約寫於元祐八年至紹聖二年（一〇九五年）之間。「玉溪消息」用李商隱事，「似有所托」。

李商隱，號玉溪生。在晚唐的兩黨政治鬥爭——牛李黨爭中，李商隱一方面受到牛黨骨幹令狐楚父子的提攜，另一方面又受到李黨骨幹王茂元的欣賞，並成為後者的女婿。這種非牛非李、亦牛亦李的身分，使得李商隱飽受雙方的指責，處境尷尬，始終在官階底層徘徊。

元祐八年後，隨著高太后去世、宋哲宗親政，北宋朝堂政治鬥爭進入新的輪回——這次是新黨得勢，一個個被召回朝。而周邦彥像是被遺忘了，還是在溧水縣任上，無人顧念。所以他才在詞裡吐槽：「更誰念、玉溪消息。」

說起來，周邦彥的叔父周邠（邠音同檳）是蘇門弟子，他的父親周原的墓誌銘也是請舊黨呂陶撰寫的。正常情況下，周邦彥也會被歸入舊黨的序列中。但自從進獻《汴都賦》、「站隊」新黨後，他就觸碰到了新、舊兩黨的神經。新黨得勢時，他並不能躋身新黨核心，大概與他父輩的政治傾向有關。舊黨得勢時，人家也未顧念他，大概與他本人的政治立場有關。於是在新舊交替的黨爭中，周邦彥活成了北宋版的李商隱，從激憤的青年消磨成了前程無望的中年人。

被貶任溧水知縣後，四十來歲的周邦彥似乎已經看透了人間歡樂。即便是他年輕時熱衷的歌筵場合，他對此也是昏昏欲睡，無心欣賞：

> 風老鶯雛，雨肥梅子，午陰嘉樹清圓。地卑山近，衣潤費爐煙。
> 人靜烏鳶自樂，小橋外、新綠濺濺。憑欄久，黃蘆苦竹，疑泛九江船。
> 年年，如社燕，飄流瀚海，來寄修椽。且莫思身外，長近尊前。
> 憔悴江南倦客，不堪聽、急管繁弦。歌筵畔，先安簟枕，容我醉時眠。
>
> ——周邦彥《滿庭芳・夏日溧水無想山作》

紹聖四年（一〇九七年），四十二歲的周邦彥終於獲准還京。

第二年，宋哲宗讀到了《汴都賦》，深受震撼，下詔召見周邦彥，「使誦前賦」。這是命運第二次眷顧周邦彥，但此時的他已經沒了年輕時的衝勁，「坐視捷徑，不一趨焉」——有了升官的捷徑，他卻毫不熱衷。

在給宋哲宗重獻《汴都賦》的奏文中，周邦彥留下了一番辛酸的告白：「臣命薄數奇，旋遭時變，不能俯仰取容，自觸罷廢，漂零不偶，積年於茲……退省荒蕪，恨其少作，憂懼惶惑，不知所為。」抱著蕭瑟的心態，他得到了宋哲宗的召見。在召見之後，也沒有獲得超常的官位擢升。但他坦然了。

一個「憔悴江南倦客」，面對政治的無情，黨爭的殘酷，人生的底色變得悲涼。

3

人生的最後二十餘年，周邦彥對政治和黨爭沒有興趣。他把精力放在了音樂和詞章的創作上，由此奠定了自己的詞壇領袖地位。

從四十二歲還京，到六十歲提舉大晟府（皇家最高音樂機構負責人），周邦彥除了期間兩次短期外任，大多數時間都在汴京。他順其自然，沒有拚命往上爬，只是循著資歷，憑藉才華，熬資格一步步升遷。

他本來就是傑出的音樂家，又寫得一手好詞章。追求藝術甚於追求治國的宋徽宗，自然對他青眼有加。他於是有條件從容的創作，並在大晟府組織人馬談論古音、審定古調，總結一代詞樂，實現了詞律的嚴整與規範化。

正如宋詞研究者所說，北宋初期的詞風清綺纖麗，中期蘇軾時出現過奔放之勢，到了周邦彥時期又為另一種詞風代替，慢詞已達成熟期間，用詞造句、音節格律都有突破。尤其是周邦彥在大晟府提舉官任期中，吸取樂工曲師之經驗，搜集審定當代八十四種的詞調，親自度曲，創作新的詞牌。

他繼承柳永、秦觀的精華，注重詞的音節格律，開創格律詞派的先河，使宋詞向格律化方向發展，音樂性趨向成熟，把慢詞推到新的階段。

有一次，周邦彥創作了一首詞，詞牌是他自創的《六醜》：

正單衣試酒，恨客裡光陰虛擲。願春暫留，春歸如過翼，一去無跡。
為問花何在？夜來風雨，葬楚宮傾國。釵鈿墮處遺香澤。
亂點桃蹊，輕翻柳陌，多情為誰追惜？但蜂媒蝶使，時叩窗隔。
東園岑寂，漸蒙籠暗碧。靜繞珍叢底，成嘆息。長條故惹行客，似牽衣待話，別情無極。
殘英小，強簪巾幘；終不似、一朵釵頭顫嫋，向人欹側。
漂流處，莫趁潮汐。恐斷紅尚有相思字，何由見得。

——周邦彥《六醜．薔薇謝後作》

宋徽宗在宮中聽到後，瘋狂點讚，但他對《六醜》這個詞牌大惑不解。底下人告訴他，這是周邦彥自創的詞牌，問他便知。

周邦彥被召入宮後解釋，這首詞一共犯了六種不同宮調（樂調變化稱為「犯」），都是音樂中極美的調子，但特別難唱。傳說上古時期五帝之一的顓頊高陽氏有六個兒子，品行高尚而相貌醜陋，所以用之來比擬這個詞牌。

宋徽宗聽了，為周邦彥的音樂天賦折服。

在音樂詞章的領地裡，周邦彥如魚得水，而一旦離開他鐘情的這片領地，他又變得很沮喪。在官場中，他一度隨波逐流，沒有很強的抗性。據宋人筆記記載，權相蔡京七十歲生日時，周邦彥隨大流寫了祝壽詩。這件事成為今人斥罵周邦彥的一個理由。

但仔細一想，這對周邦彥太過苛求了。當朝的在位權相恰逢古稀大壽，奉上幾句漂亮場面話很正常。更何況，蔡京被定性為奸相，是他落馬（按：指官員和貴族失去官位和身分）後的事了，周邦彥又如何能未卜先知呢？

總之，晚年的周邦彥在旁人看來，真的有些呆若木雞。但這就是他的處世準則。

儘管如此，他並非全無底線。在最後一次堅守他的底線後，周邦彥付出了最終的代價。

當時，宋徽宗熱衷製造盛世假像，底下的「人精」一個個秒懂。一時間，國土大地一會兒報告這裡出現白鹿，一會兒報告那裡看見了蒼鳥，都是祥瑞之兆。宋徽宗很開心，說要徵集新詞廣為傳唱，讓天下萬民都來感受盛世瑞兆。權相蔡京自然心領神會，遂找到主管大晟府的周邦彥，傳達了皇帝的指示。

但周邦彥不但沒有珍惜這次表現的機會，反而說自己老了，「頗悔少作」。也就是說，周邦彥委婉的拒絕加入這場製造盛世假象的行列。從周邦彥的詞集《清真集》來看，確實也找不到一篇「頌聖貢諛之作」。

你可以說他突然變得硬氣，也可以說他不過是任性一把，甚至可以說他純粹就是嫌麻煩所以不幹……我們已無法觸達他的心境與真實想法了，但事情的結局明確：他由此以六十三歲高齡被調離大晟府，出知真定府，後改知順昌府（今安徽阜陽）。

野史傳說中的周邦彥，此時正躲在名妓李師師的床底下；但鮮為人知的是，真實的周邦彥，此時踏上了晚景淒涼的流離之路。

4

生命的倒數第二年，六十五歲的周邦彥被調離順昌府，安排到處州。還沒到任，又被罷官。朝廷任命他提舉南京鴻慶宮（今河南商丘）。

鴻慶宮是趙宋宗廟，負責人是一個閒職，但一般由德高望重的老臣或學識淵博之人擔任。可見，朝廷還是認為周邦彥是本朝的一面文化旗幟。

接到任命時，周邦彥住在睦州（今浙江建德）。不久，方臘起義爆發，他趕緊回到老家杭州。才到杭州，起義軍也到了，他只好北渡長江，暫居揚州，隨後攜家眷前往南京鴻慶宮。

途中，經過天長道，周邦彥想起年輕時經此道上汴京求學的情景，一晃四十多年就過去了。年邁的他百感交集，提筆寫下了人生最後一闋詞：

稚柳蘇晴，故溪歇雨，川迥未覺春賒。駝褐寒侵，正憐初日，輕陰抵死須遮。嘆事與孤鴻盡去，身與塘蒲共晚，爭知向此，征途迢遞，佇立塵沙。念朱顏翠發，曾到處，故地使人嗟。道連三楚，天低四野，喬木依前，臨路敧斜。重慕想、東陵晦跡，彭澤歸來，左右琴書自樂，松菊相依，何況風流鬢未華。多謝故人，親馳鄭驛，時倒融尊，勸此淹留，共過芳時，翻令倦客思家。

——周邦彥《西平樂》

字裡行間，難掩末世悲涼。

到達南京後，六十六歲的周邦彥一病不起，不久去世。這一年是宣和三年（一一二一年），距離北宋覆滅僅約短短六年。

一代詞人死後，他的作品依然保持旺盛的生命力，不管朝代如何變遷。在南宋人的筆下，當時的歌妓都喜歡唱周邦彥的詞，雖然她們並不知道周邦彥是誰。而南宋詞人幾乎都以學周邦彥為「詞之正宗」。

迄今，在文學史上，**周邦彥仍被公認為宋代詞壇「結北開南」的集大成者**。「結北」指的是周邦彥作為北宋詞壇殿軍，總結了北宋各家之長，形成渾厚和雅、縝密典麗、沉鬱頓挫的經典詞風。他師法柳永，又能化俗為雅；他學習賀鑄，讓詞風剛柔並濟；他發展了秦觀的風格，使得音律更加精細……「開南」是說周邦彥有開南宋詞風之功，南宋影響頗大的「騷雅詞派」的代表人物姜夔與史達祖，都是周邦彥忠實粉絲。還有吳文英也是如此，「深得清真（周邦彥）之妙」。站在南北宋交替的時間節點上，周邦彥成為兩宋詞史永遠繞不過去的關鍵性人物。

王國維說，周邦彥是「詞中老杜」。如同杜甫之於唐詩的意義，周邦彥之於宋詞，象徵著一個朝代的文學樣式所能達到的極限。

「今宵正對初弦月，傍水驛、深艤蒹葭。沉恨處，時時自剔燈花。」那個一生孤獨的詞人，把他最後的深情都釀到了文字裡面，時光流逝，越陳越香。

千載之下，所幸人們記住的是文學上永恆的作品，而不是政治上一時的威名或權勢。他不是一個成功的政治家，但他是一個光耀千古的大詞人。他只是北宋政壇的一個邊緣人，但潮水退去後，他成了整個舞臺的焦點。如同他的詞中所寫，「更深人去寂靜，但照壁孤燈相映」。他就是宋詞史上，那盞不滅的孤燈。

3 李清照：一個前衛的女詞人

她的橫空出世，撐起了一個時代的風流往事。

如果沒有她，在兩宋的詞壇中，儘管男性的扛把子們都在，但總少了半邊文采風流，難免讓人遺憾。

如果沒有她，中國文人可能想像不出一個理想妻子的模樣，他們寫出來的才子佳人故事，也失去了一個重要參照。

如果沒有她，自明清以來的六百年，多少個才華橫溢的女子將難以找到一個學習目標和模仿對象。

當然，如果沒有她，我們也不會看到在她死後的九百年，關於她的歷史可以寫得多麼荒誕、魔幻：為了罵她，人們抹黑她一無是處；為了捧她，人們又可以把她洗得不留痕跡……。

歷史總是這麼勢利。只有她，依然是那個才華與膽識兼具的千古才女——李清照。

1

李清照是單槍匹馬闖入宋代文壇的。很多人知道她的叛逆，卻不知道叛逆背後的孤獨。作為一個女性，她的寫作從一開始難以被人接納，沒有粉絲，沒有後援。大家只當她是一個異類。

事實也是如此。培養出李清照本身就是一件極偶然的事：她出生在一個富於藏書的士大夫家庭；她父親李格非文名很盛，是蘇門後四學士之一；她母親王氏是名門之後，擅長詩文。此外，她的父母都很開明，同意並鼓勵一個女孩子從小研習詩詞，這幾個因素缺一不可，尤其是最後一條，非常重要。

我們可以假設。假如李清照出生在思想保守的司馬光家，縱然她再有文學天賦，也會被鉗制得死死的。**司馬光在歷史上是出了名的反對家族中的女性學習或寫作詩詞**。當時的士大夫家庭對女子寫作詩詞的態度，絕大多數都跟司馬光一樣，極少數像李格非。

李清照一生無兒無女，到晚年想把衣缽傳下去。一個孫姓朋友家的女兒，才十來歲就聰穎明慧，深得李清照的喜愛。她提出要把自己畢生的才學教授給這個女孩，誰知道對方回了一句話：「才藻非女子事也。」

連一個小女孩都被教育得對詩詞文采抱有天然的反感，李清照生在開明之家是多麼的幸運，而她堅持走詩詞之路又得承受多大的非議，得有多麼的孤獨。

很多人知道，李清照年輕時寫過《詞論》，這篇文章不長，大概五、六百字，但火力很大，幾乎把北宋當紅的詞人都轟了一遍，從晏殊、歐陽修、蘇軾，到張先、宋祁、柳永，不是批這個語句俗不可耐，就是罵那個「以詩為詞」太彆扭。

但很少人留意到，李清照開啟「懟人」模式前，《詞論》的開頭講了一個歷史故事。

唐玄宗時期，李八郎是歌壇天王。某年，新晉進士在長安集會宴飲，李八郎應邀去表演，但他隱去姓名，穿得破破爛爛，一身寒磣樣兒就去了。介紹李八郎出席的名士對眾人說：「這是我的表弟。」眾人都不理睬。

席間陸續有歌者獻唱，眾人都高聲叫好。名士突然對眾人說：「讓我表弟歌一曲吧！」眾人噓聲一片，有人還動怒了：「把我們這兒當街頭賣藝呢，什麼人都能唱？」

但等到「表弟」一發聲，眾人都安靜了。一曲唱完，大家被感動得稀里嘩啦，紛紛頂禮膜拜：「原來他是天王李八郎啊！」

李清照寫這個故事，意味深長。她想借此告訴宋代文壇的士人們，她就是那個隱藏身分參加集會的李八郎。雖然她的身分和性別與整個文壇都不搭，就像一身破爛的李八郎與高大上的進士集會也不搭一樣，但希望男性士人們能讓她上場，給予發表詞作的機會，如果寫得好，大家不要因為性別而看不起自己，而是給出一個客觀公正的評價。

所以，李清照雖然叛逆，但她其實是帶著謙卑與孤獨進入宋代文壇的。她的成名，難度要比男性文人大得多。在一個對女性充滿偏見的時代，她是不可能出人頭地的。

2

李清照的第一個粉絲，應該是她的丈夫趙明誠。

趙明誠比李清照大三歲，還在汴京做太學生時，就娶了年僅十八歲的李清照。李清照有一首詞《點絳脣．蹴罷鞦韆》寫未嫁前初見趙明誠的情景，洋溢著大膽直率的少女情懷：

蹴罷鞦韆，起來慵整纖纖手。露濃花瘦，薄汗輕衣透。

見客入來，襪剗金釵溜。和羞走。倚門回首，卻把青梅嗅。

剛蕩完鞦韆，玩野的少女，身上的薄衣裳溼透了，突然看到有客人來訪，趕緊躲入閨房，一陣忙亂。但李清照畢竟不同於一般的少女，臨回房的一剎那，她回首假裝嗅院子裡的青梅，暗地裡觀察來客的模樣。「青梅」也暗示著來人正是她「青梅竹馬」的未來丈夫。

婚後，兩人情趣相投，堪稱神仙眷侶。

趙明誠有收藏癖，酷愛金石字畫。李清照在他的帶動下，兩人都成為歷史上有名的收藏家、鑑定家。他們的積蓄，幾乎全部投入去購買金石器物和古董字畫。

為了支持趙明誠的收藏事業，李清照甚至拋棄女性應有的裝飾品，用她自己的話來說，叫「食去重肉，衣去重采，首無明珠翡翠之飾，室無塗金刺繡之具」，過著清貧、簡單的生活。

一次，有人拿了一幅南唐畫家徐熙的《牡丹圖》求售，索錢二十萬文。夫妻倆留在家中玩賞了兩夜，愛不釋手。但他們實在拿不出這麼多錢，只好戀戀不捨的歸還給人家。事後，「夫婦相向惋悵者數日」。

趙明誠支持李清照的詩詞寫作，並在不經意之下成為妻子詩詞的推銷員。

某年重陽節，趙明誠外出做官未歸，李清照寫了一首《醉花陰》寄給丈夫，表達心情：

薄霧濃雲愁永晝，瑞腦消金獸。佳節又重陽，玉枕紗廚，半夜涼初透。

東籬把酒黃昏後，有暗香盈袖。莫道不銷魂，簾卷西風，人比黃花瘦。

趙明誠讀後，為妻子的文采深深折服。但他好勝心很強，於是閉門謝客三天，廢寢忘食作了五十首詞，並把妻子的這闋詞藏在自己的詞作中間。然後找了幾個好友來評鑑，友人陸德夫全部讀完後說：「三句絕佳。」

趙明誠趕緊問是哪三句。

陸德夫指出後，趙明誠不禁啞然，原來正是妻子的「莫道不銷魂，簾卷西風，人比黃花瘦」。從此，趙明誠更加欽佩妻子的才華，而李清照的詩詞由此開始了在士大夫中間的傳播。

作為千古第一才女的丈夫，趙明誠確實壓力很大。

南渡後，夫妻一度住在南京，每到下雪天，李清照頂笠披蓑登高北望作詩，寫出好句子便請趙明誠唱和。不過，趙明誠在這方面確實才力不及，所以當時人記載：「明誠每苦之也。」

然而，難能可貴的是，夫妻倆不僅愛好相同，而且政治態度一致。這一點在北宋末年波詭雲譎的政治背景下，顯得尤為重要。

要知道，李清照的父親李格非在宋徽宗時期被列入「元祐黨籍」，政治上遭到迫害打擊。而趙明誠的父親趙挺之則依附蔡京一黨，成為朝廷新貴。在這場風波中，由於兩家家長政治對立，李清照和趙明誠差點被拆散。所幸夫妻倆政治傾向完全相同，一起站在元祐黨人一邊，趙明誠雖然因此「失好於父」，卻堅定了與李清照共渡難關的決心。

這期間，李清照曾作詩諷刺公公趙挺之，說他「炙手可熱心可寒」。這句詩化用了詩聖杜甫在《麗人行》中罵奸臣楊國忠的句子，相當於把自己的公公，比作當朝的楊國忠。這罵得真是大義滅親，好不痛快！

沒幾年，政治災難反過來降到趙家頭上。趙挺之死後被蔡京誣陷，官位被褫奪，兒子趙明誠也受牽連被革了官職。李清照沒有一絲怨言，跟著趙氏一家遷居到山東青州鄉下，住了十三年。

無論政治如何殘忍，歲月如何艱難，這對夫妻總是共患難，同進退。

難怪後世文人雖然習慣抹黑李清照，但他們仍時不時流露出內心的真實想法：如果能找到一個像李清照這樣有才有德、志同道合的理想型妻子，那該多好呀！

3

李清照真正遭罪的日子，是在靖康之變後。前半生樂中有苦，後半生只能是苦中作樂。

趙明誠先南渡，隨後金人戰火燒到青州，他畢生心血收藏的文物，被燒了一大半。剩下的由李清照打包，輾轉南下。

僅僅兩年後，一一二九年，趙明誠在赴任湖州知州途中染疾去世。四十六歲的李清照永失所愛，帶著一批稀世文物，孤獨的流蕩在兵荒馬亂的年代。

由於她和趙明誠無兒無女，李清照此時唯一的親人是她的弟弟李迒（迒因同航）。除此，她在世上算是孤苦伶仃了。

而她受趙明誠生前囑託，要保護好他們收藏的文物，必要的時候甚至要獻出生命。趙明誠收藏的金石字畫在當時頗負盛名，他剛一去世，朝廷上、江湖上一堆人就盯上了這批稀世古董，準備強買豪奪。

圍繞著這批古董，各種傳言滿天飛。李清照大為驚恐，將這些文物分為兩份，一份主要是書畫，寄存到趙明誠的妹夫家；一份主要是銅器，她自己帶著追趕朝廷的隊伍，想獻給宋高宗趙構，好讓它們得到一個好歸宿。但趙構太能逃跑了，李清照在浙江一帶追了大半個圈子，每次都比皇帝慢一步。直到台州，她才追上朝廷的隊伍。

這時，一個叫張汝舟的男人出現了。

張汝舟帶來一份朝廷文書，大概是關於趙明誠「玉壺頒金」的事情。趙明誠死後，有謠言說他曾向金人獻玉壺，私通敵國。李清照之前一直在追朝廷的隊伍，也是想向皇帝獻出文物，證明趙明誠的清白。

從後面的事情來看，張汝舟帶來的朝廷文書其實是他偽造的，目的是要恫嚇李清照。在李清照陷入惶恐的日子裡，張汝舟則軟硬兼施，「強以同歸」。這是一一三二年，四十九歲的李清照嫁給了張汝舟。

這段婚姻僅維持了沒多久，李清照就看透了張汝舟的為人。她後來在一封信中吐露當時的痛苦：「視聽才分，實難共處，忍以桑榆之晚節，配茲駔儈之下才。身既懷臭之可嫌，唯求脫去；彼素抱璧之將往，決欲殺之。遂肆侵淩，日加毆擊，可念劉伶之肋，難勝石勒之拳。」

張汝舟最初的用意只是騙取李清照手上的文物，對李清照並無感情。所以婚後暴露出本來面目，經常家暴李清照。這給李清照的身心造成了巨大的傷害。

但張汝舟顯然低估了這名文弱才女的剛烈。

受此虐待，李清照是不可能忍的。她狀告張汝舟，告發他當年騙取科舉功名。儘管按照當時的法律，妻子狀告丈夫，不管是非，都要入獄兩年。可李清照不在乎，她只想掙脫這段災難二婚。最終，張汝舟被判罪名成立，削籍為民，流放到廣西柳州。李清照則被關押了九天後，在翰林學士綦崈禮（綦音同其；崈音同蟲）的營救下出獄。

經過家國的雙重巨變，晚年的李清照寫的詞，都有一種難以名狀的孤獨和痛：

風住塵香花已盡，日晚倦梳頭。物是人非事事休，欲語淚先流。
聞說雙溪春尚好，也擬泛輕舟。只恐雙溪舴艋舟，載不動許多愁。

——李清照《武陵春・春晚》

她一直活到了七十餘歲，大概在一一五五年離世。像很多人知道的那樣，她的餘生喝酒、賭博、遊戲度日、寫悲傷沉痛的詞，越老越個性，而名聲也越來越響。

儘管當時的文壇無盡的排斥她，但所有人都不能回避一個事實——這個李清照，就是宋代的「李八郎」啊！她的風格，在當時被命名為「易安體」，年齡上屬於李清照孫子輩的豪放派詞人辛棄疾，曾仿易安體來寫詞，可見易安體的影響有多大。

她的影響不止於文學。在晚年，她痛恨南宋朝廷苟且偷安，不思北伐收復失地。基於滿腔的愛國熱情，她寫了不少尖銳諷刺的詩，無情的鞭撻南宋君臣：

「南渡衣冠欠王導，北來消息少劉琨」——南宋無人，連東晉都不如。

「南來尚怯吳江冷，北狩應悲易水寒」——南宋在南方畏縮，更不要指望收復北方了。

「生當作人傑，死亦為鬼雄。至今思項羽，不肯過江東」——人們到現在還思念項羽，為什麼？因為他不肯忍辱偷生回江東。這是諷刺當時南渡的人士。

「子孫南渡今幾年，飄流遂與流人伍。欲將血淚寄山河，去灑東山一抔土」——雖為女子，但我都想上戰場一灑血淚了，男同胞們要振作呀。

李清照敢寫敢罵，讓當時的男性文人羞愧不已。而這正是李清照最厲害的地方。

論罵人，李清照絕對是姑奶奶輩。但她絕對預料不到，自己死後會被人罵上五百年。

兩宋之後，由於整個社會對女性越來越不友好，所以李清照再婚一事，被衛道士（按：指衛護封建道統的人）當成攻擊她的靶子。

4

女性在婚姻關係中地位的下降，有一個歷時性的過程。

李清照生活的時代，不是最壞的時代。雖然當時的理學家開始鼓吹「存天理，滅人欲」、「餓死事小，失節事大」，但社會對女性的婚姻鉗制還不明顯。南宋文人寫到李清照晚年再婚一事，普遍只帶同情和惋惜，而不像後世那樣大肆批判，比如時人朱彧在他的筆記《萍洲可談》說，李清照「不終晚節，流落以死。天獨厚其才而吝其遇，惜哉」。

時代越往後，女性的自由度越低。兩宋只是開始在思想上對女性不友好，而元代則開始在法律上對女性不友好。例如寡婦問題，元代以前，女人的嫁妝終其一生都是她個人財產，若喪夫或離婚，不論是再婚還是回到娘家，都可以帶走她當初的嫁妝。但從一三〇三年起，元朝制定了新的條例，規定女性因喪夫或離婚而離開夫家，必須放棄她所有的財物，連同她的嫁妝也變成了夫家的財產。一個寡婦如果要保持自己對婚後財產的所有權，那就只有一個辦法——宣誓守節並繼續留在前夫家裡。

元代的法律從經濟上逼迫寡婦終生守節，此後的明清兩代繼承了這些條文，並進一步在社會上形成要求寡婦守節乃至殉節的風氣。

明朝中後期，全國掀起為殉節寡婦建祠堂和牌坊的風潮，變相的逼迫寡婦為了成全家族的榮耀而選擇自殺做烈女。清代雖然不再贊成寡婦自殺，但對於終生守節的烈女貞婦，表彰規格大大提高。

總體而言，元代以前，寡婦再嫁是正常不過的事，但元代後，男權統治要求女性對丈夫從一而終，就算丈夫已死，也要守節到底，因此寡婦再嫁就成了沒有道德、必須譴責的行為。

正是在這種風氣的變遷影響之下，**李清照再婚一事，雖然在生前受到的非議不多，但從元代起卻被抹黑得很慘**。人們習慣把歷史人物放在當下的道德背景進行評判，完全忽略了**道德本身就是一個不斷變遷的過程**，所以總有苛求前人的事情發生。

隨著時間的推移，人們無法否定李清照光彩奪目的才華，於是她的經歷，尤其是她再婚—訴訟—離婚的遭遇，就成了男性文人非議她人品與道德的一個入口。

明朝中期藏書家葉盛，一提起李清照再嫁張汝舟的事就來氣，厲聲譴責李清照說：「文叔（李格非）不幸有此女，德夫（趙明誠）不幸有此婦，其語言文字，誠所謂不詳之具，遺譏千古者矣。」一個千年一遇的才女，就這樣被抹黑成李家的不幸，趙家的不幸，貽笑千古的大不幸。更可悲的是，後世那些學習和模仿李清照詩詞的才女們，竟也開始譴責李清照的道德瑕疵。

晚明一個叫張嫻婧的女詩人，寫了這樣一首詩：

從來才女果誰儔，錯玉編珠萬斛舟。
自言人比黃花瘦，可似黃花奈晚秋。

這首詩表達的意思是，儘管李清照自比瘦弱的菊花，但菊花還能經受秋霜並綻放，而李清照卻不能忍受自己人生的「秋天」，只好透過再婚來尋求安慰，這種做法損害了她的道德完整性。這個受到男權社會洗腦而不自知的女詩人，竟然帶著道德優越感來批判一生孤傲獨立的李清照，這是多麼諷刺的事情。

李清照就這樣無端端被抹黑了五百年，直到清代，事情走向了另一個極端。

美國漢學家艾朗諾（Ronald Egan）表示，進入清代，一方面是李清照作為女詞人先驅和文學天才的名聲不斷增長，人們愈加敬仰她的才華；另一方面則是時代越來越否定寡婦再婚，人們對她作為寡婦卻未能守節的義憤和批評逐漸增多。這兩方面同時存在於一個人身上，被認為是違背情理的。最終，清代一批頂級的考據學家出手，以否認李清照曾再婚，藉此化解這種矛盾。

這些否認李清照再婚的考據學家，包括盧見曾、俞正燮、陸心源、李慈銘等，從清初到晚清都有。他們的論點包括好幾條：說李清照再婚的人，都在造謠，目的是誹謗李清照；李清照給綦崈禮的信提到自己再婚的事，但這封信是偽造的；信是真的，但被篡改過了……。

儘管這些資料現在看來是愈加可笑而不足信，但在清代，由於這些考據學家的聲名顯赫和持續接力，以及人們更願意接受一個在他們看來道德無瑕、才氣逼人的才女，因此，整個社會普遍接受了李清照一生沒有再婚的觀點。

不僅如此，清代學者還把李清照塑造成道德模範，強調她不僅僅是一位天才女詞人，還是一位經受了幾百年再婚謠言的恥辱之後，終於在道德上獲得平反的苦難女性。

在各類史書、方志中，李清照的類別一直屬於「文苑傳」，但李清照的故鄉濟南在晚清修撰的府志中，竟將她列入了「烈女傳」，指出她對趙明誠從一而終，守寡終老。一直到民國時期，大部分中國文學史仍堅持李清照沒有再嫁的觀點，胡適、鄭振鐸等人都持此種觀點。

也就是說，**清代後三百年，李清照的人生經歷被「洗白」了。那段給她的身心製造痛苦的再婚經歷，因不符合時代的道德要求，被史學家們剪輯掉了。**它壓根兒就不存在，真是太神奇了。

到中華人民共和國成立後，史學界才重新客觀的審視李清照再婚的問題。既承認這段經歷的存在，也不認為這段經歷是李清照的道德汙點。

一代才女，這才在歷史中恢復了她的本來面目。

尋尋覓覓，冷冷清清，淒淒慘慘戚戚。乍暖還寒時候，最難將息。
三杯兩盞淡酒，怎敵他晚來風急！雁過也，正傷心，卻是舊時相識。
滿地黃花堆積，憔悴損，如今有誰堪摘？守著窗兒，獨自怎生得黑！
梧桐更兼細雨，到黃昏、點點滴滴。這次第，怎一個愁字了得！

——李清照《聲聲慢．尋尋覓覓》

李清照，號「易安居士」，其實她後半生並不「易安」，死後更是「難安」。唯一可以安慰的是，在她生前死後持續了九百年的紛紛擾擾，一定不會在她的內心泛起波瀾。她若還活著，以她的個性，只會抬頭回一句：「喝酒去！」

4 朱淑真：一生荒涼，一生斷腸

千年前，好一句「趙宋詞女，李朱名家」，如今，人人只聞李清照，再也不識朱淑真。

清朝道光年間，暮春時節的杭州青芝塢。水邊青青楊柳遍植，霧氣氤氳裡，一男子踟躕獨行。驀地，四野傳來幾聲杜鵑鳥哀鳴，一場疾雨不約而至。當朝太谷學派南宗領袖，劉鶚的師傅李光炘，匆匆躲進了不遠處的露風亭。

一想到自己訪墓不得，又想到那個生前沒有知音，死後不能葬骨地下，連個安好的青塚都沒有的女子，李光炘格外鬱結難平，他捋鬚長嘆：

斜日樓臺空夕照，斷腸詩句太傷神。
黃昏此日瀟瀟雨，想見當年淚眼人。

——李光炘《訪朱淑真墓不得，湖上遇雨，愀然感懷，遂吊以詩，仍用人字韻》

李光炘口中的當年淚眼人，曾被明朝小說家馮夢龍大力誇讚「閨閣文章之伯，女流翰苑之才」，又為論詞名嘴陳廷焯指為「規模唐五代，不失分寸，特為詞中正聲」，應是個風流天下聞的奇女子——其死後，詩文詞卻被父母一火焚之，百不一存。

1

靖康之難後，統治者們偏安一隅，定都臨安，是為南宋。經過幾年的修整，滿目瘡痍的大地漸漸恢復了勃勃生機，而飽經喪亂的人們也漸漸在暗夜中舔舐傷口重建了家園。此時，距離黃山不遠的地方，深門大戶中一名女嬰出生了。

女嬰在人的臂彎中，雖哭得「桃花臉上淚汪汪」，卻是個不折不扣的美人坯子。這是朱家第一個孩子，朱父高興極了，為其取名「淑真」，小名秋娘。

朱家三代出仕，家境優裕，淑真父及兄嫂均解翰墨。根據文學史專家鄧紅梅考證，朱淑真的父親朱晞顏，隆興元年（一一六三年）進士，後官京西路轉運判官及臨安知府。朱家夫婦對此女傾注鍾愛之情，自小敦其詩文書畫琴藝。後來，朱父專門攜著愛女去了錢塘走馬上任。

小淑真在天真爛漫的年紀裡，如所有同齡少女一樣傷春惜春，看「樓下垂楊千萬縷，欲繫青春，少住春還去」；又如烈女子那樣孤高堅毅，愛梅慕竹，她稱讚竹子「勁直忠臣節，孤高烈女心」；閒來賦詩撫琴，吃酒去，「撥悶喜陪尊有酒，供廚不慮食無錢」；冬日懶起嗔怪丫鬟，

「侍兒全不知人意，猶把梅花插一枝」。

淑真性靈聰慧，聰明伶俐，小小年紀就顯現出來了。十五歲時，賦詩言志，就有作萬首詩的雄心，出言吐句，有奇男子難以企及之處。

淳熙九年（一一八二年），朱淑真死後不久，范成大的好朋友魏仲恭收集編訂了她的詩集《斷腸詩集》，並為之作了一篇序。

在文中，魏仲恭將淑真比作「蜀之花蕊夫人，近時李易安」，簡直是恨不能提前出生參見偶像：「比往武陵，見旅邸中好事者，往往傳誦朱淑真詞。每竊聽之，清新婉麗，蓄思含情，能道人意中事，豈泛泛者所能及，未嘗不一唱而三嘆也。」

後來，大學者孫壽齋更在《斷腸詩集・後序》中直言：「朱淑真稟嘲風詠月之才，負陽春白雪之句，凡觸物而思，因時而感，形諸歌詠，見於詞章，頃刻立就。」

初合雙鬟學畫眉，未知心事屬他誰。
待將滿抱中秋月，分付蕭郎萬首詩。

——朱淑真《秋日偶成》

朱淑真不僅是個腹有詩書氣自華的才女，還是個終生不改真性情，敢以反語大膽挑戰指斥傳統婦道及「女子不必有才」觀念的奇女子，不啻為現代女權急先鋒老祖宗！

女子弄文誠可罪，那堪詠月更吟風？
磨穿鐵硯非吾事，繡折金針卻有功！
悶無消遣只看詩，又見詩中話別離。
添得情懷轉蕭索，始知伶俐不如癡！

——朱淑真《自責》詩二首

然而，這頂「急先鋒」的帽子，給朱淑真帶來的重壓與苦痛，遠非她乃至後世人所能預料。

2

冬去春來，暑來寒往，當年那個「未知心事屬他誰」的小淑真長大了，本該如她仰慕的前輩李清照一樣，得配情投意合、可詩酒唱和的趙明誠，然而，淑真的願望落空了。踏著七彩祥雲來的確然可以是白馬王子，卻不一定是那個可以看得懂淑真所寫萬首詩的「蕭郎」。

同郡人汪綱是出色的實幹家，在每一任上都是稱職的地方父母官，極為關心民生。既為老百姓減稅減刑，量民力而治，又為百姓疏浚河道，興水利而解旱田，遇事立斷而政清如水。故而，朱父非常看得起汪綱，認為他是合格的女婿，臨終之時，因為三子尚幼，甚至將後事託付給了這個女婿。病床前，奄奄一息的朱晞顏高聲呼喚汪綱：「吾得瞑目，有仲舉（汪綱字仲舉）矣！」

舊時成文的規矩裡頭，還有一條「在家從父，出嫁從夫」。朱淑真出嫁以後，曾跟隨汪綱多次宦遊。出任浙東時，遇天時大旱，作物創收，農人損失慘重，父母官汪綱便設壇祈雨，後來果然暴雨驟至，當地人十分歡喜，淑真亦寫詩歌頌道：「時來天地雲雷舉，起作人間救旱霖。」

隨宦紹興時，朱淑真隨夫登上了其所倡建的月臺，寫下了《月臺》詩；到了揚州、高郵時，又出門逛了門野亭、四並樓，入鄉隨俗感受了一番淮南寒食節的氛圍，作了《題門野亭》、《題四並樓》、《新春二絕》、《寒食詠懷》等詩。

淮南寒食更風流，絲管紛紛逐勝遊。
春色眼前無限好，思親懷土自多愁。

——朱淑真《寒食詠懷》

出門宦遊的日子固然有新奇歡喜的時刻，可在重情深情的朱淑真心中，辭親遠遊、不得承歡膝下，卻也飽含著思鄉念親的斷腸愁緒。她的《斷腸詩集》中，斷腸詩篇也近半出於此因：

從宦東西不自由，親幃千里淚長流。

——朱淑真《春日書懷》

誰識此情腸斷處，白雲遙處有親廬。

——朱淑真《舟行即事》（其二）

目斷親幃瞻不到，臨風揮淚獨悲歌。

——朱淑真《舟行即事》（其四）

若說不自由的宦遊令淑真夜夜有淚長流，那麼斷腸詩的另一半「匹偶非倫」求而不得，便更加使其血淚縱橫了。

少年時，還沒有心儀之人、「未知心事屬他誰」的朱淑真，愛詩好詞，才色兼具，夢想遇見讀得懂詩萬首的情郎。一日，天朗氣清，她出門遊玩，冥冥中似有註定，她果真遇見一位俊逸清高的才子，一眼萬年。她在《湖上小集》中寫道：

門前春水碧於天，座上詩人逸似仙。
白璧一雙無玷缺，吹簫歸去又無緣。

只可惜，兩人間的緣分竟比清晨的露水更易消散，但思慕的種子已經埋下。

明代紀傳體史書《南宋書》說，汪綱長於論事，其不作無謂之詩可以想見，因此，敏感多情的淑真與注重實幹、不善賦詩填詞的汪綱之間，在情感上有不協調之處就並非難以理解了。

因為感到知音難遇，朱淑真常常唱起惆悵自憐的詩詞：

山光水色隨地改，共誰裁剪入新詩？

——朱淑真《舟行即事》其一

對景如何可遣懷，與誰江上共詩裁？

——朱淑真《舟行即事》其五

卻嗟流水琴中意，難向人前取次彈。

——朱淑真《春晝偶成》

今天的天氣多好呀！你看，山光明媚，水色瀲灩，成雙結對的燕子飛過。如此春色，可以與你一同攜手快意吃酒去嗎？可以與你一同詩文唱和相視而笑嗎？但是，共誰？與誰？並沒有這個合適的你！只我一人獨坐撫琴，身邊的侍兒全然不明白我的愁緒。

朱淑真羨慕人家夫婦是「張姬淑德同冰玉，李白高吟泣鬼神」，而她的婚姻正如魏仲恭所言「早歲不幸，父母失審，不能擇伉儷」，「一生抑鬱不得志，故詩中多有憂愁怨恨之語」。

鷗鷺鴛鴦作一池，須知羽翼不相宜。

東君不與花為主，何似休生連理枝。

——朱淑真《愁懷》

古代的婦女不可以在文字上直白的批評丈夫，說他不好，通常都會選擇委婉含蓄、蘊藉的暗示。朱淑真是個性情中人，對此她說得爽朗耿直，她說「鷗鷺鴛鴦作一池」，自比文彩璘斑的鴛鴦，鴛鴦本該就應當同鴛鴦相般配，然如今池子裡混進了一隻灰撲撲的野鴨子，從羽毛上一看就知道絕非同類了，哪裡相宜。東君這個掌管春天的神仙都不替花兒主張，如果命運的神也不給淑真做主，不為她匹配一個才情相當的人，不如不結婚，「何似休生連理枝」。朱淑真很有幾分現代女性的意識。

後來發生了「竇滔陽臺」之事後，朱淑真惱其夫娶妾，又與此妾關係不佳，裂痕日深，難以忍受，越發對其夫婿鄙薄厭惡，以致怨恨交集。

春已半，觸目此情無限。十二闌干閒倚遍，愁來天不管。
好是風和日暖，輸與鶯鶯燕燕。滿院落花簾不卷，斷腸芳草遠。

——朱淑真《謁金門．春半》

黃昏院落雨瀟瀟，獨對孤燈恨氣高。
針線懶拈腸自斷，梧桐葉葉剪風刀。

——朱淑真《悶懷》

在朱淑真《斷腸詩集》、《斷腸詞》中，「斷腸」二字直接出現次數達十二次，「恨」字近二十處，「愁」字近八十處，讀之令人肝腸寸斷，可見淑真心中悲苦。

倘若朱淑真如世間那許多尋常女性，也許餘生就在深閨大院的窗前，守著一豆孤燈，看著雨簾外的天色一寸一寸灰暗下去，死後，墓穴上立著一塊光潔的石碑，上書：汪綱正妻之墓。

可是，她是那個「寧可抱香枝上老，不隨黃葉舞秋風」、至情至性的朱淑真啊！她選擇了另一條路，註定了一步天堂，一步深淵。

3

歐陽修有一首詞，叫《生查子．元夕》：

去年元夜時，花市燈如晝。月到柳梢頭，人約黃昏後。
今年元夜時，月與燈依舊。不見去年人，淚溼春衫袖。

這是一首相思詞，寫去年與情人相會的甜蜜與今日不見情人的痛苦，明白如話，言有盡而意無窮，柔情蜜意溢於言表。曾經有不少青年因為這首詞認為歐陽修有風流深情的一面。可是，這首詞在後世學者不厭其煩的考證之前，大家普遍認為是朱淑真寫的。

詞還是同一首詞，只是換成女作者，評價於是變了味。

理學家們對她口誅筆伐，說她「淫佚」浪蕩，其中也有人替她辯誣：「這淫詞肯定不是她寫的，雖然我暫時還沒有證據。」

現在倒是有證據證明這詞不是朱淑真寫的，但朱淑真有情人這事，卻沒有辦法掩蓋，至於是婚前還是婚後，自有各家爭執。畢竟，她寫過更多更加直白「淫佚」的詩詞，足以讓一群理學究氣得集體翹鬍子。極有名的一首詞是她的《清平樂．夏日遊湖》：

惱煙撩露，留我須臾住。攜手藕花湖上路，一霎黃梅細雨。
嬌痴不怕人猜，和衣睡倒人懷。最是分攜時候，歸來懶傍妝臺。

言為心聲，大膽率直、不畏人言、不怕人猜的朱淑真不只了一首相思之作。

他們的感情純粹真切又鮮明。元夜相見時，在燈火闌珊裡，她說：「但願暫成人繾綣，不妨常任月朦朧。賞燈那得工夫醉，未必明年此會同。」在這段難為世人所認可的感情中，朱淑真明知道會不得果報，卻仍飛蛾撲火。生命誠可貴，愛情價更高，從來就沒有婚姻自由的朱淑真無疑也是如此堅信。

她寫詩讚賞勉勵情人勇敢追夢，不要因為年少失意就灰心不前，要相信大器晚成，「賈生少達終何遇，馬援才高老更堅」。她反用李商隱《無題》詩中的「身無彩鳳雙飛翼，心有靈犀一點通」，告訴情人自歸去分別後，「吟箋謾有千篇苦，心事全無一點通」。不僅懶了梳妝，全無打扮的心思，更是為伊消得人憔悴，「別後大拼憔悴損，思情未抵此情深」。

她直白執著的訴說著深閨的寂寞、獨居的幽怨，寫下《減字木蘭花．春怨》：

獨行獨坐，獨倡獨酬還獨臥。佇立傷神，無奈輕寒著摸人。

此情誰見，淚洗殘妝無一半。愁病相仍，剔盡寒燈夢不成。

作為一個女子，在不能脫離父家、夫家創下一番自己事業的傳統時代，朱淑真追求的，從來都只能是兩相情願、白首偕老的愛情。不過，現實使她的理想幻滅，淑真的戀情，基於種種外來壓力，嘗盡甜酸苦辣、若即若離的滋味，最後，更是被夫家窺破，以致她抱恨而終、憤然赴死。

4

朱淑真死了。為她收集編訂詩集的魏仲恭說：「其死也，不能葬骨於地下，如青塚之可吊，並其詩為父母一火焚之，今所傳者，百不一存，是重不幸也。嗚呼，冤哉！」

朱淑真死了。連屍身也沒有找著，在注重入土為安的古代，她連個青塚都沒有。

朱淑真死了。死前，她那麼愛惜自己的詩詞，「孤窗鎮日無聊賴，編輯詩詞改抹看」；死後，或許恥於有個「不貞」女，寫過那麼多淫佚詞，又或出於別的原因，總之，她的詩詞被一把火燒了。令人啞口失笑的是，若不是因為朱淑真這些風流事蹟，為當時好事者道聽塗說，詩詞亦為好事者四處搜羅以傳誦，增加茶餘飯後的談資，那麼，哪還有魏仲恭出場的事！

明朝人說，「**宋婦人能詩詞者不少，易安為冠，次則朱淑真**」。

近人研究宋代婦女文學時，大抵以李清照為首，淑真為次，在評價方面，亦認為淑真才力稍遜於易安。

博學之士認為淑真的詞，骨韻格調上不及易安，氣質上也缺乏易安那種在絕境之中仍能一筆宕開的曠達胸襟，又只會寫苦兮兮的戀情作品，題材狹窄、意旨委曲，甚至進行人身攻擊，說她「密約黃昏試晚妝」，「身名不愛詩名愛」。

可是，朱淑真既不像李清照有開明的父親，也沒有遭逢時代巨變、家國禍亂，她只是一直困守深閨、渴望自由追求愛情的女子，又怎能處處以李清照所達到的標準來衡量她？更毋庸談以當時男性詩人的標準來指指點點了。

朱淑真自有她的真性情。只是她無論是生前或死後，在文學千年長河的偌大舞臺上，卻遲遲得不到鎂光燈。我們後來人是不是能思索出朱淑真所取之號「幽棲居士」的幾分讖意？

一生荒涼、一生斷腸的朱淑真，死後千載間大概應該還是有知音。至少，那位冒著雨，在湖邊悲嘆久尋不到朱淑真墓的李光炘，是真心欣賞朱淑真的詩詞！

樓外垂楊千萬縷，欲系青春，少住春還去。猶自風前飄柳絮，隨春且看歸何處？
綠滿山川聞杜宇，便做無情，莫也愁人苦。把酒送春春不語，黃昏卻下瀟瀟雨。

——朱淑真《蝶戀花・送春》

黃昏的瀟瀟雨裡，可以想見當年淚眼人。

第四章

南宋詞人被辜負的青春

愛國主義之精神，
實為南宋一代文化之命脈，
亦為南宋詞之命脈。

1 一蹶不振的，何止一個揚州城

二十二歲的姜夔在冬至來到揚州。那天雪霽初晴，一眼望去，城外都是青青的野生麥苗。姜夔慕名造訪這座淮左名都，可進城一看，滿目瘡痍，只有池水還是那麼碧綠，卻已物是人非。

當時，距離金主完顏亮發動戰爭，金兵鐵蹄蹂躪揚州，已過去十幾年。南侵的金兵在采石之戰中敗給宋軍，卻將怒氣發洩在揚州，大肆掠奪這座商業繁榮的都會，只留下一片斷壁殘垣。

揚州長期無法恢復元氣，南宋亦然。在完顏亮遇刺身亡後，南宋很快發動了隆興北伐，卻草草收場。一蹶不振、頹唐不堪的，何止是一個揚州城。

1

自靖康之變以來，宋高宗不斷的躲避金兵追殺，即使在屈從金人意志殺害名將岳飛以求議和，又熬到秦檜病死以後，日子也不好過。金人一直沒有放棄消滅南宋，完顏亮在金國內部篡位稱帝後，一直整頓兵馬醞釀南侵。不僅如此，他還時常派使臣南下羞辱宋高宗，投降金國的宋朝舊臣王全甚至在臨安城內，當著眾位朝臣的面，以汙言穢語，將宋高宗罵得痛哭流涕。

在宋高宗不惜殺害岳飛、自毀長城以求與金人媾和，為了打壓主戰派起用秦檜，以致秦檜結黨營私威脅皇權，宋高宗內心的恐懼與屈辱感日甚一日。但金人還是不滿足，撕毀紹興和議，再次南下了。

完顏亮攻宋，有記載說，是因為一首描寫東南勝景的詞。

北宋柳永有一首詞《望海潮》，描繪錢塘江的旖旎風光，其中一句「三秋桂子，十里荷花」。讓完顏亮一聽，口水都快流出來了。此君自稱人生有三個「小目標」：第一，國家大事，都是他說了算；二，率軍遠征，將其他國君押回來問罪，三，娶天下絕色美女為妻。

為此，完顏亮發動宮廷政變奪取皇帝寶座後，大刀闊斧的進行改革，如遷都燕京、釐定官制、自鑄銅錢等。除此，他大興土木，擴充兵馬，投入全國財力人力，迫使百姓為了製造箭翎、甲革，宰殺大量牲畜家禽，就連鄉野的烏鴉、豬狗都無不被害。

為了增加戰馬，完顏亮從民間徵調了五十六萬匹馬。馬匹所過之處無草料可供，完顏亮就下令在田裡放牧，以至莊稼蕩然無存。

宋金之間在邊境本來設有榷場（按：於邊境設立的互市市場）互通有無，完顏亮打貿易戰，下令關閉鳳翔府、唐、鄧、穎、蔡等州榷場，只餘泗州（今安徽泗縣）一處。後來，這個榷場也關了。宋金邊境貿易，金人獲利甚巨，完顏亮的做法無疑是殺敵一千，自損八百。

對於完顏亮的瘋狂舉動，朝中宗室、大臣紛紛上疏諫止，卻大多被貶謫、處死，連皇后、皇子也不能倖免。在完顏亮看來，沒人比他更懂大金。自紹興和議以來，宋金二十餘年的和平，被完顏亮打破。

南宋紹興三十一年（一一六一年）夏，完顏亮統兵六十萬，號稱百萬，分兵四路南下。他從諸軍中挑選五千精兵作為自己的親軍，誇下海口：「取江南，此五千人足矣。」

當宋高宗趙構得知金人南下後，打算逃跑，遷往福建或四川。

秦檜已死且金人先毀約，這次主張抗金的官員在輿論上戰勝主和派。宋高宗只好下令備戰，命抱病在身的名將劉錡為統帥，前往鎮江指揮。但**給予完顏亮當頭棒喝的，卻是一位書生**。

南宋詞人張孝祥當時在撫州當知州。一天，他得知一個不可思議的好消息，精神為之一振，寫下一首《水調歌頭．聞採石戰勝》：

雪洗虜塵靜，風約楚雲留。何人為寫悲壯，吹角古城樓？
湖海平生豪氣，關塞如今風景，剪燭看吳鉤。剩喜燃犀處，駭浪與天浮。
憶當年，周與謝，富春秋。小喬初嫁，香囊未解，勳業故優遊。
赤壁磯頭落照，肥水橋邊衰草，渺渺喚人愁。我欲乘風去，擊楫誓中流。

張孝祥歡欣鼓舞：「金人敗退了，胡馬掀起的風塵已被滌蕩乾淨，這讓我想到前朝的兩位名將，一位是東漢末年，在赤壁之戰大破曹軍的周瑜，另一位是淝水之戰中，戰勝前秦百萬大軍的謝玄。我也要像東晉的祖逖一樣，立下中流擊楫的誓言，一定要驅逐金人，恢復中原！」

張孝祥之所以如此激動，還有一個原因，這場勝仗是虞允文打的。張虞二人與楊萬里、范成大等，都是紹興二十四年（一一五四年）同榜進士。

虞允文是文臣，被任命為參贊軍事，到前線慰問宋軍。當時守衛淮河一帶的王權貪生怕死，丟下軍隊跑了。金人一下子攻破淮南，打到長江邊上的采石磯（今安徽馬鞍山），南宋朝廷另派了一名將領上前線，可他還在赴任途中。虞允文抵達采石磯時，金兵已經在江北岸築高臺，連營三十餘里，而南岸宋軍才一萬八千人，馬數百匹，由於無人指揮，將士們軍心渙散，三三五五的坐在路旁，不知所措。

此時，虞允文當機立斷，決定越級行事，親自指揮軍隊，迎擊金人。一個隨從對虞允文說：「大人，您奉命來慰問將士，如何能號令軍隊？如果打敗仗，可就罪上加罪了。」

虞允文反駁：「危及社稷，吾將安避？」

在這場以寡敵眾的戰役中，文人虞允文發揮宋軍水師的優勢，憑藉兩岸軍民的協助，打了一場大勝仗，燒毀金軍戰船三百餘艘，阻擋了完顏亮南下的步伐，一舉扭轉了宋金戰局。

年邁的宋軍主帥劉錡臥病在床，采石磯之戰大勝後，他用手拉著前來探望的虞允文，說：「朝廷養兵三十年，我們這些老人沒能打退金兵，今日大功出自一位書生，我實在是羞愧。」

二十多年前，劉錡與岳飛、韓世忠等名將在抗金戰場上並肩作戰，眼見著南宋朝廷放棄大好局勢，與金人議和。這口氣，憋著難受啊！

采石磯之戰不是完顏亮唯一的失敗，他的軍隊不僅在采石磯受挫，西路軍還被宋將吳璘阻擋在大散關，攻入四川的企圖遭到粉碎；走海路的水軍被岳飛的老部下李寶打到找不著北。

完顏亮的野心沒有得逞，更慘的是，他連皇位和性命都丟了。金朝權貴在完顏亮南侵後，迅速走向分裂。完顏亮還在前線打仗，留守金東京遼陽的完顏雍已經被擁立為帝，即金世宗。這下子金兵都不知該聽誰的，更加滋生厭戰情緒。

采石磯戰敗後，金人進退兩難，完顏亮越發焦慮不安，他不顧眾人反對，要求三日之內一定要渡江，否則盡殺諸將。這引起了金兵的不滿，一些將士趁著完顏亮調走親兵時，發動兵變，襲擊完顏亮的營帳殺死他。

完顏亮死後，金兵北撤，宋軍收復淮河一帶的失地，但戰爭引發的劇變正發生在大江南北。

2

完顏亮大舉攻宋，後方卻亂成一鍋粥，原北宋領土的淪陷區人民紛紛起義，其中力量最強大的是山東的耿京，聚眾二十五萬。這恰恰證明，人心思歸。

一介書生虞允文在采石磯之戰立功後，山東的一位二十二歲書生從老家帶著兩千人馬投靠了耿京，他的名字叫辛棄疾。

辛棄疾投靠耿京不久後，起義軍的同志僧人義端，卻在背後捅了老大哥一刀，偷了耿京的帥印逃跑，準備投降金人。作為典型的山東大漢，辛棄疾文武雙全，他自告奮勇前抓捕義端，飛身上馬，三天後提著義端的人頭歸來。

義端臨死前裝神弄鬼的對辛棄疾說：「我知道，您就是一隻大青兕（一種類似犀牛的猛獸），力能殺人，放過我吧。」義端的奸計沒有得逞，「青兕」之威名卻從此響徹天下。

山東起義軍都是「草頭王」，畢竟難成大業，耿京與辛棄疾商議率軍回歸南宋，讓辛棄疾先行與南宋朝廷聯繫。紹興三十二年（一一六二年），辛棄疾到達建康（今江蘇南京），受到了駐蹕於此的宋高宗接見，並拿到朝廷授予的印信，前去召耿京南歸。

可當辛棄疾回到山東時，起義軍隊伍人心散了，不好帶了。叛徒張安國竟然殺了耿京，投靠金人，導致義軍將士大部逃散。

若是一般人遇到這種情況，可能就放棄使命，自己回去交差了。辛棄疾偏不認命，他帶著僅剩的五十輕騎殺入金人軍營。當時張安國正與金軍將領喝酒慶賀，手下有五萬人。辛棄疾就這樣深入險境，當著眾人的面將叛徒從酒桌上拽出來，抓到建康，斬於市曹，大快人心。後來，辛棄疾的好朋友洪邁將此事記載下來，說辛棄疾這一次鋤奸行動，讓「懦士為之興起，聖天子一見三嘆息。」

辛棄疾歸宋後，躊躇滿志。在他南歸後不久寫的《漢宮春・立春日》中，可以讀出一個青年才俊激昂奮發的情懷，和仕宦生涯中難得的閒愁：

春已歸來，看美人頭上，嫋嫋春幡。無端風雨，未肯收盡餘寒。
年時燕子，料今宵夢到西園。渾未辦、黃柑薦酒，更傳青韭堆盤？

卻笑東風從此，便薰梅染柳，更沒些閒。閒時又來鏡裡，轉變朱顏。
清愁不斷，問何人、會解連環？生怕見、花開花落，朝來塞雁先還。

辛棄疾始終關注著恢復大業，而此時宋金形勢並未因完顏亮之死而緩和，依然劍拔弩張。采石磯之戰次年，金朝派人指責宋朝，為何收復淮河一帶的州郡。日後為辛棄疾寫故事的洪邁出使金朝。宋高宗想趁機與金朝重新談判，於是將紹興和議以來國書簽名用的「臣趙構」，改為「宋帝」，表示跟金帝平起平坐。

洪邁只是負責傳話，但金人看國書格式改了，便把洪邁扣下來，三天三夜不給吃喝。後來有大臣說使者無罪，金朝才把這位大才子放回去。

洪邁回來後，宋金是戰是和，沒有定論。但有了采石磯之戰等幾場勝利，朝中大臣抗金輿論高漲。可是宋高宗則徹底累了、倦了。就在任命張浚全面負責江淮防務的第二個月，紹興三十二年六月，五十六歲的宋高宗主動禪位給了養子趙昚，為宋孝宗，自己則退位成為太上皇。此後，宋高宗又活了二十五年，一直到一一八七年才去世。

宋孝宗即位後，次年改年號為「隆興」，他跟他爸最大的不同之處，就是一心想北伐。

作為南宋史上最有作為的皇帝，宋孝宗上位後，雖頂著宋高宗仍在世的巨大壓力，但他以政治智慧為岳飛平反，同時感召忠義之士。宋孝宗在召見六十六歲老將張浚時，說：「我家有不共戴天之仇，朕不及身圖之，將誰任其責？」

在上位不到一年的宋孝宗的全力支持下，張浚開始整頓兵馬，督軍北伐。隆興元年四月，南宋八萬大軍揮兵北上，史稱隆興北伐。

3

宋孝宗是一個能幹大事的人。

宋高宗在世時，找了博學多才的史浩（宋理宗朝權相史彌遠之父）來當普安王趙瑗（即宋孝宗趙昚，當時還未改名）和恩平王趙璩的老師。這兩位候選接班人都是宋太祖趙匡胤一脈的後代。因宋高宗的親生兒子早夭，自己又喪失生育能力，只能將皇位傳給養子。反覆考察兩人的品行後，宋高宗越發覺得趙瑗賢能，最終將他立為太子。

完顏亮南侵時，還是太子的宋孝宗多次向高宗提出，願意帶兵上前線。宋高宗疑心病重，可能是聯想到唐代安史之亂，唐玄宗到成都避亂，太子李亨靈武即位的故事，表現得有些惱怒。史浩知道學生惹禍了，趕緊上疏，表示「太子不可將兵」，打消了太子的危險念頭。

如今，宋孝宗當上皇帝，終於可以施展抱負。

史書記載，宋孝宗即位那天下著大雨，已經退位為太上皇的宋高宗趙構起身回宮，宋孝宗堅持冒雨相送。宋高宗看到宋孝宗在瓢潑大雨中渾身溼透，大為感動，對身邊人說：「付託得人，再無憾矣。」

相比宋高宗，宋孝宗更加雷厲風行，他一即位就為岳飛平反，追諡「武穆」。之後，宋孝宗在召見岳飛倖存的三子岳霖時，痛惜的說：「卿家冤枉，朕悉知之，天下共知其冤。」

朝廷的風向變了，朝野上下抗金熱情高漲。

這年，三十八歲的陸游，出任鎮江通判。宋金兩軍此時雄踞淮河一線，鎮江就是抗金前線。

陸游的仕途一向不順，他本來應該是張孝祥、虞允文的同年，但那年實在不走運，他試卷答得太好，名次蓋過了秦檜的孫子秦塤。秦檜看到自己孫子吃虧，勃然大怒，要降罪主考官。主考官不敢得罪權相，於是，陸游落榜。

那一年的狀元是張孝祥，秦塤靠走後門得探花。

陸游仕途不暢，結婚後還情場失意，迫於家庭壓力，與他心愛的原配夫人唐琬離婚。宋孝宗即位後，作為主戰派的他，以為自己事業迎來了轉機。

隆興元年秋，陸游登上鎮江北固山，登樓遙望江防前線，寫下一曲《水調歌頭》：

> 江左占形勝，最數古徐州。連山如畫，佳處縹緲著危樓。
> 鼓角臨風悲壯，烽火連空明滅，往事憶孫劉。千里曜戈甲，萬灶宿貔貅。
> 露沾草，風落木，歲方秋。使君宏放，談笑洗盡古今愁。
> 不見襄陽登覽，磨滅遊人無數，遺恨黯難收。叔子獨千載，名與漢江流。

陸游詞中最後幾句的「襄陽登覽」，說的是三國時羊祜（字叔子）鎮守襄陽十餘年，為晉滅吳做準備，卻未能親眼看到天下一統，他生前常登襄陽峴山，感慨壯志難酬。羊祜死後兩年，三國歸晉。

那一天，陸游以為，時代要變了，相信自己可以看到「王師北定中原日」。他哪裡會想到，自己七老八十時，還在病榻上悲嘆：「死去元知萬事空，但悲不見九州同。」

4

宋孝宗鐵了心要跟金人幹一架。老臣張浚成為主持北伐的第一人選。

宋孝宗的老師史浩反對主動進攻。他認為應該接受完顏亮南侵時的教訓，加強對瓜洲、采石等沿江一線的防守，堅守兩淮，等物力、軍力條件充足時，再進行北伐。

在采石磯大捷立功的**虞允文**，也**主張積極備戰，以待良機**。**張浚卻主張不顧一切立即北伐**，不要慫，就是幹。

畢竟張浚是老主戰派了。當年秦檜得勢時，瘋狂打壓主戰派大臣。有一次，張浚被貶，秦檜一黨誣告他與舊部策劃謀反，隨身箱子裡都是私通親信的書信。宋高宗不信，派人去拿來一看，發現是有一些書信，但寫的都是忠君愛國的話。宋高宗很是感動，命人追上去，賜張浚三百金。秦檜一黨接著搗鬼，對外宣稱宋高宗要賜死張浚。張浚的隨從聽到這些謠言，不禁大哭。張浚說：「你們哭什麼？如果真像傳言中的那樣，我死了向國家謝罪也無妨。」

宋孝宗即位後，主戰派同仇敵愾，張浚被任命為樞密使、江淮宣撫，擔任伐金的主帥。

張浚得到了他苦等多年的機會，但這個機會來得太尷尬。當時的南宋，正面臨著無將可用的局面，張浚已然獨木難支。那些驍勇善戰、足智多謀的抗金名將都已作古或被秦檜一黨陷害，或在失意的歲月中耗盡青春。像岳飛因「莫須有」的罪名，遭受冤案；韓世忠被迫退休，悠游林泉，得以善終；劉錡晚年抱病上陣，不久前剛病逝……。

另一邊，太上皇趙構也對宋孝宗冷嘲熱諷，認為張浚不行。聽到宋孝宗提拔張孝祥為都督府參贊軍事，又反諷：「這個張孝祥一定很精通軍事吧？」

隆興北伐失敗了，依舊是輸在自己人手上。

隆興元年五月，宋孝宗下令對金朝發動進攻。

張浚手下兩員大將李顯忠與邵宏淵，各自帶兵渡過淮河北進。起初，李顯忠好幾次打敗金兵，收復了一些州郡。而邵宏淵嫉恨李顯忠的功勞，甚至發展到故意不援助的地步。金兵抓住機會，派兵十萬攻打李顯忠收復的宿州（今安徽宿州）。

金人兵臨宿州城下，李顯忠派人向邵宏淵求援。邵宏淵按兵不動，竟對部下說：「這麼熱的天，搖著扇子還嫌不涼快，怎能披著戰甲去打仗呢？」

如此一來，宋軍士氣低落，李顯忠的軍隊孤立無援，棄城逃走，一潰千里。退到符離後，李顯忠與邵宏淵兩軍十三萬人馬陷入混亂，多年積存的物資幾乎喪失殆盡，宋軍士卒相互踐踏，死者不計其數。兩個主將逃竄，不知所蹤。

這就是著名的符離之敗。此戰後，金兵士氣大振，直抵兩淮前線，逼迫南宋議和，隆興北伐的形勢急轉直下。張浚不願放棄，他多次上書請戰，但在太上皇宋高宗等主和派的幕後策劃下，宋金再次陷入議和的僵局。之後，張浚被降職外調，死在離京途中，而主和派宰相湯思退上臺後，開始拆除淮河一帶的防線。

5

隆興北伐失敗後，宋金簽訂了隆興和議，這是雙方在外交上的相互妥協。

在隆興和議中，金人比之前的紹興和議做了一定讓步，減去十萬歲幣，南宋皇帝不再對金稱臣，雙方改為叔侄之國。從此以後，我叫你一聲大侄子，你叫我一聲叔叔。

但金人在土地上不肯退讓，除了要南宋歸還完顏亮南侵後收復的四州外，還要求南宋將商（今陝西商縣）、秦（今甘肅天水）二州割讓給金朝。

宋孝宗憤憤不平，有志於北伐的臣民也不服氣。楊萬里在詩裡說，「人到淮河意不佳」，南宋臣民到了淮河邊，想起北伐功虧一簣，總是心有不甘。

更可悲的是，當初支持北伐的大臣，免不了被事後清算。

陸游因才華橫溢，曾被張浚推薦給宋孝宗，當時對金占領區散發的「傳單」，就是陸游起草的。隆興北伐失敗後，陸游又倒楣了。主和派給陸游加上一個「交結台諫，鼓唱是非，力說張浚用兵」的罪名，將他免職歸家，趕到鄉下種了幾年田。陸游太鬱悶了，他在《訴衷情・青衫初入九重城》寫道：

青衫初入九重城，結友盡豪英。蠟封夜半傳檄，馳騎諭幽並。時易失，志難城，鬢絲生。平章風月，彈壓江山，別是功名。

陸游說，當年我穿著青衫第一次到首都時，結交的都是天下英豪，我們為抗金起草檄文，連夜向中原傳送。現在北伐的時機丟了，我的鬢髮也已花白，只有去品評風花雪月了。當陸游為北伐幹得熱火朝天時，年輕的辛棄疾也在奮筆直書。隆興年間，辛棄疾開始寫他人生中最重要的一篇政治軍事論文《美芹十論》，透過從十個方面分析宋金形勢，為南宋朝廷積極備戰抗金提出了具體的作戰方案。但最後，辛棄疾的「萬字平戎策」，也只是「換得東家種樹書」，他的北伐理想，在此後數十年間被漸漸埋沒。

辛棄疾年輕過，陸游也年輕過，岳飛、韓世忠、劉錡、張浚……他們所有人都曾年輕過，可無情的現實辜負他們的青春。這個世界，似乎不該是這樣的，卻又總是如此，無可奈何。

2 張孝祥：狀元、刺頭與英雄

當秦檜的孫子秦塤的名字，被作為狀元候選人呈送到宋高宗面前時，一生隱忍的宋高宗，猶豫了。

這是南宋紹興二十四年，此時，距離名將岳飛被害已經過去了十二年，勢傾朝野的秦檜多次暗示當年科舉的主考官——自己的親信、御史中丞魏師遜，和禮部侍郎兼大學士湯思退，要他們點名自己的孫子秦塤為新科狀元。

魏師遜和湯思退很「懂事」，他們很自然的將秦塤作為狀元候選人名單，送到宋高宗面前。宋高宗明白，他的左右大臣、宦官乃至枕邊人吳皇后，無一不是秦檜的眼線。為了提防秦檜的加害，他甚至常年都在靴子中暗藏一把匕首以防不測。

所以，要不要給在朝中樹大根深、尾大不掉的秦檜一點面子，點他的孫子秦塤做狀元呢？能南渡成為南宋的開國之君，宋高宗自然並非等閒之輩。他很自然的將視線下移，一眼就看中了原本被魏師遜和湯思退定為第二名的張孝祥。

宋高宗大筆一揮，將在殿試中寫下一萬四千多字巨文、並且書法卓絕的張孝祥欽點為狀元，而原本的第三名曹冠則提為第二名榜眼。

當然，宋高宗不忘給秦檜面子，原本作為狀元人選的秦塤，被貶低兩位，成了當年的科舉第三名探花。

隨後，面對秦檜有意無意的套問，宋高宗當面說，張孝祥殿試現場的策論、詩歌、書法，堪稱詩書策三絕，你秦檜的孫子難以比擬。

悻悻不平的秦檜於是詢問張孝祥：「你詩歌學的哪一家，書法又學哪一家？」

狀元張孝祥不卑不亢答道，詩歌學的杜甫，書法學的顏真卿。有點意難平的秦檜只好苦笑說：「天下好事，都讓你占完了。」

1

紹興二十四年的這位新科狀元郎，可是個敢跟秦檜和宋高宗較勁兒的「刺頭」（按：指遇事刁難、不好對付的人）。

在中國科舉史上，**北宋**仁宗嘉祐二年（一〇五七年）的科舉，號稱**千年科舉第一榜**，這一年考中進士的人包括**蘇軾蘇轍兄弟，曾鞏曾布兄弟，理學大家張載、程顥，以及後來王安石變法的核心幹將呂惠卿、章惇**等人。而**南宋**紹興二十四年這一年的科舉榜上，擁**有張孝祥、范成大、楊**

萬里、虞允文等千古詞人將臣，也被譽為南宋科舉第一榜。

早在第一眼看到張孝祥的書法時，慧眼識珠的宋高宗就說此人書法不凡，必將名世。對於張孝祥賦詩填詞的精絕，當時人回憶說，張孝祥創作時從不打草稿，「筆酣興健，頃刻即成，初若不經意，反覆究觀，未有一字無來處」。對於這位宋高宗評為「詩書策三絕」的狀元，當時人無法不服。

但他真的是個刺頭。宋代以文治國，舉國上下對於狀元郎迷之若狂，當科舉放榜時，榜下捉婿，將那些未婚的新科進士攬為女婿，是宋代達官貴人最為傾心的選擇。因此，當狀元名字公布後，搶得先機的秦檜姻親曹泳，立刻圍住了張孝祥，急不可耐的表態要認張孝祥做女婿。攀上了曹泳，也就等於拜入了隻手遮天的秦檜門下，榮華富貴似乎指日可待，但張孝祥「默然」不應，搞得曹泳好不尷尬。實際上，這位拒絕秦檜一黨招親的狀元郎，不僅不給秦檜一黨面子，甚至連宋高宗的面子都不給。

當選新科狀元不久，張孝祥就冒天下之大不韙上書宋高宗說：「岳飛忠勇天下共聞。一朝被人誹謗，旬日間即死亡。結果敵國慶幸，而將士解體，非國家之福也。」

對於這樁明顯由宋高宗和秦檜親自操縱的冤獄，這位新科狀元不惜賭上一生的光明前程乃至身家性命，為岳飛申冤吶喊：「如今朝廷以為岳飛冤枉，天下以為岳飛冤枉，只有陛下不知道他冤枉。應當盡快恢復岳飛的爵位，優厚撫恤岳飛的家人，表彰他的忠義，播告中外，以使忠魂瞑目於九泉，公道昭然於天下。」

與宋高宗聯手炮製岳飛冤獄的秦檜，對這位新科狀元恨得咬牙切齒。在秦檜黨羽的運作下，很快的，張孝祥的父親張祁被誣陷為殺嫂、謀反，打入大牢。緊接著，鬥爭矛頭又轉向新科狀元張孝祥。張孝祥還來不及展翅翱翔，前程仕途似乎就已經走到盡頭。

2

所幸，在張孝祥高中狀元、旋即被誣陷迫害的第二年，紹興二十五年（一一五五年），一代奸賊秦檜一命嗚呼了。

需要依賴秦檜又忌憚秦檜的宋高宗，終於在秦檜臨死前決定翻臉。當時，秦檜病入膏肓，為了探清虛實，宋高宗假意上門探望病情。當看到秦檜已經無法開口說話，只是一直流眼淚時，宋高宗這才放下了心。

秦檜一直心心念念，想讓養子秦熺接替自己的宰相位置。秦熺也以為相位非自己莫屬，便猴急猴急的假意向宋高宗打聽誰來接任宰相。沒想到宋高宗卻冷冷回一句：「這不是你該參與的事！」說完，宋高宗拂袖離去。

緊接著，隱忍多年的宋高宗以迅雷不及掩耳之勢發起進攻。第二天，他下令強迫秦檜、秦熺父子雙雙致仕退休，並一起罷免了秦檜的孫子秦塤、秦堪的官職。聽到祖孫四人同日被皇帝免職，憂憤交加的秦檜當晚便一命嗚呼。

在貶黜秦檜祖孫的同時，宋高宗接著將秦檜的黨羽或免官、或罷職、或外放，並起用一些曾被秦檜打擊的人來協助統治，樹立權威。

對於**宋高宗**而言，儘管他需要秦檜等投降派來協助自己鞏固政權，但當秦檜已經尾大不掉，他自己甚至需要在靴筒裡暗藏匕首防身時，這早已超出了他的把控。所以，當初**殺岳飛**、**用秦檜是他自己私心所然，如今貶黜秦檜黨羽也是鞏固皇權所然。一切的一切，都只是為他宋高宗弄權才是核心。**

在秦檜已死，逐漸掌控朝中局勢後，宋高宗有一次才對自己的親信楊存中說：「秦檜已死，朕終於不用在靴子裡藏刀了。」

在政治形勢劇變的情況下，因父親被誣陷而牽連免職的張孝祥，被恢復徵召為中書舍人，為宋高宗起草文書。但是這種日子並沒有持續太久，少年得意的張孝祥很快就為人所嫉妒去職。隨後，他回到蕪湖（今安徽蕪湖）賦閒了兩年半。

蕪湖，並非張孝祥的真正故鄉。張孝祥的先祖本是曆陽烏江人（今安徽和縣烏江鎮），靖康之變後，張孝祥的父親張祁帶著全家南遷明州鄞縣（今浙江寧波鄞州區）。就這樣，宋高宗紹興二年（一一三二年），張孝祥出生在鄞縣方廣寺一所僧房中，並在那裡生活到了十三歲。

到了紹興十四年（一一四四年），張祁帶著全家返鄉，但他們沒法回到故鄉曆陽，而是選擇居住在長江以南的蕪湖以躲避金人追殺。小官出身的張祁在顛沛流離中生活窘迫，後來，有人回憶張孝祥的出身，說他是「故宋中書舍人奮起荒涼寂寞之鄉」。

對於靖康之變後不斷南渡的當時人來說，渡江北歸，是刻在靈魂裡的吶喊，張孝祥也不例外。他不像陸游等達官子弟生活優渥，而是從小就跟隨著父母顛沛流離。但他天賦異稟，據說

「讀書一過目不忘」，「幼敏悟，書再閱成誦，文章俊逸，頃刻千言，出人意表」。這位元出身底層的南渡北人，在艱苦卓絕中「奮起荒涼寂寞之鄉」，完全憑藉著自己的聰明才智，一步步走到金鑾殿上成為狀元魁首。這不禁讓當時人感慨非常，以致後來有人評價他是「天上張公子，少年觀國光」。

他一直懷抱一顆北歸的靈魂。剛剛高中狀元，就不顧前程和性命安全，在宋高宗和秦檜面前為岳飛大聲喊冤。

3

紹興三十二年五月，作為主戰派老將的張浚被起用為措置兩淮事務兼兩淮及沿江軍馬，全面負責江淮地區防務。

張孝祥主動求見張浚。識才愛才的張浚任命他為建康留守，將其安排在了北伐前線。在一次兩人同處的宴會上，渴望北伐的張孝祥寫下了《六州歌頭·長淮望斷》：

長淮望斷，關塞莽然平。征塵暗，霜風勁，悄邊聲。黯銷凝。追想當年事，殆天數，非人力；洙泗上，弦歌地，亦羶腥。隔水氈鄉，落日牛羊下，區脫縱橫。看名王宵獵，騎火一川明。笳鼓悲鳴，遣人驚。

念腰間箭，匣中劍，空埃蠹，竟何成！時易失，心徒壯，歲將零。渺神京。干羽方懷遠，靜烽燧，且休兵。冠蓋使，紛馳鶩，若為情！聞道中原遺老，常南望、翠葆霓旌。使行人到此，忠憤氣填膺，有淚如傾。

慷慨激昂的張孝祥在宴席上當場朗誦詞作，這或許使張浚聯想起當初自己在川陝戰場與吳玠兄弟一起力抗金兵的往事。而如今吳玠病死，岳飛蒙冤未伸，韓世忠被迫歸隱老死，一眾名將枯萎凋零，北伐大業卻遙遙無望，張浚忍不住熱淚盈眶，不得不起身提前離席。

「忠憤氣填膺，有淚如傾」，這種吶喊，幾乎是南宋所有有志之士的共同心聲。

隆興北伐初期，宋軍進展順利，相繼攻取了海州、泗州、唐州、鄧州、商州、秦州等六州之地。沒想到由於宋軍內部將帥不和，加上金軍開始穩住陣腳，形勢很快急轉直下，宋軍出兵一個月後，就被反撲的金兵所敗。當時，剛剛平定金國內亂的金世宗完顏雍督軍南下，迅速攻陷了長江以北、淮河以南的一半州縣。無奈下，隆興二年（一一六四年）十二月，南宋最終與金國再次達成和議，史稱隆興和議。

隆興北伐的迅速失敗，使得南宋朝內的主和派再次抬頭，張浚則被罷黜南下。在南下途中，六十八歲的他悲憤成疾，病逝於途中。臨死前他遺囑子孫說：「我曾任宰相，不能恢復中原、雪祖宗之恥，死後不配葬在祖宗墓側。」

張浚被貶，意味著主戰派的失勢。力主抗戰北伐的張孝祥先是被貶為建康知府，不久被罷官。然後，又被先後委任為靜江（今廣西桂林）知府、潭州知府、荊南知府、荊湖北路安撫使。

這位少年得意、二十三歲就高中狀元的才子在仕途宦路上顛沛流離。與之相映照的，正是南宋初年主戰派失意、北伐無望的坎坷旅途。

張孝祥逝世三十多年後，曾與張孝祥交遊的陸游已七十多歲，他感慨回憶說，張孝祥為人豪爽耿直，那種聰慧豪邁的氣質，遠超同時代人，以致連陸游都為之折服。

張孝祥曾經擔任撫州知府，當時他年未三十，卻蒞事精確。有一次亂兵哄搶兵庫，他竟然一人一馬前往平亂，以氣勢喝住亂兵。

擔任平江（今蘇州）知府時，他又平抑豪強，將為禍當地的豪強抓捕治罪，沒收穀粟數萬石。當第二年蘇州地區遭遇飢荒時，他又將這些糧食全部用於賑災救荒，並且兩次上疏，請求朝廷「不催兩浙積欠」以救蒼生，使蘇州百姓得以度過荒年。

在潭州知府任上時，他關注農事，善待民眾，離任時湖南百姓「哭送登舟，繪像於湘中驛」。在擔任荊湖北路安撫使的短短八個月，他主持修築寸金堤，「自是荊州無水患，置萬盈倉以儲諸漕之運」。

由此可見這位狀元英豪並非只是書生意氣，而是有真本領的實幹型人才。

但東風不與周郎便，在南宋北伐無望的苦悶歲月中，這位上承蘇軾、下啟辛棄疾的豪放詞人，在宦海沉浮的悲憤中，一點點耗乾了自己的心力。宋孝宗乾道二年（一一六六年），在隆興北伐失敗後再次被貶黜的張孝祥，剛好在中秋前夕泛舟經過洞庭湖，他一腔熱血，寫下了《念奴嬌・過洞庭》：

洞庭青草，近中秋、更無一點風色。玉鑑瓊田三萬頃，著我扁舟一葉。
素月分輝，明河共影，表裡俱澄澈。悠然心會，妙處難與君說。
應念嶺表經年，孤光自照，肝膽皆冰雪。短髮蕭騷襟袖冷，穩泛滄溟空闊。
盡挹西江，細斟北斗，萬象為賓客。扣舷獨嘯，不知今夕何夕。

儘管胸中氣象萬千，想要「盡挹西江，細斟北斗」，無奈「扣舷獨嘯，不知今夕何夕」。我們在詞人的獨嘯中，看到的是偉大而又孤獨的靈魂，在時代的搏動中有心難施、有力難使的一腔悲憤。

在出任荊湖北路安撫使時，張孝祥多次登臨荊州城樓。想當初這裡本是宋朝的荊湖內地，如今在戰亂中變成邊防前線，詞人無限感慨，寫下《浣溪沙．荊州約馬舉先登城樓觀塞》：

霜日明霄水蘸空，鳴鞘聲裡繡旗紅，澹煙衰草有無中。
萬里中原烽火北，一尊濁酒戍樓東，酒闌揮淚向悲風。

昔日祥和的名城古州，如今變成狼煙警惕之地，但北望「萬里中原烽火北」，卻只能無奈「酒闌揮淚向悲風」。

任職荊州時，張孝祥年僅三十七歲，但北伐無望與宦海沉浮，讓這位詞人已有悲秋之感。轉年（一一六九年）三月，三十八歲的張孝祥決定辭官退隱，絕意仕途。

早在宋高宗紹興三十二年春時，當時年僅三十一歲的張孝祥，預感到自己與時代共浮沉的艱難，當時從建康還宣城途經溧陽（今江蘇溧陽）時，他寫下了《西江月．問訊湖邊春色》：

問訊湖邊春色，重來又是三年。東風吹我過湖船，楊柳絲絲拂面。
世路如今已慣，此心到處悠然。寒光亭下水連天，飛起沙鷗一片。

儘管選擇歸隱江湖，但他仍然關注前線。當曾經主持采石磯之戰、力退金兵的虞允文途經蕪湖時，與虞允文有同榜進士之誼的張孝祥非常高興，邀請虞允文一起同飲蕪湖舟中。沒想到過後張孝祥卻因為中暑，猝然暴逝。

沒有人知道他生前與虞允文聊了什麼，但從他北望中原、濁酒戍樓的經歷，人們可以猜測他即使到臨終前，仍是熱切關注國家命運和北伐前程的愛國詞人。他三十九歲英年早逝，但人間詞壇，卻從不曾遺忘這位翹首北望的狀元才子。

這何嘗不是一個時代的失落，在與張孝祥永別兩年後，宋孝宗乾道八年（一一七二年），虞允文自請外放到四川整軍備戰、籌畫北伐。臨行前宋孝宗與虞允文相約，待兵馬訓練完成後，一起從東西兩面出軍北伐。臨行前，宋孝宗殷殷叮囑虞允文：「如果西師（指四川宋軍）出兵而朕還在猶豫，那就是朕辜負你；如果朕已經行動而你仍在猶豫，是你負了朕。」

此前，宋孝宗還對出任宰相的虞允文相約許諾：「丙午（靖康）之恥，當與丞相共雪之！」

但虞允文沒有等來這一天。宋孝宗淳熙元年（一一七四年）六月，一直在四川整軍備戰的虞允文因為積勞成疾，不幸病逝。

怨恨虞允文不能趁早北伐的宋孝宗，則一直到虞允文死後三年（一一七七年），在看到虞允文生前訓練有素的大軍後，才感慨萬分的表示自己冤枉了虞允文。

但自從隆興和議過後，宋金雙方一直保持均勢，誰也無法打破僵局。無論是宋孝宗，還是虞允文、張孝祥，出生在一個英雄無力的時代，這註定只能成為失落的悲劇。

置身一個孱弱的時代，那時，英雄皆不自由。

3 辛棄疾：酒、劍、白髮

劍在匣中生銹，人在江湖放逐。

1

南方的冬天，無比溼冷。

兩個年近半百的准老年人，內心卻都燒著一團火。溫酒，舉杯，對飲。大醉之時，天已黑。朦朧中盯著案上塵封的寶劍，兩人聊起往事，軍營中大口吃肉、大口喝酒，號角響起，沙場點兵。如此激揚慷慨的場景，整個國家已經多年未見到了。醉了，戰馬飛奔，弓箭離弦，一場惡戰，打響了。你一句，我一句。說到激動處，連拍大腿叫絕。冷風吹醒醉酒人。彼此頭上白髮清晰可見，才知道，一切不過是酒精在起作用。

這一幕，發生在南宋淳熙十五年（一一八八年）的冬天。四十九歲的辛棄疾，和四十六歲的陳亮（字同甫），時隔十年後再見面。兩個國家的邊緣人，聚在一起，卻都在操心國家怎麼收復中原失地。

此前一年，南宋投降派總代表、太上皇趙構死了。一直痛罵投降派、主張對金國強硬的布衣狂儒陳亮，認為抗金事業將迎來好時機。於是他早早就張羅去面見賦閒在江西上饒鄉下的另一名主戰派代表人物——辛棄疾。

到辛棄疾居住的地方，要經過一條河。據說，因為水太冷，陳亮騎的馬不敢過河，他催了三次，馬兒仍不下水。陳亮直接跳下馬，拔刀，手起刀落，把馬頭砍了下來。辛棄疾正在樓上等待陳亮，遠遠望見這一幕。這位曾經出入金兵大營如入無人之地的硬漢，竟然也被陳亮的豪氣鎮住了，直呼：「此乃大丈夫也！」

陳亮和辛棄疾本來還邀請了朱熹。但朱熹此時對北伐抗金，態度已經相當消極，說他一個年近六十的閒漢，只想留在山裡咬菜根。

放眼整個國家，主戰派就沒幾人。

辛棄疾和陳亮，愈加惺惺相惜。兩人同吃同睡，同遊鵝湖，一起探討抗金大業。借著酒興，時而熱血澎湃，時而清醒並痛苦著。陳亮一共住了十天，然後騎馬離去。陳亮離去後，辛棄疾悵然若失。實在捨不得，自己又策馬追趕陳亮。可惜，因天寒地凍，最終沒追上，心中留下了無盡的遺憾。

回去後，兩人唱和往來，把友情和激情，都寫到了詞裡。

醉裡挑燈看劍，夢回吹角連營。八百里分麾下炙，五十弦翻塞外聲，沙場秋點兵。
馬作的盧飛快，弓如霹靂弦驚。了卻君王天下事，贏得生前身後名。可憐白髮生。

——辛棄疾《破陣子．為陳同甫賦壯詞以寄之》

現實太殘酷，一句「可憐白髮生」，讓功名事業都成了迫不及待的想像。英雄老矣。

2

英雄老矣，辛棄疾一生最輝煌的事蹟，在二十三歲時已經完成了。

不是因為成名早，此生他就可以躺在功勞簿上炫耀。而是因為，餘生他始終得不到走上抗金前線的機會。

惆悵，鬱悶，錐心之痛。他只能一次次回想年輕時的壯舉。

一一四〇年，辛棄疾出生時，宋金激戰正酣。但南宋名將岳飛接連收到朝廷班師回朝的詔令，只能忍痛放棄北伐收復的河南諸地，一路南撤。

辛棄疾生在金人占領的山東，自幼時起，祖父辛贊一直跟他強調：「故鄉現在是淪陷區，南宋才是我們的祖國。」靖康之變發生時，辛贊因為家累未能脫身南奔，被迫接受金朝的偽職，為此心中常常自責，始終在尋求機會為故國出力。因此他把畢生夙願都寄託在孫子身上。

辛棄疾兩歲時，岳飛被冤殺。沒有人會想到，他日後極有可能成為岳飛式的戰場英雄，可惜最終被政治蹉跎了歲月。

辛棄疾從小文武兼習，不僅誦讀經典，還熟讀兵書。他的成長環境和訓練，決定了他長大後不是傳統意義上的文人，而是健碩有力、目光犀利的壯士。

據辛棄疾後來回憶，漢人在金國就是二等公民：「民有不平，訟之於官，則胡人勝，而華民則飲氣以茹屈；田疇相鄰，胡人則強而奪之；孳畜相雜，胡人則盜而有之。」想要公平？沒有。橫徵暴斂，倒是年年有，天天有。

抗金起義，風起雲湧。二十二歲時，辛棄疾在山東拉起一支兩千人的抗金隊伍。隨後，率眾投奔濟南義軍規模最大的領袖耿京。耿京對辛棄疾很是青睞，直接任命為掌書記。

當時，一個叫義端的僧人，也拉起了千餘人的隊伍抗金。辛棄疾力勸義端投靠了耿京。沒想到，義端是個投機分子，沒多久就竊取了辛棄疾掌管的軍印潛逃。

根據《宋史》記載，耿京知道後，大怒，威脅要殺辛棄疾。辛棄疾卻不慌，當場立下軍令狀，說給他三天，若抓不到義端，再來受死。

辛棄疾斷定義端是想叛逃到金兵軍營，以機密和軍印邀賞。於是一路順著金營方向緊追，果然追上義端。義端十分詫異，只得求饒說：「我知道你前世是青兕（犀牛），力大能殺人，希望你別殺我。」辛棄疾二話不說，手起刀落，斬下義端的首級，拿回了軍印。

隨著金世宗上位，對義軍採取「在山者為盜賊，下山者為良民」的攻心瓦解策略，各地抗金義軍人心渙散，紛紛解甲歸田。

辛棄疾隨即向耿京獻策，與其坐以待斃，不如率部投奔南宋。耿京欣然接受，遂委派辛棄疾等十一人作為代表，到南宋與朝廷接洽。

辛棄疾等人到了建康，受到宋高宗趙構的接見，並接受朝廷的任命。當他們往回趕路，想把好消息帶給耿京時，半路卻傳來噩耗：耿京被裨將張安國殺害了！張安國害主求榮，投降金人。

二十三歲的辛棄疾驚聞事變，迅速制定應對措施。史載，他對眾人說：「我受主帥耿京之托歸附南宋朝廷，誰知發生事變，這下如何覆命？」於是，他約統制王世隆及忠義人馬全福等「徑趨金營」，捉拿張安國。

如今，辛棄疾的成名壯舉，僅剩下零星的歷史記載，我們很難還原當時的具體部署。僅知道辛棄疾以五十人的規模，潛入有五萬之眾的金兵大營。當時張安國正與金兵將領暢飲，辛棄疾突然出現在酒席前，將張安國綁起來，像拎著一隻兔子，拎上馬背，然後飛奔出營。同行的騎兵在外接應，一同絕塵而去。

辛棄疾束馬銜枚，晝夜不停，直到渡過淮河，把張安國送至建康，交給南宋朝廷正法。這次有膽有謀的壯舉，讓二十三歲的辛棄疾一夜天下知。

3

英雄的命運，總是被歷史的進程裹挾。**岳飛死於宋金和議，辛棄疾同樣埋沒於宋金和議。**

平心而論，辛棄疾南歸之時，受到朝廷重視。宋孝宗剛繼位，血氣方剛，起用老將張浚發動北伐，志在收復中原。作為一介毫無功名的「歸正人」，辛棄疾因生擒張安國，而獲得宋孝宗的親自接見。皇帝聽他縱論南北形勢。但召見後，宋高宗給他的職位是司農寺主簿，主管糧食。這跟辛棄疾欲帶兵抗金的期待，相去甚遠。史書上寫的理由是，辛棄疾「持論勁直，不為迎合」。說話太直，不善迎合上意。此時，張浚北伐失利，朝廷中「北伐誤國」論盛行。宋孝宗徹底被裹挾了，不僅下了《罪己詔》，罷黜張浚，還起用妥協派，遣使與金朝簽下隆興和議。

隆興和議維繫宋金兩國四十年的和平，換來南宋高度的物質與文化繁榮。但這背後，是辛棄疾、陸游、陳亮等主戰人士熱血煮沸，又漸漸變冷，苦苦煎熬，處處顛簸的四十年。

有理想的人是痛苦的。理想與現實格格不入的人，苦上加苦。理想與現實格格不入，而又不改初衷的人，或許只有辛棄疾明白個中滋味了。

在宋孝宗召見之後不久的元宵夜，鬱悶的辛棄疾寫下一闋詞：

東風夜放花千樹。更吹落，星如雨。寶馬雕車香滿路。
鳳簫聲動，玉壺光轉，一夜魚龍舞。
蛾兒雪柳黃金縷，笑語盈盈暗香去。眾裡尋他千百度。
驀然回首，那人卻在，燈火闌珊處。

——辛棄疾《青玉案．元夕》

這麼熱鬧、美好的場景，佳人獨自躲在燈火闌珊的地方。美人不見知，如同英雄無用武之地。老實說，只有在深入了解辛棄疾的人生經歷之後，才能讀懂這闋詞：一片明麗的色彩背後，藏著一個怎樣孤獨的靈魂！

在辛棄疾的大好年華裡，整個南宋，主和是主流，主戰是非主流。難怪他只能在詞裡感慨，「知我者，二三子」，難怪他要騎馬去追陳亮，實在是知音太少啊。

最難得的是，辛棄疾不是口頭說說而已，他是公認的帥才、行動家。同時代人，要麼說他「青史英豪可雄跨」（陸游語），要麼說他是「卓犖奇才」（朱熹語），連皇帝都說他是「文武備足之材」。

在後輩劉宰心中，辛棄疾更是「卷懷蓋世之氣，如圯下子房；劑量濟時之策，若隆中諸葛」。意思是，辛棄疾之才堪比張良和諸葛亮。

友人洪邁也曾無比惋惜的感慨，如果有機會，辛棄疾完全可以成就三國周瑜、東晉謝安那樣的動業。

可惜，一代英雄，終其一生等不到被重用的機會。辛棄疾曾越級向皇帝上呈《美芹十論》，數年後，又向宰相虞允文上呈《九議》。在這兩篇雄才大略的主戰政論中，他提出許多遠見卓識的戰略及具體可行的戰術。

比如，他主張南宋應虛張聲勢，大力宣揚重奪關中、洛陽和汴京的重要性，誘導金人重兵防守，實則將主攻方向定在兵力薄弱的山東。這些建議能說明**辛棄疾是深諳謀略的軍事家**。

但他的奏議石沉大海。

和平是當時的主旋律，主戰就是破壞社會安定。辛棄疾縱有大才，也只是被派去鎮壓內亂，幾回小試牛刀，僅此而已。作為「北歸人」，他在南宋生活了四十多年。期間，有二十餘年的為官經歷，都在各地方之間頻繁流轉，調動達三十多次；另外的近二十年時間，則被閒置，在鉛山（今江西上饒）鄉下賦閒隱居。

國家有難時，任用幾天，朝廷有謗言，隨即棄置。這就是辛棄疾的人生常態。

岳飛是悲劇英雄，相比之下，辛棄疾更悲劇。岳飛至少曾叱吒戰場，滿腔熱血，化作金戈鐵馬；而辛棄疾空有一身命世大才，卻生不逢時，只能鐵馬金戈入夢來。

時代，註定了辛棄疾只能是悲劇英雄中的悲劇。

4

曾經，入敵軍大營如入無人之境；如今，在和平的大後方卻處處碰壁。

英雄末路，孤獨悲涼。歷史上有一些英雄，在無奈的現實處境中，日漸消磨了鬥志，頹廢感傷。他們心中有火焰，卻慢慢熄滅了。

辛棄疾是一個頑強的異類。無論處境如何不堪，他都能以堅定的意志力，抵制負面情緒的侵蝕。有人說，南歸後的辛棄疾雖未能重上戰場，但他依然在戰鬥，只不過那是一場內心之戰，是意志與情緒的交戰。

無法報國殺敵，仍顯英雄本色。

我們現在更多的是從文學的角度認識辛棄疾，他留下的經典詞作數不勝數，是宋詞豪放派的一代宗師，與蘇軾平分秋色。但蘇軾寫豪放詞，傾注的是意境，而辛棄疾傾注的是心境。蘇軾寫英雄，是在寫歷史，辛棄疾寫英雄，是在寫現實，寫人生。

英雄狂放時，他寫：

嘆少年胸襟，忒煞英雄。把黃英紅萼，甚物堪同。
除非腰佩黃金印，座中擁、紅粉嬌容。此時方稱情懷，盡拼一飲千鐘。

——辛棄疾《金菊對芙蓉．遠水生光》

英雄失意了，他寫：

把吳鉤看了，欄杆拍遍，無人會、登臨意……倩何人喚取，紅巾翠袖，搵英雄淚！

——辛棄疾《水龍吟．登建康賞心亭》

英雄老了，他寫：

倦客新豐，貂裘敝、征塵滿目。彈短鋏、青蛇三尺，浩歌誰續。

不念英雄江左老，用之可以尊中國。

——辛棄疾《滿江紅・倦客新豐》

正如辛棄疾的門生范開所言：「公（指辛棄疾）一世之豪，以氣節自負，以功業自許。方將斂藏其用以事清曠，果何意於歌詞哉？直陶寫之具耳。」意思是，殺敵才應該是辛棄疾的主業，寫詞只是他的副業，是英雄感愴時消解憂愁的工具。

學者葛曉音有段話評價辛棄疾的詞作，說得很好：**辛棄疾個人的英雄氣質、戰鬥精神滲透到詞的創作**。他傳奇般的人生經歷豐富了詞的題材，並直接反映到詞的創作裡，故辛詞充滿了金石之音、陽剛之氣，而這也正是辛詞被稱為「英雄之詞」的重要原因。

國之大俠偏偏成了「詞中之龍」。這是中國文學史的大幸，卻是辛棄疾個人的大不幸。

辛棄疾的「英雄之詞」寫得豪情萬丈。

送別張堅去做知府，他寫道：

漢中開漢業，問此地、是耶非？想劍指三秦，君王得意，一戰東歸。
追亡事、今不見；但山川滿目淚沾衣。落日胡塵未斷，西風塞馬空肥。

——辛棄疾《木蘭花慢・席上送張仲固帥興元》

送別堂弟，他寫道：

將軍百戰身名裂，向河梁、回頭萬里，故人長絕。易水蕭蕭西風冷，滿座衣冠似雪。正壯士、悲歌未徹。啼鳥還知如許恨，料不啼清淚長啼血。誰共我，醉明月。

——辛棄疾《賀新郎・別茂嘉十二弟》

送別陳亮，他寫道：

神州畢竟，幾番離合？汗血鹽車無人顧，千里空收駿骨。正目斷關河路絕。我最憐君中宵舞，道「男兒到死心如鐵」。看試手，補天裂。

——辛棄疾《賀新郎・同父見和再用韻答之》

辛棄疾很推崇陶淵明，但他對陶淵明的理解相當獨特。他說：「看淵明，風流酷似，臥龍諸葛。」在他眼裡，隱居鄉間的陶淵明跟建功立業的諸葛亮，是一樣的風流人物，只是人生境遇不同罷了。

這怎麼看都是常年賦閒鄉下的辛棄疾的自況。借他人境遇，澆心中塊壘。

從一一八一年冬天，他四十二歲時遭到彈劾罷官起到去世的二十多年裡，除了偶有兩、三年被起用為福建、浙東等地的安撫使之外，其餘時間，他基本都在江西上饒帶湖邊的家中棲居。他把這個後半生的家，命名為「稼軒」。

拿起他的詞集，翻看這一時期的作品，撲面而來都是這樣的意境：愁、酒、劍、白髮……他的詞濃縮了他的悲痛、憤懣與愁苦，例如：「欲上高樓去避愁，愁還隨我上高樓。」、「而今識盡愁滋味，欲說還休。欲說還休，卻道天涼好個秋。」

他嗜酒，幾乎無日不飲酒。醉酒成為他的日常，寄寓他的心緒：「身世酒杯中，萬事皆空。古來三五個英雄。雨打風吹何處是，漢殿秦宮。」、「總把平生入醉鄉，大都三萬六千場。今古悠悠多少事，莫思量。」

醉裡，他可以望見那個曾經書劍合璧、文武雙全的年輕人，似乎並未遠去，借此保持內心的熱血與激情。所以他的詞裡有劍膽琴心：「舉頭西北浮雲，倚天萬里須長劍。」、「喚起一天明月，照我滿懷冰雪，浩蕩百川流。鯨飲未吞海，劍氣已橫秋。」

只有在酒精消退後，偶然瞥見鏡中人的白髮，才恍然驚覺，英雄已老。像他自己所寫的：「鏡中已覺星星誤，人不負春春自負。夢回人遠許多愁，只在梨花風雨處。」、「說劍論詩餘事，醉舞狂歌欲倒，老子頗堪哀。白髮寧有種，一一醒時栽。」

辛棄疾的詩詞意境，每一句，都對應著一個老英雄沒有出路的人生：現實（愁）、致幻劑（酒）、往事或夢境（劍）、現實（白髮）。

唯一的安慰是，辛棄疾有很強的幽默感，不然早就被政治的苦水淹沒了。這也是他內心強大的表現。

> 昨夜松邊醉倒，問松「我醉何如」。只疑松動要來扶。以手推松曰：「去！」
>
> ——辛棄疾《西江月・遣興》

杯汝來前！老子今朝，點檢形骸。甚長年抱渴，咽如焦釜；於今喜睡，氣似奔雷。汝說「劉伶，古今達者，醉後何妨死便埋」。渾如此，嘆汝于知己，真少恩哉！

——辛棄疾《沁園春．將止酒、戒酒杯使勿近》

白髮空垂三千丈，一笑人間萬事。問何物、能令公喜？我見青山多嫵媚，料青山見我應如是……不恨古人吾不見，恨古人、不見吾狂耳。知我者，二三子。

——辛棄疾《賀新郎．甚矣吾衰矣》

5

時代呼喚英雄，英雄早已老去。

南歸整整四十年後，辛棄疾終於等到上前線的機會。此時，南宋的實權派人物韓侂冑，大量起用主戰派人士，試圖發起對金國的北伐。一二〇三年，韓侂冑徵召六十四歲的辛棄疾出山，出任浙東安撫使。

辛棄疾並未因年老而推辭，而是慨然赴任，願以英雄暮年報效家國。儘管年紀大了，儘管蟄伏半生，但辛棄疾仍是整個國家最清醒、最冷靜的主戰派。

他未被周遭叫囂北伐的氛圍衝昏頭腦，而是上疏建言，北伐應進行精密的籌備，從訓練士兵、供應糧草到選拔軍官，都要力求完善，不能草率，否則將功虧一簣。

開禧元年（一二〇五年），六十六歲的辛棄疾出任鎮江知府，戍守江防要塞京口（今江蘇鎮江）。在抗金前線，他積極備戰，定制軍服，招募壯丁，訓練士兵，一刻都不敢懈怠。期間，他登上北固亭，寫下著名的《永遇樂．京口北固亭懷古》：

千古江山，英雄無覓，孫仲謀處。舞榭歌台，風流總被，雨打風吹去。斜陽草樹，尋常巷陌，人道寄奴曾住。想當年，金戈鐵馬，氣吞萬里如虎。元嘉草草，封狼居胥，贏得倉皇北顧。四十三年，望中猶記，烽火揚州路。可堪回首，佛狸祠下，一片神鴉社鼓。憑誰問：廉頗老矣，尚能飯否？

辛棄疾在詞中流露出深深的糾結：一方面，他以廉頗自喻，說自己雖老矣，仍有建功立業的雄心壯志。另一方面，他提醒韓侂胄，千萬不要像以往的北伐一樣，草率出兵，以致遭遇重創。任何年代都不缺邀功自賞的人，缺的是清醒自守之人。在主戰派當權的歲月裡，辛棄疾仍遭到了彈劾。開禧北伐如期進行，辛棄疾卻已辭官在家。

戰爭的結果不幸被辛棄疾預見，南宋因為軍事準備嚴重不足，先勝後敗。

韓侂胄想再把辛棄疾請出來，作為抗金的一面旗幟。這次授予辛棄疾的職務是樞密院都承旨，一個相當重要的軍事職位。可是當皇帝的任命詔書到達江西鄉下時，辛棄疾病重。他沒有赴任。他知道，自己只是一個符號。

開禧三年（一二〇七年），六十八歲的辛棄疾病逝。臨終之際，他還在大喊「殺賊」！同年，權相韓侂冑在朝中遭暗害而死，開禧北伐徹底失敗。

可憐辛棄疾，一代英雄至死，他的故鄉，仍在金人統治下，仍是淪陷區。收復中原，魂牽夢縈，無期更無望。

他越是不曾認命，生命的悲劇色彩就越濃烈。

凡人無力，我們能抱以同情；但英雄無力，我們又當如何看待呢？

一個最需要英雄的時代，偏偏也是扼殺英雄最殘酷的時代。

悵望千秋一灑淚，蕭條異代不同時。

唯有深深一嘆，為所有靈魂焦灼的人！

4 范成大：國民英雄的歸隱之路

老病纏身的范成大，終於抵擋不住歲月的無情打擊。紹熙三年（一一九二年），他的幼女出嫁前不幸亡故，讓他十分心痛。老友周必大寫信勸慰他說，世間幻化，哭過慟過之後，自應一筆勾斷。但范成大還沒從喪女的悲哀中調整過來，第二年，他的夫人也去世了。這次對他是致命一擊。同年九月五日，六十八歲的范成大亦與世長辭。

多情之人，終歸為情所累。在生命的最後時刻，許多人以為這只是一個長情文弱的老頭兒，卻不知他曾是一名震懾敵國的幹將，一個精煉能幹的官員。

范成大去世兩年後，周必大為他寫神道碑，還原了他更為多面的人生：做人極其厚道，喜道人所長，不欲聞人過；做官仁民愛物，「凡可興利除害，不顧難易必為之」；寫文章，瞻麗清逸，自成一家；寫詩詞，大篇短章，傳播四方；寫書法，自皇帝至庶人，人人爭相收藏……這樣一個幾乎沒有瑕疵的全才，在時代的洪流中，雖曾官至參知政事（副宰相），但周必大還是替他惋惜不已：「雖大用而未盡，識者惜焉。」

1

范成大在四十五歲時，成為全國知名人物。

乾道六年（一一七〇年），曾創下抗金彪炳戰績的國民級英雄虞允文向宋孝宗建議：派遣使者到金國去辦兩件關乎宋朝面子的大事，一是請金國歸還宋朝皇陵所在的鞏、洛之地，二是要求金國更改受書禮儀。

宋孝宗一聽，爽快的准了。自隆興二年北伐失敗與金國簽訂和約後，這個想雄起的皇帝，覺得自己活得十分憋屈。宋朝祖陵竟然落在「淪陷區」，已讓以孝治國的國策顯得可笑。更為現實的鬱悶是，每次金國使者來遞交國書，南宋皇帝必須降榻受書——離開龍椅，親自接收。宋孝宗早就想改變這項恥辱的禮儀。

問題是，對於當時強勢的金國來說，這兩件關乎自家面子的大事，也關乎他們的面子。所以出使金國提交「非分」的要求，本身就是一項危險的差事，派誰去？誰願意去？

虞允文推薦了兩個人選：李燾和范成大。

史載，退朝後，虞允文將此事告訴李燾，李燾聽說後嚇得臉都白了：「今往，金必不從，不從必以死爭之，是丞相殺燾也。」李燾強烈要求改派別人去擔任這項要命的差事，他還要留著小命寫他的《續資治通鑑長編》。

任務只有落到了范成大身上。

沒想到范成大毫不推脫，一口答應下來。出發前，宋孝宗還問范成大：「大家都很怕出使金國，難道你不怕？」范成大答：「臣已立後，為不還計。」意思是他已經交代後事，原本就沒打算活著回來。

宋孝宗趕緊寬慰：「朕不發兵敗盟，何至害卿！齧雪餐氈或有之。」我們又不是撕毀和約，金人不至於害你，不過像蘇武一樣風餐露宿、吞氈飲雪倒是有可能……。

但事實上，范成大內心還是有些忐忑。因宋孝宗交給范成大的國書裡面，只提了請金國歸還宋朝皇陵一事，絲毫沒提更改受書禮儀之事。范成大覺得不妥，請求宋孝宗補上。但宋孝宗「弗許」——也許是怕激怒金人，所以不肯在國書裡寫上這個訴求，只要求范成大到時便宜行事。說白了，就是要范成大不按外交禮節出牌。

自古弱國無外交，范成大此去凶多吉少。

到達金國，范成大先是遞交了請求歸還宋朝皇帝陵寢的國書，「詞氣慷慨」。就在金世宗及其臣子們側耳傾聽之時，范成大卻突然表示：「兩朝的受書禮儀有問題，需要更改，我這裡有一份私人寫的奏疏。」說完從衣袖中掏出奏疏，要呈交金世宗。

這種唐突的做法並不符合外交禮儀，金世宗聞言大怒：「這裡豈是你個人獻奏疏的地方？」兩邊的金國大臣也很憤怒，紛紛用笏板擊打范成大，但范成大「屹不動，必欲書達」。僵持許久，金國太子甚至要拔劍殺他。

回到金人接待宋朝使節的旅館，第二天，范成大聽到守門的小吏在議論，金國要扣留他。范成大知道自己處境危險，遂寫下一首詩表明心志：

萬里孤臣致命秋，此身何止一漚浮。
提攜漢節同生死，休問羝羊解乳不。

——范成大《會同館》

詩中提到，他要以漢朝的外交家蘇武為榜樣。當年，蘇武奉命出使匈奴，被匈奴扣留，堅不投降。放逐北海牧羊，吞氈飲雪。匈奴人揚言：待公羊產乳，才會放了他。但蘇武手持漢節，歷盡艱辛十八年，終不屈志。而范成大此次也做好了必死的準備，生命無非是一個小小的氣泡，很輕很輕，無論生死我都要像蘇武一樣不辱使命，管它公羊產不產乳。

范成大的氣節在金國朝野引起了很大震動。金世宗認為此種不懼死的忠臣在哪都應受到尊重，關鍵是可以借此激勵本國的臣子，所以最後還是放了范成大。史載，范成大「竟得全節而歸」——出乎意料撿回了一條命回到南宋。

儘管此次出使未能達成南宋的兩項要求，金國只同意南宋方面奉遷陵寢，並歸還宋欽宗梓宮，但范成大的平安歸來，象徵意義遠大於實際外交成果。當時的南宋朝堂，大多為主和派，他們「畏金如虎」，生怕有任何言辭觸怒金國，引起兩國交戰，故對一切不合理的條約忍氣吞聲，不敢去爭取。而范成大作為主戰派的一員，以實際行動證明：想要別人尊重你，必須先尊重自己。越是不爭不搶，人家越看不起你。

因此，范成大歸來，像是給南宋打了一劑強心針，提振了國家信心。他本人也受到了英雄般的歡迎，達到個人一生的人氣巔峰。

2

但實際上，**范成大本人從未想過做英雄、當硬漢，他的成名不過是歷史時勢推著他往前走。他真實的一面，是一個有點頹喪的禪佛愛好者，一個喜歡田園生活的半歸隱者。**

回望他的少年時代，小小年紀已經經歷大起大落。

范成大生在北宋靖康元年，是平江府吳縣（今蘇州）人。他出生這年前後，湧現一批「靖康寶寶」，這些孩子後來走出了許多人才。比如早他一年出生的陸游，晚他一年出生的楊萬里和尤袤（袤音同冒），這四人後來合稱「中興四大詩人」，又稱「南宋四大家」。而跟他同年出生的周必大，後來做到宰相，以宰相之尊主盟文壇，與范成大交情深厚，死後得諡號「文忠」。

范成大兩歲時，北宋亡國，但這並未對江南一個富庶之家的嬰兒造成多大的影響。他的家世確實很顯赫，與北宋名臣范仲淹同宗，雖然疏遠而不通譜。他的祖父范師尹，贈太子少傅。父親范雩，是宋徽宗宣和六年（一一二四年）進士，官至祕書郎。而母親蔡氏是北宋書法四大家之一蔡襄的孫女、北宋名相文彥博的外孫女。

在如此優越的家庭裡，范成大慢慢成長為疏財仗義、追求快意生活的官家子弟。但在他十七、八歲時，父母相繼病逝，一切應得的日子瞬間按下暫停鍵。他孤身帶著兩個妹妹，從南宋都城臨安，返回故鄉吳縣。以家中僅剩的財力幫助兩個妹妹出嫁後，他自己躲到昆山縣的薦嚴寺讀書，一讀就是十年。

周必大回顧范成大這段經歷，說他「煢（煢音同窮）然哀慕，十年不出……無科舉意」。

也許是父母雙亡讓他深陷哀痛與孤獨之中，他將自己此時的孑然窮困一身，看作是上天對他年少時放縱生活的懲罰，所以他隱隱有看破俗世之意，心甘情願長年在寺廟中與僧人為伍，大好年紀也不出來參加科舉入仕。范成大本人清楚的意識到自己心態的巨大變化，他曾寫詩說：「少年豪壯今如此，略與殘僧氣味同。」

後來，是父親生前好友王葆的出現，改變了范成大的人生軌跡。王葆是昆山人，與范雩是同年進士，累官左朝請大夫，以善於識人著稱。看到范成大生活態度消極，便勉勵說：「子之先君，期爾祿仕，志可違乎？」你逝去的父親一直希望你考科舉當官，你難道想違背他的遺願嗎？范成大這才下決心「出山」考科舉。有意思的是，王葆還是周必大的岳父，對周必大頗多鼓勵和提攜。正是因為王葆，周必大與范成大結成了畢生的友誼。

紹興二十四年，二十九歲的范成大考中進士。

這一年，殿試的狀元是張孝祥，與范成大同科進士的還有虞允文、楊萬里等人，可謂是南宋最棒的一屆科舉。而同樣參加這一年科舉的陸游因為得罪秦檜，遭黜落，未能上榜。

3

成功的喜悅總是短暫的，接下來就是平淡無奇的日子，對於范成大而言，未來的使命也就是做官一途了。一入官場，范成大把他遁世隱居的性格收斂起來，凸顯出精明強幹、興利除弊的作風。他做過很多官職，在地方上則為民謀利，在朝廷則勇於進諫。因為為官言論犀利，他曾遭罷職；也因為為官頗有口碑，他又多次被重新起用。仕途起落浮沉，但他內心極少波瀾。他本來就是憑藉士大夫的責任感勉力入世參政，希望為國為民做些有益之事而已。就其本心來說，他仍然嚮往當年在薦嚴寺的半隱居生活，那才是他覺得最舒適的人生狀態。

從乾道三年（一一六七年）起，范成大開始在老家蘇州城的石湖之濱，營造石湖別墅。哪一天仕途受挫或者厭倦了，他隨時可以進入隱居狀態。

一個人一旦對權力沒有欲望，他在權力場中就會變得特別強大。不怕事，也敢做事。范成大進入官場的第一個職位，是徽州司戶參軍。他在任上最著名的事，是寫了一首《催租行》，揭露催租吏向農民敲詐勒索的醜惡嘴臉，讓朝廷上的袞袞諸公開始反思基層官場的病態。

> 輸租得鈔官更催，踉蹡裡正敲門來。手持文書雜嗔喜：「我亦來營醉歸爾！」
> 床頭慳囊大如拳，撲破正有三百錢：「不堪與君成一醉，聊復償君草鞋費。」
>
> ——范成大《催租行》

後來，他又寫了一首同樣犀利而催人淚下的《後催租行》，客觀敘寫一名老農全家的遭遇，從而反映農民在官府苛重租稅下的苦難日常。

老父田荒秋雨裡，舊時高岸今江水。
傭耕猶自抱長飢，的知無力輸租米。
自從鄉官新上來，黃紙放盡白紙催。
賣衣得錢都納卻，病骨雖寒聊免縛。
去年衣盡到家口，大女臨歧兩分首。
今年次女已行媒，亦復驅將換升鬥。
室中更有第三女，明年不怕催租苦。

——范成大《後催租行》

全詩質樸，卻又字字泣血，尤其是最後兩行，已經賣掉兩個女兒抵租稅的老農自敘，明年不怕催租的上門了，因為，家中還有第三個女兒可以充抵！

這種現實主義的、對底層人民的關注，貫穿著范成大的大半生。偉大的作品，要和時代、人民的悲歡相通。正如錢鍾書所說，范成大「不論是做官或退隱時的詩，都一貫表現出對老百姓痛苦的體會，對官吏橫暴的憤慨」。

但范成大不僅僅停留在為底層呼號，而是有能力便想去改變這些不合理的現狀。

在處州知州任上，他用三個月修復通濟堰，讓當地百姓世世代代「蒙其利」。了解到當地貧民生活艱難，常常生完孩子就遺棄，他於心不忍，專門籌了一筆錢來收養棄兒。為了從根本上解決丁錢負擔太重、貧民被迫遺棄嬰兒的問題，他為民請命，上疏請求減收浙東丁錢。

他還首創「義役」，即以一鄉或一保為單位，應服役的家庭按貧富「輸金買田」，建立公用互助的義田，田地產出可抵各家服役費用。這類似於北宋王安石變法時期的免役法加上公益互助的結合體，結果讓范成大辦成了，當地民眾從此免於差役之苦，也免於遭受胥吏的催逼而破產。

范成大在處州僅幹了八、九個月，就被調到朝廷當禮部員外郎。當地人不捨得他走，十里相送。他回到朝廷僅一年後，乾道六年（一一七〇年），受命出使金國，由此從一名地方實幹官員，變成了外交英雄。

4

由於出使金國有功，范成大後升任中書舍人。可沒多久，他就遭到外調。

事情起因是，宋孝宗欲任用外戚張說為簽書樞密院事，一時輿論譁然，但沒人敢直言勸阻。這時，孝宗命范成大起草任命檔。范成大拒不起草，又上疏勸諫，最終阻止了任命，於是他本人被孝宗弄到偏遠的靜江府當知府去了。

范成大並不沮喪，也不抱怨。他從家鄉出發，一路南行到桂林赴任。途經臨江軍（今江西樟樹）時，他見到了幾株古梅，十分喜愛，從此與梅花結下不解之緣。

梅花的迎霜怒放與孤傲獨立，歷來被認為是士大夫勇氣和歸隱者高潔的雙重象徵。這恰好契合范成大的心境，所以一見鐘情。晚年歸隱後，范成大最大的樂趣之一是搜求各種梅花品種，廣泛種植。他在石湖別墅種了數百株，還嫌不過癮，又專門開闢一個地方，取名「范村」，「以其地三分之一種梅」。賞梅，寫詩作詞，編寫《梅譜》，他因此成為歷史上有名的「梅痴」。

晚晴風歇，一夜春威折。脈脈花疏天淡，雲來去、數枝雪。
勝絕，愁亦絕。此情誰共說。惟有兩行低雁，知人倚、畫樓月。

——范成大《霜天曉角．梅》

他不僅自己詠梅，還請別人詠梅。

在范成大病逝前兩年，晚輩鬼才姜夔到石湖探訪他，恰好趕上大雪，梅花盛開。范成大硬是留姜夔住了一個月，讓他作詞譜曲。姜夔完成兩闋詞後，范成大賞玩不已，親自命名為《暗香》、《疏影》，並讓家伎習唱。據說，姜夔離開時，范成大還將兩名家伎送給了他。

舊時月色，算幾番照我，梅邊吹笛？喚起玉人，不管清寒與攀摘。
何遜而今漸老，都忘卻、春風詞筆。但怪得、竹外疏花，香冷入瑤席。
江國，正寂寂。嘆寄與路遙，夜雪初積。翠尊易泣，紅萼無言耿相憶。
長記曾攜手處，千樹壓、西湖寒碧。又片片吹盡也，幾時見得。

——姜夔《暗香》

第二年，范成大進入生命的最後一年，在經過數夜大風，枝頭梅花被打落殆盡之後，他似乎領悟到，痴迷梅花本身亦是眷戀外物的表現，人之欲望還是消得不夠徹底：

花開長恐賞花遲，花落何曾報我知。
人自多情春不管，強顏猶作送春詩。

——范成大《連夕大風淩寒梅已零落殆盡三絕・其三》

人生就是一個漫長的修煉過程，擁有大智慧如范成大者，也無法抄捷徑，直抵終點。他總要在一站又一站的旅程中，與心靈對話，與外物相適，才逐步進入常人無法企及的境界。

淳熙二年（一一七五年），五十歲的范成大出任四川制置使、知成都府。跟之前在其他地方任職一樣，范成大在四川依舊頗有作為，政聲極佳。練將士、修堡寨、蠲租賦、薦人才，他的為政舉措越發老練。但對范成大本人而言，此時他內心的歸隱情緒逐漸變得濃烈。出世與入世兩種人格在進行激烈的交戰，兩年後，他就稱病上疏辭職。

在四川期間，范成大最大的收穫，或許是與陸游成為莫逆之交。陸游當時經過范成大的舉薦，成為他的下屬。後來，朝廷上主和派詆毀陸游「不拘禮法」，「燕飲頹放」，范成大迫於壓力，無奈將其免職。

不過，這絲毫不影響兩人的交情。兩人時常詩詞唱和往來，陸游說，范成大的詩詞剛寫完，筆墨未乾，就被人拿去譜曲傳唱，「仕女萬人已更傳誦」。到范成大辭職離蜀時，陸游不忍別離，竟一路相送，陪著走了十來天的路程才揮淚告別。范成大對此十分感念，在回贈陸游的詩裡說：「送我彌旬未忍回，可憐蕭索把離杯。」

范成大乘船東歸，在淳熙四年（一一七七年）的中秋節到達武昌，跟友人聚會時填了一闋詞——這應該是范成大最著名的一闋詞了：

細數十年事，十處過中秋。今年新夢，忽到黃鶴舊山頭。老子個中不淺，此會天教重見，今古一南樓。星漢淡無色，玉鏡獨空浮。

斂秦煙，收楚霧，熨江流。關河離合，南北依舊照清愁。想見姮娥冷眼，應笑歸來霜鬢，空敝黑貂裘。釃酒問蟾兔，肯去伴滄洲？

——范成大《水調歌頭》

有人因為作者在詞中自稱「老子」，便從中讀出了豪邁氣概，但我卻從中讀出作者的蒼涼之感。作者面對山河破碎的國家難題無能為力，只能帶著滿頭白髮東歸，今夜與友人多飲了兩杯，他才借著酒精稍稍舒緩鬱結之氣。舉起酒杯問明月，是否願意同他結伴歸隱？

心境黯然，他的歸隱心態此時已顯露無遺。是否去實施，只在等一個契機而已。

大約同一時期，年僅四十歲左右的辛棄疾在江西上饒的帶湖修建了新居，但他仍在猶豫要不要歸隱：「沉吟久，怕君恩未許，此意徘徊。」最後他把自己還不歸隱的原因歸結到怕皇帝不允許，說到底還是國家有需要，他就隨時待命。**范成大**的心境同樣如此，或者說，有家國責任感的士大夫都是如此，**無論內心如何嚮往獨處，他們仍需強迫自己，不能慫，不能逃避時代的責任。**

樓陰缺，闌干影臥東廂月。東廂月，一天風露，杏花如雪。
隔煙催漏金虬咽，羅幃暗淡燈花結。燈花結，片時春夢，江南天闊。

——范成大《秦樓月》

所以，想必范成大跟陸游、辛棄疾一樣，也是活得很辛苦。

5

范成大從成都回到臨安後，竟獲得了意外的晉升。

淳熙五年（一一七八年），他甚至短暫獲任參知政事（副宰相）。好友楊萬里評價說，中興以來，「知政幾二十人，求天下之所謂正臣，如公（范成大）才一二輩」。

在那樣的時代，做一個「正臣」的代價，便是僅僅兩個月後，他就遭彈劾罷免。隨後又是外調，歷任明州（今寧波）、建康府等地主官。

彷彿命運的復刻，五十多歲的范成大又經歷了一輪浮沉起落。人生之於他，從來不是一場長跑這麼簡單，而是一次次的折返跑。

但這一次，他真的要跑回起點，去擁抱真正的自我了——淳熙十年（一一八三年），從夏至秋，五次請辭，終於獲批。從此開始了人生最後十年的退隱生活，儘管中間仍有過兩次的短暫起用，但他真的老了，朝廷也只是將他當成朝臣的一面旗幟，起用的象徵意義大於實質意義。

回到石湖，范成大總算可以長舒一口氣。他終於可以卸下自己的責任。他也終於可以重新活成年少時的自己，像他十八歲時棲居薦嚴寺那樣，做回那個有點頹喪的禪佛愛好者，那個喜歡田園生活的半歸隱者。

他終於吐露真實的想法：「方其餘之在紫微，未嘗忘江湖之夢；及其餘之耕石湖也，益自覺公侯之輕。」身在官場三十年，主政一方也好，出使金國也好，哪怕周遭有再多的歡呼，都未曾掩蓋過他內心怯怯的歸隱之夢。跟內心渴望的田居生活相比，高官厚祿不過如同糞土。「多謝紛紛雲雨，相忘渺渺江湖」，一個真實的、舒適的、內向的、無為的范成大，終於回來了。

園丁以時白事，山客終日相陪。
竹比平安報到，花依次第折來。

——范成大《題請息齋六言》

植梅，賞菊，關心糧食和蔬菜，這是范成大想做的事。那麼多年過去，他做直臣，做能吏、好官、英雄、功名之事，但他內心，始終住著一個范蠡，一個陶淵明，一個元德秀，「一棹何時歸去，扁舟終要江湖」。終於，他寫下了《四時田園雜興六十首》，拓展了田園詩的生命：

梅子金黄杏子肥，麥花雪白菜花稀。
日長籬落無人過，惟有蜻蜓蛺蝶飛。

——范成大《四時田園雜興·其二十五》

終於，他寫下了熱騰騰的農事詞，裡面有泥土和血汗的氣息：

春漲一篙添水面。芳草鵝兒，綠滿微風岸。畫舫夷猶灣百轉。橫塘塔近依前遠。
江國多寒農事晚。村北村南，穀雨才耕遍。秀麥連岡桑葉賤。看看嘗面收新繭。

——范成大《蝶戀花》

終於，他寫下了平生最為看重的親情，裡面有他的子女和日常：

南浦回春棹，東城掩暮扉。兒修雞柵了，女挈菜籃歸。
風力雖欺酒，花香尚染衣。衰翁牢守舍，腸斷釣魚磯。

——范成大《家人子輩往石湖檢校暮歸》

看清生活的真相之後，他依然熱愛生活。他像一個平凡的農家老頭兒一樣老去，經歷喪女和喪妻之痛，經歷花期無常和時光流逝，經歷故人寥落和風雨敲門，經歷最後的孤獨與自然。

但唯其如此，他越是平凡老去，越是彰顯偉大。

「花久影吹笙，滿地淡黃月」，再見，范文穆公！

5 姜夔：一代鬼才，浪跡江湖

南宋人姜夔是鬼才，用現在的話說，他是斜杠青年：詞人、詩人、音樂家、書法家……。他自小熟讀杜牧描寫揚州的詩歌，十分嚮往這座唐朝數一數二的繁華都市。一一七六年的冬至日，二十二歲的他終於來到揚州。然而，相見不如想像。他在揚州城外，放眼望去全是野生的麥子。進了揚州城，「則四顧蕭條，寒水自碧，暮色漸起，戍角悲吟」。一座戰後的荒城取代杜牧詩中的繁華意象。姜夔內心湧起一股難言的悲愴。他寫下一闋詞，作為揚州的挽歌：

淮左名都，竹西佳處，解鞍少駐初程。過春風十里，盡薺麥青青。
自胡馬窺江去後；廢池喬木，猶厭言兵。漸黃昏，清角吹寒，都在空城。
杜郎俊賞，算而今、重到須驚。縱豆蔻詞工，青樓夢好，難賦深情。
二十四橋仍在，波心蕩、冷月無聲。念橋邊紅藥，年年知為誰生！

——姜夔《揚州慢》

《揚州慢》成為姜夔最具知名度的代表作。很多人都能全篇背誦，或背出其中幾句。這闋詞既是南宋時代的哀歌，也像姜夔個人的讖語。

1

歷史從來不會對任何時代的過客溫柔以待。

要不是有八十多闋詞和一百八十多首詩傳世，姜夔也會像無數人一樣，靜默的過完或悲或喜而又無人知曉的一生，消失在浩瀚的歷史長河中。

但**我們今天仍知道姜夔及他生活的時代氣息，並不是因為他有什麼功業或做了什麼官。恰恰相反，他一無所有，沒有功名，沒有錢財，沒有傳奇性的事蹟，甚至連一個固定的家都沒有。**

姜夔童年隨父親離開故鄉饒州鄱陽。大概在他十四歲時，父親在漢陽為官任上不幸病逝，他只能依靠已經嫁人的姐姐一家生活。成年後，他開始漫遊吳越一帶，為生活尋求出路。

《揚州慢》是他這一時期經過揚州時寫下來的。他在詞中至少有四、五處化用了杜牧關於揚州的詩句，但那些繁華風流的歷史紀錄，都被他拆解成悲哀的鋪墊。起筆「淮左名都，竹西佳處」，化用的是杜牧的「誰知竹西路，歌吹是揚州」，八個字就寫出了揚州當年的空前繁華。然後筆鋒一轉，又是一處化用杜牧的名句「春風十里揚州路，卷上珠簾總不如」，而此時，姜夔眼前的揚州已全然不同：「過春風十里，盡薺麥青青。自胡馬窺江去後，廢池喬木，猶厭言兵。」

歷史與現實終於在這裡交織和疏離。連池臺草木等無情之物，尚且厭談兵事，何況是人？史載，金兵於宋高宗建炎三年、紹興三十一年等年分數次南侵。尤其在紹興三十一年這次影響特別大。當時，南宋朝臣震怖，爭相舉家逃匿，作為前線的江淮地區則生靈塗炭。揚州、楚州（淮安）、鎮江、建康一帶，屢遭洗劫，百姓死傷慘重。史書說，「揚州空虛」。

姜夔如此悲鬱，正是源於歷史與現實的巨大反差。而在一座城市興衰的背後，我們聽到的是一個時代的啜泣。清人陳廷焯在《白雨齋詞話》中說，「猶厭言兵」四字，包括無限傷亂語，他人累千百言，亦無此韻味。

史載有人說姜夔不愛國，在南宋國土日仄的背景下，還在寫清冷的詞句，於國事無補。但說這話的人大概沒讀懂《揚州慢》。任何時代，愛國都不是只有一種表達形式。像辛棄疾一樣，老當益壯上前線，上戰場，這是愛國；像陸游一樣，寫激烈的詩罵投降派，罵敵人，這是愛國；像姜夔一樣，記錄一座城市的衰亡，譴責戰爭對文明與生命的踐踏，同樣是愛國。

每個人的個性和際遇不一樣。有的人天生內心燒著一團火，提筆就是「八百里分麾下炙，五十弦翻塞外聲，沙場秋點兵」；而有的人天生寫出來的是「漸黃昏，清角吹寒，都在空城」。然而，這兩種人所寫的詩詞，背後的家國情懷是一致的。

2

姜夔並沒有脫離時代而活，只是時代先拋棄而後又容納了他。

在隋唐以後，一個平常人家的讀書人（哪怕像姜夔這樣，父親中過進士，做過地方官），基本上只有走科舉這條路，才能過上體面的生活。

而宋代的問題是，士大夫的地位被抬得很高，引誘讀書人擠破了頭去走科舉獨木橋。僧多粥少的結果，必然有大量的落榜讀書人游離在正常的社會階層之外：他們飽讀詩書，下筆成章，但沒有功名，進不了官場；但他們已不是農民，不會也不可能回去種地；他們也不是商人，商人更是處於被歧視的階層。

南宋時期有很多科舉的棄兒，在以國都臨安為中心的城市圈中游走。**他們非官非隱，沒有收入來源，於是採取創作詩詞投獻給達官貴人的形式，來謀求經濟上的資助**。這些人在歷史上被稱為江湖遊士或江湖謁客。

姜夔就是一個江湖遊士。他是被科舉的篩子漏掉的人才。歷史沒有留下他早年考科舉紀錄，但從他四十多歲還執著的憑藉自己的音樂才能，給朝廷進獻大樂議和鐃歌的行為來看，他內心是渴望通過科舉獲取功名，從而擺脫遊食生活。姜夔在第二次獻上他的雅樂作品後，禮部給了他一次考試機會，不幸未被錄取。

這跟杜甫當年流落長安的經歷頗為相似。四十歲那年，杜甫向唐玄宗獻了三大禮賦，據說唐玄宗讀後很滿意，卻未真正重用他，導致杜甫在長安過著「朝扣富兒門，暮隨肥馬塵。殘杯與冷炙，到處潛悲辛」的屈辱生活。

姜夔比杜甫稍微幸運一點點。南宋那些被科舉拋棄的人，以遊士階層的面貌出現並被時代接納了。這些人不再把詩詞寫作當作興趣和消閒，而是當作職業和飯碗，有點類似於元代以後的職業戲曲家、職業小說家。

姜夔雖然科舉不中，但憑藉才華還是很容易找到欣賞他的「雇主」。

一一八七年，三十三歲的姜夔結識著名詩人蕭德藻。蕭德藻是姜夔父親的同年進士，早年在潭州做官，後定居湖州。蕭德藻很欣賞姜夔，感慨自己寫詩四十年，總算遇到一個可以一起談詩之人，於是將他帶到湖州一起生活，並把自己的侄女嫁與他為妻。

透過蕭德藻的介紹，姜夔認識了楊萬里。透過楊萬里的介紹，他又認識了范成大。他的交遊圈子越來越大，包括朱熹、陸游、辛棄疾等人，都對這個後生仔另眼相待。這些人都是南宋政壇、文壇名宿，年紀普遍比姜夔大二、三十歲。

在湖州旅居十年後，蕭德藻年老隨兒子離開湖州，姜夔於一一九七年移居杭州，依靠摯友張鑑為生。這樣又過了十年。張鑑死後，姜夔孤苦無依，四處遊食，貧病而終。

一二二一年，六十七歲的姜夔卒於杭州。死時，他最大的兒子僅有十多歲（另有三個孩子早夭），幸好他的詞友吳潛等人籌款為他料理後事，將他安葬。

3

姜夔從十歲到五十歲的時光，宋金講和，隆興和議維持四十年和平。舉國承平，西湖歌舞，直把杭州作汴州。他一介布衣，在詩詞中隱晦的批評朝野荒嬉。

現在我們總在感慨，陸游、辛棄疾這樣的人物在南宋朝廷無用武之地，只能借詩詞澆心中塊壘。其實，他們的遭遇就叫生不逢時，等到朝中主戰派占據主流，北伐蓄勢待發，陸游已垂垂老矣，六十多歲的辛棄疾慷慨赴國難不久，病越發重了。六十六歲的辛棄疾登上北固亭，寫下著名的《永遇樂．京口北固亭懷古》，姜夔則與之唱和，寫下他一生中最豪放的詞：

雲鬲迷樓，苔封很石，人向何處？數騎秋煙，一篙寒汐，千古空來去。使君心在，蒼厓綠嶂，苦被北門留住。有尊中酒差可飲，大旗盡繡熊虎。前身諸葛，來遊此地，數語便酬三顧。樓外冥冥，江皋隱隱，認得征西路。中原生聚，神京耆老，南望長淮金鼓。問當時依依種柳，至今在否？

——姜夔《永遇樂．次稼軒北固樓詞韻》

在這闋詞裡，姜夔將老英雄辛棄疾比作諸葛亮，表達對其北伐的期待。儘管兩年後辛棄疾就病逝了，而這場聲勢浩大的北伐後來也宣告失敗，但在時代的召喚下，一生寄人籬下、連溫飽都成問題的姜夔，還是一改他清空的筆調，寫出了熱情的詞句。

可是，回過頭看，辛棄疾一生困頓於北伐無門，姜夔一生困頓於生計艱辛。他們生活在同一個時代，處在完全不同的階層，面臨的現實問題也全然不同。姜夔最後能追到辛棄疾的境界，實屬不易。

我們不知道辛棄疾是否對姜夔有過生活上的資助，但與姜夔幾乎同時的另一個詞人劉過，確實曾憑一闋好詞獲得辛棄疾的一擲千金。可見，當時的辛棄疾雖然精神上很苦悶，但物質上卻很充裕。當然，辛棄疾也很尊重有才華的落魄者，所以才會援手相助。

作為一個江湖游士，姜夔能獲得當時的名宿和權貴的尊重，平等往來唱和，也可以看出他是一個為人有尊嚴、有分寸的人。

宋代對一個人的文藝作品的品評很苛刻，最基本的要求是「人如其文」。首先你做人得過得去，作品才有價值。人沒做好，作品寫得再好，終究會被嗤之以鼻。南宋末年的張炎評論姜夔的詞，說「不唯清空，又且騷雅，讀之使人神觀飛越」，又說他的詞「如野雲孤飛，去留無跡」。這種觀點極具代表性，奠定了後人理解和評價姜夔詞的基調。

反過來說，姜夔的詞在他的時代能獲得如此高的評價和認可，也說明了這個一生漂泊、寄人籬下的「流浪大師」確實有著高潔的人品和人格。

姜夔跟隨摯友張鑑寄寓在杭州時，張鑑曾要捐官給他，但姜夔拒絕了。這是他清高的地方。儘管一生依附別人而過，但什麼該取、什麼不該取，他心中自有一條紅線。或許，正是由於他的人格堅守，如他自己所說，四海之內認可他的知己不少，但卻沒有一個人能解救他於貧困之地。

也好，人窮但不能志短，不能失去底線。在生活中，姜夔是困苦的，得靠別人接濟，但在精神上、在作品裡，他是高貴的，恬淡疏遠、溫婉寧靜。他有一種超越自身階層的氣度，能徹底擺脫日常的束縛，所以後人說他，「雖終身草萊（平民），而風流氣韻，足以標映後世。」

事實上，江湖遊士這個階層經常被人非議，不能自食其力，難免招來流言蜚語。但自始至終，沒有人非議過姜夔。當時人反而稱讚他氣韻瀟灑如「晉宋間人」，把他比作東晉的陶淵明、晚唐的陸龜蒙。

因為姜夔做到了「往來江湖，不為富貴所熏灼」，自己家無立錐之地，卻還會給更貧苦的人留口飯吃。

他的經歷、結局和人格，都很像杜甫。杜甫在棄官後，帶著家人漂泊西南，生命最後的十多年都是靠親友接濟度日，最後病死在一條破船上，家人無錢為之斂葬。但從來沒有人因此對杜甫有過任何非議，人們只會因為他的貧病交加、寄人籬下而對他心生更多的哀憫，更深的尊重。

姜夔和杜甫，是不同時代中最純粹的那種人。他們最終靠人格和作品，在歷史上銘刻下他們的名字。儘管他們生前是如此的卑微。

4

當然，任何身後之名的獲得，都是有代價的。

有的人一生背負莫須有的罪名，只是換來歷史的一聲嘆息；有的人鬱鬱不得志，為官不得升遷，然而卻換來治下百姓的千年傳頌；有的人空有一身膽氣，卻無緣殺敵報國，只是換來家國疆域的一塊缺角；有的人終生困頓，沉淪人間，卻換來後人詠唱的一行詩詞。

像杜甫一樣，姜夔早就看透命運。正如杜甫所說，「文章憎命達，魑魅喜人過」，「但看古來盛名下，終日坎壈纏其身」。看透之後是看空，看空之後，是接受歷史賦予個體的使命。

有人生而為英雄，就去戰鬥，哪怕傷痕累累；有人生而為詩人，就去歌唱，哪怕一日三餐不飽；有人生而為殉難者，就去獻身，哪怕於事無補；有人生而為傳承者，就去偷生，哪怕忍辱負重……如果說，杜甫的使命是以一己的顛沛流離，記錄整個時代的悲劇；辛棄疾的使命，是以蹉跎的半生揮灑他的英雄詞句，那麼，姜夔的使命又是什麼？

歷史需要他留下最真實感人、有別於士大夫玩弄或貪戀青樓歌女的愛情詞句，因此給了他一段沒有結果的苦澀愛情，讓他苦苦追憶了大半生：

> 燕燕輕盈，鶯鶯嬌軟。分明又向華胥見。夜長爭得薄情知？春初早被相思染。
> 別後書辭，別時針線。離魂暗逐郎行遠。淮南皓月冷千山，冥冥歸去無人管。
>
> ——姜夔《踏莎行》

歷史需要他寫下「前無古人，後無來者，自立新意，真為絕唱」的詠梅名作，因此安排范成大召喚他到蘇州同住，並讓歌姬學唱，於是就有了集作曲填詞於一體的千古經典——《暗香》和《疏影》。

歷史需要他的巨大悲痛，來催生出「少年情事老來悲」、「人間別久不成悲」等經典句子，因此給了他一個徹底告別痛苦相思的元宵節；歷史需要他給那些沒有故鄉的人一次恰如其分的感慨，因此給他準備好了一池的荷葉，等他寫下「平生最識江湖味，聽得秋聲憶故鄉」；歷史需要他對自己的一生有個說法，因此在他晚年製造了一場大火，燒毀他的寓所，逼他寫出「萬里青山無處隱」的悲愴之辭，作為浪跡江湖的一個句號；歷史需要他在恰當的時候對自己的人生做出總結，因此安排他在歲末的紹興聽到一陣陣辭舊迎新的鼓聲：

疊鼓夜寒，垂燈春淺，匆匆時事如許。倦遊歡意少，俯仰悲今古。
江淹又吟恨賦。記當時、送君南浦。萬里乾坤，百年身世，唯有此情苦。
揚州柳，垂官路。有輕盈換馬，端正窺戶。酒醒明月下，夢逐潮聲去。
文章信美知何用，漫贏得、天涯羈旅。教說與，春來要尋花伴侶。

——姜夔《玲瓏四犯》

歷史留給他更重要的任務，是需要他來開闢宋詞的新路子。

在姜夔的時代，宋詞經過柳永、周邦彥等精通音律者的書寫，又經過蘇軾、辛棄疾等名士「以詩為詞」的書寫，已經形成了婉約派和騷雅派的雙重格局。姜夔的出現，不早不晚，恰好成為匯聚宋詞各種風格的大熔爐。他既繼承了柳永詞的本色，周邦彥詞的典麗，又學習了蘇軾詞的清空，辛棄疾詞的騷雅，前輩詞人的成就被他熔鑄成一種新的詞風。

他成功的在兩個強大的詞學審美傳統之間別立一派。

後人評價指出，姜夔詞「以清逸幽豔之筆調，寫一己身世之情」，於騷雅、婉約之外，別開「幽勁」一路，「詞至白石（姜夔）遂不能總括為婉約與騷雅兩派耳。」

一代詞學大師夏承燾也說，姜夔「在婉約和騷雅兩派之間另樹清剛一幟，以江西詩的瘦硬之筆救周邦彥一派的軟媚，又以晚唐的綿邈風神救蘇辛派粗獷的流弊」。自姜夔以後，整個南宋詞壇基本是姜夔一派的「傳人」。薛礪若在《宋詞通論》中甚至下了一個論斷：中國詞學自南宋中末期一直到清代的終了，可以說完全是「姜夔的時期」。

特別是在清代，姜夔直接超越蘇軾、辛棄疾，成為清人心目中的宋代詞壇第一人。他被譽為「詞中之聖」，推崇他的人認為他的存在，猶如「詩家之有杜少陵（杜甫）」，「文中之有韓昌黎（韓愈）」。

進入二十世紀以後，姜夔在大宋詞壇名家中的排位略有下降，但也僅次於蘇軾、辛棄疾，而與李清照、周邦彥並駕齊驅。

以他身後八百年的影響力，再回頭去看他生前的飄零與不幸，種種悲哀已經變得很輕、很輕了。一生的煉獄，只是為了完成經典的蛻變。歷史選擇了姜夔，而姜夔亦未辜負歷史的選擇。

6 開禧北伐：宋詞裡的抗金抱負

對於南宋的軍事動向，金人早有察覺。南宋嘉泰三年（一二〇三年），金使從臨安還朝後，對金章宗說：「宋權臣韓侂胄厲兵秣馬，將謀北侵。」隆興和議後，宋、金度過了相對平靜的四十年，南宋宰相韓侂胄欲謀再次伐金，在社會上掀起一股愛國熱潮。

宋寧宗下詔，為岳飛立廟，追封其為鄂王。同時，削去了秦檜死後追贈的王爵，將他的謚號「忠獻」改為「謬醜」，斥責他「一日縱敵，遂貽數世之憂；百年為墟，誰任諸人之責」，有力的打擊投降派，相當鼓舞士氣。但**開禧北伐的開頭有多激昂，結局就有多荒唐**。

1

作為韓侂胄最親信的堂吏，詞人史達祖是南宋有名的筆桿子。韓侂胄當政時，起草的文字多出自這位元幕僚文人之手。史達祖屢試不第，在正史中也沒有傳記。因為開禧北伐，他的生平事蹟被史書掩蓋了，但宋詞中留下了他的人生片段。

每年金朝皇帝生辰，南宋都會遣使前往祝壽。在開禧北伐前一年，史達祖曾隨使者前往，其實也是為北伐收集情報。

金章宗的生日在九月，史達祖隨使團於六月出發，八月時到達河北，住宿於真定的館驛。中秋月圓之夜，史達祖身處北宋的故土，卻成了客宿的「異邦人」，更覺慷慨悲涼，揮筆寫下這首《齊天樂・中秋宿真定驛》：

西風來勸涼雲去，天東放開金鏡。照野霜凝，入河桂溼，一一冰壺相映。殊方路永。更分破秋光，盡成悲境。有客躊躇，古庭空自吊孤影。

江南朋舊在許，也能憐天際，詩思誰領？夢斷刀頭，書開蠆尾，別有相思隨定。憂心耿耿。對風鵲殘枝，露蛩荒井。斟酌姮娥，九秋宮殿冷。

事畢，史達祖隨使團返程，經過汴京，心情更是遭到打擊，離汴時他拉著馬的韁繩，遲遲不願前行。有人說，南宋詞多黍離之悲，即國破家亡之悲。史達祖詞中盡是悲慨，也道出了南宋士人恢復中原的夙願。

當時，金朝正遭受內憂外患的打擊。女真貴族在實現封建的同時，不斷加重剝削，引起北方各族人民的反抗，其統治集團也老是內訌。金章宗在位時，有女真貴族割據五國城叛變，歷時十年之久，打得金兵「師旅大喪」。五國城是靖康之變後金人囚禁徽欽二帝的地方，那是女真貴族的老家，這下子後院都起火了。

十三世紀初，蒙古騎兵悄然崛起，不斷侵擾、掠奪，也對金朝構成了嚴重威脅。正是在金國衰落的背景下，隱居多年的愛國詞人辛棄疾又上書請朝廷準備北伐。

辛棄疾說，「天下之勢有離合，合必離，離必合」，金人「德不足，力有餘，過盛必衰」，希望大宋能「安居慮危，任賢使能，修車馬，備器械，使國家屹然有金湯萬里之固」。等到金國發生動亂，大宋就可乘這離合之際北定中原。

另一個好消息，時任南宋宰相韓侂胄也是一位堅決抗金的大臣，他讓主戰派們看到了希望。

布衣詞人劉過是辛棄疾的好友，也是著名的辛派詞人。他四次應舉不中，終生流落江湖，詞中多寫「平生豪氣，消磨酒裡」，卻也常抒發抗金抱負，多次上書朝廷議論國事。

辛棄疾將他視為知己，從不輕視這位布衣才子。每次劉過缺錢，辛棄疾都慷慨解囊。有一次劉過要回老家看望母親，卻窮得連路費都籌不到，辛棄疾囊中羞澀，但還是想辦法籌集了一筆錢給劉過買了回鄉的船，劉過大為感動。

作為民間的主戰派，有一年韓侂胄生日，劉過特意作了一首《西江月・堂上謀臣尊俎》，表達愛國者的共同心聲：

堂上謀臣尊俎，邊頭將士干戈。天時地利與人和，燕可伐歟？曰：「可。」

今日樓臺鼎鼐，明年帶礪山河。大家齊唱《大風歌》，不日四方來賀。

2

韓侂胄與宋朝宗室關係密切。他家世顯赫，其曾祖父為北宋名相韓琦。另外，宋高宗的皇后吳氏，是韓侂胄的姨媽，宋寧宗的第一任皇后韓氏，是他的侄孫女。宋寧宗即位前，韓侂胄就常作為外戚出入宮掖，成為冉冉升起的政壇新星。

在擁立宋寧宗即位後，韓侂胄憑藉定策之功身居中樞，位極三公，擔任「平章軍國事」，相當於宰相之上的宰相，可越過群臣，直接幫宋寧宗做決策，可謂一手遮天。

韓侂胄當政十四年間銳意進取，為北伐製造輿論，當時的主戰派，大多支持韓侂胄。

陸游在隆興和議後屢次被貶，轉眼間已到了古稀之年。他蟄居鄉野，總會想起當年投筆從戎，到宋金邊境重鎮南鄭（今陝西漢中）幕府工作的日子。他大半生的坎坷歲月、宦海沉浮，在《訴衷情．當年萬里覓封侯》中娓娓道來：

當年萬里覓封侯，匹馬戍梁州。關河夢斷何處，塵暗舊貂裘。
胡未滅，鬢先秋，淚空流。此生誰料，心在天山，身老滄洲。

北伐的夢想本來就要破滅了，沒想到還能在晚年聽說韓侂胄准備北伐的消息。陸游為之振奮，但歷經滄桑的他早已不是當年的少年，變得老成穩重，態度十分謹慎。

陸游曾不吝讚美之辭，支持韓侂胄興師北伐，寫詩為其祝壽，說他「身際風雲手扶日，異姓真王功第一」，表達了收復失地的深切希望，還說自己老了，遺憾自己不能從軍邊疆。

但陸游對一意孤行、大興黨禁的韓侂胄也感到深深的隱憂。在寫給韓侂胄的《南園記》中，陸游勸他要認清形勢，及時功成身退。南園是皇帝賜給韓侂胄的園林。南園修成後，韓侂胄專門請陸游為他撰文。陸游不拍馬屁，反而提醒韓侂胄要知進退，做好「歸耕」、「許閒」的心理準備，以免引火焚身。

陸游一語成讖，韓侂胄最終因北伐而橫死。

韓侂胄遇害後，陸游寫詩道：「上蔡牽黃犬，丹徒作布衣。苦言誰解聽？臨禍始知非。」其中的苦言，就是陸游為他寫的《南園記》，而上蔡黃犬、丹徒布衣，分別是秦相李斯與東晉諸葛長民的典故，他們都死於權力鬥爭。

3

另一位愛國詞人，也加入了北伐的浪潮中。

嘉泰四年（一二〇四年），韓侂胄徵召六十五歲的辛棄疾為鎮江知府，戍守江防要地京口。辛棄疾到任後積極備戰，在當地招募了大量壯丁，並定制軍服，加緊訓練。他不顧年邁體虛，只想鞠躬盡瘁，彷彿回到了當年五十騎獨闖數萬金兵敵營，以及在湖南籌建「飛虎軍」的芳華歲月。

英勇蓋世、文武雙全的青兕，不甘心就這樣老去。辛棄疾登上京口北固山，心潮澎湃，作詞懷古，寫下了著名的千古傳誦的《永遇樂．京口北固亭懷古》。放眼望去，江山如畫，辛棄疾想起了宋武帝劉裕金戈鐵馬、氣吞萬里如虎的氣勢，他以廉頗自喻，說自己雖已年老，但雄心壯志不減當年。他勸諫韓侂胄，不要像以往一樣草率出兵，落得戰敗南逃的下場，白白讓百姓慘遭荼毒——「元嘉草草，封狼居胥，贏得倉皇北顧」。

正是在這次短暫的任期中，辛棄疾看清了韓侂胄北伐的真相。韓侂胄大批起用主戰派，網羅天下知名之士，並不是為了採納他們的北伐主張，而是拿他們當招牌，作為北伐的旗幟。辛棄疾的建議，韓侂胄當然不放在心上。於是，辛棄疾有這麼一句話：「侂胄豈能用稼軒以立功名者乎？稼軒豈肯依侂胄以求富貴者乎？」道不同，不相為謀，真正為國請命的人，不會只有一種聲音。

不出所料，辛棄疾次年就在諫官的抨擊下再度歸隱鉛山。在主戰派當道的日子，他仍受彈劾，被迫辭職，恰恰是因為他太冷靜、太清醒。

壯士暮年，辛棄疾當然也想北伐，他對宋寧宗說，金國「必亂必亡」，但這是北伐的前提，而不是倉促北伐能帶來的結果。

辛棄疾與陸游的理智，都無法抑制韓侂胄的衝動。

4

開禧二年（一二〇六年），韓侂冑北伐拉開序幕。宋寧宗正式對金宣戰：「北虜世仇，久稽報復，爰遵先志，決策討除，宜示海內。」

開禧北伐從兩淮、京西、川陝三路分兵，起初捷報頻傳，更有畢再遇等猛將身先士卒，屢立奇功。但因朝中軍政腐敗，金人早有準備，這場北伐也與隆興北伐一樣高調行動，失敗告終。

岳飛舊將畢進之子畢再遇所部，是此次北伐唯一不敗的軍隊。作為東路軍先鋒，畢再遇率軍攻泗州，精選八十七戰前招募的新兵作為敢死隊，衝鋒陷陣。

兩軍交戰時，畢再遇親臨陣前，披頭散髮，佩戴鬼面具，身上披著金箔紙錢，豎起「畢將軍」大旗，以此震懾對手。攻破泗州東城後，他對著西城喊話：「大宋畢將軍在此，爾等中原遺民也，可速降！」

但因為金人早已預見韓侂冑北伐之舉必敗，隨著金軍後發制人，反攻宋軍，宋軍先勝後敗，一如辛棄疾所料。

南宋還暴露了此次北伐的一大失誤——用人不當。

韓侂冑在物色西線戰場的四川守將時，選擇了抗金名將吳璘的孫子吳曦。

吳氏一族在川蜀經營多年，鎮守西部防線數十載，南宋朝廷為防止發生變故，到了吳曦這一代，將他召回臨安供職。吳曦對此早已心懷不滿，正好借北伐的機會再次入蜀。可他就是個草包，對金人幾次用兵，都損兵折將，金兵乘機收復進軍，屯兵於大散關，威脅川蜀。

此時，金朝發現了吳曦動搖的立場，金章宗親自寫信勸降，稱願封吳曦為蜀王，勸他不要重蹈覆轍，走跟岳飛一樣功高被害的路。這些話殺傷力太大。吳曦得到金人書信，竟真的起兵叛變，自稱蜀王。他迅速控制整個四川，擁兵十萬，還揚言要與金兵合攻襄陽。

這個抗金名將後人無恥的投降金朝，自然不得人心，僅僅過一個多月，他就被四川軍民所殺，但西線抗金的形勢已急轉直下，北伐的戰略部署也被打亂。

之後，南宋朝廷中議和的聲音越來越強烈。

北伐局勢風雲變幻，一封又一封的「錄用信」送到了鉛山。

開禧三年（一二〇七年），朝廷命辛棄疾速到臨安，出任樞密院都承旨，這是一個軍事要職。此時辛棄疾已身染重疾、臥病不起，他只能上奏請求退休。

而他那些志同道合的朋友也已陸續離去。劉過的名作《唐多令》大約作於此時：

> 蘆葉滿汀洲，寒沙帶淺流。二十年重過南樓。柳下系船猶未穩，能幾日，又中秋。
> 黃鶴斷磯頭，故人今在不？舊江山渾是新愁。欲買桂花同載酒，終不似，少年游。

劉過在抗金前線的武昌登上了南樓，二十年後故地重遊，江山卻未改，那些年少輕狂的時光也抓不住了，徒留下無窮哀愁。寫完此詞後不久，屢試不第、布衣終身的劉過病逝，他始終沒有得到朝廷的認同，至死也沒有看到宋軍建功。

辛棄疾的一位知己走了。知音少，弦斷有誰聽。

在去世前一個月，六十八歲的辛棄疾在病榻上作了一首《洞仙歌・丁卯八月病中作》，回顧人生最後一段日子：

> 賢愚相去，算其間能幾。差以毫釐繆千里。
> 細思量義利，舜跖之分，孳孳者，等是雞鳴而起。
> 味甘終易壞，歲晚還知，君子之交淡如水。
> 一餉聚飛蚊，其響如雷，深自覺、昨非今是。
> 羨安樂窩中泰和湯，更劇飲，無過半醺而已。

一說，這是辛棄疾的絕筆。

這首詞平淡質樸，頗具人生哲理，是辛棄疾留給後世的最後一筆精神財富：古代君王虞舜與春秋豪強盜蹠的區別，不就是義與利嗎？他們都是雞鳴時起來，孜孜不倦的工作，可為善的是舜，為利的是盜蹠。味道甘甜的東西容易壞，而水無色無味，才能保持長久，所以「君子之交淡如水」。

同年九月，辛棄疾悲憤病逝。臨終前，他「大呼殺賊數聲」，而開禧北伐已漸漸歸於沉寂。朝中輿論對韓侂冑越來越不利。南宋主和派大臣史彌遠與楊皇后的後宮勢力勾結，計畫謀殺韓侂冑，與金人議和。

楊皇后深恨韓侂冑，幾年來都想整垮他。韓侂冑的侄孫女韓皇后去世後，宋寧宗再冊立皇后，但他在最寵愛的楊貴妃和曹美人之間搖擺不定。

楊氏是一個有事業心的女強人。她年少時只是一介宮女，在宮裡表演雜劇、填宮詞，因聰明伶俐、姿色出眾，被當時還是皇子的宋寧宗趙擴一眼看中。史載，楊氏雖然出身卑微，卻愛讀書，頗「識書史，知古今」，現在還有《楊後宮詞》留存於世，是宋朝後宮中出名的才女。但她同時也是一個不好惹的深宮女子。

而曹美人性格柔順，毫無威脅。韓侂胄仗著自己的權勢，向皇帝提議冊立曹美人為后。

這一次，宋寧宗沒有聽從韓侂胄，堅持立了自己更喜歡的楊貴妃。楊皇后上位後暗中積蓄力量，籠絡朝中大臣，主和派的史彌遠成了她的主要盟友。

5

開禧三年，十一月初三。韓侂胄一如往常走在早朝路上，行至玉津園附近，由禁軍將領夏震率領的百餘名壯漢忽然出現，攔住了韓侂胄的車轎。他們將這位朝野側目的權相拖出來，拉到旁邊的夾牆內，當場槌殺。一代權臣，驟然殞命，此即玉津園之變。

韓侂胄被暗殺後，史彌遠一黨打開棺材，割下他的首級，裝在匣子裡送給金人。開禧北伐以一場血腥的政變宣告結束。

次年，宋寧宗改元「嘉定」，與金朝簽訂了充滿屈辱的嘉定和議：除了疆域與紹興和議時相同，仍以淮河到大散關為界，其餘要求都變本加厲。南宋每年向金繳納的銀絹增加至各三十萬兩、匹，賠償金軍軍銀三百萬兩。金、宋的關係由隆興和議規定的叔侄之國，改為伯侄之國。

韓侂胄死後，史彌遠在楊皇后支持下奪權，公然開歷史的倒車，一朝回到宋高宗、秦檜時期。他撤除了開禧北伐的防務，遣散了原先招募來的民兵，為遭到韓侂胄貶黜的理學士大夫平反，轉而打壓韓侂胄的親信。

諷刺的是，史彌遠一黨抨擊韓侂胄誤國，自己卻無法解決問題，只能解決提問題的人。那些被史彌遠打發回家的士兵報國無門、無家可歸，因為參與徵兵沒有耕作，沒有糧食可吃，突然被遣散回家，也沒了軍餉，只好滯留各地，紛紛起義成了反宋的「群盜」。宋朝費了好大勁才鎮壓下去。史彌遠竟然無恥的將這些民變歸罪於韓侂胄的北伐，說是「妄開邊釁，科役繁重」的結果。

名將畢再遇對混亂不堪的朝廷深感失望，他為表抗議，請求解甲歸田。軍中還有人為韓侂胄報仇，暗中聯絡了殿前官兵、內侍等十餘人，密謀刺殺史彌遠，事情敗露後被處死。

在黑暗的朝局中，史彌遠恢復了秦檜的爵位及「忠獻」謚號，支持開禧北伐的愛國文人卻被視為韓侂胄一黨，備受打擊。此前已經去世的辛棄疾被人彈劾，並追削他的爵秩。

年近八旬的陸游退休在家，被迫冠上「黨韓改節」的罪名，撤去職位。不久，陸游留下「死去元知萬事空，但悲不見九州同」的遺恨離世，堅定的表明自己與史彌遠一黨截然不同的立場。

史達祖為韓侂胄倚重，親手撰寫了大量文牘，多是為北伐宣傳造勢，韓黨倒臺後，他也跟著遭殃，家產被抄沒，臉上被刺字，發配江漢一帶。

韓侂胄遇害身死後幾年，史達祖在黥面流放路上寫下一首《秋霽》：

江水蒼蒼，望倦柳愁荷，共感秋色。廢閣先涼，古簾空暮，雁程最嫌風力。故園信息，愛渠入眼南山碧。念上國，誰是、膾鱸江漢未歸客。還又歲晚，瘦骨臨風，夜聞秋聲，吹動岑寂。露蛩悲，青燈冷屋，翻書愁上鬢毛白。年少俊遊渾斷得。但可憐處，無奈苒苒魂驚，采香南浦，剪梅煙驛。

史書中再沒有對史達祖的詳細記載，只知道他被貶而死。

學者鄧小軍認為，**愛國主義之精神，實為南宋一代文化之命脈，亦為南宋詞之命脈。從來就不缺憂國、憂時、憂民的英雄，可惜卻鮮有對得起英雄的時代。**

第五章

最後的宋詞

張炎、王沂孫、周密和蔣捷，
這四位詞人被後世稱為宋末四大家。
他們在國破家亡後，書寫最後的宋詞。

1 理宗時代：國脈微如縷

「靖康恥，猶未雪。臣子恨，何時滅」，在岳飛含冤而死九十二年後，宋、蒙聯軍圍攻金最後的根據地蔡州，將金哀宗完顏守緒逼入絕境。

宋金百年之仇，該了結了。

南宋端平元年（一二三四年），殘破不堪的蔡州城早已糧草斷絕，陷入老弱互食的困境。金哀宗決意自殺，在此前將皇位傳給大將完顏承麟，但後者即位不足一個時辰，宋將孟珙就派兵從南門攻入。完顏承麟死於亂軍之中。至此，金亡，享國一百一十九年。

南宋朝廷沉浸在一片歡樂之中。詞人黃機曾多次與岳飛之孫岳珂酬唱，他在宋軍北伐蔡州時寫下一首《滿江紅》，與當年岳武穆怒髮衝冠之作遙相呼應：

萬灶貔貅，便直欲、掃清關洛。長淮路、夜亭警燧，曉營吹角。
綠鬢將軍思飲馬，黃頭奴子驚聞鶴。想中原、父老已心知，今非昨。

狂鯢剪，於菟縛。單于命，春冰薄。政人人自勇，翹關還槊。
旗幟倚風飛電影，戈鋋射月明霜鍔。且莫令、榆柳塞門秋，悲搖落。

黃機說，我大宋軍隊威武，那些如狂鯢一樣的金兵將被殲滅，兇惡如虎的敵軍將會被俘虜，而金國皇帝的性命，不過是像春天的薄冰般消融。然而，宋金並立之時，北方一個更強大的游牧民族已經崛起，那就是由成吉思汗統一的蒙古人。

當橫掃四方的蒙古人打得金人千里奔波時，南宋卻擁立了一個頗具爭議的風流皇帝。

宋理宗趙昀，在位四十年（一二二四年至一二六四年），**是南宋統治時間最長的皇帝**。有學者認為，他**與北宋的宋仁宗頗為相似，都是在位多年、待人寬厚、推行過改革、打過對外族的戰爭**，但不同之處在於，**宋理宗一朝的腐朽程度遠遠超過宋仁宗時期**。

時代的陣痛不一定可怕，面對蒙古騎兵的步步緊逼，南宋內部的沉淪才是最致命的溫柔刀。

1

趙昀本與帝位風馬牛不相及（按：指事物之間毫不相干），但他的前任皇帝宋寧宗，有著南宋皇帝常有的苦惱：無後。宋寧宗在位後期，史彌遠權傾朝野，與主掌後宮的楊皇后內外勾結，先是謀殺了主持北伐的宰相韓侂胄，之後操縱朝政二十多年。史彌遠對皇帝的繼承人問題很上心，尤其是在寧宗的九個兒子先後夭折後，他更有意扶植皇儲，以鞏固自己的地位。

於是，史彌遠的親信極盡諂媚之能，想盡辦法給皇帝找「兒子」，祕密物色流落民間的皇室後裔。有一天，史彌遠的幕僚余天錫途徑紹興，在一個姓全的保長家避雨，見到兩個男孩。這兩個男孩姓趙，是全保長的外甥，大的叫趙與莒，已經十六歲了，弟弟叫趙與芮。

余天錫一打聽，趙與莒兄弟竟然是宋太祖趙匡胤之子趙德昭的十世孫，也就是宋寧宗的遠房堂侄。趙與莒家境貧寒，年幼時父親病逝，他們兄弟倆隨母親投奔當保長的舅舅。宋朝的保長就是一個類似村基層幹部，幾乎與平民無異。余天錫大喜，回去向史彌遠推薦了趙與莒、趙與芮兄弟。史彌遠親自做了一番考察後，將較為年長的趙與莒接到臨安，由余天錫的母親照料其生活，並派人教他讀書寫字，學習朝廷禮儀，並在宋寧宗跟前不斷給趙與莒說好話。

一般來說，皇帝從旁支選拔繼承人，要從娃娃抓起，趙與莒都快成年了，且出身卑微，並不適合參與皇儲競爭。但安於無為的宋寧宗老聽大臣們念叨，心太累，只好接受史彌遠的建議，將趙與莒立為皇侄，作為皇位候選人之一，史彌遠的陰謀進一步得逞。

趙與莒，就是日後的宋理宗趙昀。

嘉定十七年（一二二四年），史彌遠趁宋寧宗病重，與楊皇后聯手做了多道「遺詔」，擠掉了宋寧宗培養多年的皇子趙竑，在寧宗病逝的當天深夜，將出身平凡的趙昀推上了皇位。

這一年，趙昀二十歲。幾年前，他還在紹興鄉下玩泥巴呢。

宋理宗在位長達四十年，基本上可以分為三個階段：他即位後，一直到紹定六年（一二三三年）的這十年，是史彌遠擅權時期，宋理宗本就是權相扶植的傀儡，基本上沒什麼發言權。史彌遠去世、理宗親政後的十餘年，是較有作為的時期，他整頓吏治和財政，最顯著的特點是推崇理學，尊奉道教。這一系列改革，史稱「端平更化」。然而到了在位的最後十幾年，宋理宗就開始墮落了。

宋理宗時代，唯一不變的真相，是南宋進一步走向衰落，更加黑暗、混亂，而此時，蒙古人已經磨刀霍霍。

趙昀還在紹興老家過著貧苦童年時，宋開禧二年，連年征戰、統一蒙古各部的鐵木真在斡難河（今鄂嫩河）源頭召開大會，建立蒙古帝國，上尊號「成吉思汗」。之後，蒙古向西夏與金揮動屠刀。那時候，南宋群臣卻在內鬥。

2

又一年，海棠花開。

甚春來、冷煙淒雨，朝朝遲了芳信。驀然作暖晴三日，又覺萬姝嬌困。
霜點鬢。潘令老，年年不帶看花分。才情減盡。悵玉局飛仙，石湖絕筆，孤負這風韻。
傾城色，懊惱佳人薄命。牆頭岑寂誰問？東風日暮無聊賴，吹得胭脂成粉。
君細認。花共酒，古來二事天尤吝。年光去迅。漫綠葉成陰，青苔滿地，做得異時恨。

這首《摸魚兒》的作者劉克莊，是南宋後期著名的愛國志士，他以辛棄疾為偶像，自稱幼年時就對稼軒詞倒背如流。但耿介不群的他，為官數十載，多次被彈劾、貶官，一生坎坷。

這首詞表面上是惋惜海棠花傾國傾城，卻紅顏薄命，得不到愛護，其實也是在感慨朝中正直之士屢遭打壓，四散飄零。

劉克莊曾上書宋理宗：「疑君子之無效，疑小人之有才，是釀成宣和與靖康禍亂的原因，希望陛下引以為戒。」朝堂之上，他是少數敢與史彌遠起正面衝突的大臣，也因此被捲入了所謂的「江湖詩禍」中。

史彌遠是一個奸相。

他上臺後採取高壓手段，黨羽遍布朝野，可他擅權期間，對外不能打下一片土地，對付氣息奄奄的金朝都吃力，對內卻濫發紙幣，導致財政危機。

到紹定年間，南宋發行的楮幣（按：楮紙是楮樹樹皮製成的紙，且是宋朝時的紙幣印製材料，所以宋朝人經常將紙幣稱呼為楮幣、楮券）猛增至兩億九千萬緡，這還不包括偽造之數。因此，物價飛漲，剝削加重，百姓苦不堪言。

如果說劉克莊的偶像是辛棄疾，那史彌遠效仿的就是秦檜。他為了鞏固權勢，大興文字獄，打擊異己。

當時臨安一個叫陳起的讀書人，開了家書店，他也喜歡寫詩，就將朋友們的詩篇彙集刊印，取名為《江湖集》。其中有劉克莊的詩，寫了幾句：「不是朱三能跋扈，卻緣鄭五欠經綸。」朱三是指篡唐的朱溫，鄭五是唐末宰相鄭綮，劉克莊的諷刺不言而喻。劉克莊直言不諱，接著寫道：「東風謬掌花權柄，卻忌孤高不主張。」我罵的就是把持朝政的史彌遠，我攤牌了。

史彌遠得知此事後大怒，迅速將此書銷毀，並將陳起判罪流放，劉克莊等人皆因此獲罪，幸虧有人求情，才免於一死。直到紹定六年（一二三三年）史彌遠去世，這場文字獄才翻案。

3

史彌遠死了，南宋會好起來嗎？

在史彌遠死後，宋理宗為了避免再次出現獨相的局面，一改史彌遠黨羽操縱朝政的局面，任用鄭清之、真德秀、魏了翁等一批有聲望的理學家為宰執大臣。

宋理宗是理學的「粉絲」，早年入宮就受到鄭清之、真德秀等理學大家的薰陶。他用御用金筆，將朱熹從《禮記》、《詩經》擷取的兩句話「毋不敬，思無邪」，抄寫在大殿的柱子上，以此作為自己的座右銘。宋理宗對程朱理學的信仰，到了近乎狂熱的地步，且不說其廟號可能就與他崇尚理學有關係，單說他獨尊理學的做法，實際上開啟了此後八百年間，程朱理學成為統治思想的先河。

但理學家大多有共同的毛病，能言不能行。儘管他們名聲顯赫，卻大多喜歡空談道德，助長清談之風，缺乏治國安邦的真本事。宋理宗用的宰相，如鄭清之等，老不任事，為政寬厚，看似無大過，卻滋生腐敗。宋理宗為整頓吏治、減少冗官採取了一些措施，觸犯了眾多官員的利益，官吏就因循守舊，消極對待。政策大多無法落實，最後不了了之。

這時，愛國的劉克莊又出來說話了。

他在給宋理宗的箚子中說：「比年瑞闧（闧音同捆）之臣、尹京之臣、總餉之臣、握兵之臣、用麾持節之臣，未有不暴富者。其人在藝祖、孝皇，皆當極刑。」

劉克莊的意思是，民貧而國匱的局面，全是貪濁之風造成的，這些貪腐官吏要是放在以前，早就人頭落地了。劉克莊還向宋理宗提了辦法，「沒入大贓吏數十家之貲」，乃「裕國寬民之要方」。把那些贓款收回來，國家就有錢了。宋理宗卻不聽，改革太累了，好不容易當上皇帝，就不能追求享樂嗎？國家危機四伏，宋理宗反而沉溺於聲色犬馬之中，在西湖邊大興土木，每日只顧飲酒賦詩。

在宋朝皇帝中，宋理宗以好色聞名，每年都要從民間挑選大量女子充實後宮，宮中有夫人號者，多達千人。除了擁有諸多嬪妃，宋理宗還覺得不夠，做出了一個驚人舉措——召妓入宮。

別的皇帝暗地裡尋花問柳都要戰戰兢兢，熱衷理學的宋理宗，卻把民間的妓女直接召到宮裡來了，毫不掩飾。名妓唐安安能歌善舞，得到宋理宗寵幸。她經常出入皇宮，得到不少賞賜，成為京城出了名的女首富。

對宋理宗這種暴發戶心理，當時人多不以為然。

四川人文及翁是宋理宗年間的進士，他來到臨安，與同年們泛舟西湖。有人問他：「西蜀有此景否？」文及翁一聽，想到的卻是南宋統治者流連於西湖山水之間，耽於享樂，不顧北方強敵的虎視眈眈，他不禁為之憤慨。

在遊湖的酒宴上，文及翁直書一首《賀新涼》，抨擊朝政：

一勺西湖水。渡江來、百年歌舞，百年酣醉。回首洛陽花石盡，煙渺黍離之地。更不復、新亭墮淚。簇樂紅妝搖畫舫，問中流擊楫何人是？千古恨，幾時洗？餘生自負澄清志。更有誰、磻溪未遇，傅岩未起。國事如今誰倚仗，衣帶一江而已！便都道、江神堪恃。借問孤山林處士，但掉頭、笑指梅花蕊。天下事，可知矣！

此時，還有無數如文及翁這樣的志士，呼喚宋軍北伐，收復中原。在這些呼聲中，靖康之變百餘年後，宋軍終於再入河洛，可等待他們的，卻是一場鬧劇。

4

宋理宗寶慶三年（一二二七年），劉克莊的同鄉好友陳韡（字子華）要去宋金前線的真州（今江蘇儀征）任職。

劉克莊知道陳韡此次去真州責任重大，寫了一首《賀新郎・送陳真州子華》為他送行：

北望神州路。試平章、這場公事，怎生分付？記得太行山百萬，曾入宗爺駕馭。

今把作握蛇騎虎。君去京東豪傑喜，想投戈下拜真吾父。談笑裡，定齊魯。
兩河蕭瑟唯狐兔。問當年、祖生去後，有人來否？多少新亭揮淚客，誰夢中原塊土？
算事業須由人做。應笑書生心膽怯，向車中、閉置如新婦。空目送，塞鴻去。

劉克莊送朋友赴任，不關心生活瑣事，說的都是恢復中原的國家大事。他引用「下拜真吾父」的典故，是希望陳韡向唐朝的郭子儀學習。郭子儀當年只率領數十騎到回紇大營，回紇人一見大驚，為之嘆服，放下武器，紛紛下拜，說：「您就像我們的父親一樣。」

那幾年，宋金戰事頻繁。蒙古鐵騎大破金兵，圍攻金中都，在河北、山東等地經常大掠。金宣宗被蒙古人打怕了，使出一記昏招，採取大臣「取償於宋」的建議，轉而分兵攻打南宋，想要補償被蒙古軍占領的地盤，卻沒有占到便宜，還跟南宋徹底鬧翻了。

陳韡到前線赴任之後，蒙古繼續對金朝圍追堵截，並向南宋幾次派出使臣，相約聯合攻金，許諾事後重新劃分河南。

在金宣宗之後即位的金哀宗，想要挽回與南宋的感情，他派人轉告宋理宗：「蒙古人滅國四十，西夏亡了就來滅我大金，等到我們亡了，必將禍及宋朝。脣亡齒寒，這是自然之理。若與我聯合，一同抵禦強敵，對你對我都有好處。」

面對蒙、金雙方不同的請求，南宋斷然拒絕了金哀宗的議和建議，發兵北上，聯蒙滅金。

端平元年，蔡州之戰後，金朝滅亡。南宋將領孟珙立下大功，還順便到洛陽祭掃了北宋皇帝的陵墓。當時，宋、蒙對於如何處置河南這塊地盤正吵得不可開交，朝廷本來要派太常寺去祭掃北宋皇陵，但他們人還沒離開臨安，就聽說蒙古軍要攻打河南，嚇得不敢出門。孟珙說，我派精騎數名前往，不到十日就可以搞定。之後，他晝夜兼程，到北宋皇陵「成禮而歸」。

宋、蒙在聯合之前的談判，究竟是如何劃分河南？從現存的史籍看，有兩種說法：一是《宋季三朝政要》說的，蒙古答應在滅金後，將河南之地歸南宋；另一種是《宋史》說的，雙方「約以陳蔡為界」。

這兩種記載都有可疑之處，但北宋三京（東京開封府、西京河南府、南京應天府）、皇陵都在陳（今河南淮陽）、蔡（今河南汝南）以北，南宋政府當然不甘心拱手相讓。

於是，在滅金幾個月後，宋理宗決定再下一城。宋軍以收復三京為目的，趁蒙古軍北撤時再度北上。時隔百餘年，宋軍再入汴京，可經過蒙金戰爭，汴京只剩居民千餘家，沿路市井殘破，白骨蔽野，甚至籌不到顆粒糧餉。宋將全子才、趙葵率領的主力到達汴京後，都陷入缺糧的危機。種種跡象，給人不祥之感，仿佛是蒙古人設下的圈套。

另一支宋軍攻入洛陽，發現這也是一座空城。數日後，入洛宋軍糧食已盡，只能以野草為食，飢餓不堪。蒙古大軍就在此時悄無聲息的兵臨洛水，對洛陽展開突襲，宋軍無力抵抗，死傷者十之八九，殘部狼狽逃回南方。

趙葵、全子才各自擁兵數萬，卻不能支援，也從汴京退兵。此次收復三京之役，以失敗告終，只留下一地雞毛，史稱「端平入洛」。

蒙古軍見宋軍如此虛弱，自然不會錯失機會，指責南宋「敗盟」（毀約），一路南下，飲馬長江。當南宋請求以歲幣換取和平時，蒙古大臣耶律楚材說了一句很有名的話：「你們只恃著大江，我朝馬蹄所至，天上天上去，海裡海裡去。」

宋蒙不可挽救的走向決裂，這已不是金帛可以解決的問題了。端平入洛，是蒙宋戰爭的前奏，一場長達近半個世紀的戰爭，就此拉開序幕。

5

隨著端平入洛失敗，蒙古南下四川、荊襄、兩淮。此時，劉克莊已再次被彈劾，下放基層，卻不斷聽到邊境的戰報。他感到國勢危殆，寫下《賀新郎．國脈微如縷》，希望宋理宗提拔人才，挽救國家危亡：

國脈微如縷。問長纓何時入手，縛將戎主？未必人間無好漢，誰與寬些尺度？試看取當年韓五。豈有穀城公付授，也不干曾遇驪山母。談笑起，兩河路。

少時棋柝曾聯句。嘆而今登樓攬鏡，事機頻誤。聞說北風吹面急，邊上沖梯屢舞。君莫道投鞭虛語，自古一賢能制難，有金湯便可無張許？快投筆，莫題柱。

南宋不缺人才。

鎮守巴蜀的余玠主持四川防禦戰略，在前任官員彭大雅築釣魚城（今重慶合川區）的基礎上，建成山城十餘座，「皆因山為壘，棋布星分，為諸郡治所，屯兵聚糧，為必守計」，為抗擊蒙元入侵發揮了重要作用。

余玠治蜀十餘年，功勳卓著，卻無端遭政敵攻擊，被撤職後憂憤而死，也有人說，他是服藥自盡。之後，宋理宗聽信讒言，把余玠的家產抄沒了，蜀地軍民深感寒心，痛惜余玠遭遇不公。

曆仕三朝的老臣崔與之，從來不拍權相的馬屁，也不投靠理學宗派，在各個崗位為官都兢兢業業，多有政績，可謂德才兼備，被宋末學者黃震評價為南宋第一人。崔與之有一句名言：「無以嗜欲殺身，無以貨財殺子孫，無以政事殺民，無以學術殺天下後世。」

但宋理宗更愛誇誇其談的理學家，還有美女。儘管如此，憂國憂民的精神並沒在南宋斷絕。

寶祐四年（一二五六年），又一個考生高中狀元。宋理宗見其名，說：「此天之祥，乃宋之瑞也。」於是，該考生改字為宋瑞。他在二十多年後，成為南宋最後的風骨。這位狀元，就是文天祥。

宋理宗在位最後幾年，權相賈似道獨攬大權，其勢力堪比當年的秦檜、史彌遠。晚年的宋理宗，已然厭倦朝政，他無力阻止權臣亂政，唯獨對寵愛的妃子、近臣百般回護。歷史就像一個圈。宋理宗的兩個兒子都早逝，他到晚年也沒有子嗣繼承皇位，又不肯將權力交給外人。

當年，史彌遠尋找皇位候選人後，宋理宗趙昀的弟弟趙與芮也被接到京城，並在之後封為榮王。趙與芮有一個兒子，是個殘疾人，天生發育不全，體質極差。宋理宗始終放不下私心，寧可將這個有生理缺陷的親侄子收為養子，把皇位傳給他，也不願為宋朝選一個優秀的接班人。這個皇侄，就是日後的宋度宗趙禥（禥音同其），即宋末三少帝的父親。

景定五年（一二六四年），宋理宗病逝，同年，年邁詞人劉克莊因病還鄉，從此告別官場。他吶喊了一輩子，累了，只可惜鮮有人傾聽。

宋理宗在位四十年，留下的是一個空前的危局，還有一個屬於理學的時代。

2 吳文英：一個底層人，粉絲遍天下

大約從宋理宗紹定五年（一二三二年）起，吳文英在蘇州給官員當幕僚謀生，長達十餘年之久。之後，他又相繼成為南宋名臣吳潛與宋理宗之弟榮王趙與芮的門客。

吳文英所經歷的南宋理宗、度宗時期，一邊是歌舞昇平，醉生夢死，「暖風熏得遊人醉，直把杭州作汴州」，另一邊卻是蒙古大軍壓境，江山風雨飄搖。

1

晚清朱祖謀編纂的《宋詞三百首》中，**入選作品最多的詞人不是蘇東坡、辛棄疾等人，而是南宋的吳文英**（號夢窗），他有**二十五首詞被收錄其中，比蘇、辛加起來還多**。

個中緣由眾說紛紜，一說編者朱祖謀是吳文英的鐵杆粉絲，一生曾四次校勘夢窗詞，對吳

文英有所偏愛。此外，晚清詞壇還掀起過一股「夢窗熱」，寫詞的都以「周（周邦彥）、吳為師」，將其所代表的婉約派作為正宗，「學夢窗者半天下」。

今天很多讀者閱讀《宋詞三百首》，讀到吳文英的部分認為太過華麗奇詭、含蓄曲折。比如「映夢窗，零亂碧」、「落絮無聲春墮淚，行雲有影月含羞」、「惆悵雙鴛不到，幽階一夜苔生」，不是離愁別恨，就是相思之苦，大多晦澀難懂。

吳文英，寧波人，一生不求功名，浪跡江湖，困躓而死，屬於典型的底層文人。在學而優則仕的古代社會，算是一個失敗者。

這位文學巨擘一輩子過得極不如意，但有傳世之詞，總算不枉此生。

實際上，夢窗詞在歷史上頗有爭議，其藝術價值長期被掩埋。清末民國前，吳文英經常被歸為詞史中的另類，貶抑者不計其數。

略晚於吳文英的南宋末年詞人張炎，在其著作《詞源》中對「夢窗詞」持否定態度：「吳夢窗詞如七寶樓臺，眩人眼目，碎拆下來，不成片段。」意思是，吳文英的詞形式大於內容，看起來高大上，實際上經不起推敲。

吳文英的詞就像一場場幻夢，他自號夢窗，夢作為關鍵字，在其現存三百四十多首詞中出現了一百七十五次。

佛洛依德有一個理論，夢是願望的達成。才情超逸的吳文英，究竟將什麼寄託在他的夢中？

2

南宋文人周密在《浩然齋雅談》中記載，「翁元龍字時可，好處靜，與吳君特為親伯仲，作詞各有所長。」一是說，吳文英本姓翁，與詞人翁元龍是親兄弟。對此觀點，學界多有從者。有兩種說法，一說由於某些原因，吳文英被過繼給了四明（今浙江寧波）的吳家。另一說，是吳文英本姓吳，後來其母改嫁翁氏，生下翁元龍，吳文英跟隨母親生活，成了翁家的養子。

由此可以推測，吳文英身世淒苦，童年時期應該是寄人籬下。這為其一生打下了憂傷的基調。從孤苦童年中長大成人後，吳文英十分特立獨行。他一生的行蹤基本都在今天的江蘇、浙江兩省，以南宋大都市蘇州、臨安為主，卻終身淡泊仕途，以布衣之身遊走江湖、四處漂泊。

大約從宋理宗紹定五年（一二三二年）起，吳文英在蘇州給官員當幕僚謀生，長達十餘年之久。之後，他又相繼成為南宋名臣吳潛與宋理宗之弟榮王趙與芮的門客。

至今沒有關於吳文英科舉入仕的記載，他似乎也沒有建功立業的期望，而是安於做一個專職文人。一些學者也認為，吳文英「不樂科舉」。因此，吳文英的詞，更多是描寫他的江湖生涯，承襲婉約詞的集大成者周邦彥，成為南宋詞壇的一代宗師。

寫羈旅懷人，有《唐多令．惜別》：

何處合成愁？離人心上秋。縱芭蕉不雨也颼颼。都道晚涼天氣好；有明月、怕登樓。

年事夢中休，花空煙水流。燕辭歸、客尚淹留。垂柳不縈裙帶住，謾長是、繫行舟。

寫遊覽名勝，有《八聲甘州．靈岩陪庾幕諸公遊》：

渺空煙、四遠是何年，青天墜長星？
幻、蒼崖雲樹，名娃金屋，殘霸宮城。
箭徑酸風射眼，膩水染花腥。時靸雙鴛響，廊葉秋聲。
宮裡吳王沉醉，倩五湖倦客，獨釣醒醒。問蒼波無語，華髮奈山青。
水涵空、闌幹高處，送亂鴉斜日落漁汀。連呼酒，上琴台去，秋與雲平。

在夢窗詞中，幾乎難以尋見吳文英對自身境遇的不滿，也鮮有懷才不遇的憤懣與痛恨。這在布衣文人中，實屬罕見。這可能與吳文英所處的年代也有關係。南宋朝廷吏治腐敗，在疆土比北宋少了五分之二的情況下，官吏數量卻遠多於北宋初年，且門蔭補官等氾濫成習，朝中還有權臣亂政，心懷志向的寒門之士更加難以施展抱負。

國事不可為，吳文英也就遠離政治糾紛，混跡於醉夢生涯之中。

3

仕途不順的才子，或許有佳人相伴，留下幾段可歌可泣的傳奇故事，如柳永。吳文英也是情感豐富的人。夢窗詞今存三百四十餘首，有一百二十餘首寫愛情，超過大多數兩宋詞人。

他的朦朧詞就像李商隱的《無題》一樣難解，有學者聯繫作者的情感經歷，從中解讀出了他那兩段刻骨銘心的愛情。據夏承燾《吳夢窗系年》考證：「夢窗在蘇州曾納一妾，後遭遣去。在杭州亦納一妾，後則亡歿。」

吳文英一生最愛的兩個女子，一個是蘇州的民間歌女，另一個是杭州的貴家歌姬，她們一去一亡，都沒能與吳文英白頭偕老。因此，吳文英的愛情詞多為傷悼之作，內心留下深深的創傷。早年在蘇州當幕僚時，吳文英認識一個民間歌女（一般稱之為蘇姬）。他們相愛後，感情真摯，琴瑟相諧，共同寓居於蘇州閶門外的西園，過了長達數年的甜蜜生活。

這場愛情卻以悲劇收場。等到吳文英離開蘇州，前往別處謀生時，蘇姬也在夏秋之際離他而去。在錯的時間遇到對的人，這是吳文英一生的遺憾，就像很多人年少輕狂時的愛情。

每到秋季，吳文英就會思念蘇姬。當吳文英在孤燈斗室中獨自沉思時，他會想像，她是否在明亮的秋月中孤獨寂寥的生活，於是，有了這首《新雁過妝樓》：

夢醒芙蓉。風簷近、渾疑佩玉丁東。翠微流水，都是惜別行蹤。
宋玉秋花相比瘦，賦情更苦似秋濃。小黃昏，紺雲暮合，不見征鴻。
宜城當時放客，認燕泥舊跡，返照樓空。夜闌心事，燈外敗壁哀蛩。
江寒夜楓怨落，怕流作題情腸斷紅。行雲遠，料淡蛾人在，秋香月中。

這首詞的下片點出了主題。「宜城」指唐朝的柳渾，也代指吳文英自己。當年，柳渾因自己年老而讓愛妾琴客嫁人，一時傳為佳話。可詞人不知道，蘇姬離開他後過得如何，只能幻想她在秋月之中，兩人相隔，如天上人間。

在另一首詞《風入松》中，吳文英念念不忘與蘇姬住過的西園，每個角落都是愛侶的足跡：

聽風聽雨過清明，愁草瘞花銘。樓前綠暗分攜路，一絲柳，一寸柔情。料峭春寒中酒，交加曉夢啼鶯。
西園日日掃林亭，依舊賞新晴。黃蜂頻撲鞦韆索，有當時、纖手香凝。惆悵雙鴛不到，幽階一夜苔生。

正是清明前後，西園的群花之中，黃蜂撲向垂掛著鞦韆的繩索，蘇姬悠閒的盪著鞦韆。此時的詞人好像又回到了從前，似乎還能聞到那一縷幽香，那是她纖手握過的餘香。「黃蜂頻撲鞦韆索，有當時，纖手香凝。」這段回憶深深印在詞人的腦中，卻再也難以追尋。

4

多年後，吳文英邂逅另一個女子，那是又一段悲傷的戀情。

吳文英中年客寓杭州，在一個春天騎馬郊遊，行至西陵路，偶然遇見一個富貴人家的歌姬（一般稱為杭姬）。吳文英托人傳送書信，與杭姬定情。此後，二人同宿春江，同游南屏、西湖、六橋，並訂下婚事。可在一次分別後，兩人再也無法相見。

當吳文英到六橋再訪杭姬時，得知她已經不幸早逝，香消玉殞。後來，吳文英在京口遇到一個相貌與杭姬頗為相似的歌女，心中萬分悵惋，懷著對杭姬的思念，寫下一首《絳都春》：

南樓墜燕。又燈暈夜涼，疏簾空卷。葉吹暮喧，花露晨晞秋光短。當時明月娉婷伴。悵客路、幽扃俱遠。霧鬟依約，除非照影，鏡空不見。

別館。秋娘乍識，似人處、最在雙波凝盼。舊色舊香，閒雨閒雲情終淺。丹青誰畫真真面，便只作、梅花頻看。更愁花變梨霙，又隨夢散。

這闋詞提到的典故「真真」，出自唐《松窗雜記》中的故事，說的是一個叫趙顏的進士從一個畫工處得到一幅美女畫像，見其容貌美麗，就對畫工說：「如果這幅畫中的女子能活過來，我願娶她為妻。」畫工對趙顏說：「這是我所作的神畫，畫中女子叫『真真』，如果晝夜不息的叫她的名字，一百天後她一定會應聲復活。」

吳文英想到這個虛構的故事，在詞中感嘆：「有哪一位名家能揮毫畫出杭姬的面容，讓她死而復生？如今我沒有畫像，只好將眼前這位歌女當作她，可是這樣的望梅止渴終究不是長久之計，若這歌女離去，一切又隨夢散。」

歷經人間滄桑的吳文英，在中老年時期留下了大量憶姬之作，也就是那些充滿追憶與幻覺的朦朧詞。當蘇、杭二姬相繼離他而去，愛情永逝之日將至，日漸衰老的吳文英也就變得「陳跡征衫，老容華鏡，歡悰都盡」。

這首兩百四十字的《鶯啼序》，正是吳文英本人一生情事的總結，既懷念不知所終的蘇姬，也寄託對逝去杭姬的哀思。這也是宋詞中最長的詞調：

殘寒正欺病酒，掩沈香繡戶。燕來晚、飛入西城，似說春事遲暮。畫船載、清明過卻，晴煙冉冉吳宮樹。念羈情、遊蕩隨風，化為輕絮。

十載西湖，傍柳繫馬，趁嬌塵軟霧。溯紅漸、招入仙溪，錦兒偷寄幽素，倚銀屏、春寬夢窄，斷紅溼、歌紈金縷。暝堤空，輕把斜陽，總還鷗鷺。

幽蘭旋老，杜若還生，水鄉尚寄旅。別後訪、六橋無信，事往花委，瘞玉埋香，幾番風雨。長波妒盼，遙山羞黛，漁燈分影春江宿。記當時、短楫桃根渡，青樓彷佛，臨分敗壁題詩，淚墨慘澹塵土。

危亭望極，草色天涯，嘆鬢侵半苧。暗點檢：離痕歡唾，尚染鮫綃，嚲鳳迷歸，破鸞慵舞。殷勤待寫，書中長恨，藍霞遼海沈過雁。漫相思、彈入哀箏柱。傷心千里江南，怨曲重招，斷魂在否？

5

在愛情之後，離開吳文英的還有友人。

從夢窗詞可知，吳文英作為江湖遊士，交遊面十分廣泛，有詞酬贈的人物就有六十多位。其中，在史學界引起廣泛關注的是他與吳潛、賈似道的關係。

吳文英迫於生計，曾分別為吳潛、賈似道贈詞四首，與這兩位當朝權貴都有交情。吳潛與賈似道卻是死對頭，還是歷史評價截然相反的人物，賈似道後來入了《宋史・奸臣傳》，而吳潛在《宋史》中與文天祥等忠臣並列，算是一個正面人物。

吳潛任浙東安撫使時，還是吳文英的上司。吳文英當時客居越州（今浙江紹興），在吳潛手下當過幕賓，與他結下深厚的友誼，並深深佩服吳潛的家國之憂。之後，吳潛入朝為宰相，在與賈似道的權鬥中失敗，於景定三年（一二六二年）被賈似道的黨羽毒死於貶所，賈似道從此大權獨攬，權傾朝野長達十五年之久。

吳文英逃避政治多年，不願捲入朝堂的爾虞我詐，也不敢公開痛悼吳潛，卻在晚年重返杭州後作一首《西平樂慢》，感嘆先賢已逝、國事衰微：

岸壓郵亭，路欹華表，堤樹舊色依依。紅索新晴，翠陰寒食，天涯倦客重歸。嘆廢綠平煙帶苑，幽渚塵香蕩晚，當時燕子，無言對立斜暉。追念吟風賞月，十載事，夢惹綠楊絲。

畫船為市，夭妝豔水，日落雲沉，人換春移。誰更與、苔根洗石，菊井招魂，漫省連車載酒，立馬臨花，猶認蔫紅傍路枝。歌斷宴闌，榮華露草，冷落山丘。到此徘徊，細雨西城，羊曇醉後花飛。

末尾一句引用羊曇醉後痛哭謝安的典故，即悼念含冤而死的吳潛。羊曇是東晉名士，精通樂曲，深受謝安器重。謝安病重還京時，曾經路過西州門，他死後，羊曇一年多不碰樂器，也不走西州門，有一次喝醉了酒，沿路唱歌，不知不覺過了西州門。左右提醒羊曇，他一聽就酒醒了，慟哭而去。

吳文英深深痛惜吳潛。**就算人微言輕，也要堅持立場，這是吳文英的態度。**

晚年吳文英職業生涯的最後一站，是投靠榮王趙與芮為門下客，替王爺的家人作一些祝壽詞，換取微薄收入。這位布衣終身的才子，在半生飄零後依舊困頓，不久後貧病交加而死。這也是當時許多底層文人的共同命運。

吳文英逝世後又過了十多年，南宋滅亡（吳文英生卒年存在爭議）。

吳文英在《宋史》中並無傳，一生中沒什麼豐功偉業，甚至地方誌也不願著墨的人物，卻成為宋詞一代宗師，留下三百四十首餘闋詞，在兩宋詞人中，數量僅次於辛棄疾、蘇軾、劉辰翁。

他的詞裡沒有辛棄疾「了卻君王天下事，贏得生前身後名」的抱負；沒有陸游「死去元知萬事空，但悲不見九州同」的悲憤；也沒有文天祥「人生自古誰無死，留取丹心照汗青」的堅決，儘管文字晦澀，寫的卻是尋常人在大時代下的生離死別、苦辣酸甜，以及痴心的愛情。

宋詞的世界，不能沒有吳文英，不能沒有那些被埋沒在歷史中的平凡人。

3 周密：故國、詩詞與野史

元成宗元貞元年（一二九五年），書畫家趙孟頫（一二五四年至一三二二年）病了，他從山東濟南辭官回到了浙江吳興（今湖州）老家。

在休養的日子裡，他每天不是寫寫字、畫畫圖，做做運動，就是出門找朋友們吃酒喝茶。一天風和日麗，趙孟頫專程跑去臨安拜訪老友——前朝老前輩周密（一二三二年至一二九八年）。趙孟頫是元初的文壇領袖，「元人冠冕」，妥妥的一個大才子，但是大才子卻更加崇拜老才子周密，整天以後學自稱！

談笑間，周密聽聞趙孟頫不久前剛從濟南回來，有些黯然神傷，這讓他有些想家了。周密的祖籍在濟南，但他生於江南長於江南，竟一輩子都沒有機會回故鄉看一眼。周密已經六十四歲了，按照古人的平均壽命來衡量，幾乎也快走到頭了。

趙孟頫一看此情此景，只好細細的向老友轉述他任官時的見聞，尤其盛讚了濟南的山水之勝。他說：「濟南的山，數華不注山最有名，《左傳》裡就已經提到了，那座山拔地而起尖聳入雲，真壯觀啊！……東邊還有一座不一樣的，那是鵲山，長得像元寶渾圓敦厚，很有意思！」為了讓周密可以進一步寄託懷鄉之情，趙孟頫特地提筆揮毫，憑藉記憶描畫了一幅濟南的山水寫意圖——《鵲華秋色圖》贈予了周密。

周密如獲至寶，老淚縱橫，把畫收錄進自己的藏畫集《雲煙過眼錄》。這幅畫也一直陪伴他走過人生的最後幾年，被譽為思鄉之畫。

1

山東濟南在宋時叫曆城，曆城東北郊有一座歷史名山，即華不注山。早在北宋初年時，周密的祖先就是定居在這座名山腳下的。

靖康之變後，康王趙構在群臣的擁立下即位。他放棄中原，匆忙南渡，據長江天險定都臨安，是為南宋。

周密的曾祖父周秘也正是在這個時候散盡家財，帶著全家南下避亂。後來，周秘入朝為官，官至御史中丞，在太湖邊的湖州弁山下購置了一些田產，安居下來，世世代代成了湖州人氏。

周密生於江南，長於江南，但他始終認為湖州只是他的第二故鄉，第一故鄉永遠是曆城，終其一生都沒有忘記自己是中原人的後裔。直到晚年，借由趙孟頫贈予他的《鵲華秋色圖》，他才「見到」了從未得見又日夜縈懷的華不注山。

在他的野史雜著中，他經常自稱曆山周密公瑾父、齊人周密、華不注山人等。他曾在信中對友人說：「我自實其為齊，非也；然客為我非齊，亦非也。我家曾大父中丞公實始自齊遷吳，及今四世，於吳為客。先公嘗言：我雖居吳，心未嘗一飯不在齊也。豈其裔孫而遂忘齊哉？」大意是：你以為我是齊人嗎？其實我不是。但若你說我不是齊人，這更加不對了。因為無論是我的祖先還是我，我們心的歸屬都在齊啊！

南渡士大夫對中原故土刻骨銘心的思念可見一斑。

周密的父親周晉入仕以後，任職主要在福建、浙江這一帶，周密的青少年時代，跟隨著父親東奔西走。東南閩浙間的青山綠水、名勝古跡，處處留下了他們的行跡。

淳祐元年（一二四一年），他們由福建回臨安，一路上瘟疫流行，人煙稀少，滿目蕭條。然而進了臨安後，城中歌舞昇平，仿佛無憂無慮的太平盛世。此時距離靖康的亂業已過去一百多年，南宋曆高宗、孝宗、光宗、寧宗、理宗數朝，勉強維持著「剩山殘水無態度」的半壁河山。

周密常常跟隨著父親四處拜訪文友，聽到許多先朝故事，又耳聞目睹了許許多多的奇聞軼事、風土人情，在他小小的心靈埋下一顆種子。

成年後的周密，幾乎有二十年（一二五七年至一二七六年）一直客居在臨安，依附著岳父楊伯岩的兒子們生活，同時兼任僚史這一類小官。

周密的一生都沒有登第，早年間曾以門蔭應試吏部銓試得了第十三名。他**既沒有過李白杜甫那樣的漫遊和漂泊，也沒有蘇軾辛棄疾那樣的大起大落升沉不定，有的不過是懷才不遇，正如封建時代大多數文人的遭遇一樣。**

溪上垂垂雨又晴，淚荷顰柳滿沙汀。
水聲不洗千年恨，山色空餘六代青。
感慨有詩懷故國，英雄無淚泣新亭。
孤忠耿耿人誰會？酹酒鐘山試乞靈。

——周密《次程儀父游清溪》

景定二年（一二六一年），周密在當時的臨安知府馬光祖的幕下謀得了一份工作，幫忙協理京畿漕運，但不到兩年卻捲進了「買公田」一案中。

當時南宋經濟瀕臨崩潰，國庫空虛，邊費嚴重不足。當朝宰相賈似道提出實行祖宗限田之制，官買公田。本來公田法有其積極的一面，可惜在實施的過程中逐漸偏離了最初設定的路線，以至於變成了「借㨾民以富國」。

景定四年（一二六三年），周密得到了一個任務——前往毗陵（今江蘇武進）催督買田。周密是個剛腸嫉惡的正直人，他一到任所，就著手調查當地土地的實際情況，大刀闊斧的砍掉了底下人呈報的買田浮額的十分之三，盡自己所能放免部分坑害農民的公田。

這明擺著要跟上頭對著幹。周密聽說賈似道準備給他「穿小鞋」（按：指報復），甚至有性命之憂，立刻就提交辭呈，拂衣而去，毫不留戀。

只是這一份瀟灑的背後多少會有不甘，在一首寫給友人的詩裡，他自嘲自己已是朝廷的「無用之木」、「不燃之灰」。

季鷹次第賦歸來，底用蓴鱸苦苦催？
顧我已如無用木，從人自笑不燃灰。
江湖空有憂時嘆，朝野應多濟世才。
不信子牟存闕意，可能全付與銜杯？

——周密《次竹窗見寄韻》

風波過後，周密從湖州又回到了臨安，開始和楊纘、張樞等人閒遊，他們吟風賞月，切磋音律，磨練詞藝，對當時的詞壇產生了巨大的影響。

今後的十幾年中，周密都過著一種似隱非隱、亦俗亦仙的生活，他渴望一展抱負，兼濟天下，卻又消沉在低級掾吏的無窮案牘公務裡。一直到德祐二年（一二七六年）三月，臨安城破，南宋覆滅。

2

那年的冬天，周密在會稽（今浙江紹興）造訪了王沂孫，兩人同蔣捷、張炎一起並稱宋末詞壇四大家。故人依舊，然而世事已非。二人同遊會稽的蓬萊閣，周密觀河山而痛哭，寫下了充滿亡國之恨的名篇《一萼紅．登蓬萊閣有感》：

步深幽。正雲黃天淡，雪意未全休。鑑曲寒沙，茂林煙草，俯仰千古悠悠。歲華晚、飄零漸遠，誰念我、同載五湖舟？磴古松斜，崖陰苔老，一片清愁。

回首天涯歸夢，幾魂飛西浦，淚灑東州。故國山川，故園心眼，還似王粲登樓。最憐他、秦鬟妝鏡，好江山、何事此時遊！為喚狂吟老監，共賦消憂。

之後，周密歷盡艱危回到湖州弁山下，開始了亡國後的隱居生涯，而王沂孫不久後將在「不可以仕而不可以不仕」的政治環境裡仕元。宋朝亡了，但對於很多人，尤其是對於宋朝的知識分子來說，宋朝長存於他們心中。

元代大儒郝經曾說：「宋有天下，文治三百年，其德澤厖厚，膏於肌膚，藏於骨髓。民知以義為守，不為偷生一時計。其培植也厚，故其持藉也堅。」

宋朝文人有的選擇隨宋同生共死，有的選擇浪跡湖山，有的悄然閉戶，有的則遁入空門。有個南士鄭思肖，一開始並不叫這個名字，宋亡了才改名「思肖」，意思是「思趙」。這人每天坐臥必定朝南，每年各個節氣還必定望著南邊痛哭跪拜。他很擅長畫墨蘭，但自從宋亡後，畫蘭再也不畫土，就讓墨蘭的根赤裸裸的暴露在空中。別人很疑惑，他則悲憤的反問其人：「我們的地都被奪去，你難道不知道嗎？」

雖然周密對於亡國後的反應不似鄭思肖那樣表現激烈，但是他也抱定了忠於故國、義不仕元的決心，做好了隱居終老的打算。為此，他自號「草窗」，取窗前之草閒適自得之意，彰顯了他的隱士身分。

然而，湖州弁山下的家園不久後在兵火戰亂中被毀，滿目瘡痍，再也無法繼續安身，他只好再次舉家搬回到了如今已是一片殘垣斷壁、廢池喬木的故都臨安，再次依老丈人的後人而居。

元世祖至元二十三年（一二八六年）初春，時值臨安傾覆十載，周密邀請當時的名流文士王沂孫、戴表元、仇遠、白珽、屠約、張楧等十四人共聚楊氏池堂，吟詠唱和，共抒遺民情懷。

在周密的這群故友中，有的人或主動或被迫仕元，但是他卻並沒有因為他們的出山、釋褐而與之絕交，也並沒有抱著那種高高在上的態度。周密體諒了他們的尷尬處境和苦衷，也用心去理解了他們內心的痛苦、猶疑、悔恨和慚愧，理解了他們是「不可以仕而不可以不仕」而已。

周密的詞友陳允平作為人才被徵召到大都（即今北京），周密給他餞行，並贈予他一首詞《高陽臺．送陳君衡被召》：

照野旌旗，朝天車馬，平沙萬里天低。寶帶金章，尊前茸帽風欹。
秦關汴水經行地，想登臨、都付新詩。縱英遊，疊鼓清笳，駿馬名姬。
酒酣應對燕山雪，正冰河月凍，曉隴雲飛。投老殘年，江南誰念方回。
東風漸綠西湖柳，雁已還、人未南歸。最關情，折盡梅花，難寄相思。

周密勸慰他好自為之，不必沮喪頹唐，同時又委婉暗示他不要留戀官場，不要忘記了江南的故國舊人。

趙孟頫以宋宗室後裔的身分出仕元朝，不少時人和後人都對他有所不滿和指責，但是周密卻不帶偏見，大大方方的和他往來，酬唱贈答，談書論畫。對於周密的體恤和相知，趙孟頫一直心存感激。

三年謾仕尚書郎，夢寐無時不故鄉。
輸與錢唐周老子，浩然齋裡坐焚香。

——趙孟頫《部中暮歸寄周公謹》

3

宋亡後不久，周密開始把大部分的時間都用在搜羅和編撰前朝舊史，記錄和撰寫故國野史，成了知名的野史作家。在他看來，著史是在文化萎縮，甚至倒退的亂世之際，保持傳統延續的必要途徑。他的一生著述極為豐富，極為高產，據統計前後不下數十種，流傳下來的也有十多種，如《齊東野語》、《癸辛雜識》、《武林舊事》、《浩然齋雅談》、《絕妙好詞箋》、《草窗韻語》等。

周密在著述中力主客觀全面評定歷史人物，遵循直筆而書，實事求是，不僅將正面人物的反面揭露出來，也會在指責聲中指出可取之處。

比如在《齊東野語》中評價賈似道時，周密雖揭露他顛倒朝綱、弄權誤國、好大喜功及排除異己等人性側面，但也肯定了他有利於民生的進步舉措，並不像一般史學家那樣全盤否定。

但這種做法卻也為他自身的歷史評價招致許多誤解。明人胡應麟、清人陸心源和趙翼都曾因周密「特立獨行」的提到了賈似道這種大奸臣的優點，而認為周密百分之百是在幫賈似道洗白，從而斷定周密就是賈似道的門客，進一步鄙薄了周密為人。

其實，周密的思想，跟他小時候就具備的疑史精神有關。

當周密還是小孩時，有一次他閱讀史籍，發現某件事和社會上流傳的說法很不一樣，跟官修正史的記載也有出入，這讓他疑惑不解，於是跑去問父親。周晉搬出了老祖宗的幾大箱書稿翻查核實，告訴他：「這件事的記載和我們祖宗記載的大體相同，那麼應該是可信的；至於社會上流傳的話很可能是以訛傳訛；國史記載也有可能出於私心，不能全信。對此，你要學會辨別。」

接著周晉又教育周密在進行史學著述時，要像老祖宗一樣如實記載，不能因為個人的愛恨和私心就隨意刪減篡改。此外，周密還突破傳統觀念，勇於書寫女性。正史中是不會為妾、婢女、妓女等身分低賤卑微的女子立傳，但周密偏不！他認為能在亂世中守節不屈的人，不論男女，都很可敬，都要如實記錄下來。

《齊東野語》就收錄了台州妓女嚴蕊不畏強權，寧死不屈，透過作詞自陳冤情自救的故事。同書「昌化章氏」一則，記載了章氏寧願將親生孩子給沒有子嗣的弟弟撫養，也不願捨棄抱養來的孩子的感人事蹟，周密對此大為感嘆：「婦女有識，尤可尚也。」

事實上，這些「野史軼事」要不是周密有心記錄，早就湮滅了，誰會記得？

4

周密是個多面手，在南宋末年，他是當之無愧的雅詞詞派的領袖。他的詞作受到周邦彥、姜夔、吳文英很大的影響，典雅清秀，是婉約派宋詞的完美體現。

大致來說，周密不像秦觀那樣多愁善感，不像周邦彥那樣矜持有餘，也不像姜夔那樣孤獨清高，更不像吳文英那樣性格內向，有評論家倒是覺得，**周密很接近蘇軾那種超脫不羈而又不失儒雅的氣質**。

恰巧，周密不僅詩詞文皆通，且書法、繪畫、琴樂俱佳，是一位少見的藝術全才，加上他樂於交遊，健於談吐，性情闊達，也許還可以加上一點好玩，喜歡「評硯品、臨書譜、箋畫史、修茶具」，對星象曆術、考古占卜、鬼神災異無不感興趣，這不正是蘇軾一類的人物嗎？

總歸，在宋末眾多詞人之中，周密的性格氣質是獨特的。

歲月飛馳，詞人老了，周密又回到了弁山下，在先人的墓旁為自己卜了一塊風水寶地，並在附近搭了一座草廬，起名「復庵」。閒下來的日落黃昏，他為自己寫了一篇千字自銘文，講述了自己的家世、遭際、學問和為人，對自己的一生作了全面總結。

最後，他是這樣評價自己的：「粗謹操，修辱知，諸老晤賞識拔，與一時名輩頡頏盛際者餘二十年。自惟平生大節不悖先訓，不叛官常，俯仰初終，似無慊怍，庶乎可以見吾親於地下矣。」他的一生問心無愧，安然而逝。

小雨分江，殘寒迷浦，春容淺入蒹葭。雪霽空城，燕歸何處人家？夢魂欲渡蒼茫去，怕夢輕、還被愁遮。感流年，夜汐東還，冷照西斜。

萋萋望極王孫草，認雲中煙樹，鷗外春沙。白髮青山，可憐相對蒼華。歸鴻自趁潮回去，笑倦遊、猶是天涯。問東風，先到垂楊，後到梅花？

——周密《高陽臺．寄越中諸友》

一切都過去了，但他的作品和人格，如前朝夢憶，呢喃至今。

4 最後的宋詞：宋蒙戰爭及其結局

屢試不第的陳人傑寫了三十一首《沁園春》，二十六歲便與世長辭，是南宋詞壇短壽的詞人之一。隨著宋蒙戰爭局勢每況愈下，這位元年輕詞人的作品充滿時局的緊迫感，痛斥南宋統治者腐朽無能，說出黎民百姓想說而未說出的話：

誰使神州，百年陸沉，青氈未還？悵晨星殘月，北州豪傑；西風斜日，東帝江山。劉表坐談，深源輕進，機會失之彈指間。傷心事，是年年冰合，在在風寒。

說和說戰都難，算未必江沱堪宴安。嘆封侯心在，鱣鯨失水；平戎策就，虎豹當關。渠自無謀，事猶可做，更剔殘燈抽劍看。麒麟閣，豈中興人物，不畫儒冠？

這首《沁園春．丁酉歲感事》寫於宋理宗嘉熙元年，陳人傑當時年方弱冠。

這一年，蒙古窩闊台汗分兵兩路南下，抄掠宋境，宋軍節節敗退。

一個屬於詞的時代，在戰火與苦難中逐漸走向落幕。

1

有學者將歷時近半個世紀的宋蒙戰爭分為六個階段。

第一階段，端平元年六月至八月，宋軍聯蒙滅金後，乘勢收復河南三京。

第二階段，端平二年（一二三五年）至淳祐八年（一二四八年），宋蒙戰爭全面爆發。作為抗蒙防線的設計者之一，南宋名將孟珙曾統禦南宋邊境三分之二的戰線，他尤其重視巴蜀與襄樊的防線，指出「襄、樊為朝廷根本」，針對川蜀防線提出了「上流備禦宜為三層藩籬」的理論。

第三階段，寶祐五年（一二五七年）十二月至景定元年（一二六〇年），這一時期，在四川發生了王堅指揮的釣魚城保衛戰，在荊襄有賈似道指揮的鄂州保衛戰。

第四階段，宋度宗咸淳四年（一二六八年）九月至九年（一二七三年）二月，最著名的是襄陽之戰，宋蒙圍繞著襄陽、樊城展開生死攸關的攻防戰。

第五階段，咸淳十年（一二七四年）九月至德祐二年三月，元軍攻破襄陽後，開始沿長江拉開戰線，最終占領臨安，瓦解了南宋政權。

第六階段，景炎元年（一二七六年）九月至祥興二年（一二七九年）二月，南宋流亡政府在閩、贛、粵等地與元軍殊死一戰，包括最後的崖山海戰。

蒙古軍摧枯拉朽席捲大半個世界，從來沒有遭遇這樣頑強抵抗的硬骨頭。

宋開慶元年（一二五九年），蒙軍兵分三路，大舉侵宋，蒙古大汗蒙哥在攻打釣魚城時死於軍中。蒙哥汗死得蹊蹺，或氣死，或病死，或戰死，眾說紛紜。一種說法是，兩軍交戰時，蒙哥為鼓舞蒙軍士氣親自登上高樓，擂鼓助威。宋軍守將王堅見狀，調來炮石，集中火力向擂鼓之人射擊，蒙哥傷重而死。

可以肯定的是，釣魚城的一聲驚天炮響，在長江中游的京湖戰場引發了一系列連鎖反應：一是，正在攻打荊襄的蒙哥之弟忽必烈放棄圍攻鄂州，北歸後贏得了汗位；二是，賈似道在與忽必烈的對峙中解鄂州之圍，憑藉功勞入朝執掌大權，成為南宋最後的權相。

當時，坊間流傳八卦，賈似道能讓蒙古軍退兵，是他私自以「割江為界，且歲奉銀二十萬兩，絹二十萬匹」為條件，與忽必烈訂立城下之盟。南宋的主戰派大臣大多對賈似道不服氣。

大臣王埜在樞密院主管過軍事，還曾負責長江防務，正閒居在家，一聽說賈似道憑藉如此手段上臺，將滿腔怒氣化作了一首《西河》：

天下事，問天怎忍如此！陵圖誰把獻君王，結愁未已。少豪氣概總成塵，空餘白骨黃葦。

千古恨，吾老矣。東游曾吊淮水。繡春臺上一回登，一回揾淚。醉歸撫劍倚西風，江濤猶壯人意。

只今袖手野色裡，望長淮、猶二千里。縱有英心誰寄！近新來，又報胡塵起。絕域張騫歸來未？

王埜長嘆：「老天啊！你怎麼忍心讓我大宋走到今日的地步！想當年我鎮守江寧時，到秦淮河邊憑弔，每次登臨江寧府的繡春臺北望中原，就擦一次眼淚。我現在老了，身在田野，遠離前線千里之遙，恢復中原的心思，又該託付給誰？聽說近來蒙古軍不斷南下，我們有像張騫那樣的英雄從遠方歸來嗎？」

賈似道果然讓王埜失望了，他掌權後，首先做的不是起用忠臣良將，而是排除異己。在釣魚城抗蒙有功的王堅，因受賈似道排擠，被免去兵權，憂憤而死。二十一歲就高中狀元的文天祥，因為性格忠直得罪賈似道，以致被貶出朝外。就連另一個宰相吳潛也被賈似道陷害，貶到循州（今廣東龍川），最後被賈似道的黨羽下毒害死。

吳潛也是南宋後期的著名詞人之一。這位狀元宰相一生存詞頗多，年輕時與姜夔、吳文英均有來往，他繼承了蘇、辛的豪放派詞風。詞大多感慨時事，吐露憂國之音。在鎮江為官時，吳潛就因此城地勢險要、風景壯麗，聯想到蒙軍威逼南宋的形勢，寫有《沁園春·第一江山》一詞：

第一江山，無邊境界，壓四百州。正天低雲凍，山寒木落，蕭條楚塞，寂寞吳舟。白鳥孤飛，暮鴉群注，煙靄微茫鎖戍樓。憑闌久，問匈奴未滅，底事菟裘。

回頭，祖敬何劉。曾解把功名談笑收。算當時多少，英雄氣概，到今唯有，廢壟荒丘。夢裡光陰，眼前風景，一片今愁共古愁。人間事，盡悠悠且且，莫莫休休。

這樣一位愛國詞人卻報國無門，被貶至死，只能感慨「歲月無多人易老，乾坤雖大愁難著。向黃昏、斷送客魂消，城頭角」。

景定五年，宋理宗病逝，賈似道擁立理趙禥為帝，即宋度宗。史書記載，趙禥天生體弱，可能智力也有缺陷，七歲才會開口說話，宰相吳潛多次請宋理宗另選宗室子弟為繼承人，但宋理宗不聽勸告。山雨欲來風滿樓，宋度宗昏聵無能，只能把朝政全部交給賈似道。

2

賈似道喜歡鬥蛐蛐，寫了一本研究蟋蟀的《促織經》，被後世諷刺為「蟋蟀宰相」。賈似道執政十五年，為對付蒙古實行了種種改革，可惜大多以失敗告終。

南宋後期，戰事頻繁，需要花費大量的軍費，財政壓力巨大。時人曾指出，軍費在國家財政支出中占比驚人，「東南民力，耗於軍費者十八」。

為此，賈似道一黨提出了「公田法」，規定「買官戶逾限之田」，也就是將官僚、地主占有土地超過規定的部分，抽三分之一買充公田，租賃給農民耕作，政府按原有租額收取田租，以此解決軍糧、物價、土地兼併等問題。這是在南宋土地兼併嚴重的背景下，實施的一項戰時經濟政策。為查清隱藏田產，厘正賦稅隱漏，賈似道又推出了與公田法相輔相成的「推排法」。

此後十四年間，公田法共為南宋買回田地三百五十餘萬畝，卻始終難以抑制經濟危機。官僚、地主都覺得政府買回公田，自己成了受害者，也都想方設法反對公田法。

在針對軍事的改革「打算法」中，賈似道下令會計監察對戰時軍費，對於其中不合法的支出，要求武將予以償還，並將獲罪的將領投獄治罪。

此舉可以整治軍隊中的貪汙腐敗現象，也可以肅清對賈似道不滿的駐邊諸將。賈似道大概也沒想到，「打算法」不經意的改變南宋命運。抗蒙有功的將領劉整，看到賈似道迫害一大批武將，越發感到難以自保，於是叛宋降蒙，點燃了襄陽之戰的導火索。

另一邊，鄂州之戰後，忽必烈回到北方，在汗位之爭中勝出，將都城遷到原來的金中都，營建新城，稱為大都（即今北京），並於一二七一年改國號為元。

忽必烈此前與賈似道交戰吃過虧，不知對南宋該從何處進攻。劉整一來，就向忽必烈進言：「宋主弱臣悖，立國一隅，今天啟混一之機。臣願效犬馬勞，先攻襄陽，撤其扞蔽。」他認為，蒙古要滅宋，先打襄陽，然後順江而下，取鄂州，陷江淮，攻下臨安。

忽必烈認可了。宋蒙再度在京湖戰場展開大戰。

3

元軍為攻打漢水兩岸的襄陽、樊城投入了過半的國庫收入（以國家每歲經費計之，襄樊殆居其半），築起塹壘圍困襄陽，整日攻城，孱弱無力的南宋軍隊屢戰屢敗。

元軍將領張弘范志在必得，在圍攻襄陽時作詞《鷓鴣天》：

鐵甲珊珊渡漢江。南蠻猶自不歸降。東西勢列千層厚，南北軍屯百萬長。
弓扣月，劍磨霜。征鞍遙日下襄陽。鬼門今日功勞了，好去臨江醉一場。

在元軍鐵甲的撞擊聲中，襄樊城池危在旦夕。

宋咸淳九年（一二七三年），拱衛南宋多年的襄陽兵盡糧絕，守城的呂文煥率軍投降元朝。襄陽失利後不久，賈似道曾經拚死保衛的鄂州也隨之陷落，長江沿岸主要防衛據點十二府州相繼投降。

襄樊失守後，朝野震動，京湖制置使汪立信趕緊寫信給賈似道，告訴他，如今只有兩條計策，上策是將各州府的七十餘萬軍隊全調出來守衛長江，中策是與元軍議和，作為緩兵之計，二、三年後邊防稍固，可攻可守。

汪立信有一隻眼睛是瞎的。賈似道看到信後，大罵道：「瞎賊怎敢如此胡說！」

國難當頭之際，賈似道不聽汪立信勸告，率軍再戰蒙古兵，在一二七五年的丁家洲之戰，南宋軍隊上下離心，還未與元軍交戰就全部瓦解，兵敗如山倒。南宋十三萬主力從丁家洲（今安徽銅陵北）大敗而歸，賈似道敗走魯港，在部下的掩護下逃走，徹底輸光了一生名聲。

反對賈似道擅權的文天祥不禁感慨：「己未鄂州之戰何勇也，魯港之遁何哀也。」

賈似道自知大勢已去，在兵敗前見到之前被他痛罵的汪立信，還向他求助，說：「端明，端明（汪時任端明殿學士），悔不聽你的話，以至於此！」汪立信只好說：「平章，平章（宰執之稱），瞎賊我已經沒什麼可說的了。」

聽聞賈似道兵敗後，汪立信不忍見亡國之禍，自殺而死，臨終前嘆息：「吾今日猶得死於宋土也！」

丁家洲兵敗後，賈似道成了萬人唾罵的落水狗，其備受爭議的改革徹底破產，朝中大臣紛紛上書要求殺他以謝天下。

這年，天生殘疾的宋度宗病死，朝政由宋理宗皇后謝道清主持，她立四歲的度宗之子趙㬎（㬎音同顯）為帝（宋恭帝）。趙宋皇室不忍殺三朝老臣，賈似道只被罷官，貶到循州，這正是當年吳潛貶謫、服毒而死的地方。有人在人去樓空的賈府牆上題了一首諷刺詞《長相思》：

去年秋，今年秋，湖上人家樂複憂。西湖依舊流。
吳循州，賈循州，十五年前一轉頭。人生放下休。

昔日權傾朝野的賈似道，最終在貶謫路上被仇敵所殺，此時，南宋早已陷入萬劫不復之地。權相死了，但南宋最後的主戰派，無論是曾經反對他，還是支持他的人，仍然在絕境中奮戰。

這其中，就有文天祥。

4

蒙古兵南下時，文天祥「盡以家資為軍費」，帶兵勤王，這支義軍卻被久經戰陣的元兵屠戮殆盡，他不得不率領殘兵退保餘杭。

之前，有人勸告文天祥：「如今元兵三路直逼臨安，而你卻帶著一萬多人的烏合之眾去以卵擊石，這跟羊入虎口有什麼區別？」文天祥表示「我又何嘗不知，但國家危難，眼下徵召天下勤王，卻『無一人一騎入關者，吾深恨於此，故不自量力，而以身徇之，庶天下忠臣義士將有聞風而起者』」。

在大宋最後一段跌宕歲月中，文天祥是英勇的逆行者，也是南宋士大夫真正的風骨，儘管在宰相陳宜中等人看來，文天祥的勤王之舉，倡狂、兒戲。

德祐二年，賈似道死後不到半年，南宋都城臨安陷入元軍重重包圍，朝廷無人可用，任命文天祥為臨安知府，協助保衛京師。

臨安危急，宰相陳宜中、留夢炎都主張向元軍投降。忠心報國的文天祥、張世傑、陸秀夫（三人並稱為宋末三傑）等人堅持抵抗元軍，他們認為，應依託臨安城中的幾萬殘兵和數十萬百姓支持決一死戰。

文天祥等人請太后與小皇帝先乘船到海上暫避，陳宜中不同意，勸謝太后向元軍奉上宋恭帝的降表，而他自己與留夢炎卻逃走了。謝太后只好任命文天祥為右丞相兼樞密使，讓他與城外元軍主帥伯顏談判投降事宜。

無奈之下，文天祥代表宋廷去見伯顏，可他依舊不願低頭，當面與伯顏據理力爭，完全不畏懼氣焰囂張的元軍，就不談投降。伯顏或許沒想到南宋即將滅亡，竟然還有人敢這樣頂撞他，氣得將文天祥拘押起來。

這一年早春二月，臨安陷落，宋廷投降，恭帝被俘，南宋幾乎名存實亡。春天，從此成為南宋遺民最悲痛的回憶。宋詞中的臨安，從此只剩下血淚的回憶。

出身貴族的張炎，六世祖是南宋中興四將之一的張俊，其祖父張濡在宋元戰爭中鎮守臨安西北重鎮獨松關，城破後被殺，張炎之父也在戰亂中下落不明。

臨安陷落之前，張炎過的完全是「承平故家貴游少年」的生活，詞中較少顧及南宋即將覆亡的現實，多是臨安的繁華世界。可在張炎二十九歲這年，他的家產被攻破臨安的元軍抄沒，從此妻離子散，由一個富家公子淪為無家可歸的「可憐人」，他的詞也不可避免的走向哀傷。

因張炎代表作為《南浦．春水》、《解連環．孤雁》兩首，而被人稱為「張春水」或「張孤雁」。著名的詠物詞《解連環．孤雁》即張炎在南宋亡後所作，書寫落難公子的羈旅漂泊：

楚江空晚。悵離群萬里，恍然驚散。自顧影、欲下寒塘，正沙淨草枯，水準天遠。寫不成書，只寄得、相思一點。料因循誤了，殘氈擁雪，故人心眼。

誰憐旅愁荏苒。謾長門夜悄，錦箏彈怨。想伴侶、猶宿蘆花，也曾念春前，去程應轉。暮雨相呼，怕驀地、玉關重見。未羞他、雙燕歸來，畫簾半卷。

另一位詞人王沂孫，也目睹臨安被攻陷的歷史，深感山河破碎。月有再圓時，但故國河山已經沉淪，江山易主，無復當年之景。這年秋天，王沂孫寫下托物喻志的代表作《眉嫵．新月》：

漸新痕懸柳，淡彩穿花，依約破初暝。便有團圓意，深深拜，相逢誰在香徑。畫眉未穩。料素娥、猶帶離恨。最堪愛、一曲銀鉤小，寶簾掛秋冷。

千古盈虧休問。嘆慢磨玉斧，難補金鏡。太液池猶在，淒涼處、何人重賦清景。故山夜永。試待他、窺戶端正。看雲外山河，還老桂花舊影。

與張炎等人同樣不幸的，還有蔣捷。蔣捷大約三十歲時考中進士，這一年是宋度宗咸淳十年，距離臨安失陷只剩下兩年。因此，在蔣捷一心想要施展抱負的青年時期，南宋就滅亡了，他的後半生在元朝度過，卻不肯依附蒙古人，常懷故國河山之痛。

伯顏率軍攻陷臨安後，蔣捷為躲避戰火，被迫流亡到蘇州一帶。這首《賀新郎．兵後寓吳》形象的描繪了這一段生活經歷：

深閣簾垂繡。記家人、軟語燈邊，笑渦紅透。萬疊城頭哀怨角，吹落霜花滿袖。影廝伴、東奔西走。望斷鄉關知何處，羨寒鴉、到著黃昏後。一點點，歸楊柳。

相看只有山如舊。嘆浮雲、本是無心，也成蒼狗。明日枯荷包冷飯，又過前頭小阜。趁未發、且嘗村酒。醉探枵囊毛錐在，問鄰翁、要寫《牛經》否。翁不應，但搖手。

蔣捷告別妻兒老小，流落他鄉，來回奔走。他見山色未改，亡國之後的世事卻如白雲蒼狗。蔣捷帶著荷葉飯充飢，穿過眼前的小山四處找工作，所幸謀生的工具毛筆還在。他問村裡的老翁，需不需要抄寫《牛經》？老翁只是搖搖手而已。

張炎、王沂孫、周密和蔣捷，這四位詞人被後世稱為「宋末四大家」。他們在國破家亡之後書寫最後的宋詞。但此時，南宋還沒有亡，還有人在守護著這個王朝，堅守最後的氣節。

5

臨安失陷前，謝太后命令陸秀夫等人祕密護送著趙宋皇族最後的血脈、宋恭帝的兩個兄弟——七歲的趙昰（昰音同事）和五歲的趙昺（昺音同丙），出走福州。

德祐二年五月，陸秀夫與張世傑在福州擁立趙昰為帝，從元軍手中逃脫的文天祥也在歷經九死一生後與他們會合，重新樹起南宋的旗幟，進行最後的抗爭。

江西廬陵（今江西吉安）人劉辰翁，與同鄉文天祥師出同門，頗有交情，也曾反對賈似道專權，在受到排擠後自請退休，到贛州任濂溪書院山長。他聽說老同學文天祥起兵勤王后，也曾參與其江西幕府，後來元軍入臨安，劉辰翁再度隱居山中，從此不仕。

當文天祥等人在福建一帶繼續作戰時，劉辰翁時常獨坐於孤燈下，遙想抗擊元軍的義士們，他曾寫下一首《柳梢青・春感》：

鐵馬蒙氈，銀花灑淚，春入愁城。笛裡番腔，街頭戲鼓，不是歌聲。

那堪獨坐青燈。想故國、高臺月明。輦下風光，山中歲月，海上心情。

天下興亡，匹夫有責。

文天祥、陸秀夫與張世傑，以及千千萬萬抵抗元軍的英雄，在臨安陷落後堅持不懈的戰鬥著。三年間，年僅九歲的宋端宗趙是在流亡途中病逝，陸秀夫又與張世傑一起擁立當時年僅七歲的趙昺為帝，繼續抗爭。

宋祥興二年二月，在廣東崖山，陸秀夫和張世傑率領著殘餘的十多萬南宋軍民，與元兵展開了最後的戰鬥。最終一戰，宋軍慘敗，陸秀夫毅然背著八歲的宋帝昺投海自盡，張世傑也在奮戰之後墜海溺亡，十多萬南宋軍民寧死不降。史載，此戰，「浮屍出於海十餘萬人」。

臨安淪陷的三年後，南宋在崖山的風浪之中徹底覆滅。

崖山之戰後，元軍將領張弘範，下令在崖山北面的石壁上，刻下「鎮國大將軍張弘範滅宋於此」。元朝滅亡後，當地人將張弘範的字全部鏟掉，改刻「宋丞相陸秀夫死於此」九個大字。

劉辰翁深知，再也不可能跟隨老同學文天祥抗元了。在這一年，他仿照北宋末年女詞人李清照的口吻，寫下一首《永遇樂》。同樣是在春天，一個代表痛苦的春天：

壁月初晴，黛雲遠淡，春事誰主？禁苑嬌寒，湖堤倦暖，前度遽如許！香塵暗陌，華燈明晝，長是懶攜手去。誰知道，斷煙禁夜，滿城似愁風雨！

宣和舊日，臨安南渡，芳景猶自如故。緗帙流離，風鬟三五，能賦詞最苦。江南無路，鄜州今夜，此苦又誰知否？空相對，殘紅無寐，滿村社鼓。

劉辰翁就像安史之亂後的杜甫，流落民間，一輪明月寄託著他的國仇與家恨，他卻只有空自悲戚。

遠在劉辰翁的千里之外，此前，文天祥率軍在廣東五坡嶺與元軍激戰，兵敗後被元軍俘虜。崖山之戰時，他被關押在海船上，目睹了這場南宋的亡國之戰。渡海時，張弘範命文天祥寫信招降張世傑。文天祥自然不肯答應，他回顧平生，以詩明志，寫下《過零丁洋》：

辛苦遭逢起一經，干戈寥落四周星。
山河破碎風飄絮，身世浮沉雨打萍。
惶恐灘頭說惶恐，零丁洋裡嘆零丁。
人生自古誰無死，留取丹心照汗青！

元軍將領不斷勸降文天祥，跟他說：「你的國家已經滅亡了，你對宋朝的忠孝已經傾盡全力了。如果你能用對待宋朝的忠心，來對待當今聖上（忽必烈），一定還可以當上宰相。」文天祥卻說：「國亡我不能救，死也贖不了我的罪，又怎麼能背叛國家，不與之同生共死呢？」

張弘範不禁動了惻隱之心，只好向忽必烈報告，命人將文天祥護送到元大都。被俘之後，文天祥已多次嘗試自殺，他吞食有毒的冰片二兩，昏眩許久，竟不能死，也在途中絕食八日，仍然不死。如今前往大都，面對蒙古人的屠刀，反而可求一速死，為宋殉葬。

文天祥被押解北上途中，路過南康軍（治所在今江西星子縣）。這是他在過去三十年間，第三次經過此地，但這一次，國已破，家已亡，文天祥回首往事，和蘇東坡之韻，將所思所想寫入《酹江月・南康軍和蘇韻》中：

廬山依舊，淒涼處、無限江南風物。空翠晴嵐浮汗漫，還障天東半壁。雁過孤峰，猿歸危嶂，風急波翻雪。乾坤未老，地靈尚有人傑。

堪嗟漂泊孤舟，河傾斗落，客夢催明發。南浦閒雲連草樹，回首旌旗明滅。三十年來，十年一過，空有星星髮。夜深愁聽，胡笳吹徹寒月。

到了元大都的監獄，忽必烈讓當時已經九歲的宋恭帝趙㬎出面勸降文天祥。當見過一身蒙古人打扮的宋恭帝時，文天祥立馬跪下，連聲說：「聖駕請回！」

一些前朝舊臣請求釋放文天祥為道士，但早已投降元朝的留夢炎不同意，說：「文天祥放出來後，又會在江南號召抗元，置我等於何地呢？」

元至元十九年（一二八三年），又是一個春天，元世祖忽必烈親自召見文天祥，最後一次勸降他。在被關押四年後，文天祥再一次義正詞嚴的拒絕。

忽必烈問他，還有什麼心願？

文天祥心無掛礙，淡然的說道：「我文天祥深受大宋的恩德，身為宰相，哪能侍奉二主！願賜之一死足矣！」

次日，文天祥從容就義。臨刑前，他向著南方鄭重跪拜，那是南宋故都所在，也是他與陸秀夫、張世傑共同戰鬥過的地方。文天祥死後幾天，妻子歐陽氏為他收屍，在他的衣帶中發現了他的遺言：

> 孔曰成仁，孟曰取義，惟其義盡，所以仁至。
> 讀聖賢書，所學何事，而今而後，庶幾無愧。

6

元軍在丙子年（一二七六年）春天攻破臨安，之後每年春天，詞人劉辰翁精神倍感煎熬，常有亡國之痛發作，他在詞中不用元朝皇帝年號，只用干支紀年。一二九七年，就在劉辰翁臨死前的初春，他知道元宵節又要來臨，而南宋臨安的繁華卻已蕩然無存。劉辰翁沒有絲毫過節的喜悅，只有滿腹悲傷惆悵。他寫了一首《寶鼎現》：

紅妝春騎，踏月影、竿旗穿市。望不盡樓臺歌舞，習習香塵蓮步底。簫聲斷，約彩鸞歸去，未怕金吾呵醉。甚輦路喧闐且止，聽得念奴歌起。

父老猶記宣和事。抱銅仙、清淚如水。還轉盼沙河多麗。滉漾明光連邸第，簾影動、散紅光成綺。月浸葡萄十里。看往來、神仙才子，肯把菱花撲碎？

腸斷竹馬兒童，空見說、三千樂指。等多時春不歸來，到春時欲睡。又說向、燈前擁髻。暗滴鮫珠墜。便當日、親見霓裳，天上人間夢裡。

劉辰翁在詞中回憶道，當年臨安的元宵節，處處張燈結綵，美貌的歌女唱起了歌，游春姑娘的輕盈腳步卷起芳塵。月夜下的西湖邊，才子佳人在悠揚的音樂聲中相會，喝醉了遲遲歸去，如果不是亡國災禍，他們怎麼會四處流浪呢？

亡國後出生的孩子，不能親眼看見故國，只能聽別人講述。故國的歌舞昇平，與我們已是天上人間永隔。老夫等了多少時日，春天卻不歸來。這是劉辰翁在詞中隱含的悲嘆。

這一年元宵節當天，劉辰翁在臨安故夢中病逝，享年六十六歲，親朋好友將他葬在故鄉廬陵。那也是文天祥的故鄉。

南宋滅亡後，張炎告別了富貴生活，在改朝換代後的江南，他再也寫不出富貴閒雅的詞章。

一二九〇年秋，元朝徵召江南書畫人才赴大都書寫金字藏經，張炎作為當地才子應召北行。本來與新王朝合作，張炎完全能過上好日子。可是，短暫的北上不僅沒有撫慰張炎亡國的傷痛，還讓他看清元統治者對「南人」的鄙視與不公。

張炎不願屈膝待人，他重新回到江南，為求生四處投親靠友，最後窮苦潦倒，以賣卜為生。元成宗大德三年（一二九九年）除夕，漂流無依的張炎在蘇州寫下悲今悼昔的《探春慢》：

> 列屋烘爐，深門響竹，催殘客裡時序。投老情懷，薄遊滋味，消得幾多悽楚。聽雁聽風雨，更聽過、數聲柔櫓。暗將一點歸心，試托醉鄉分付。
>
> 借問西樓在否。休忘了盈盈，端正窺戶。鐵馬春冰，柳蛾晴雪，次第滿城簫鼓。閒見誰家月，渾不記、舊遊何處。伴我微吟，恰有梅花一樹。

張炎在身世飄零之中一直活到了一三二二年（一說一三二〇年），晚年自號樂笑翁，頗有苦中作樂之意。

這位落魄的富家公子，不但是宋元之際的著名詞人，更是宋詞的總結者。他的詞學專著《詞源》，上卷是音樂論，下卷為創作論，是中國文學史上一部重要的詞學專著。

宋元之際的詞壇，一大特點是透過詠物與詠節序來抒發亡國之恨。

在最後的宋朝詞人中，蔣捷被稱為「櫻桃進士」，他在宋亡之初寫的這首《一剪梅·舟過吳江》，誕生於其顛沛流離的隱居生活：

一片春愁待酒澆。江上舟搖，樓上簾招。秋娘渡與泰娘橋，風又飄飄，雨又蕭蕭。
何日歸家洗客袍？銀字笙調，心字香燒。流光容易把人拋，紅了櫻桃，綠了芭蕉。

而另一首詞《虞美人．聽雨》成為蔣捷一生的總結，少年不識愁滋味，中年明白了很多道理，卻已過不好人生，只因這時候，他的南宋，已亡二十多年：

少年聽雨歌樓上，紅燭昏羅帳。壯年聽雨客舟中，江闊雲低斷雁叫西風。
而今聽雨僧廬下，鬢已星星也。悲歡離合總無情，一任階前點滴到天明。

蔣捷後半生以隱士自居，過著流浪生活，但他不學種瓜，也未學蠶桑，**只忙著種竹子**。**竹，寧折不彎，彰顯正直的氣節**，如同高風亮節的君子。晚年，蔣捷身處湖邊山野，被稱為「竹山先生」，元朝多次有人舉薦他出來做官，蔣捷每次都拒絕，他不想要元朝的官爵。最後，他抱著心愛的竹子，被埋葬在了竹山，即現在太湖之濱的竺山。

有人說他活了六十多歲，有人說他活了八十多歲。但我們只知他乘煙載雨，一生三聽雨，在國破的悲涼中，守著宋詞最後的微光。流光容易把人拋，紅了櫻桃，綠了芭蕉。在三百一十九年的流光逝去後，**宋，亡了。宋詞，也亡了**。

第六章

宋人生活的側面

相較於講述宋代的詞，
我們更想講述詞裡的宋代，
那些活生生的詞人，
那個活生生的朝代，那段活生生的過往。

1 開封往事

宋太祖趙匡胤，很想將首都從開封搬到洛陽。

然而，在開封經營多年、勢力深厚的晉王趙光義，非常擔心趙匡胤遷都，因為這將導致自己不得不離開老巢和大本營。為此，晉王聯合多位大臣，力阻趙匡胤說，開封相比洛陽更加靠近漕運要道，方便接受江淮地區的財賦，如果遷都洛陽，則江南的財賦運輸難度將會提高很多，而且，更重要的是「安天下者，在德不在險」。

1

北宋開寶九年，為遷都籌謀已久的趙匡胤再次巡幸洛陽，並向臣子公布自己的遷都計畫。

在趙匡胤看來，開封作為四戰之地，除了北臨黃河外，其他三面完全沒有地形險要可守。在北宋建國（九六〇年）前十三年，九四七年，契丹軍隊甚至攻陷開封，滅了後晉。歷史的殷鑑不遠，為了拱衛開封，北宋不得不長期在開封屯兵數十萬人防備外患。但如此一來，便導致長期冗兵和龐大財政支出，成為北宋立國的沉重負擔。

在當時北方幾個適合定都的城市裡，長安儘管天險鞏固，但多年來因河道荒廢、漕運艱難，加上生態環境日益惡化，早已失去作為首都的條件。相比之下，洛陽北臨黃河、漕運便利，南有嵩嶽，東有虎牢、成皋，西控函谷，「河山共戴，形勢甲於天下」，成了首都的不二之選。

為此，趙匡胤多次巡視洛陽，一直在為遷都做積極準備。

身兼開封府尹的趙光義有自己的盤算，而北宋的大臣大多不願離開在開封經營多年的安樂窩，這使得趙匡胤不由仰天長嘆：「患不在今日，自此去不出百年，天下民力殫矣。」深懷遠見的趙匡胤沒能堅持己見，而弟弟趙光義也不會再給他機會。就在趙匡胤長嘆的這一年，開寶九年十月，趙匡胤在跟趙光義一起喝了一頓酒後，離奇暴斃。趙光義接著登基上位，是為宋太宗。北宋永遠失去了遷都的機會。

一百五十一年後（一一二七年），隨著女真人的長驅直下，北宋將為此付出亡國的代價。

2

在斧聲燭影中上位的趙光義，不得不開始思索開封無險可守的難題。為了解決北方的隱患，他先親征太原、消滅北漢，然後北伐遼國兩次，希望奪取幽雲十六州，為開封建立戰略屏障。但兩次北伐，均以失敗告終。無奈之下，北宋徹底放棄北伐的希望，轉而採取守勢經營開封。

開封當時被稱為東京、汴梁或汴京，早在春秋戰國時期就曾是魏國的國都。隋煬帝開鑿大運河後，**開封由於瀕臨黃河和地處大運河中線要道，戰略地位日益顯赫**。五代十國時期，除了後唐定都洛陽外，北方的後梁、後晉、後漢、後周四個朝代都相繼定都開封。因此，趙匡胤在陳橋兵變後沿襲開封為首都，也有著歷史性的因素。最為重要的是，開封瀕臨黃河，有汴水穿城而過，位處大運河的咽喉要道，方便漕運供養首都的人馬士眾。

趙匡胤死後，坐穩首都地位的開封更加迅速發展。巔峰時期，這座城市人口高達一百五十萬人，而同時期號稱西方最為繁華的威尼斯城，不過十萬人口。

當時，開封城周長達三十公里，其中東城垣長八千公尺，西城垣長七千五百公尺，南、北兩城垣各長一千公尺。無論是面積還是人口，開封都是當時全球最為龐大的城市。宋人孟元老曾經在《東京夢華錄》中，回憶當年的東京（開封）城：「舉目則青樓畫閣，繡戶珠簾。雕車競駐於天街，寶馬爭馳於御路，金翠耀日，羅綺飄香。新聲巧笑於柳陌花衢，按管調弦於茶坊酒肆。八荒爭湊，萬國咸通。集四海之珍奇，皆歸市易；會寰區之異味，悉在庖廚……。」

作為宋朝巔峰時期的宋仁宗的內臣，詞人裴湘在《浪淘沙．汴州》中寫道：

萬國仰神京。禮樂縱橫。蔥蔥佳氣鎖龍城。日御明堂天子聖，朝會簪纓。
九陌六街平。萬國充盈。青樓弦管酒如澠。別有隋堤煙柳暮，千古含情。

開封城作為當時全球最繁華的都市，是宋人的至高驕傲。但開封的盛世危局，正悄然醞釀。

在開封隕落近九百年後，時常有人提問：開封在北宋滅亡之後，為何再也難以強勢崛起，而淪為默默無名的城市？

說起來，**毀滅開封的，正是曾經成就開封的黃河**。

作為中華文明的發源地，開封賴以興盛的黃河到了北宋時期，由於中上游地區的長期過度開發，加上大片森林被砍伐，水土流失已經越來越嚴重。上游的水土流失逐漸淤積到中下游平原，這就使得開封周圍的黃河河床日益增高，在北宋時已開始形成了地上河和懸河，並比沿岸的村莊高出數公尺之多。

從北宋中期的一〇四八年開始，黃河中下游在幾十年內頻繁決口（按：沿河的堤防被大水沖出缺口），每隔兩、三年就有一次大決口，每三、四十年就發生一次大改道。

最致命的，是來自於一一二七年靖康之變後的人禍。

早在戰國末期的西元前二二五年，當時秦國大將王賁在圍攻魏國都城大梁（開封）時，就曾經扒開黃河大堤水淹大梁，最終迫使魏國投降，從而為秦始皇統一中國拉開了血腥的序幕。

而**從唐宋時期開始成為「懸河」的黃河，在成就開封的同時，也成為摧毀開封的不定時炸彈**。點燃這顆炸彈引信的，是女真人。

一一二五年，女真人建立的金國在攻滅遼國後又繼續南下，並在靖康之變中攻陷開封，俘虜了宋徽宗和宋欽宗，導致北宋滅國。隨後，女真人繼續南下，追擊建立南宋的宋高宗趙構。為了阻擋金兵鐵騎，一一二八年，南宋軍隊在今河南滑縣西南扒開了黃河大堤，試圖「以水當兵」，由此導致黃河流入泗水，再次由泗水奪淮入海。

一一二八年的這次人禍，並沒有擋住金兵南下，相反，卻造成黃河下游的第四次大改道。在宋朝軍隊扒開黃河大堤後，黃河形成了新舊兩條河道，並在黃河到淮河之間到處擺蕩。由於這個位置剛好處於南宋與金國的對峙前線，宋金雙方都無意堵塞決口，以致黃河在整個南宋時期，一直在北方呈現氾濫局面。

大運河由此遭到了嚴重破壞，開封周邊的各條水路和漕運河道也因為黃河氾濫擺蕩嚴重淤塞。於是，開封從北宋時期冠絕全球的第一都市，隕落成了黃泛區的寂寞孤島。

對於開封在北宋滅亡後的荒涼沒落，兩宋之際的詞人曾覿（覿音同迪）（一一〇九年至一一八〇年）在南宋初期一次重返開封後，寫下了《金人捧露盤．庚寅歲春奉使過京師感懷作》：

記神京，繁華地，舊遊蹤。正御溝、春水溶溶。平康巷陌，繡鞍金勒躍青驄。解衣沽酒醉弦管，柳綠花紅。

到如今、餘霜鬢，嗟前事、夢魂中。但寒煙、滿目飛蓬。雕欄玉砌，空鎖三十六離宮。塞笳驚起暮天雁，寂寞東風。

在詞句中，曾覿將開封稱為神京。在北宋滅亡後，無數仍以開封作為精神故都的南宋士大夫，此後一直以神京、玉京等各種稱呼來指代開封。在他們心中，開封是永遠不能泯滅的精神指南。作為北宋滅亡後南渡的士民，詞人王庭珪（一〇七九年至一一七一年）也曾在聽到故都開封的消息後，寫下《臨江仙》紀念心緒：

家住天門閶闔外，別來幾度花開。近傳消息到江淮。玉京知好在，金闕尚崔嵬。
流落江南山盡處，雨余蒼翠成堆。暫同溪館醉尊罍。恐隨丹詔動，且任玉山頹。

家國淪陷，「流落江南」的王庭珪，無時無刻不在思念那個曾經崔嵬壯麗的故都。但歷史賦予黃河流域和開封的苦難，並未終結。

金哀宗開興元年（一二三二年），在蒙古人的一路追擊下，金哀宗不得不南下逃到開封，隨後又逃到距離開封僅僅一百多公里遠的歸德（今河南商丘）。為了阻擋蒙古人南下，金兵也想到當年宋人的「以水當兵」，於是，金人試圖扒開歸德城外的黃河，以求水淹蒙古軍隊。沒想到金人的計畫未能實現，其所派部隊被蒙古人全部殲滅。

蒙古人一不做二不休，直接來個將計就計，水淹歸德。隨後，蒙古人扒開了黃河大堤。誰知歸德城地勢高，黃河水竟然繞城而去。但氾濫的黃河，卻給附近的開封再次造成了巨大危害。

蒙古人扒開黃河兩年後，宋朝與蒙古的聯軍在蔡州會合，聯合攻滅了金國。為了收復故土，宋軍繼續北上挺進汴京。而蒙古軍隊為了拖延宋軍的攻勢，竟然再次扒開了黃河南岸的河堤。這一次，蒙古人將決堤地點，選擇在了距離開封城北僅僅二十多里的寸金澱，這也造成了黃河歷史上的第五次大改道。

當時，從壽春（今安徽淮南壽縣）到汴京一帶的黃河水四處滿溢，有的道路黃河水甚至漫到了人的頸部。宋軍在此後進軍開封和洛陽時，運糧隊甚至得繞過兩淮黃泛區才能抵達河南境內。由於後勤供應極其艱難，加上兵力不足等原因，宋軍被蒙古人擊敗，不得不放棄了好不容易收復的開封和洛陽等黃河沿岸故土。

至此，從一二二七年至一二三四年，由宋人與蒙古人輪流共三次扒開黃河的結果，除了導致黃河頻繁大改道之外，也給開封造成了幾乎毀滅性的打擊。

在**北宋以前，黃河距離開封有兩百里之遠**，但是從北宋開始的黃河頻繁氾濫，加上整個南宋時期宋人與蒙古人的三次輪流扒堤，天災與人禍疊加，導致的直接結果就是黃河河道逐漸向南遷徙，日益逼近開封城。**到了一二三四年蒙古人再次扒開黃河大堤後，當時黃河距離開封城**的直線距離，已經從北宋以前的兩百里遠，變成了**僅僅二十里遠**。

此後，作為地上河的黃河「懸河」之禍，給開封造成了越加深沉的苦難。河道遠，洪水氾濫時尚可規避和減輕受災面。但河道如此之近，一旦洪水氾濫或決堤，開封城根本沒有反應和逃亡的時間，生態影響近在咫尺。

此後，隨著黃河水土流失的日益嚴重，黃河在開封城周邊的決溢越來越頻繁。根據統計，進入元、明、清三朝後，三個朝代六百四十年期間（一二七一年至一九一二年），黃河在開封境內的決溢就達到了三百多次，其中共有幾十次洪水襲城、七次水淹開封城的記載。

不得不說，整個南宋時期宋人與蒙古人的輪流扒堤，給開封造成了影響千年的人禍之害。

長期的戰爭動盪與黃河決堤，也使得開封賴以興盛的黃金水道日漸荒廢。

3

儘管號稱八朝古都，從夏朝，到戰國時期的魏國，以及五代時期的後梁、後晉、後漢、後周，還有北宋、金朝都曾經在開封立都，但開封作為真正的中國大一統王朝的國都，就只有北宋一朝一百六十七年的歷史。

唐朝安史之亂以後，中國的經濟中心逐漸從黃河中上游，轉向長江、淮河一帶。當時，來自江淮地區的財賦，普遍需要依賴從隋朝開始鑿通的大運河來運輸。處於大運河要道、更靠近江淮地區的開封，從唐代後期開始迅猛發展。

但除了倚仗黃河、幾乎沒有天險可守的開封，從一開始就蘊含著趙匡胤所擔憂的致命隱患。北宋滅亡後，隨著宋室南遷，首都也從開封南遷到了杭州。

天生的地形弱點，以及失去首都地位，自然與政治的雙重失勢，是開封隕落的根本點。開封的隕落，也成了中國定都史的轉捩點。從約前二〇〇〇年的夏朝，到一〇〇〇年左右的北宋，三千年間的定都範圍基本都是沿著渭河及黃河中游的東西走向，遷移軌跡沿著西安—洛陽—開封這條橫線，呈現出東西走向的波動遷移。但北宋滅亡後，中國的政治首都，第一次從沿著黃河流域的東西走向布局，轉變成了南北走向格局。

到了一二七六年，元朝軍隊攻陷了南宋首都臨安。南宋滅亡後，中國的政治中心從南方的杭州，轉移到了元朝位處北方的國都大都。從南宋算起，到元、明、清共四個朝代，中國的定都走向，是從沿著黃河的東西走向，改變成沿著京杭大運河的南北走向，其遷移軌跡表現為杭州（南宋）—北京（元朝）—南京（明朝前期）—北京（明朝、清朝），並一直持續至今。

失去首都的地位後，開封的政治地位一落千丈。這導致的直接後果，就是大運河水道荒廢。

早在北宋時期，為了方便接收來自江淮地區的財賦，北宋在依賴黃河之外，除了繼續擴大疏浚原來汴河、五丈河兩條河道外，相繼開鑿金水河和惠民河兩條運河。通過汴河、五丈河、金水河、惠民河等「漕運四渠」加上黃河通聯全國各地，開封因此成了「四方所湊，天下之樞，可以臨制四海」的首都所在地。

當時，為了保證各條運河的通暢，北宋政府每隔三、五年就要疏浚各條河道，儘管各條運河都存在自然的泥沙淤積問題，但「雖數湮廢，（但仍）通流不絕」。

然而從北宋後期開始，由於政治腐敗、管理廢弛，從江淮地區通聯開封的運河已經逐漸淤塞荒廢，此前全年通暢的運河，甚至出現了只能通航半年的情況：「汴渠昔之漕運，冬夏無限，今則春開秋閉，歲中漕運止得半載。」

一一二七年後，南宋遷都杭州，常年缺乏疏浚的大運河河道更是逐年淤積。到了南宋建立後僅僅四十多年，作為大運河重要通道的汴河河道，已經在淤積後變成了麥田和村落。

除了汴河，作為開封連接江淮地區的「漕運四渠」中的另外兩大通道——五丈河和惠民河也由於缺乏疏浚，最終淤積湮廢。至此，以運河作為血脈的開封，在連接南方的運河基本荒廢以後，衰落成了必然趨勢。

經歷北宋滅國的哀痛，詞人朱敦儒（一〇八一年至一一五九年）在南渡後，時常想起故都的汴水：

圓月又中秋。南海西頭。蠻雲瘴雨晚難收。北客相逢彈淚坐，合恨分愁。
無酒可銷憂。但說皇州。天家宮闕酒家樓。今夜只應清汴水，嗚咽東流。

——朱敦儒《浪淘沙》

作為南渡的「北客」，他和朋友們經常淚如雨下，唯有在「但說皇州」中，才回想那「嗚咽東流」的汴水和開封城。朱敦儒在《採桑子》又寫下他在清夢裡，時常回到開封的淒涼夢境：

一番海角淒涼夢，卻到長安。翠帳犀簾，依舊屏斜十二山。
玉人為我調琴瑟，顰黛低鬟。雲散香殘，風雨蠻溪半夜寒。

無數次回望故國，開封已經日漸遙遠了。

4

一二七九年南宋滅亡後，開封光復的希望徹底隕落，元朝定都大都（北京），北京開啟了此後延續至今七百多年的首都運勢。

表面看起來，似乎是政治的力量主導了開封的衰落，但分析背後原因，開封的隕落與京杭大運河的改變有著密切的關係。在隋唐以前，中國的政治中心和經濟中心都集中在黃河流域，因此沿著黃河流域東西走向的長安—洛陽—開封，選擇一個城市作為首都，是政治與經濟疊加的自然選擇。

但從隋朝開始，隨著江淮地區經濟的不斷崛起，中國的政治中心和經濟中心開始不斷分離，在此情況下，隋煬帝首先鑿通了大運河，並試圖透過大運河吸收江淮地區的財賦，以此維繫帝國的運轉。

到了唐朝時，大運河已經成了國家不可或缺的生命線。唐朝貞元二年（七八六年），由於從江淮地區向長安運輸糧食的漕運通道被藩鎮軍隊阻隔，整個長安城都陷入缺糧境地，以致禁軍發生騷亂，這時，剛好有三萬斛米運到長安周邊，唐德宗聽說後，幾乎流下眼淚跟太子說：「米已至陝，吾父子得生矣。」

由於受到黃河三門峽水流湍急、不利水運和自然環境惡化等各種因素影響，長安最終在唐代以後逐漸衰落，取而代之的是開封的崛起，而開封的衰落，也與長安類似。

元朝建都大都後，為了吸收江淮地區的財賦維持國家運轉，開始全力開鑿京杭大運河。至元三十年（一二九三年），京杭大運河全線通航，而南起餘杭（今杭州），北至涿郡（今北京），全長約一千七百九十七公里的京杭大運河的通航之日，也是長安、洛陽、開封等黃河中上游城市的徹底衰落之時。

從線路來看，京杭大運河途經今浙江、江蘇、山東、河北四省及天津、北京兩市，貫通海河、黃河、淮河、長江、錢塘江五大水系，由於京杭大運河不再連接開封等地，使開封失去了江淮地區的滋養。

而京杭大運河的通航，則捧火了運河流域的山東濟甯、天津等新城市。對於開封來說，北宋時期那偉大輝煌的日子，已經一去不返了。

對此，作為南宋宮廷琴師，在一二七六年臨安城破後，跟隨宋恭帝一起被蒙古人強行遷徙北上的詞人汪元量，曾經在《滿江紅．和王昭儀韻》中，回憶故國：

> 天上人家，醉王母、蟠桃春色。被午夜、漏聲催箭，曉光侵闕。花覆千官鸞閣外，香浮九鼎龍樓側。恨黑風吹雨溼霓裳，歌聲歇。
> 人去後，書應絕。腸斷處，心難說。更那堪杜宇，滿山啼血。事去空流東汴水，愁來不見西湖月。有誰知、海上泣嬋娟，菱花缺。

在汪元量帶血的泣訴裡，故國已逝，那北宋開封城裡的「東汴水」，和南宋臨安城裡的「西湖月」，早已化為江山往事。

在元大都的日子裡，汪元量還曾到獄中看望過誓死不降的文天祥。後來，在文天祥就義、被俘虜的宋恭帝入吐蕃學佛法後，汪元量上書請求忽必烈放他南歸。他回到臨安城內築室隱居，自稱「野水閒雲一釣蓑」，終老於山水之間。

5

到了明朝時，由於賈魯河的疏浚鑿通，加上定都南京的朱元璋將汴梁（開封）一度改為北京，開封的政治和經濟地位有所提升。

開封重新崛起成為中原地區最繁華的城市，「勢若兩京」，「大梁（開封）為中原上腴，北咽神京，南控八省，商車市舶，鱗次而至大梁門外，聯輻接輙，旅邸櫛比，居然一都會也。」

但是，開封早已不是北宋時期的第一都市了。明朝時，與江南地區蓬勃發展的揚州、蘇州、杭州等城市相比，開封頂多只能算是中原地區的大城市。明朝末年，在北宋時人口就已經超過百萬的開封，才勉強恢復到三十多萬人口。就在開封似乎有所好轉時，李自成卻給了這座城市致命一擊。

從一六四一年至一六四二年，李自成三次率兵進攻開封。第二次進攻開封時，他被開封守城士兵射瞎了左眼，這使得他惱羞成怒，於是在第三次圍攻開封時，搶割開封城周邊的全部麥子，致使開封城內「升粟萬錢，米貴如珠」，甚至開始人吃人。

在被圍城整整五個月之後，守衛開封的河南巡撫高名衡、推官黃澍和巡按御史史嚴雲在接近絕望之下，無奈決定「決河灌城」以求自保。隨後，明朝守軍派兵鑿開了朱家寨口大堤，當時，明軍鑿開的缺口不大，李自成卻乾脆以牙還牙，決定將開封全城毀滅。一六四二年農曆九月，李自成派出幾萬士兵，扒開了開封城附近的黃河馬家口大堤，黃河水直沖開封城，整個城內積水達十多公尺深。當時，開封城內尚有三十七萬守城軍民，李自成扒河衝擊開封城後，全城百姓有三十四萬人死絕，僅三萬人倖免於難。

經歷過這場大變故的明朝人計六奇（一六二二年至約一六八七年）後來回憶：「自賊亂以來，殺人不可勝計，其最烈者，無如（張）獻忠之屠武昌、（李）自成之淹汴梁（開封）也。夫圖大事者，當以得人為本。張（獻忠）李（自成）所為如此，不過黃巢、赤眉（軍）之徒耳。天心人心胥失之矣。欲不速亡得乎？」

經歷李自成的毀滅性放水淹城後，開封人口再次出現了大倒退。即使到了清朝盛世時期的乾隆十六年（一七五一年），當時全國人口出現大爆炸，但開封人口卻只有十二萬人。也就是在清朝時期，開封成了河南乃至中原地區的一般城鎮，再也無復當年輝煌。

6

儘管宋室滅亡，但開封的苦難仍在延續。

在經歷數百年的人為和天災的洪水氾濫後，開封周邊的土地大規模沙化和鹽鹼化，農業生產遭到嚴重破壞。為了堵截洪水，開封民眾從宋朝以來又不斷大規模砍伐森林修築防洪堤壩。到了清朝滅亡前一年（一九一一年），地理學家張相文遊覽開封時，曾感慨的說：「開封城外，平衍無山……自屢經河患，而古代川流皆填塞無餘，白氣茫茫，遙望之無異沙漠。而森林亦復鮮少，防風防沙之用缺焉。長此不變，數十年後將不知成何景象矣。」

水災頻繁、砍伐森林、水土失去涵養，在互為惡果的迴圈中，開封已經喪失了作為外港的功能。而作為開封復興的最後一道希望，位處開封城外二十多公里的朱仙鎮和周家口，原本有可能在開封城之後重新崛起，但最終又是黃河帶走了這最後的曙光。

位處賈魯河兩端、連接穎河進入江淮地區的朱仙鎮和周家口兩個城鎮，在明清時期開始崛起。到了清朝中期，朱仙鎮人口躍升至三十萬，與湖北漢口、江西景德鎮、廣東佛山一起號稱全國四大名鎮，其「貿易最盛……商賈雲集」。

但道光二十一年（一八四一年），黃河再次決堤，水淹開封城達八個月之久。僅僅兩年後，道光二十三年（一八四三年），黃河又決堤沖毀了開封復興的希望所在朱仙鎮，致使賈魯河「河身淤成平陸，河身以上又淤高丈許，朱仙鎮民房沖去大半」。由於河道淤塞，已經無法通航的朱仙鎮迅速敗落，至此，開封與外港的聯繫完全中斷。

朱仙鎮則從清朝四大名鎮上迅速除名。光緒三十二年（一九〇六年），朱仙鎮人口從清朝中期巔峰時的三十多萬人口，跌落至僅有一萬五千人，到了一九三四年，更是僅剩八千五百多人。

朱仙鎮被黃河沖毀後，周家口仍然透過穎河，勉強維繫著與江淮地區的聯繫，但隨著鴉片戰爭之後海洋時代的到來，即使是一度風光數百年的京杭大運河沿線，也逐漸沉寂了下來。

曾經在黃河流域紅得發紫的開封衰落了，曾經在京杭大運河沿線呼風喚雨的揚州等城市也衰落了。屬於內河文明的時代過去了，屬於海洋和鐵路的時代來臨了。

一八九八年，從北京盧溝橋到湖北漢口的盧漢鐵路（現在的京廣鐵路）正式開工修建。由於開封段地質鬆軟號稱「豆腐腰」，盧漢鐵路最終繞開開封，選擇了途經鄭縣一帶。由此，小小的鄭縣憑藉鐵路優勢一躍而起，進而飛速成長為河南的大城市鄭州。一九二三年，到開封遊覽的康有為非常感慨，後來，他寫了一副對聯：

中天臺觀高寒，但見白日悠悠，黃河滾滾。
東京夢華銷盡，徒嘆城郭猶是，人民已非。

那個曾經世界第一的名城古都，已從宋詞的巔峰記憶裡隕落人間，輝煌不再。

2 兩宋繁華消亡史

史學界對宋朝，存在截然不同的評價。

有人說，宋朝積貧積弱。持這一觀點的有錢穆、翦伯贊等，他們認為，宋朝對外積弱不振，內部積貧難療。另一些學者，如陳寅恪，卻評價宋代為「造極之世」。那是國家經濟總量在當時世界居於領先地位的富庶之國，造就了中國文化的黃金時代。

這個商業發達、空前繁榮而又被動挨打的王朝，將其財富密碼書寫於《東京夢華錄》、《武林舊事》的宋詞風流之中。

1

詞，本是文人雅士自娛自樂的產物，一開始並不被當作正經文學來看待。

宋代商業文化的發展，給予宋詞得天獨厚的生長環境，使之從士大夫的府中宴樂，走向市井的聲色娛樂，在瓦子（瓦舍）、酒樓、茶坊、勾欄的輕歌曼舞之中傳播四方。

北宋，城市化已經達到世界頂尖水準，路、府、州、縣各級行政建制中的各類型城市，最多時數量達三千多個，比當時的西歐城市加起來還多。英國經濟史學家安格斯．麥迪森曾經推算出，宋初（一〇〇〇年）中國國內生產毛額（GDP）占全世界二二．七%。

宋仁宗時期，宋朝開始實行「坊市合一」。

宋代以前，城市中的坊（居民區）與市（集市區）分開，晚上到點就不許商人營業，因此嚴重阻礙社會經濟的發展。宋代坊市合一後，宵禁得到緩解，夜市集市日漸繁華，恰似陸游在詩中寫的，「近坊燈火如晝明，十里東風吹市聲。遠坊寂寂門盡閉，只有煙月無人行」。而一位不知名的宋代詞人在流寓江南後，創作《鷓鴣天》，描繪的正是北宋元宵佳節的不眠夜：

> 真個親曾見太平。元宵且說景龍燈。四方同奏升平曲，天下都無嘆息聲。
> 長月好，定天晴。人人五夜到天明。如今一把傷心淚，猶恨江南過此生。

到宋神宗熙寧十年（一〇七七年），政府對商稅進行統計，全年商稅年入萬貫的城市有兩百零四座，其中，開封府達到年商稅四十萬貫以上。

在北宋的權力中心開封府，各種行當自由發展，至少有一百六十多行，酒店、香鋪、妓館、小食店、雜貨鋪、金銀鋪等各色商鋪館舍，分布在汴水虹橋兩岸。各行各業的廚子、作匠、小販、妓女、閒漢等，每天都在上演真人版的《清明上河圖》。

目前已知，宋代汴京最盛時人口已達一百五十萬左右，是當時的世界第一大城市。據《東京夢華錄》記載，汴京「舉目則青樓畫閣，繡戶珠簾。雕車競駐於天街，寶馬爭弛於御路。金翠耀目，羅綺飄香。新聲巧笑於柳陌花衢，按管調弦於茶坊酒肆」。

宋代士大夫以聽歌看舞、攜妓狎歡作為娛樂項目，而宋詞正是在歌妓的美妙嗓音中得以傳播。有的大臣還願意娶歌妓為妾，給她們作詞以在酒席上演唱，以此當作一種業餘愛好。

才子佳人，淺斟低唱，他們都是這場盛世狂歡中當之無愧的主角。

有一個故事，說宋代詞人葉夢得登進士第後，調任到地方管理治安，受到上司青睞。一天，葉夢得與同僚出遊，在江邊遇到一艘滿載美女的彩船，知道對方是風塵女子，本想回避。但船靠岸後，煙雨迷蒙之間，走下十幾個衣著華麗的歌妓。她們問一旁的小吏：「葉學士安在？妾身可否有幸拜見？」

葉夢得不得已出來相見，眾歌妓大為驚喜，說：「早已聽聞葉學士名聲傳遍江表。妾等為真州的歌妓，本來隸屬樂籍，靠在酒宴演唱為生。最近郡守不允許官員私自聚會，故而我們只好沿江而下，能在此見到葉學士實在是天賜的幸運。」

聽聞歌妓們的遭遇，葉夢得深感同情，況且對方還稱是自己的粉絲，於是就留她們下來，舉辦一場酒宴，並親自作詞，寫一首《賀新郎．睡起流鶯語》，請歌妓演唱：

睡起流鶯語。掩蒼苔、房櫳向晚，亂紅無數。吹盡殘花無人見，唯有垂楊自舞。漸暖靄、初回輕暑。寶扇重尋明月影，暗塵侵、上有乘鸞女。驚舊恨，遽如許。
江南夢斷橫江渚。浪黏天、葡萄漲綠，半空煙雨。無限樓前滄波意，誰采花寄與。但悵望、蘭舟容與。萬里雲帆何時到，送孤鴻、目斷千山阻。誰為我，唱金縷。

歌妓們是兩宋城市化發展中的職業藝人，也是一個時代的歌者。這些憑藉聲色才藝吸引文人的人，將宋詞傳播到了每一處井水街巷，正如蘇東坡在《減字木蘭花．慶姬》所寫：

天真雅麗。容態溫柔心性慧。響亮歌喉。遏住行雲翠不收。
妙詞佳曲。囀出新聲能斷續。重客多情。滿勸金卮玉手擎。

然而，歌妓的日子並非一直風光無限。無論是官妓、家妓或私妓，她們都是誤入風塵，沒有人身自由，命運不在自己掌控之中，也不一定能與文人雅士互為知音，更多的是遭到殘酷虐待。據記載，南宋權相賈似道，養了不少家妓。一天，賈似道與多位姬妾在湖上倚樓眺望，遠遠見兩個身著道裝、輕搖羽扇的少年乘小舟遊湖登岸。其中一個家妓感慨道：「美哉二少年！」賈似道對她說：「妳如果喜歡他們，我讓他們來納聘。」美人笑而不語，隨後被賈似道命令退下。

沒過多久，僕人捧著一個盒子來到眾人面前，賈似道冷酷的說：「剛才已為某姬受聘。」打開一看，竟然是那個家妓的首級，在場眾人不寒而慄。賈似道因為她有可能不忠於自己，就痛下殺手。

類似的故事散見於各種宋代史料之中。比如呂士隆為宣州知州時，有虐待狂傾向，他經常找各種理由鞭笞官妓，對她們施虐。官妓不堪受辱，四散而逃。

許多歌妓或風塵女子，大多沒能改善生活，反而遭受更多的剝削。

2

在北宋初年「杯酒釋兵權」的大戲中，宋太祖趙匡胤舉起酒杯，對大將石守信等人說：「人生如白駒過隙，追求富貴的人，不過是想多聚金錢，使子孫後代免於貧乏而已。你們不如放棄兵權，多積攢金帛良田，為子孫立長遠產業；同時多買些歌妓，日夜飲酒相歡，以終天年。」此後，趙匡胤以和平方式解除了手下大將的兵權。

隨著城市經濟的繁榮，有宋一代，上至皇帝貴族，下至市井百姓，都追求更高的生活品質，甚至迷醉於奢侈享樂之中。此即《宋史》記載的，「居室服用以壯麗相誇，珠璣金玉以奇巧相勝，不獨貴近，比比紛紛，日益滋甚。」

皇帝有時以拋撒錢幣為樂。雍熙年間，宋太宗趙光義登上講武臺閱兵，有武藝超群者，就獎賞其布帛。後來登瓊林苑，與大臣飲酒，宋太宗又擲錢幣於樓下，讓路過的人爭搶。後來的宋徽宗也有類似這樣撒錢為樂的愛好。

富商有時以買官為目標。宋真宗年間，有一年山東遭遇災荒，由於官員謊報災情，導致天災險些演變成人禍，使受災群眾陷入倒懸之急。登州富商鄭河聽說此事，大手一揮，給朝廷捐了糧食五千六百石，沒別的要求，就是想幫弟弟鄭巽要個官職。宋真宗本不想答應，大臣卻勸他給富豪樹立個榜樣，好讓他們都願意贊助朝廷，於是就給鄭巽補了個官。

到了北宋末年，賣官鬻爵（鬻音同御）的現象就更嚴重了。

商業貿易的發達，促使經商者嗜錢如命，甚至不惜造假。有個無名氏寫下《行香子》，描寫了欺騙顧客、賣假酒的奸商。

浙右華亭。物價廉平。一道會、買個三升。打開瓶後，滑辣光馨。
教君霎時飲，霎時醉，霎時醒。
聽得淵明。說與劉伶。這一瓶、約迭三斤。君還不信，把秤來秤。
有一斤酒，一斤水，一斤瓶。

以上說的都是富人生活，那宋代老百姓的日子過得如何？

據統計，**宋朝統治下的人口在北宋後期最盛時已經過億**。宋朝耕地面積更是超過了唐朝，將耕地面積換算成當代數字，宋朝的耕地最多時為五百一十一萬頃，唐朝為四百八十五萬頃。這是在宋朝疆域比唐朝小得多的情況下取得的成就。

隨著人口激增，宋朝統治者最早在汴京進行了戶籍改革，以完全租佃地主土地的農民為「客戶」，而「主戶」按照占地和財產多寡分為五等，並實行自由放任的土地政策，放任土地自由買賣。種種舉措提高了城市人口比例，在宋朝的一些城市，城市人口多達二〇%以上，由此形成了市民階級。大批手工業者、商人、小業主構成宋朝的中產階級。宋末詞人蔣捷有一首《昭君怨》，就是他日常所見小商小販的生活：

擔子挑春雖小。白白紅紅都好。賣過巷東家。巷西家。
簾外一聲聲叫。簾裡鴉鬟入報。問道買梅花。買桃花。

宋代皇室貴族、富商巨賈的奢靡生活，豪車美女、金石書畫一樣不少。平民百姓與底層官吏的生活卻僅能勉強糊口而已。當時的貧富差距達到了十倍、百倍，甚至是更大的差距。就連一向樂觀的蘇軾，都有過如此感慨：「其一大富，千金日費。其一甚貧，百錢而已。」

據史料記載，北宋時期的底層官吏，每月工資只有一、二貫，多不過三、五貫。聚集在城市中的更多是普通市民。宋代工薪階級月工資也在三貫左右，如「負薪入市得百錢」、「賣魚日不滿百錢」、「傭不習書……力能以所工，日致百錢」。這些人每天都只能賺一百文錢，像富人那樣一日千金的小目標，永遠都無法實現，在大都市養活一家老小更是不容易。

即便是自己創業，有些小老闆的生意也僅夠糊口。如宋徽宗時期，江東饒州市民魯四公，在東京開了一家小食品店，靠煮豬羊血售賣，養活妻兒老小，每日所得不過二百錢，卻安貧守分。

還有世代賣面的許大郎一家，雖然有京城戶口，「然僅能自贍」。

還有一名滄州婦人，因「幼年母病臥床，家無父兄，日賣果於市，得贏錢數十以養母。」這說明賣水果的收入，一天為數十文錢。

很多人年少時學過的《蠶婦》，寫的是養蠶賣絲為生的普通婦女，其中有一句：「遍身羅綺者，不是養蠶人。」像蠶婦一樣的勞動人民，即使養一輩子蠶，也難以穿上蠶絲織成的羅綺（按：羅與綺，皆絲織品，常為婦女所服）。

繁華的大宋敲響了盛世的警鐘。張擇端的《清明上河圖》，據說有以畫曲諫之意。權貴卻不滿足。宋徽宗為了在京城建造「壽山艮嶽」，派爪牙搜刮天下名花奇石，加重百姓的負擔。北宋滅亡前夕，為反抗剝削揭竿而起的方臘起義吹響亡國的前奏，儘管其被宋軍平定。

不久後，在靖康之變中，金兵鐵騎南下汴京，攻滅北宋，艮岳奇石不是被毀，就是被運往金朝的燕京，徽、欽二帝當了俘虜，不少京城權貴跟著他們在被俘北上的途中，遭受前所未有的侮辱。東京夢華，至此湮滅。

3

南宋建立後，經過幾番輾轉，定都臨安。從此，「暖風熏得遊人醉，直把杭州作汴州。」

歷經晚唐五代以來的中原離亂，經濟重心進一步南移，宋代的南方經濟已實現對北方的全面逆襲。杭州城，這個三吳都會，代表南方大城市的繁華富麗，如有「張三影」之稱的北宋詞人張先，在《破陣樂．錢塘》所寫：

四堂互映，雙門並麗，龍閣開府。郡美東南第一，望故苑、樓臺霏霧。垂柳池塘，流泉巷陌，吳歌處處。近黃昏，漸更宜良夜，簇簇繁星燈燭，長衢如晝，暝色韶光，幾許粉面，飛甍朱戶。

和煦。雁齒橋紅，裙腰草綠，雲際寺、林下路。酒熟梨花賓客醉，但覺滿山簫鼓。盡朋遊、同民樂，芳菲有主。自此歸從泥詔，去指沙堤，南屏水石，西湖風月，好作千騎行春，畫圖寫取。

政治、經濟中心的東遷南移，是一個漫長的過程。唐代安史之亂後，北方大受破壞，被譽為「天府之國」（《史記．留侯世家》稱：「關中崤函，右隴蜀，沃野千里，此所謂金城千里，天府之國也。」）的關中，在朝政混亂與環境惡化之中走向衰落。

中晚唐時，關中長期依賴於東邊的運河與江南的糧食財富求生存。

唐德宗貞元二年（七八六年），甚至發生了因江南漕運來不及運送，禁軍缺糧而險些暴動的事件。幸好有大臣及時運了三萬斛米到關中，唐德宗才轉憂為喜。

為了縮短物資運送的距離，中晚唐的皇帝常往來西都長安與東都洛陽之間，到了五代十國時，中原政權進一步東移至臨近運河的開封。

五代十國時期，北方政權如走馬燈，你方唱罷我登場之時，南方政權都在發展經濟。

比如占據嶺南的南漢，就「廣聚南海珠璣，西通黔蜀，得其珍玩」，利盡南海，與四方通商，像極了今日的經濟特區。吳越、南唐、前後蜀、閩、楚，都處於當時的富庶之地，除了租賦收入外，皆取資於商利，憑藉經濟興盛，據地以自雄。

宋太祖定都汴梁後，本想遷都回長安或洛陽，這一做法被皇弟趙光義與群臣反對，不得已繼續留在開封。但是，趙匡胤對於繁華的北方城市開封，心裡也沒底，曾嘆道：「不出百年，天下民力殫矣！」趙匡胤應該知道，隨著經濟重心向東南轉移，南方崛起的經濟才是國家的未來。

對此，北宋學者李覯直言道：「當今天下，根本在於江淮。」李覯發現，杭州、蘇州、京口（鎮江）、揚州、金陵（南京）等江南市鎮，不僅源源不斷的將南方物資運往北方，同時也為北方輸入了江南的人文習俗，而當時北方在物質文化上對南方幾乎沒什麼回饋，所謂「不聞有一物由北來者」。因此，南方人越來越講究，大多數北方人反而變得節儉。

宋代有一則關於飲食文化的故事，發生於江西人黃庭堅與河北人劉摯之間。

每次黃庭堅請客吃飯，都會想盡方法，讓廚師多準備幾樣山珍海味。劉摯卻性情純樸，常對黃庭堅說：「來日吃蒸餅。」蒸餅，類似於饅頭。黃庭堅不喜歡劉摯的簡儉，日子久了，兩人漸行漸遠，後來竟然成為政敵。

宋詞的發展，也反映了南方經濟文化對北方的碾壓。

據唐圭璋先生統計，兩宋三百餘年，有八成以上的詞人來自南方。除了北宋都城開封之外，杭州、蘇州、揚州、成都、南京等南方城市留下了詞人活躍的足跡。

北宋僧人仲殊先後寓居蘇、杭，與蘇軾往來甚厚，年輕時考過科舉，也曾寄宿於秦淮河畔。

他寫金陵的都市風光，如這首《訴衷情・建康》：

鐘山影裡看樓臺，江煙晚翠開。六朝舊時明月，清夜滿秦淮。
寂寞處，雨潮回。黯愁懷。汀花雨細，水樹風閒，又是秋來。

靖康之變後，金兵多次飲馬長江，鐵蹄踏碎了揚州夢。對於這座東南大都會飽受戰亂的悲劇，南宋詞人姜夔有一闋代表作《揚州慢》，感慨揚州的前後變化。

北宋的柳永不僅遊歷江南，還曾為西南的天府之國成都寫了首《一寸金》：

井絡天開，劍嶺雲橫控西夏。地勝異、錦裡風流，蠶市繁華，簇簇歌臺舞榭。雅俗多遊賞，輕裘俊、靚妝豔冶。當春晝，摸石江邊，浣花溪畔景如畫。
夢應三刀，橋名萬里，中和政多暇。仗漢節、攬轡澄清。高掩武侯勳業，文翁風化。台鼎須賢久，方鎮靜、又思命駕。空遺愛，兩蜀三川，異日成嘉話。

北宋時期，熱鬧繁華的巴蜀開始流行世界上最早使用的紙幣，也就是交子，其誕生於民間，推動者是當時的名臣張詠。

早在當縣令時，張詠就以剛正不阿著稱。有一次，一個管理官庫的小吏偷了一個銅錢，被張詠下令杖打。小吏不服氣：「我今天才拿了一枚銅錢，何至於杖打我呢？你敢打我，那敢殺我嗎？」張詠立刻做出判決：「一日一錢，千日千錢，繩鋸木斷，水滴石穿。」當場將小吏處死。

後來，張詠兩次到益州為官，治蜀頗有政績。他規範化的治理交子鋪，將這個行業交給當地十六個有聲譽的富商大戶經營，提高交子的信用度，使其真正成為一種流通貨幣。因此，有人將張詠稱為「紙幣之父」。

《宋朝事實》記載，宋代商品交易頻繁，上街買賣有時需要攜帶好幾十斤的錢幣，一串串、一袋袋的錢，手提肩扛、馬馱車載，極不方便。透過發行紙幣，代替銅錢流通，為人們的生活提供了便利。從此，「貨出軍儲推賑濟，轉行交子頌輕便」。

到了南宋，交子進一步升級，發展為會子，並深刻影響後世與周邊國家。宋代紙幣的發明，彌補了白銀與銅錢的外流。宋代經濟，離不開四通八達的海外貿易。

4

宋遼澶淵之盟後，雙方在邊境的雄州、霸州、廣信軍等地形成對峙，同時設置換取北宋的茶葉、瓷器、香藥等。有一段時期，北宋每年從榷場中獲利超過四十萬緡，用來繳納遼朝的歲幣綽綽有餘。有宋一代，宋遼夏金，還有吐蕃、大理等，形成一個脈絡貫通的經濟圈，蔚為整體，絕難分離。有考古發現可以證明，兩宋鑄造的大量銅錢，在當時也是遼夏金各區域的通用貨幣。

宋人的商業視野遠遠不止陸上貿易，還有廣闊的海洋。

北宋初年，不太會打仗的宋太宗，派遣內侍八人下海，攜帶敕書、金帛，分四路往南海各國，招攬蕃商（按：外藉商人），對來華進行大宗貿易的外商予以獎賞。

到了南宋初年，宋高宗抗金雖不行，卻重視海外貿易。他說：「市舶之利最厚，若措置合宜，所得動以百萬計，豈不勝取之於民？朕所以留意於此，庶幾可以少寬民力爾。」意思是，透過海上貿易賺錢，比向農民伸手收稅強得多，還可以讓老百姓更加富裕。

宋代造船業發達，南方商人競相造船，訓練水手，已經能造載重五百噸以上的大船。與宋通商的國家有南太平洋、中東、非洲、歐洲的五十多國。從東到西，有東南亞諸國，過麻六甲，到印度洋，是阿拉伯半島上的國家。此外，還有非洲東岸諸國，再加上東方的高麗和日本等。

朝廷在泉州、廣州、杭州、明州（今寧波）等港口城市設立市舶司，優待外國商人，在專門的僑民區（蕃坊）提供住房和飲食，其中一些蕃商子弟還可為官。

值得一提的是，宋朝不斷調整關稅，對貨物的抽解，從北宋的十分之一降到南宋的十五分之一，甚至是二十五分之一。關稅不斷降低，宋朝市舶司的收入卻越來越高，從北宋初年占全國歲入的二％至三％，到南宋初年已經占財政收入的五分之一。

海外各國的金銀、珊瑚、玳瑁、犀角、珍珠、瑪瑙、香料等貨物不斷的運到宋朝，換取宋人的瓷器、絲綢、茶葉等商品，甚至是火藥等先進科技。占城稻等海外優良品種也在此時由海外引進國內，並分給各地耕種，大大提高土地利用率。海外商品**也走進了詞人的生活中**，如辛棄疾的老友陳亮所作《採桑子》，其中的「蒲桃綠」，是指透過海外貿易傳入的名酒：

桃花已作東風笑，小蕊嫣然。春色暄妍。緩步煙霞到洞天。
一杯滿瀉蒲桃綠，且共留連。醉倒花前，也占紅香影裡眠。

與積貧積弱的傳統印象不同，**有史料表明，直到南宋滅亡那一天，大宋朝廷都不缺錢**。

景炎元年，元兵攻陷臨安，宋恭帝的兩個兄弟趙昰、趙昺，在大臣的護送下開始了流亡生涯。二王出逃時帶有大量金寶，每到一處，還有地方官、富商獻上錢糧賦稅，如潮州商人馬南寶、文昌縣令陳惟中、官宦子弟伍起隆等人，都在宋室傾頹時為二王送過錢糧。

因此，南宋流亡政府在臨安失陷後，還養得起剩下的十七萬正規軍。

但在泉州，二王吃了閉門羹。

當時，阿拉伯人是南海航線的主導，一些外商定居下來，成為大宋子民。宋元之際，泉州是中國第一大對外貿易港口，當地的阿拉伯後裔蒲壽庚富甲一方，獨霸泉州市舶司關稅三十年。

宋臣張世傑護送二王南下泉州，想憑藉其城中數量可觀的物資作為立足之地，因此向蒲壽庚索要軍糧。蒲壽庚卻有反叛之心，拒絕張世傑的要求，並與宋軍爭奪物資。發生衝突後，怒殺南宋宗室與士大夫多人。之後，蒲壽庚向元朝開城投降。

張世傑等人只好護送趙昰、趙昺入粵，最後來到潮州，趙昰在不斷逃亡中驚懼而死。

一二七九年，宋元崖山海戰前夕，護衛宋帝趙昺的軍隊缺乏糧食，但他們還有大量金銀。

張世傑派心腹上岸購買糧草，想繼續率領眾船迎敵。但張世傑派去的人大多四散奔逃，沒幾個帶著糧草回來。張世傑不禁嘆道：「若棄之而去，後來何以用人？」

最後，元將張弘範步步緊逼，宋軍斷糧後被迫以海水解渴，但海水鹹苦，宋軍每喝一口即嘔泄不止。兩軍交戰，宋軍大敗，宰相陸秀夫背著趙昺跳海，用黃金繫腰間，君臣一同自沉而死。

此時，還有大量財物在船上，大臣們不願使其被元軍奪取，紛紛傾倒海中。此戰，百官、軍民殉國者數以萬計，海上浮屍無數。

宋朝江山日危，大多是因為朝政、軍事腐朽無能，而非財力匱乏。自始至終，不差錢的宋朝都沒能將其財力、物力轉化為現實的戰鬥力。

前文提到透過海外貿易傳入西方的火藥，在一路西傳後炸碎歐洲的封建城堡，而將火藥成功運用到火器上的，卻是源自孱弱的大宋。遺憾的是，宋朝沒有因此建立起強大的軍隊。

錢塘江邊的杭州，在元代仍是馬可波羅口中「世界上最美麗華貴的天城」。

但在南宋遺民張炎的眼中，早已物是人非。這位南宋貴冑，前半生錦衣玉食，後半生顛沛流離，江南都會的華麗再也與他無關。他在《高陽臺・西湖春感》中寫：

接葉巢鶯，平波卷絮，斷橋斜日歸船。能幾番遊？看花又是明年。東風且伴薔薇住，到薔薇、春已堪憐。更淒然，萬綠西泠，一抹荒煙。

當年燕子知何處？但苔深韋曲，草暗斜川。見說新愁，如今也到鷗邊。無心再續笙歌夢，掩重門、淺醉閒眠。莫開簾，怕見飛花，怕聽啼鵑。

宋朝，最終辜負了一個時代的繁華。那也許是最好的時代，也許是最壞的時代。

3　宋朝人吃什麼？

有一天半夜，宋仁宗肚子餓了。他想吃燒羊肉，可不願命御廚料理，以免此事成為貽害後世的常制，寧願飢腸轆轆直至天明。

宋仁宗是個美食愛好者，卻厲行節約。宮中生活精打細算，就連皇后曹氏，想要做一道皇帝愛吃的糟製淮白魚，還得親自向大臣夫人討要食材。

一次宮廷宴會上，御廚準備了二十八隻蟹，宋仁宗未動筷，說：「吾尚未嘗，這蟹一隻多少錢？」左右答道，一千錢。

宋仁宗頗為不悅：「我多次告誡你們，不要奢侈浪費，一下筷就二十八千錢，吾不忍也。」他將此菜放置一旁不吃，作為警示。

宋代是一個美食盛世，中國飲食的發展至此已進入「鼎盛時代」。上至廟堂，下至市井，煎、烹、煮、炒、燒、烤、燉、溜、煸、蒸、泡等幾十種烹飪方式爭奇鬥豔，大放異彩。

我們熟悉的俗語「柴米油鹽醬醋茶」，出自宋代的《夢粱錄》。在《東京夢華錄》中，更是描寫東京汴梁「集四海之珍奇，皆歸市易；會寰區之異味，悉在庖廚」的盛景。

1

宋代的文人墨客頗有當大廚的潛質，北宋的梅堯臣、歐陽修、黃庭堅與南宋的陸游、范成大、楊萬里等都是有名的吃貨，常將飲食生活寫入詩詞中。

勇於承認自己是老饕的美食家蘇軾，他在一篇《老饕賦》中點評杏仁漿、蛤蜊、蟹、葡萄酒等美食精萃，最後「一笑而起，渺海闊而天高」，說起吃的就來勁。在《東坡志林》中，還留下不少研究美食的記載。這位宋仁宗年間的進士，一生足跡遍及各地，不僅擅長發掘美食，還為美食代言，以蘇東坡名號命名的菜有多種，如東坡肘子、東坡墨魚、東坡餅、東坡肉等。若說宋詞飲食美學的極致，更不得不提蘇軾的這一首《浣溪沙．細雨斜風作曉寒》：

細雨斜風作曉寒，淡煙疏柳媚晴灘。入淮清洛漸漫漫。
雪沫乳花浮午盞，蓼茸蒿筍試春盤。人間有味是清歡。

元豐七年（一〇八四年），春寒料峭，蘇軾與好友同游南山，在山林間野餐。在宋代，立春有饋送春盤的習俗，即以蔬菜、水果、餅食等裝盤贈送親友。春盤中的蓼茸與蒿筍等果蔬鮮脆可口，滾燙的水茶具中沖起雪花一般的乳白色泡沫，待浮沫退去，就是一杯沁入心脾的春茶。一句「人間有味是清歡」，道出了清曠淡泊的人生境界。

蘇軾常以品茶、飲酒為樂，自稱「酒困路長惟欲睡，日高人渴漫思茶」。他認為，煮茶的靈魂在於水，以雨雪之水為最佳，井泉甘冷者為其次，而關鍵在於溫度，精妙在於器皿。縱使人間萬苦，一句「吃茶去」亦可自得其樂。蘇軾大半生都被貶謫，嘗盡漂泊的苦，卻始終懷著一腔樂觀向上的人生態度，其中一大原因或許是有美食相伴。

政敵看不慣蘇軾苦中作樂，不斷貶謫他，從黃州赤壁磯到西湖之畔，從嶺南海濱再到天涯海角的海南島，但無論到哪，蘇軾身邊都少不了美食。

蘇軾在黃州（今湖北黃岡）時，當地豬肉價格低廉，富貴者不食，老百姓買得起，卻不知道如何烹調，浪費了大好的食材。自己動手，豐衣足食。蘇軾親自下廚研製豬肉，做出「東坡肉」，並寫下自己的美食祕方，在民間大力推廣。一道傳世名菜就此誕生，而其製作的初衷，是蘇軾在地方為官的利民之舉。

後來被貶惠州（今廣東惠州），蘇軾不因地處邊遠而苦悶，卻只想「日啖荔枝三百顆，不辭長作嶺南人」。

貶到海南時，蘇軾又學會烹飪牡蠣，嘗到了其鮮美後，還寫信給別人，調侃朝中大臣：「無令中朝士大夫知，恐爭謀南徙，以分此味。」他自嘲說，如果讓朝中他們知道了，我怕他們都爭著要來南方。

為了吃，蘇軾連死都不怕。當春江水略帶寒意，江中嬉戲的鴨群已經在江水中感覺到春天的到來，這個季節是吃河豚的好時節。河豚是一道美食，也是蘇軾的心頭好，他才在詩中寫道：

竹外桃花三兩枝，春江水暖鴨先知。
蔞蒿滿地蘆芽短，正是河豚欲上時。

但河豚內臟有毒，如果稍有不慎、處置失當，食用後可能斃命。有一次，蘇軾冒死品嘗河豚，別人問他味道如何。

蘇軾淡定的說：「值得一死。」

這老饕，太有仙氣了。

2

儘管有美食相伴，蘇軾在漫長的漂泊歲月中，仍不免有背井離鄉的孤寂之感，如《南歌子．遊賞》所寫：

山與歌眉斂，波同醉眼流。遊人都上十三樓。不羨竹西歌吹古揚州。
菰黍連昌歜，瓊彝倒玉舟。誰家水調唱歌頭。聲繞碧山飛去晚雲留。

菰黍，即粽子，因菰葉可以裹粽而得名。這首詞是蘇軾擔任杭州知州期間，在端午節登上當地的名勝十三樓時所作，宴席間除了粽子，還有以菖蒲嫩莖切碎加鹽製成的昌歜，以及玉壺、玉杯盛裝的美酒。

端午節在宋代已經有了多元的文化意蘊。宋人在端午祈求祛災，紀念屈原，共飲菖蒲酒，同食粽子。宋代粽子以糯米為餡，種類繁多，有筒粽、團粽、九子粽等，不過那時還沒有甜鹹之爭，宋人食粽，大多喜歡蘸糖而食。

宋代夏天的另一個美食，是以夏初竹筍製成的「傍林鮮」。山間隱士不需要特意上山採摘，只需在夏初林筍正盛時，「掃葉就竹邊煨熟」，其味甚鮮。這道被稱為「蔬食中第一品」的美食，就記載於南宋隱士林洪所著的《山家清供》中。

林洪是一個奇人，詩詞書畫無一不精，卻仕途不順，只求在山林過幽隱生活。他所著的《山家清供》更是一部奇書，融飲食、養生、文學為一體，以筆記的形式記錄了一百餘種宋代美食，涉獵廣泛。

在傳統士大夫看來，林洪的人生可謂特立獨行。

可他怡然自得，把家搬到山裡，稱呼自己的妻子為「山妻」，常年游離於世俗之外，投入到碧澗羹、槐葉淘、山家三脆、黃金雞等山野之菜的美食世界中，以蘇東坡等文豪為偶像。

他一生始終在堅持做自己，過自己想要的生活。

有一次，他閒暇無事，去拜訪好友陳介。陳介頭戴角巾，超凡脫俗，一邊請林洪飲酒，一邊讓兩個童僕唱起晉代陶淵明的《歸去來兮辭》，奉上「松黃餅」佐酒。

松黃餅取松花黃和煉熟的蜜拌勻而成，有著特殊的清香。林洪認為，世人所豔羨的駝峰、熊掌等貴重名菜的味道，也遠不如這山野間的松黃餅。

還有什麼比精神的愉悅與滿足更重要？這也是美食存在的意義吧。

除了取自山林的美食，在宋代的夏天，由於藏冰技術的進步，民間已經有冰雪可以食用，甚至有人沿街叫賣冰飲。

宋代冷飲店興起的背後，是坊市界限打破後，市民階層的崛起。

在北宋畫家張擇端的曠世傑作《清明上河圖》中，中小商人遍布於街道兩旁，可以明確認定為經營餐飲的店面有四十五家，近乎半數。畫中還出現了各種特色招牌，堪稱打廣告的鼻祖。

宋人記載一則關於打廣告的笑話。當時有個游走街邊賣環餅的小販，為了表示自己家的餅物美價廉，別出心裁的想了一句廣告詞：「吃虧的便是我呀。」他跑到宋哲宗被廢的孟皇后居處瑤華宮附近也這樣叫賣，引起開封府衙役的注意，懷疑他借此諷刺皇帝廢后，就把他抓起來審問。

一經審訊，才知道這個小販只是為了推銷自己賣的餅，便罰杖一百後釋放。此時小販還是按照職業習慣，改口喊了句：「待我放下歇一歇吧。」官府人員覺得又好笑又好氣。

據宋朝宮廷統計，當時著名麵點和糕點有八十六種之多，另有人統計，宋代的酒名多達一百餘種。此外，宋人吃五穀雜食、飲酒飲茶的種類都比前代豐富，且逐漸普及了三餐制，即便是普通人家也可以有一日三餐的生活。

正因民間餐飲業的發達，宋室南渡後，許多開封的老字型大小也隨之遷移，宋高宗還時不時命人到臨安（今浙江杭州）的飲食店採購美食。

3

皇帝經常到宮外取食，一不小心就吃壞肚子。宋高宗的養子宋孝宗是個蟹痴，有一次就因為吃多了蟹而腹瀉不止。

秋天，是吃蟹的最佳季節，尤其要選秋季的母蟹，若是結霜時節後的螃蟹則更肥美。

南宋朝廷偏安東南，水道密布，還有海洋貿易，河鮮、海鮮更是取之不盡。《武林舊事》等記載以蟹為原料的菜品就有鼇供、蟹羹、酒蟹、醉蟹、蟹生、洗手蟹等數十種。

出生在紹興山陰縣的陸游，就是吃蟹達人。即便在年老失意時，吃蟹品酒仍讓他眼前一亮，如他在詩中所說，「團臍霜蟹四腮鱸，樽俎芳鮮十載無。塞月征塵身萬里，夢魂也復醉西湖。」

前有蘇軾，後有陸游。作為南宋老饕的代言人，陸游詩詞中涉及飲食的篇目數以千計，他更喜歡家鄉的江南美食。在數十年的宦遊生活中，陸游將對家鄉的思念與壯志難酬的憂慮，寄託於美食之中，如這一首寫給老朋友范成大的《雙頭蓮．呈范至能待制》：

華鬢星星，驚壯志成虛，此身如寄。蕭條病驥。向暗裡、消盡當年豪氣。夢斷故國山川，隔重重煙水。身萬里，舊社凋零，青門俊遊誰記？

盡道錦裡繁華，嘆官閒晝永，柴荊添睡。清愁自醉。念此際、付與何人心事。縱有楚柁吳檣，知何時東逝？空悵望，鱠美菰香，秋風又起。

鱸魚、菰菜都是典型的江南風味，晉代張季鷹就有著名的蓴羹鱸膾之思。陸游心懷北定中原的壯志，在宦海之中沉浮，無法如張翰一樣駕車返鄉，就只能在秋風中思念鱠美菰香的美味佳餚，空悵望。

4

除了吃蟹，宋人還「尚羊」，宣導以羊肉為主的肉食消費，將羊肉與人參並列，認為羊肉味甘，大熱，無毒，適合在虛勞寒冷時食用，可說是一道冬季的美食。據《東京夢華錄》記載，宋代以羊肉為原料的美食就有燉羊、鬧廳羊、入爐羊、蒸羊頭、煎羊白腸等數十種。

前文提及的宋仁宗、蘇軾都是愛吃羊肉的同好。

蘇軾還是烹羊的好手，他有一道袪除羊肉羶味的獨家祕方：「先將羊肉放在鍋內，用胡桃二三個帶殼煮，三四滾，去胡桃。再放三四個，竟煮熟，然後開鍋，毫無羶氣。」

宋仁宗雖厲行節儉，且不願為半夜吃羊而勞師動眾，但宋仁宗一朝也有過宮中一日宰羊多達二百八十餘隻的記載，可見羊肉在宮廷飲食中的地位。

靖康之變前後，兩宋宮廷早已拋棄北宋前期諸事尚簡、自我約束的生活作風。

皇帝宋徽宗在位時，每次宴席八珍羅列，而無下筷之處，可見飲食的鋪張豪華。宋徽宗本人還經常親自指導宴設，對飲食器皿尤其講究，所用的材料有瑪瑙、琉璃、水晶、翡翠等。在極盡奢華後，他與兒子宋欽宗一同被金人俘虜而去，受盡屈辱，金樽美酒、玉盤珍饈從此只在夢中。

到了南宋，宋高宗紹興年間，大臣張俊為皇帝辦了一桌史無前例的豪宴，廣納一百九十餘種菜品，其中僅羊肉佳餚就有羊舌簽、片羊頭、燒羊頭、羊舌托胎羹、鋪羊粉飯、燒羊肉、斬羊等七種，其餘奢侈菜品更是不勝枚舉。宋高宗帶著大小一百多位官員前往赴宴，其中就包括陷害岳飛的宰相秦檜，而且每個人的功能表都不同，可見張俊家宴的窮奢極欲。

這一宴席與唐代燒尾宴、清代滿漢全席相比，有過之而無不及。

張俊供奉宋高宗的這份「大宋第一菜單」，被全文收錄於《武林舊事》中，宋高宗君臣並沒有因為這場饕餮盛宴而名垂青史，反而因此為人不齒，備受嘲諷。

帝王、官僚速朽的腐化生活不值得歌頌，只有蘇軾、陸游、林洪等真正愛美食、愛生活的文人雅士會被人記住，他們的作品與精神將流傳千古。常年歸隱山林的林洪，在《山家清供》中曾諷刺地方為政者只顧大吃大喝而荒廢政事：「世之醉醲飽鮮而怠於事者視此，得無愧乎！」可見，這樣的不良風俗已經從宮廷傳播到各地。

南宋宰相史浩在其所作的《聲聲慢》中，也曾描寫過臨安宮廷宴會的奢靡：

風收淅瀝，霧隱森羅。群山萬玉嵯峨。禁街車馬，銀盃縞帶相過。胥濤晚來息怒，練光浮、都不揚波。最好處，是漁翁歸去，鼓棹披蓑。
況是東堂錫宴，龍墀鼷，貂璫宣勸金荷。慶此嘉瑞，明歲黍稌應多。天家預知混一，把瓊瑤、鋪遍山河。這宴飲，罄華戎、同醉泰和。

富而節儉，往往才是真正的強盛。相反，宋人的宴會越豪華，王朝就越頹靡。

4 杯茶盞水也風流

宋哲宗曾送給蘇東坡一件神祕禮物——一斤龍鳳團餅。使者說數量稀少，封條都是皇帝御筆所題，皇帝還囑咐「賜與蘇軾，不得令人知」。

宋哲宗下令千里賜送的茶葉龍鳳團餅，來自宋太宗時期興起的皇家茶園建安北苑（位處今福建省建甌市東峰鎮）。建安北苑當時出產一種皇家御用的茶餅，因為茶餅上面印有龍鳳圖形的紋飾，因此稱為龍鳳團餅或龍鳳團茶。這種皇家貢茶每斤共有二十餅，在黑市的交易價格，每餅值金二兩。也就是說，宋哲宗送給蘇東坡的禮物，在黑市的交易價格可以達到四十兩黃金。

多年後，蘇東坡將這件事告訴好友王鞏，王鞏又將其寫入《隨手雜錄》。但少年聰穎登科進士的蘇東坡，其實在此之前就曾品嘗過龍鳳團餅茶。在熙寧六年，蘇東坡還曾帶著龍鳳團餅茶登頂無錫的惠山遠眺太湖，與一名姓錢的道士好友共同品茗龍鳳團茶。

惠山上有一口惠山泉，號稱「天下第二泉」。就在這裡，蘇東坡和錢道士一起品茗皇家貢茶，寫下千古名詩：「獨攜天上小團月，來試人間第二泉。」

作為聞名千古的超級吃貨，**蘇東坡對於好茶情有獨鍾**。多年後，他在《望江南．超然台作》中寫道：

春未老，風細柳斜斜。試上超然臺上望，半壕春水一城花。煙雨暗千家。
寒食後，酒醒卻諮嗟。休對故人思故國，且將新火試新茶。詩酒趁年華。

1

與蘇東坡一樣，宋徽宗對於品茶也是情有獨鍾。

蘇東坡去世六年後，大觀元年（一一〇七年），愛茶如痴的宋徽宗親筆寫下了**《茶論》**一書，這是**中國歷史上唯一一部由皇帝專著的茶葉研究著作**。因為成書於宋徽宗大觀元年，該書也被稱為《大觀茶論》。

治國昏聵的宋徽宗，對於藝術和生活享受頗具天賦。他的書法、繪畫在中國藝術史上自成一格，聞名千古。他還是頂級品茗高手，權臣蔡京曾經回憶，宣和二年（一一二〇年），宋徽宗與大臣們宴飲，會上宋徽宗親自表演如今已失傳的點茶技藝，然後，宋徽宗親自將茶湯分給各位近臣，說：「這可是朕親手施予的茶。」

中國人喝茶由來已久，最早的地方誌《華陽國志》曾記載，早在周武王時期，巴蜀古國地區曾向周武王進獻過茶葉，

這是中國有關茶葉的最早記載。到了漢代，茶葉開始作為商品廣泛流通。早在西漢時期的西元前五九年，四川人王褒就在他買賣家奴的文書《僮約》中留下了「烹茶盡具」以及「武陽買茶」的記載。

到了魏晉時期，文人與茶開始相互結合。鑑於長期縱酒的危害，當時許多玄學家、清談家從嗜酒轉向好茶。唐代時，吃茶已經成了老百姓日常生活的重要組成部分，成書於唐代大中十年（八五六年）的《膳夫經手錄》寫道，「關西山東、閭閻村落皆吃之……不得一日無茶。」

儘管早在先秦時期就已出現，但茶葉卻是從唐代開始真正流行起來。中唐時期，被後世稱為茶聖的陸羽（七三三年至八〇四年），寫下世界上第一部茶葉專著《茶經》。

宋代，飲茶更廣泛的深入平民百姓家庭，時人記載：「茶非古也，源於江左，流於天下，浸淫於近代。君子小人靡不嗜也，富貴貧賤靡不用也。」由於茶在宋代的廣泛流行，宋人也說「夫茶之為民用，等於米鹽，不可一日以無」。「柴米油鹽醬醋茶」的說法，正是從宋代開始出現。

從趙匡胤開始，宋朝歷代皇帝都是愛茶之人。上有所好，下必效焉，北宋首都開封，甚至在冬天的雪夜裡，都有專門的賣茶人在賣茶，以方便那些上夜班的官吏或市民食用。因此，宋徽宗說：「（本朝）縉紳之士，韋布之流，沐浴膏澤，薰陶德化，盛以雅尚相推，從事茗飲。」

宋代的茶葉分為散茶、片茶兩種，其中片茶以作為皇家貢品的龍團鳳餅茶最為出名。儘管有皇家茶園建安北苑，但龍團鳳餅的產量仍然非常稀少。為了迎合宋徽宗的喜好，宣和二年，漕臣

鄭可簡創製了一種以「銀絲水芽」製成的「方寸新」茶，這種團茶色如白雪，故名為「龍園勝雪」。創製新品種的鄭可簡因此得到宋徽宗寵幸，官至福建路轉運使。

後來，鄭可簡又讓手下四處尋訪名茶珍品，並讓兒子鄭待問向宋徽宗進貢名茶「朱草」。鄭待問也因貢茶有功得了官職，以致當時有人諷刺說「父貴因茶白，兒榮為草朱」。

但北宋的品茶盛世即將戛然而止。一一二七年，隨著金兵的鐵蹄南下，開封城破，宋徽宗、宋欽宗父子被金兵俘虜北上，北宋滅亡。

成書於明代的《華夷花木鳥獸珍玩考》記載一個野史傳說，說宋徽宗、宋欽宗父子在北上途中，有一日路過一個寺廟，一位胡僧特地讓童子給他們點茶，然後胡僧和童子就退往後堂，宋徽宗父子喝完覺得非常美味還想再喝，卻發現胡僧和童子都已不見蹤影。宋徽宗於是步入後堂尋覓，才發現裡面竟然有一尊胡僧的塑像，旁邊立著一位元塑像童子，仔細分辨，竟然就是剛才獻茶的二人。

這則故事彰顯了後世人對於宋徽宗一生愛茶的同情、嘆息和諷刺。北宋的品茶盛世突然隕落，自然與宋徽宗的愛好風雅和昏庸治國脫不了關係。

2

宋徽宗父子被俘虜北上之時，聞知天下巨變的李清照，在接到丈夫趙明誠的書信後，立刻從山東青州南下江寧（南京）。不久趙明誠病逝，李清照輾轉於杭州、越州和金華等地。家國動盪、至親逝世、一生所藏盡失、個人無奈飄零，這使得李清照陷入了無盡的惆悵。她時常回憶起婚後和丈夫定居山東青州時，一起飯後賭茶的場景：「餘性偶強記，每飯罷，坐歸來堂烹茶，指堆積書史，言某事在某書、某卷、第幾葉、第幾行，以中否角勝負，為飲茶先後。中即舉杯大笑，至茶傾覆懷中，反不得飲而起。甘心老是鄉矣！」

但靖康之變的烽火，使得無數北方士民逃難南下，在倉皇的流離生涯中，李清照時常回憶起和丈夫在青州的美好日子。她曾寫下《莫分茶》，回憶靖康之變前吃茶讀書的美好時光：

病起蕭蕭兩鬢華，臥看殘月上窗紗。豆蔻連梢煎熟水，莫分茶。
枕上詩書閒處好，門前風景雨來佳。終日向人多醞藉，木犀花。

在流落江南的日子，故國光復無望，李清照只能在《鷓鴣天．寒日蕭蕭上瑣窗》中哀嘆：

寒日蕭蕭上瑣窗，梧桐應恨夜來霜。酒闌更喜團茶苦，夢斷偏宜瑞腦香。
秋已盡，日猶長。仲宣懷遠更淒涼。不如隨分尊前醉，莫負東籬菊蕊黃。

面對東籬秋菊，她只有在品茗一杯團茶的時光裡，才能淡忘漂泊之苦。

李清照流落江南的日子，宋高宗與秦檜合謀殺死岳飛後，偏安江南不思進取。到了南宋高宗紹興二十五年，七十二歲的李清照最終在江南淒涼離世。

李清照死後七年，紹興三十二年，趙昚即位，是為宋孝宗。作為南宋最有作為的皇帝，宋孝宗在即位後不久就發起了隆興北伐，但由於倉皇出兵和前線將帥不和，宋軍很快就被金兵擊敗，北伐所光復州縣不久又相繼淪陷。

北伐遇挫，宋孝宗無奈只能在厲兵秣馬之時，加緊治理內政，而經過靖康之變後的長期動盪，此時的南宋儘管不能光復北方國土，但在南方，社會生產開始穩步恢復，使得日本僧人再次渡海東來。

早在隋唐和北宋時期，日本僧人就經常作為遣唐使的一分子，前來中國學習佛法。儘管靖康之變使得這種文化交流中斷多年，但隨著南宋社會日趨穩定，孝宗乾道四年（一一六八年），二十八歲的日本僧人榮西，為了深入學習佛法渡海入宋。榮西回國時，將中國茶籽帶回日本，這也成了日本種植茶樹的發源。隋唐和北宋時期，儘管日本遣唐使和僧人也會帶一些茶葉回日本，但真正開始帶回茶籽和推廣茶葉種植，卻是從榮西開始。

一一八七年，榮西再次渡海入宋。四年後榮西返回日本，並在次年寫成了《吃茶養生記》，這是日本第一部茶書。由於首次將中國佛教禪宗系統性的傳回日本，榮西因此被稱為日本的「禪祖」，而在「禪祖」之外，他還被稱為日本的「茶祖」。

唐代時，中國的喝茶方法主要是煎煮，到了宋代則流行點茶法。所謂點茶，是指將茶葉碾碎成茶末放入茶碗，再沖入沸水調和飲用。前面所述的宋徽宗點茶，基本手法就是如此。但宋代以後，隨著明代開始流行沖泡散茶，中國傳統的點茶技藝逐漸消失。而在日本，由於榮西禪師的學習和傳入，宋式點茶技藝得到流傳。今天的日本茶道，正是源自宋代的點茶等茶藝演變。

由於宋代的點茶涉及磨茶等複雜工藝，宋人的茶器用具相對一千年後的今天顯得更為精緻和複雜。南宋人董真卿就曾將當時的茶具用品繪製成《茶具圖贊》一書，從而為後世保存了珍貴的史料。在《茶具圖贊》中，宋人的茶具至少有十二件，也稱「十二先生」：

- 韋鴻臚：專門用來儲存茶餅的焙籠。
- 木待制：用於搗茶的茶臼。
- 金法曹：碾茶的茶碾。
- 石轉運：磨茶用的茶磨
- 胡員外：用來入茶（茶瓢）。
- 羅樞密：篩茶用的茶羅。
- 宗從事：清茶用的茶帚。
- 漆雕祕閣：盛茶用的盞托。
- 陶寶文：茶盞。
- 湯提點：注湯用的湯瓶。
- 竺副帥：調沸茶湯用的茶筅（又名茶刷）。
- 司職方：清潔茶具用的茶巾。

宋人的茶藝生活，精緻如是。

由於品茶有助於僧人道士坐禪修行、消除困意入定研修，從唐宋時期開始，品茶也開始與宗教結合，由此產生了許多禪詩、禪詞。例如宋代詞人朱敦儒就曾寫道：「飄然攜去，旗亭問酒，蕭寺尋茶。恰似黃鸝無定，不知飛到誰家。」在南渡日久、北伐無望的日子裡，朱敦儒在翹首北望中盼白了頭，他在詞作中更是哀嘆「中原亂，簪纓散，幾時收」。無望。浮生如夢。只有茶酒相隨，殘度餘生。

3

如果說**北宋與茶相關的詩詞，透露出盛世愜意**的話，那麼進入**南宋後，中國的茶詩、茶詞**則在表露風月之際，**時常透露出一種時代的哀傷**。

隆興北伐失敗七年後，南宋孝宗乾道七年（一一七一年），主戰派王炎主政川陝，四十七歲的陸游成為王炎的幕僚。在駐軍南鄭前線時，王炎委託陸游草擬驅逐金人、收復中原的戰略計畫，陸游遂寫下了《平戎策》。

作為南渡官員的後代，陸游從小就在父輩們激烈討論如何收復中原的家庭氛圍中成長，因此他一直期待著能參與北伐、光復先人故土。在這一時期，陸游經常跟隨軍隊到駱谷口、仙人原、定軍山等宋金對峙的前線探視考察，並到大散關巡邏。然而他不會想到的是，王炎很快就被調離前線，幕府解散，陸游人生中第一次、也是唯一一次親臨前線、參與北伐的機會就此煙消雲散。

隔年，陸游被調任為成都府路安撫司參議官，這是一個閒職。陸游無奈騎著驢，進入了四川。也就是這一年，在回信給堂兄陸升之（字仲高）的《漁家傲・寄仲高》中，陸游寫道：

> 東望山陰何處是。往來一萬三千里。寫得家書空滿紙。流清淚。書回已是明年事。
> 寄語紅橋橋下水。扁舟何日尋兄弟。行遍天涯真老矣。愁無寐。鬢絲幾縷茶煙裡。

在遠離南渡後的家鄉山陰的日子裡，陸游想參與北伐卻壯志難酬，又一個人閒居四川，與家鄉和親人相去萬里，他早生白髮，時常伴著雲煙和清茶度日。作為詩詞界的「茶神」，**陸游一生共留下九千多首詩詞，其中有三百多首與茶有關**，是傳世茶詩、茶詞最多的詩人。

但陸游並不能見證北伐的成功。就在陸游去世前三年（一二〇七年），由韓侂胄主持的開禧北伐也宣告失敗，為了與金人議和，南宋朝內的主和派、禮部侍郎史彌遠甚至與楊皇后合作，割下了力主北伐的韓侂胄的人頭，與金人進行議和。

後世人常說，南宋一代從始至終，從來不缺忠肝義膽、傾心為國的仁人志士，可惜的是，南宋的主政者卻從來愧對、辜負英雄，置身一個軍事孱弱、主政者或懦弱、或無能、或昏庸黑暗的時代，這是英雄和仁人志士的悲劇，也是中國歷史的悲劇。

理宗端平元年，日益崛起的蒙古人相約南宋一起攻滅金國，南宋出師北伐，收復位於河南的原北宋東京開封府、西京河南府和南京應天府等三京故地，實現了岳飛一生都沒實現的夢想。但由於糧草不濟和兵力孱弱等原因，南宋大軍卻被繼金兵之後的蒙古兵所敗，以致取得的失地再次淪陷，此次事件史稱端平入洛。

不僅如此，蒙古騎兵隨後蜂擁南侵，揭開了此後長達四十六年（一二三四年至一二七九年）的宋蒙戰爭序幕。

作為宋寧宗嘉定十年（一二一七年）的狀元，詞人吳潛早在端平入洛之前，就憂心忡忡的上書宋理宗：「在軍隊缺乏充分訓練、後勤供應難以及時保障的情況下，以南宋的步兵貿然北伐與蒙古騎兵作戰，在北方平原缺乏優勢。」但立功心切的宋理宗不顧眾多大臣和前線將帥的反對，力主出兵，最終功虧一簣。

端平入洛失敗後，蒙古騎兵多次南下，試圖滅亡南宋，開慶元年，蒙古大軍進攻華中重鎮武漢，京都臨安震動。危難之際，理宗起用吳潛作為左丞相兼樞密使，吳潛則對言說：「臣年將七十，捐軀致命，所不敢辭。」面對洶湧南下的蒙古大軍，吳潛說：「我年近七十，鬢發如霜，讓我上前線捐軀致命，也在所不辭，感到痛心的是元兵壓境，大宋危在旦夕！」

儘管形勢危如累卵，南宋的內鬥卻從未終止，由於在立太子的問題上得罪了宋理宗，加上權臣賈似道鼓動諫臣集體攻擊，拜相僅半年的吳潛旋即被罷免，被貶謫到循州。

賈似道必欲殺死吳潛，以獨攬大權，於是指使手下劉宗申為循州知州。劉宗申以宴請的名義，將吳潛用毒酒毒死。吳潛之死，是在宋理宗景定三年，此時，距離南宋滅亡，僅有十七年。

此前，端平入洛失敗後，吳潛曾經在《踏莎行》中寫道：

紅藥將殘，綠荷初展。森森竹裡閒庭院。一爐香燼一甌茶，隔牆聽得黃鸝囀。
陌上春歸，水邊人遠。盡將前事思量遍。流光冉冉為誰忙，小橋佇立斜陽晚。

南宋一代，曾經出過三位狀元詞人，分別是張孝祥、吳潛和文天祥，其中吳潛和文天祥更是成為狀元宰相。這三位狀元詞人壯懷激烈，但卻壯志難酬。吳潛死於南宋奸臣之手，文天祥則是力戰不屈被俘後殉國。

或許，在「一爐香燼一甌茶」，「盡將前事思量遍」時，明白朝堂兇險，卻在元兵入侵時仍然義無反顧、勇擔大任的吳潛，就已明白自己的宿命所在。從岳飛到韓侂胄到吳潛，南宋朝政的黑暗，遠超人所能想像。

吳潛遇害後十三年（一二七五年），賈似道被殺，此時南宋危在旦夕。一二七六年，蒙古大軍最終兵臨南宋首都臨安城下，時任南宋太皇太后的謝道清帶著五歲的宋恭帝投降，臨安淪陷。臨安陷落後，陸秀夫、張世傑、文天祥等人繼續擁戴宋端宗趙昰力抗元兵。宋端宗死後，陸秀夫等人改擁戴趙昺進行抗戰。最終在一二七九年，南宋殘餘十萬軍民在崖山海戰中兵敗，十萬軍民或戰死、或不甘投降元兵跳海自殺，集體殉國。南宋至此宣告滅亡。

南宋滅亡，但不少遺臣仍在。寶祐四年進士，詞人陳著（一二一四年至一二九七年）在南宋滅亡後隱匿不仕，清貧度過餘生。在人生的最後時光裡，他在元人的統治淫威下，寫下《鵲橋仙・次韻元春兄》一詞以表心懷，他寫道：

兄年八十，弟今年幾，亦是七旬有九。人生取數已為多，更休問、前程無有。
家貧是苦，算來又好，見得平生操守。杯茶盞水也風流，莫負了、桂時菊候。

在改朝換代的歷史風雲中，他在「杯茶盞水也風流」的清貧生活中，默默懷念著南宋往事，以示餘生仍然效忠南宋的「平生操守」。

而在一二七九年南宋徹底滅亡後，那些曾發展至巔峰極致的宋代茶藝文化，也走向消亡。於是，精緻的龍鳳團餅茶逐漸消失，中國的品茶方式逐漸走向散茶品茗。到了一三九一年，建立明朝的朱元璋下令徹底廢除龍鳳團餅茶的製作，散茶最終定型，成為朝野上下的品茗主流。

宋人精緻生活的風流已逝，時代風雲激蕩之後，只剩下陳著的「桂時菊候」和一杯清茶，來追思前朝往事了。

宋茶風流，煙消雲散。

5 宋代狂歡節，到底有多狂歡

中國有很多傳統節日，但對古人來說，元宵節最重要。法國漢學家謝和耐說的沒錯：「宋朝人的新年，要到上元燈節才真正的開始，也就是正月十四、十五、十六這三天。這三天的慶典，具有狂歡節所有的表現特徵。」**古代元宵節，直接被稱為「狂歡節」**。

1

先講個故事。故事出自宋元年間的話本《宣和遺事》，說書人的文字底本。北宋徽宗年間，元宵節，有個女子盡情遊覽了京城的花燈後，已深夜時分。

該女子來到皇城端門，見門前擺著金甌酒，一時酒興大發，端起一大杯一飲而盡。喝完了，竟把金杯塞進懷裡，想偷走。

這一幕被禁軍衛士發現，一把將女子抓住押到宋徽宗面前。宋徽宗還沒睡覺，他正歡度元宵，就問女子為什麼要偷東西。

該女子鎮定自若，不慌不忙，當著皇帝的面吟誦了一首詞：

月滿蓬壺燦爛燈，與郎攜手至端門。貪看鶴陣笙歌舉，不覺鴛鴦失卻群。天漸曉，感皇恩。傳宣賜酒飲杯巡。歸家恐被翁姑責，竊取金杯作照憑。

宋徽宗聽明白了，原來這女子偷金杯作為證據，免得出來到大半夜，回去被公公婆婆責罵。「此金杯就贈與你了。」宋徽宗大喜，並命令衛士護送該女子回家。

這名北宋女子可真夠膽大的。但很多人覺得不夠味，覺得這沒什麼，逛夜場、愛喝酒、懂點文藝，現在隨便在一座大城市的酒吧，都能尋出一打兩打這樣的女子。不過要記住，我們不能用今人的眼光揣度古人的世界。

這個故事其實大有門道。它包含了古代，尤其是宋代元宵節的所有重要因素，而且，這些因素僅在元宵節期間生效，過了這個節日就沒了。到底是哪些因素呢？我用四個關鍵字來表述：深夜、皇帝、女人，以及詩詞。

2

女子竊杯發生在深夜。這一點很重要，是元宵節異於或高於其他一切節日的主要特徵。跟我們現在的夜生活截然不同，古人的世界裡基本沒有夜生活。

古代官府一直試圖管理老百姓的作息時間。早在春秋時代，統治者就有這樣的管理理念：為了防止人們過分安逸，滋生邪念，從天子、諸侯到平民百姓，每個人的作息都要統一安排好。

官府最怕的是夜幕降臨。因為夜色中，對老百姓的控制難度大，很多違法犯罪也容易發生。所以古代大多數時期都有宵禁法令：夜幕降臨後，會關閉城門，封閉居民區，如無要事嚴禁在街上晃蕩行走，吃個夜宵、泡個酒吧更是不可能的事。

犯了宵禁的人，受到的處罰，重則處死，輕則杖刑。

宋代基本上取消宵禁制度，但其他朝代，均嚴格執行宵禁制度。比如唐代的長安城，一到黃昏就擊鼓六百下，敦促在外行走的人各回各家，鼓響六百下後，城內坊門一律關閉。這時如被發現仍在街上行走，就是「犯夜」，將受到笞打。

可見，宵禁制度是權力的表現之一。古人的世界被權力切割為兩個完全不同的時空，白天可以隨意活動的區域，到了夜晚就成為禁地。

只有在每年元宵節的前後幾天，官府才會解除宵禁。這就好比久在籠中的小鳥，那幾天突然得了自由，人們的興奮程度不亞於中大獎。

元宵節在古代之所以備受青睞，其實主要原因不在於這個節日有多少儀式，多少歡樂。說白了，這些都是附加在宵禁制度解除的基礎上。最關鍵的一點，就是宵禁的解除，大家可以外出體驗真正的夜生活。

古人過元宵節高興到什麼程度？舉個例子，宋朝人除了看燈，逛街，就是外出喝酒，喝得醉醺醺的，才想到要回家。酗酒所產生的局面，在當時居然催生了一個僅在元宵節出現的職業：一些人在夜闌之後，舉著小燈「掃街」，往往可以撿到醉酒人遺失的金銀首飾，收穫頗豐。

3

上面故事中，出現了皇帝與「女賊」的對話情景。要是在別的時間點，出現這麼離譜的描寫，我們基本可以斷定這只是小說家言，但放在元宵夜，這事並非不可能發生。

史載，北宋徽宗年間，皇室在皇城端門前擺出御酒，叫金甌酒。無論男女老少，還是富貴貧賤，元宵節期間都能到端門下受賜御酒一杯。女賊喝的正是這種金甌酒。

前面講過古代宵禁制度之嚴苛無情，到了元宵節期間，卻得到了短暫的解禁。誰這麼大膽，敢對權力進行挑戰？答案只有一個：這是皇帝默許甚至帶頭執行的結果。

早在隋朝，正月十五夜，城市已是「不夜城」。當時人柳彧在一封給隋文帝的奏疏中說，元宵夜鑼鼓喧天，火光照地，人戴獸面，搞什麼歌舞表演、奇裝異服、男女混同，成何體統？他請求皇帝禁止正月十五的侈靡之俗。

隋文帝表面同意了，但並未採取具體行動。後面的皇帝也都知道，狂歡的傳統禁不住，堵不如疏，乾脆利用這個機會大搞親民秀，與民同樂，宣揚天威。

宋徽宗時代，元宵節當晚，皇帝要親臨宣德樓或端門看燈。於是，御街兩旁擁擠的人群，在觀看百戲和花燈表演的同時，也能隔著一層黃色的絲織品看到皇帝神祕的面孔。

正月十六早上，皇帝會再次出現在城樓，如果人們不是過於疏懶或是晚上喝醉了酒，只要能早起床趕到宮門口，會看得更加清楚。

宋代文人經常講「仰瞻天表」，指的就是普通百姓在元宵節期間近距離觀看皇帝（天子）容貌這件事。要知道，這在古代中國，幾乎是破天荒的事。

皇權時代，皇帝至高無上。任何未經許可對皇帝身體的觸碰，甚至凝視，都可能構成彌天大罪。只有元宵節成為例外。老百姓可以在此時觀看和凝視平時神祕莫測的皇帝。

皇帝帶頭參與元宵節活動，讓這個節日變成真正的官民同樂的慶典。

北宋年間，開封府尹一到元宵節就要出來會見民眾。期間，隨從跟在府尹身後，背著一個大布袋，裡面裝著零錢，遇到在京城做生意的商販，便給他們派錢。每人數十文，祝他們新年生意興隆。

而因賞燈燒毀皇宮的事屢有發生。一五一四年，明武宗朱厚照在乾清宮過元宵節，宮前張燈，花樣翻新，由於不顧及安全，結果燈火燒到殿宇，把寢殿乾清宮都燒光了。

4

女子竊杯故事中，最亮眼的地方還在於，故事主人公是個女子，而不是男人。

古代女子基本上大門不出，二門不邁，過著深居簡出的生活。不要說晚上了，白天都鮮有出門遊玩的機會。**元宵節期間**，上街觀燈、遊玩突破了女子防線，**使她們獲得了暫時的人身自由**，能夠走出閨門，盡情歡娛。

有一年元宵節，司馬光的夫人想要出外看燈，司馬光問：「家中點燈，何必出看？」夫人回答：「兼欲看遊人。」司馬光反問：「我難道是鬼嗎？」這個段子很能說明，元宵夜的很多日常禁忌都被消解掉了。

因為女性獲得加入元宵節活動的權利，這個節日才顯得特別人性化。男女同處於一個公共空間，為彼此提供了尋覓意中人的契機。不少經典的古詩詞以元宵節為背景，不是沒有原因的。

北宋詞人歐陽修的《生查子．元夕》一詞有云：

去年元夜時，花市燈如晝。月上柳梢頭，人約黃昏後。
今年元夜時，月與燈依舊。不見去年人，淚溼春衫袖。

這首詞表達了元宵夜不能再見意中人的遺憾。

臺灣學者陳熙遠在他的文章《中國夜未眠——明清時期的元宵、夜禁與狂歡》中所指出的：

「百姓在『不夜城』裡以點燈為名或在觀燈之餘，逾越各種禮典與法度，並顛覆日常生活所預設規律的、慣性的時空秩序——從日夜之差、城鄉之隔、男女之防到貴賤之別。事實上對禮教規範與法律秩序的挑釁與嘲弄，正是元宵民俗各類活動遊戲規則的主軸。」

5

故事中，偷竊被抓的女子最終獲得皇帝赦免，正是因為該女子關鍵時刻吟誦了一首詞，對了宋徽宗的胃口。連女賊都這麼高雅，動不動就出口詩詞，無形中為元宵節增添了幾分文化氣息。

我們當然可以說，宋朝文化發達，宋人有文化。但是，這種發達的背後，是否也潛藏著一些問題？眾所周知，宋朝推行崇文抑武政策，文人不僅地位高，而且待遇優渥。宋太祖杯酒釋兵權時，曾說過，人生如白駒過隙，不如多置歌兒舞女，日夕飲酒相歡，以終天年。

開國皇帝的講話，影響深刻，使得宋代文化觀念向富貴、金錢和娛樂等世俗的人生價值轉化。具體到元宵節，更是人人沉醉於這舉國歡慶的狂歡之夜。

宋庠、宋祁兄弟倆是北宋名臣。宋庠聽說弟弟宋祁在元宵夜「點華燈擁歌妓醉飲」，就派人對他說：「弟弟你忘記我們當年元宵節一起吃齏飯、艱苦奮鬥的日子了嗎？」

沒想到宋祁回了一句：「哥哥你難道不知道我們當年元宵節一起吃齏飯、艱苦奮鬥，是為了什麼嗎？」言下之意，還不是為了今日的榮華和享樂？

在這種思潮影響之下，北宋君臣時時利用元宵佳節製造太平盛世景象。方法除了前面提到的張燈結綵，與民同樂，還有就是宋人最拿手的好戲——填詞。

宋朝有一類詞叫元宵詞。在元宵詞中，歌頌盛世是文人士大夫趨之若鶩的寫作主題。連皇帝也直接參與元宵詞的創作，據統計宋徽宗現存的元宵詞至少有五首。

一直到靖康之難發生的前夕，整個國家還沉浸在盛世幻象裡。

這種心理狀態的形成，與北宋推行的基本國策密切相關。史載，宋太宗曾直言：「國若無內患，必有外憂，若無外憂，必有內患。外憂不過邊事，皆可預為之防，唯奸邪無狀，若為內患，深可懼焉。帝王用心，常需謹此。」這段話說出了北宋統治者的治國方針：不以外患為威脅，而注重對內的統治。直到宋徽宗時期，仍有朝臣上書說：「中國，內也；四夷，外也。憂在內者，本也；憂在外者，末也。」

正因為把「安內」看得比「攘外」更加重要，北宋皇帝極其注重元宵節。這也是北宋的元宵節在歷朝歷代中最獲重視的原因。

後來的事我們都知道了，外族襲來，北宋皇帝都被抓走。盛世覆滅，宋室南渡，唯有無名氏的一首悲歌《鷓鴣天》，道出了昔日元宵節狂歡的不可持續性。

再後來的事我們也知道了，歷史悲劇在南宋末年重演。想當年，歌頌盛世有多歡快，如今面對現實就有多悲徹。兩宋元宵節盛況，到此終成夢一場。

6 宋詞的故事，始於長江

江水無休時，愛恨亦無已時。宋人的情感世界，在瀟瀟暮雨、明月朗照之中，隨一江春水東流而去，流淌在世人心中。

1

崇寧二年（一一〇三年），詞人李之儀陷入人生的至暗時刻。

李之儀因得罪權臣，被貶邊遠之地。更苦的是禍不單行，他的親人在幾年間相繼離世，自己也日漸年邁體衰，如他所說：「第一年喪子婦。第二年病悴，涉春徂夏，劣然脫死。第三年亡妻，子女相繼見舍。」

年華漸去如江水，綿綿無絕期，隔開了李之儀與愛人的距離，卻隔不斷他的痴心。於是，他在長江邊上作了這一首《卜運算元》：

我住長江頭，君住長江尾。日日思君不見君，共飲長江水。此水幾時休，此恨何時已。只願君心似我心，定不負相思意。

有一傳說，說是絕色歌姬楊姝走進了李之儀的晚年生活，他們談了一場無果的戀愛。但也有很多人猜測，李之儀這首詞是寫給他心愛的妻子胡淑修，那時他們已天人永隔。

長江，在古代也稱作「江」，發源於唐古喇山脈的涓涓細流，蜿蜒東流，橫貫中國東西。萬里長江穿越巴山蜀水、雲貴高原，流經荊楚大地，滋潤江南水鄉，跨域西南、華中、華東三大經濟區，最後注入東海，孕育了中華文明，養育了炎黃子孫。

作為中國第一大河，長江流域面積達一百八十多萬平方公里，約占中國陸地面積的五分之一，沿途山川雄偉，風光秀麗，為「造物者之無盡藏也」，歷代文人對它吟詠不盡。

江上輕舟渡客，有唐代李白的「兩岸猿聲啼不住，輕舟已過萬重山」。兩岸草木搖落，有杜甫的「無邊落木蕭蕭下，不盡長江滾滾來」。濤聲回蕩天外，有王灣的「潮平兩岸闊，風正一帆懸」。臨江撫今追昔，有杜牧的「折戟沉沙鐵未銷，自將磨洗認前朝」。巨浪蕩滌塵埃，有明代楊慎的「滾滾長江東逝水，浪花淘盡英雄」。

宋詞更是將其憂愁柔美與波瀾壯闊，寫進了這條承西啟東、接南濟北、通江達海的世界第三長河流。

2

有一種觀點認為，在四千萬年前，長江是兩條江，一條向東流，一條向西流，間隔地帶大概是現在的巫山。後來，喜馬拉雅造山運動將中國西部地區抬升，東流與西流的古長江加劇對峽谷的切割侵蝕。在江流與地質運動的長期作用下，崇山峻嶺猶如被利刃劈開，長江三峽誕生，東西兩條長江就此執手，奪峽而出，滔滔東流。

狹義的三峽，由瞿塘峽、巫峽和西陵峽三段大峽谷組成，是巴蜀到荊楚的必經之路，也是萬里長江最兇險的一面。

長江中上游的分界線，即以三峽終點湖北宜昌為界。

古人乘坐木船跨越三峽，就像一場冒險。沿途河灘奇險，兩岸山峰林立，巍然壓來，有時隨船逆水而行，甚至要花一兩個月的時間才能跨過這道天險，進入蜀地。

距今八百多年前，主戰派的陸游受南宋朝廷排斥，被貶到長江上游的夔州（治所在今重慶奉節）當通判。四十六歲的陸游帶著一家老小，從浙江紹興一路長途跋涉，經三峽入巴蜀，一遇風浪就要停下來，行程總共花了一百六十天。

陸游仕途受挫，想到還要沿長江艱難赴任，於是寫下了「殘年走巴峽，辛苦為斗米」。但兩岸看不盡的風景名勝緩解了陸游的心情，他暫時將個人坎坷拋之腦後。在這幾個月的行程中，陸游將沿岸所見所聞的地理人文寫成日記。這部共計六卷的《**入蜀記**》，**是宋代最著名的長江遊記之一**。陸游還寫詩作詞記錄旅途風光，曾在二十一天內作二十七首，日產量驚人。

到巴蜀之地後，花香、雲霧與美女，無法阻止他寫詩寫詞。他在一年立春時節作了一首《木蘭花》，描寫從三峽到巴蜀的天涯淪落之感：

三年流落巴山道，破盡青衫塵滿帽。身如西瀼渡頭雲，愁抵瞿塘關上草。春盤春酒年年好，試戴銀旛判醉倒。今朝一歲大家添，不是人間偏我老。

在狂醉之中，陸游心懷報國無門之憤，又是一副醉態可掬的模樣，而他心中北伐中原的大業，終將如夢一場空。但陸放翁想不到，在百年後，長江上游的巴山蜀水將成為阻擋蒙古鐵騎的天然要塞。南宋軍民憑藉長江流域的天險禦敵，與蒙古軍相持近半個世紀，蒙古大汗蒙哥甚至戰死在合川釣魚城下（一說病死）。

3

長江中游地區，在自然地理區劃上屬華中，西起巫山東麓，東至江西湖口。

這一地區有「氣蒸雲夢澤，波撼岳陽城」的洞庭湖，也有九省通衢的江漢平原，歷史上有「湖廣熟，天下足」的美名，而現在的長江中游城市群，以武漢為中心，承東啟西、連南接北，有著得天獨厚的發展潛力。

元豐二年，四十三歲的蘇軾來到長江中游的黃州時，剛經歷了一番生死劫。在相互傾軋的黨爭中，蘇軾受到彈劾，身陷烏臺詩案，入獄三個月，險遭殺身之禍，之後被貶為黃州團練副使。流落黃州的蘇軾是不幸的，可與蘇軾結下不解之緣的黃州卻是幸運的。因為蘇軾，黃州的知名度上升了好幾倍。

在黃州期間，蘇軾向上司申請了一塊荒地，自號「東坡」，過上躬耕垂釣的生活。他常泛舟長江，來到城西的赤壁，面對陡峭如壁的山崖與大江長天，逸興吟哦，寫下前後《赤壁賦》等名篇佳作，還有《念奴嬌・赤壁懷古》。有一種說法，黃州赤壁（又名「文赤壁」）並非三國赤壁之戰的古戰場。東坡自己在詞中也說了，「人道是、三國周郎赤壁」。即這話不是我說的，是別人說的。他也只能把個中爭議，留待後人考證。

長江中游，被稱為九省通衢的武漢城中，黃鶴樓雄踞蛇山之巔，矗立在江岸，千百年來說不盡離愁。無論是寫下「晴川歷歷漢陽樹，芳草萋萋鸚鵡洲」的崔顥，還是在此目送孟浩然時寫下「孤帆遠影碧空盡，唯見長江天際流」的李白，他們眼前雲水蒼茫的江面上，載著的都是離別。

南宋初年，岳飛登樓遠眺，卻滿懷悲憤，寫下了《滿江紅・登黃鶴樓有感》：

遙望中原，荒煙外、許多城郭。想當年，花遮柳護，鳳樓龍閣。萬歲山前珠翠繞，蓬壺殿裡笙歌作。到而今，鐵騎滿郊畿，風塵惡。

兵安在？膏鋒鍔。民安在？填溝壑。嘆江山如故，千村寥落。何日請纓提銳旅，一鞭直渡清河洛。卻歸來、再續漢陽游，騎黃鶴。

歷經靖康之變，北宋滅亡，北方被金人攻占，岳飛鎮守鄂州十多年，在長江邊積極籌備北伐，並多次從此地揮師北上，打了多場勝仗，卻遭到宋高宗與秦檜的屢屢打壓。

長江兩岸留下了岳飛精忠報國的壯懷激烈，可是這位英雄，在北伐節節勝利時被十二道金牌召回，最終落得莫須有的罪名，含冤而死。

岳飛的滿腹韜略付之流水，而南宋的傾覆，也是從長江中游一潰千里。

漢江，為長江一大支流，流經陝西、湖北兩省，在武漢的漢口匯入長江。漢江沿岸的襄陽，是一座歷史悠久的古城，也是南宋重要的軍事基地，在宋蒙戰爭中成為整條長江防線的重鎮。

宋人仰慕的魏晉名將羊祜，當年常登襄陽南面的峴山，置酒吟詠。為三國重歸一統立下大功，且他善於用人、提攜後進，留下伐吳遺策，卻沒能親眼看到晉軍實現順江而下滅吳的宏圖。

南宋遊人到襄陽瞻望羊公碑，總會想起有心報國、無力回天的宗澤、岳飛等抗金名將，不禁悵然。南宋詞人劉辰翁，就在重陽登高時寫了一首《水調歌頭》：

不飲強須飲，今日是重陽。向來健者安在，世事兩茫茫。
叔子去人遠矣，正復何關人事，墮淚忽成行。叔子淚自墮，湮沒使人傷。
燕何歸，鴻欲斷，蝶休忙。淵明自無可奈，冷眼菊花黃。
看取龍山落日，又見騎臺荒草，誰弱複誰強。酒亦有何好，暫醉得相忘。

心懷憤懣的劉辰翁經歷了元兵入侵，見證了大江大河的英雄悲歌，活到了南宋滅亡的十八年後。這一時期，襄陽城成為決定南宋存亡的關鍵。襄陽之戰六年後，祥興二年南宋徹底滅亡。

4

宋詞的故事，開始於長江下游。

長江下游流域，一般指湖口至長江入海口，但古人稱長江下游河段為揚子江，大抵是從今南京以下到入海口，因揚州府城南揚子津而得名。後來，西方傳教士來華，在煙波浩渺的長江下游最先聽到的名字就是揚子江。因此，the Yangtze River 也成為長江的英文別稱。

位於長江下游的南京，古稱金陵、江寧，五代十國時曾為南唐都城。南唐自九三七年建國，到九七五年滅亡，國祚三十八年。

北宋開寶七年（九七四年），宋軍發兵三路，攻打南唐，東路的曹彬與潘美率軍十萬沿長江東進，兵臨金陵城下，南唐精銳盡失，無險可守。次年，城傾國滅，南唐後主李煜奉表投降，被押到汴京，受封違命侯，告別了長江下游的玉砌雕欄，從此別時容易見時難。

這位詞人皇帝成為俘虜後，念念不忘故國，時而悵惋「人生長恨水長東」，時而悲嘆「問君能有幾多愁？恰似一江春水向東流」。

這一闋《破陣子》，記錄了李煜與繁華金陵的永別：

四十年來家國，三千里地山河。鳳閣龍樓連霄漢，玉樹瓊枝作煙蘿，幾曾識干戈？
一旦歸為臣虜，沈腰潘鬢消磨。最是倉皇辭廟日，教坊猶奏別離歌，垂淚對宮娥。

後來，蘇東坡讀到這幾句，頗為不滿，說李後主應該慟哭於九廟之外，辭別他的子民，怎麼可以對宮娥揮淚，還聽著教坊離歌呢？

李煜降宋三年後離奇身亡，江南，是李煜終生回不去的故夢，也成了改革家王安石心灰意冷之後的歸處。

北宋神宗時期，王安石主張「天變不足畏，祖宗不足法，人言不足恤」，針對王朝的重重危機進行聲勢浩大的變法運動，卻遭到了無休止的反對，保守派都將他戲稱為「拗相公」。

晚年，王安石罷相退居金陵，眼看著新法被廢，卻無可奈何，不久後病逝於揚子江畔的鐘山。那時的他更多時候只是一個厭倦世事的老頭，如這首《漁家傲．平岸小橋千嶂抱》：

平岸小橋千嶂抱，柔藍一水縈花草。茅屋數間窗窈窕。塵不到，時時自有春風掃。
午枕覺來聞語鳥，攲眠似聽朝雞早。忽憶故人今總老。貪夢好，茫然忘了邯鄲道。

長江下游的江流，傾訴的不只有詞人的憂傷與無奈，還有悲憤。

南京以東的鎮江，古稱京口，為長江三角洲的重要港口，城外橫貫著洶湧的長江。北固山與江水形成「天下第一江山」的盛景，登臨遠眺，浩蕩長江，盡收眼底。正因地處險要，鎮江也是南宋長江防線上的軍事重鎮。南宋初年，金軍南下，金兀術從黃州（今湖北黃岡）、馬家渡（今安徽和縣）南渡，韓世忠率軍趕往鎮江，沿江截擊金人，取得大勝。

多年後，一心收復中原的辛棄疾登上北固山，面朝長江，作詞懷古：

何處望神州？滿眼風光北固樓。千古興亡多少事？悠悠。不盡長江滾滾流！
年少萬兜鍪，坐斷東南戰未休。天下英雄誰敵手？曹劉。生子當如孫仲謀！

在《南鄉子．登京口北固亭有懷》中，辛棄疾想到了統率江東子弟與曹魏、蜀漢抗衡的孫仲謀。他渴望像古代的英雄一樣收復河山，可南宋經過這麼幾代皇帝，大多萎靡庸碌，即便想與北方一決高低，也都以失敗收場，簽訂了屈辱的和議。辛棄疾滿眼都是長江沿岸的大好河山，他多想「了卻君王天下事，贏得生前身後名」，卻有心無力，只能感慨歲月蹉跎。

兩宋三百年，多少詞人如辛棄疾一樣，將自己的喜悅、哀愁與憤懣贈予了長江。

詞人賀鑄沿著長江前往江夏赴任，路過采石磯，駐足登臨，由長江天險想到六朝興亡，寫成一首《天門謠》：

牛渚天門險，限南北、七雄豪占。清霧斂，與閒人登覽。
待月上潮平波灩灩，塞管輕吹新阿濫。風滿檻，歷歷數、西州更點。

長江中游的岳陽，因范仲淹的一篇《岳陽樓記》而名動天下。一登此樓，就是銜遠山、吞長江的洞庭勝景色，「不以物喜，不以己悲」的貶官文化也隨著湧上心頭。仕途不順的南宋詞人張孝祥，在此地寫下《水調歌頭．過岳陽樓作》：

湖海倦遊客，江漢有歸舟。西風千里，送我今夜岳陽樓。日落君山雲氣，春到沅湘草木，遠思渺難收。徙倚欄杆久，缺月掛簾鈎。

雄三楚，吞七澤，隘九州。人間好處，何處更似此樓頭？欲吊沉累無所，但有漁兒樵子，哀此寫離憂。回首叫虞舜，杜若滿芳洲。

山河本無情，或許聽不見詞人的心聲。千年前的長江，卻因他們的詞章而永駐於民族的記憶之中。今人不見古時月，今月曾經照古人。

謝詞

本書三名主要作者是鄭煥堅、吳潤凱和陳恩發。盧娜對本書亦有貢獻。書中大部分文章，初稿首發在微信公眾號「最愛歷史」。承蒙粉絲和讀者的厚愛，讓多數文章均擁有了不俗的閱讀量，並獲得了一些不錯的評價。在此，謹致謝忱。

附錄
宋詞三百年

年分	事件	詞
晚唐～五代十國時期	‧晚唐詩人溫庭筠進士屢不第，寫下大量豔詞。 ‧黃巢起義，「衣冠之族多避亂在蜀」，由此形成西蜀文化的繁榮。 ‧韋莊入蜀，讓蜀成為文學重鎮，花間派在這時開始壯大。	「攬起畫蛾眉、弄妝梳洗遲。」——溫庭筠《菩薩蠻》 「如今俱是異鄉人，相見更無因。」——韋莊《荷葉杯》
九四〇年	後蜀出版《花間詞》，開卷六十六首是溫庭筠寫的詞，他由此被奉為花間派鼻祖。	
九六〇年	趙匡胤發動陳橋兵變，建立宋朝，是為宋太祖。	
九六一年	宋太祖趙匡胤「杯酒釋兵權」，罷去禁軍宿將兵權，強化對中央軍的控制。	

年分	事件	詞
九六二年至九七五年	宋軍先後掃平南方的荊、楚、後蜀、南漢、南唐等五個割據政權。	李煜成為宋朝俘虜，藉由《破陣子》抒發悔恨：「一旦歸為臣虜，沈腰潘鬢消磨。」
九七六年至九七八年	• 宋太祖趙匡胤暴斃，其弟趙光義繼位，是為宋太宗。 • 推進崇文抑武國策，宋太宗擴大了科舉錄取人數。 • 趙光義下令在七月七日李煜生日賜一壺毒酒。 • 吳越、漳泉政權降宋，中國南方實現統一。	李煜感慨家國今昔巨變，於是寫下《虞美人》：「問君能有幾多愁？恰似一江春水向東流。」 李煜以《相見歡》傾瀉失國之痛：「自是人生長恨水長東。」
九七九年	宋滅北漢，但同年宋太宗親征幽雲，敗於遼軍。	
九八六年	宋第二次征幽雲，又敗，自此絕北伐之念。	
九九七年	宋太宗駕崩，其子趙恒繼位，是為宋真宗。	宋真宗用《勵學篇》勸誡民間學文向上：「安居不用架高堂，書中自有黃金屋。」
一〇〇四年	遼軍攻宋，宋真宗親征，雙方訂立「澶淵之盟」，宋每年向遼國輸送歲幣，兩國進入百年和平期。	
一〇〇八至一〇〇九年	宋真宗「發現」天書，遂封禪於泰山，自此開始四處祭祀，進入「天書政治時期」。	

年分	事件	詞
一〇二二年	宋真宗駕崩，其子趙禎繼位，是為宋仁宗。	
一〇三七年	蘇軾降生。	
一〇三八年	党項人李元昊正式稱帝，建立大夏國，史稱西夏。宋夏關係破裂。	
一〇四〇至一〇四二年	宋夏戰爭爆發，宋軍三次遭遇大敗。	范仲淹心憂天下，在前線與宋軍將士同甘共苦，《漁家傲・秋思》：「人不寐，將軍白髮征夫淚！」
一〇四三年	范仲淹主持推行改革，史稱「慶曆新政」。次年，新政失敗。	
一〇五二年	廣南西路廣源州少數民族首領儂智高反宋，攻占邕州，圍困廣州。第三年，狄青大敗儂智高，平定叛亂。	
一〇六三年	宋仁宗駕崩，其養子趙曙繼位，是為宋英宗。	
一〇六七年	宋英宗病逝，長子趙頊繼位，是為宋神宗。	

年分	事件	詞
一〇六九至一〇七五年	•王安石出任參知政事，熙寧變法拉開帷幕，同時揭開北宋新舊黨爭的序幕。 •一〇七四年，王安石被罷相，熙寧變法高潮過去 •為了完成對西夏的大包圍，由王韶主持，宋先後收復了宕、疊、洮、岷、河、臨（熙）六州的戰役，史稱「熙河開邊」。	蘇軾《山村五絕》諷刺新法：「杖藜裹飯去匆匆，過眼青錢轉手空。」 王安石新法推行失敗，《千秋歲引‧秋景》透露出他複雜的心情：「無奈被些名利縛。無奈被他情擔閣。」
一〇八一至一〇八五年	•宋軍大舉進攻西夏，但遭遇慘敗，傷亡數十萬人。宋神宗抑鬱成疾。 •宋神宗病逝，太子趙煦繼位，是為宋哲宗。神宗之母高太后攝政，起用司馬光，新法被廢，新黨官員多遭撤職流放。不久，舊黨內部分裂，發生洛蜀朔黨爭。	宋神宗推行的新法遇到各方反對，周邦彥這時作《汴都賦》讚頌新法。
一〇九三年	宋哲宗親政，盡斥舊黨，重新起用新黨，並向西夏用兵，占領部分邊地。	
一一〇〇年	宋哲宗病逝，沒有子嗣，由其弟端王趙佶繼位，是為宋徽宗。	

年分	事件	詞
一一〇二年	宋徽宗任蔡京為相，立元祐黨人碑，新黨對舊黨的迫害達到頂點。	
一一一四至一一一五年	女真首領完顏阿骨打起兵反遼，建立金國。	
一一二二年	宋、金達成「海上之盟」，夾攻遼國。但宋軍攻打幽州大敗，金軍一戰即克。至此，遼國領土幾乎全被金國占領。	
一一二五年	金南下攻宋，宋徽宗將皇位傳給太子趙桓，是為宋欽宗。	
一一二七年	金軍攻破開封，俘虜宋徽宗、宋欽宗二帝，北宋滅亡，史稱靖康之變。宋徽宗第九子趙構稱帝，是為宋高宗，南宋建立。	
一一二九年	宋高宗從行之將領發動「苗劉兵變」，旋即被張浚平定。金軍追擊宋高宗直至海上，後退歸，宋高宗得以在東南立足。	李清照無法排遣亡國之恨、喪夫之哀，於是寫下《聲聲慢》：「尋尋覓覓，冷冷清清，淒淒慘慘戚戚。」（按：這首詞具體創作時間待考，推測是李清照晚年所作。）
一一四〇年	岳飛進軍中原，前鋒抵達朱仙鎮，獲得收復中原的機會，卻因遭宋高宗猜疑而被強令撤軍。	

年分	事件	詞
一一四一年	宋、金達成紹興和議，宋向金稱臣，交納歲幣。岳飛隨後被以莫須有的罪名殺害。	
一一五五年	權相秦檜死。	
一一六一年	金主完顏亮南侵，宋將虞允文帶兵抵抗，取得采石大捷。	張孝祥得知虞允文打贏金兵，歡欣的寫下《水調歌頭·聞採石戰勝》：「雪洗虜塵靜，風約楚雲留。」
一一六二年	宋高宗傳位於養子趙昚，自任太上皇。趙昚是為宋孝宗。	宋孝宗一登基，就準備北伐抗金，渴望北伐的張孝祥寫《六州歌頭·長淮望斷》：「忠憤氣填膺，有淚如傾。」抒發心聲。
一一六三至一一六四年	宋軍隆興北伐失利，於是宋、金重訂和約，宋改稱臣為稱侄，降低每年交納歲幣數額，史稱隆興和議。	
一一八七年	宋高宗崩。	
一一八九年	宋孝宗禪位，太子趙惇繼位，是為宋光宗。	
一一九四年	宋孝宗駕崩。隨後，在趙汝愚、韓侂冑等人主導下，宋光宗被迫禪位給皇子趙擴，史稱「紹熙內禪」。趙擴是為宋寧宗。次年，韓侂冑逐去趙汝愚，掌控朝政。	

年分	事件	詞
一二〇六年	宋軍在韓侂胄的主持下北伐，慘敗，史稱「開禧北伐」。	
一二〇七年	史彌遠與楊皇后、太子合謀刺殺韓侂胄。史彌遠專權開始。	
一二〇八年	宋、金重訂和約，史稱「嘉定和議」。宋剖開韓侂胄棺木，割其首級送給金國。	
一二一一年	蒙古侵金，金蒙戰爭爆發。	
一二二四年	宋寧宗駕崩，其侄趙昀繼位，是為宋理宗。	
一二二七年	蒙古滅西夏，之後繼續攻擊金朝，並找南宋聯合攻金。	南宋詞人劉克莊知道好友陳韡要去宋金前線任職，於是寫《賀新郎・送陳真州子華》為他送行：「空目送，塞鴻去。」
一二三四年	宋出兵與蒙古聯合滅金。同年，宋軍北伐，一度占領開封、洛陽等地，史稱「端平入洛」，但很快被蒙軍擊敗。	
一二三五至一二四一年	蒙古軍初次侵宋，後因窩闊台汗亡故不了了之。	
一二五四年	蒙古滅大理。	

年分	事件	詞
一二五八至一二五九年	蒙古軍第二次侵宋，因蒙哥汗在合州釣魚城戰死，再次失敗。	
一二六四年	宋理宗駕崩，其侄趙禥繼位，是為宋度宗。	
一二六七至一二七三年	蒙古軍第三次侵宋，攻破襄陽、樊城，長驅直入宋境。	
一二七四年	宋度宗病逝，年幼嫡子趙㬎繼位，是為宋恭帝。	
一二七五年	賈似道率軍與元軍戰於池州江面丁家洲，敗亡。	
一二七六年	元軍攻陷臨安，俘虜宋恭帝。張世傑、陸秀夫開始組建流亡小朝廷，繼續抵抗。	周密寫下充滿亡國之恨的名篇《一萼紅．登蓬萊閣有感》：「回首天涯歸夢，幾魂飛西浦，淚灑東州。」
一二七九年	崖山海戰，宋軍潰敗，陸秀夫背宋帝昺赴海死，宋亡。	文天祥不肯對元軍投降，便寫下《過零丁洋》表明：「人生自古誰無死，留取丹心照汗青！」